鲁迅全集

第 八 卷

鲁迅 著

王德领 钱振文 葛涛 等审订

会稽郡故书杂集

古小说钩沉

中国科学技术出版社

·北 京·

图书在版编目（CIP）数据

鲁迅全集. 第八卷 / 鲁迅著. —— 北京：中国科学技术出版社, 2024.3

ISBN 978-7-5236-0206-5

Ⅰ. ①鲁… Ⅱ. ①鲁… Ⅲ. ①鲁迅著作－全集 Ⅳ. ①I210.1

中国国家版本馆CIP数据核字（2023）第087805号

目 录

会稽郡故书杂集

古小说钩沉

会稽郡故书杂集

序[1]

《会稽郡故书杂集》者，取史传地记之逸文，编而成集，以存旧书大略也。会稽古称沃衍，珍宝所聚，海岳精液，善生俊异，而远于京夏，厥美弗彰。吴谢承始传先贤，朱育又作《土地记》。载笔之士，相继有述。于是人物山川，咸有记录。其见于《隋书·经籍志》者，杂传篇有四部三十八卷，地理篇二部二卷。五代云扰，典籍湮灭。旧闻故事，殆鲜孑遗。后之作者，遂不能更理其绪。作人幼时，尝见武威张澍所辑书，于凉土文献，撰集甚众。笃恭乡里，尚此之谓。而会稽故籍，零落至今，未闻后贤为之纲纪。乃创就所见书传，刺取遗篇，累为一帙。中经游涉。又闻明哲之论，以为夸饰乡土，非大雅所尚。谢承、虞预且以是为讥于世。俯仰之间，遂辍其业。十年已后[2]，归于会稽。禹、句践[3]之遗迹故在。士女敖嬉，睥睨而过，殆将无所眷念。曾何夸饰之云！而土风不加美。是故序述名德，著其贤能，记注陵泉，传其典实，使后人穆然有思古之情，古作者之用心至矣！其所造述虽多散亡，而逸文尚可考见一二。存而录之，或差胜于泯绝云尔。因复撰次写定，计有八种。诸书众说，时足参证本文，亦各最录，以资省览。书中贤俊之名，言行之迹，风土之美，多有方志所遗。舍此更不可见。用遗邦人，庶几供其景行，不忘于故。第以寡闻，不能博引。如有未备，览者详焉。太岁在阏逢摄提格九月既望，会稽周作人记。

1　本篇最初发表于1914年12月《绍兴教育杂志》第二期，借署周作人之名。
2　现代汉语常用"以后"。——编者注
3　即"勾践"。——编者注

谢承会稽先贤传

传序

《隋书·经籍志》:《会稽先贤传》七卷,谢承撰。《新唐书·艺文志》同。《旧唐书·经籍志》作五卷。侯康《补三国艺文志》云:《御览[1]》屡引之。所记诸人事,多史传之佚文。严遵二条,足补《后汉书》本传之阙。陈业二条,足以证《吴志·虞翻传》注。吉光片羽,皆可宝也。今撰集为一卷。承字伟平,山阴人。吴主孙权时,拜五官郎中。稍迁长沙东部都尉,武陵太守。撰《后汉书》百余卷。见《吴志·谢夫人传》。

会稽先贤传一卷
[三国吴]谢承

严遵

光武诏严遵范晔《后汉书·逸民传》:"严光,一名遵,字子陵,会稽余姚人。"沈钦韩《疏证》云:"董斯张曰:'光本新野人,避乱会稽。'"《任延传》云:"天下新定,道路未通,避乱江南者,皆未还中土。会稽颇称多士,延为会稽都尉,如董子仪、严子陵,皆待以师友之礼。以此证之。子陵非会稽人,明矣。"[2] 诣行所。遇蜀郡献橘栗,上赐公卿以下,各以手所及取之。遵独不取。上曰:"不敢取者谁?"遵对曰:"君赐臣以礼,臣奉君以忠《事类赋注》二十七引作恭。今赐

---

1 即"太平御览"。——编者注
2 本书所有此字体原本并无标点。——编者注

无所主，臣是以不敢取。"《御览》九百六十四，又九百六十六。

董昆

董昆，字文通，《书钞》七十九引《会稽先贤像赞》云："余姚人。"为大农帑丞。坐无完席。《御览》七百九、《书钞》一百三十九引谢承《后汉书》云："董昆初为司农帑丞，得迁巨鹿太守。载三车钱谷，所出给见在券薛臣自随。论者咸为主。内实贪秽，外求虚名，连车重载，此必不空。诏书后复大司农帑藏钱谷，前主者有出入。征见昆，讨板悉载三车蒯诸宫无它物。章帝嘉之，擢为楚君太守。"案此文讹夺甚多，无以审正，今第依录，尚得见其大略。

沈勋

沈勋，字子异，征调南宫祭酒《御览》引作征诣南宫赐酒。拜尚书令。持节临辟雍，名冠百僚。《书钞》五十九。《御览》二百十。案勋，山阴人。《嘉泰会稽志》七云："光相寺，在府西北三里三百七步，后汉太守沈勋公宅。"万历《志》云："相传即西寺。"又云："沈勋，桓帝延熹中会稽太守。"

淳于翼

淳于长通《开元占经》一百二十引《会稽典录》云："淳于翼，字叔通。"年十七，说宓氏《易经》，洞贯内事万言。兼《春秋》。乡党称曰圣童。《御览》三百八十五。案翼，上虞人，桓帝时为洛阳市长。袁宏《后汉纪》云："度尚为上虞长。县民故洛阳市长淳于翼，学问渊深，大儒旧名，常隐于田里，希见长吏。尚往候之，晨到其门，翼不即相见。主簿白还，不听，停车待之。翼晡乃见尚，尚宗其道德，极谈乃退。"

茅开

茅开，字季阖，余姚人。为督邮，平决厌众心。尝之部，历其家，不入门。当路向堂朝拜。府君益善之。《御览》二百五十三。

陈业

陈业，字文理。《吴志·虞翻传》注引《会稽典录》云："上虞人。"郡守萧府君卒，业与书佐鲁双率礼送葬。双道溺于水，业因掘泥扬波，援出其尸。《御览》四百二十一。

业兄渡海，复见二字《御览》引有倾命。时同依止者五十六人《御览》引作乃五六人，《广记[3]》引作五六十人，骨肉消烂而不可辨别。业仰皇天，誓后土，曰："闻亲戚者必有异焉。"因割臂流血，以洒骨上。应时歃血《御览》引作饮血，一作得血住，余皆流去。《初学记》十七。《御览》四百十六，又四百二十一。《广记》一百六十一。

阚泽

吴侍中阚泽，字德润，山阴人也案《吴志》有传。在母胎八月，而叱声震外。年十三，夜梦名字炳然，悬在月中，后遂升进也。《御览》三百九十八，又四，又三百六十。《事类赋注》一。

贺氏

贺本庆氏，后稷之裔，太伯始居吴。至王僚，遇公子光之祸。王子庆忌，挺身奔卫。妻子进度[4]浙水，隐居会稽上。越人哀之，予湖泽之田，俾擅其利。表其族曰庆氏，名其田曰庆湖。今为镜湖，传讹也。安帝时，避帝本生讳，改贺氏，水亦号贺家湖。贺铸《庆湖遗老集序》。《宝庆会稽续志》四。案《晋书·贺循传》云："其先庆普，汉世传《礼》，世所谓庆氏学。族高祖纯，博学有重名，汉安帝时为侍中，避安帝父讳，改为贺氏。"今铸集所引云出家牒，疑当在《贺纯传》中。

3　即"太平广记"。——编者注
4　现代汉语常用"渡"。——编者注

虞预会稽典录

典录序

《隋书·经籍志》:"《会稽典录》二十四卷,虞预撰。"《旧唐书·经籍志》《新唐书·艺文志》同。预字叔宁,余姚人。本名茂,犯明帝穆皇后讳,改。初为县功曹,见斥。太守庾琛,命为主簿。纪瞻代琛,复为主簿,转功曹史。察孝廉,不行。安东从事中郎诸葛恢,参军庾亮等荐预,召为丞相行参军兼记室。遭母忧,服竟,除佐著作郎。大兴中,转琅邪国常侍,迁秘书丞,著作郎。咸和中,从平王含,赐爵西乡侯。假归,太守王舒请为咨议参军。苏峻平,进封平康县侯,迁散骑侍郎,著作如故。除散骑常侍,仍领著作。以年老归,卒于家。撰《晋书》四十余卷,《会稽典录》二十篇,见《晋书》本传。《典录》《宋史·艺文志》已不载,而宋人撰述,时见称引,又非出于转录。疑民间尚有其书。后遂湮昧。今搜缉逸文,尚得七十二人。略依时代次第,析为二卷。有虑非本书者,别为存疑一篇,附于末。

会稽典录卷上

[东晋]虞预

范蠡

范蠡,字少伯,越之上将军也。本是楚宛三户人,《越绝外传纪策考》云:"生于宛橐或伍之墟。"被发二字《御览》引有佯狂,倜傥负俗。文种为宛令,游三户之里,下车谒蠡。蠡不为礼。种还馆,复遣使奉谒。

蠡默而不言已上[1]六句，《史记正义》引作遣吏调奉，今据《书钞》引补。吏还曰："范蠡本国狂人，生有此病。"种笑曰："吾闻士有贤俊《书钞》《御览》引并作圣贤之资，必有佯狂之讥。内怀独见之明，外有不知之毁。此固非二三子之所知也。"驾车而往。蠡避之。后知种之必来谒，谓兄嫂曰："今日有客，愿假衣冠。"有顷，种至。抵掌而谈。《越绝外传记范伯》云谓大夫种曰："二王则三皇之苗裔也，五拍乃五帝之末世也。天运历纪千岁，一至黄帝之元，执辰破巳，霸王之气，见于地户。子胥以是挟弓干吴王。"旁人观者，耸听之矣。《史记·越王勾践世家》《正义[2]》《书钞》九十八，又三十四。《御览》四百七十四。

吴王使王孙雄谓范蠡曰："子先人有言曰：'无助天为虐。助天虐者不祥，今吾稻蟹无遗种，子将助天为虐，不忌其不祥乎？'"《御览》四百九十二。

计倪

越王近侵于强吴，远愧于诸侯，乃胁诸臣而欲与之盟："吾欲伐吴，奈何而有功？"群臣未对。王曰："夫主忧臣辱，主辱臣死。何大夫易见而难使者！"计倪官卑年少，其居在后，举手而起曰："殆哉！非大夫易见难使，是大王原作大夫，据《越绝外传记倪》改不能也！"王曰："何谓也？"倪曰："夫官位财币，王之所轻；死者，士之所重也。王爱所轻，责人所重也，岂不难哉！"《御览》四百六十九。《史记·货殖列传》《集解》云："徐广曰，计然者，范蠡之师，名研。"又《索隐》云："《吴越春秋》谓之计倪。《汉书·古今人》表计然列在第四。则倪之与研是一人，声相近而相乱耳。"案《意林》引《范子》云："计然者，葵丘濮上人，姓辛名文子。少而明，学阴阳，见微知著，不肯自显。诸侯阴所利者七国，天下莫知，故称曰计然。时邀游海泽，号曰渔父。范蠡请见越王，计然曰：'越王为人鸟喙，不可与同利也。'"未尝仕越，与计倪虑非一人。

1　现代汉语常用"以上"。——编者注

2　即"史记正义"。——编者注

宋昌

昌，宋义孙也。《史记·孝文本纪》《索隐》。案《史记·惠景间侯者年表》云："壮武侯宋昌，以家吏从高祖起山东，以都尉从之荥阳，食邑。以代中尉劝代王入，骖乘至代邸，王卒为帝，功侯，千四百户。"详见《孝文本纪》。又林宝《元和姓纂》云："宋昌为汉中尉，始居西河介休。"

郑吉

郑吉《汉书》本传云："会稽人。"今案会稽山阴人也。范晔《后汉书·郑弘传》注引谢承《书》云："弘曾祖父，本齐国临淄人，官至蜀郡属国都尉。武帝时徙强宗大姓，不得族居，将三子移居山阴，因家焉。长子吉，云中都尉，西域都护。"既破车师，降日逐，威镇西域。遂并护车师以西北道，故号都护。都护之置，自吉始焉。上嘉其效，乃下诏曰："都护西域骑都尉郑吉，抚循外蛮，宣明威信，功效茂著，其封吉为安远侯。"《御览》二百。

陈嚣

陈嚣，字子公，山阴人也。《御览》四百十九。

嚣与民一作明纪伯为邻。伯夜窃嚣地自益[3]。嚣见之。伺伯去后，密拔其藩一丈以益伯。伯觉之，惭惧。既还所侵，又却一丈。太守周府君高嚣德义，刻石旌表其闾，号曰义里。《御览》一百五十七，又四百九十一。

同郡车妪，年八十余，无子。慕嚣仁义，欲求寄命。嚣以车妪有财，未敢便许，乃咨于长者。长者金曰："甚宜。"嚣遂迎妪，朝夕定省，如其所亲。出家财以供肴膳。妪以寿终。嚣殡敛毕，皆免其奴，令守妪墓。财物付与妪内外，衣服不入殡者，以值椁中。制服三月。由是著名，流称上国矣。《御览》四百十九。

---

3 《太平御览》中作"伯夜窃藩嚣地自益"。——编者注

宗正刘向，黄门侍郎扬雄，荐嚣待义，可厉薄俗。孝成皇帝特以公车征。嚣时年已七十。每朝请，上每待以师傅之礼。《御览》四百七十四。《书钞》五十六引谢承《书》云："赐几杖，入朝不趋，赞事不名。以病乞骸骨，以大夫位终。"

严光

严光一名遵《御览》四百九十八，字子陵，与世祖俱受业长安《御览》九十引作受学结好。建武六年，下诏征遵《御览》九十引云："建武元年征光。"《玉海》一百五十九引作五年，设乐阳明殿，命宴会，论故旧累日。拜为谏议大夫二句据《御览》九十，又四百九十八引补。莫留宿。遵以足荷上《御览》引作以足加帝腹上。其夜，客星犯天子座甚急二字《御览》引有。明旦，太史以闻。上曰："此无异也。昨夜与故人二字《御览》引有严子陵俱卧耳。"《艺文》一。《书钞》十一，又一百五十二。

光武尝出南郊，严遵曳长裾，持鹿扇，住立不动。天子下车，揖而别。《御览》四百七十四。

钟离意

郡署意，范晔《书》本传云："字子阿，山阴人。"北部督邮。乌程男子孙常，常弟烈，分居，各得田半顷。烈死，岁饥，常以稍米粟给烈妻子，辄追计值作券，没取其田。烈儿长大，讼。掾史议皆曰："烈孙男儿遭饥，常赖升合。长大成人，而更争讼，非顺孙也。"意独曰："常身为伯父，当抚孤弱，是人道正义。稍以升合券取其田，怀奸挟私，贪利忘义。烈妻子虽以田与常，困迫之至，非私义也。请常俾烈妻子。"于是众议无以夺意之理。《御览》六百三十九。

意为堂邑令。县民房广，范《书》云："防广。"为父报仇，系狱。其母病死。房广痛之，号泣于狱。意为之凄恻。出广见之曰："今欲出若，归家殡敛。有义则还，无义则已。"丞掾谏，以为不可。意曰："不还之罪，令自受之。"广临殡毕，即自诣狱。以状表上。诏减死一等。《御览》六百四十三。《初学记》二十。

意为尚书仆射时，匈奴有降者，诏赐缣三百匹。尚书郎暨酆误以三千匹赐之。上大怒，鞭酆殿下，重痛时死。意且排阁入，谏曰："陛下德被四表，恩及夷狄。是以左衽之徒，稽首来服。愚闻刑疑从轻，赏疑从重。今陛下以酆赏误，发霆电之威。海内谓陛下贵微财而贱士命也。"《御览》六百四十九。《书钞》五十九引意《别传》云："明帝以意陈合大义，恚损怒寡，敕太官掾，赐酒药，诏谓意曰：'非钟离尚书，朕几误降咸于此郎。'"

郑弘

郑弘，字巨卿。《御览》四百三。范《书》本传云："字巨君，山阴人。"

弘为县宰，又当作灵文乡啬夫。太守第五伦，见弘问民之得失，深异之也。《书钞》七十九。

弘为灵文乡啬夫—作守阳羡郡。乡民有弟用兄钱者，为嫂所责，未还。嫂诣弘诉之。弘卖中单原注："即今之汗衫也。"为叔还钱。兄闻之，惭愧，自系于狱。遣其妇—作婢赍钱还弘。弘不受。《御览》四百三，又六百九十一，又四百九十一。

弘为郡督邮，上计吏。时计掾句章任尚，居素温富，乘鲜车，驾肥马。弘恒在后。尚辄骂弘，无愠容。弘、尚在京师游学，还郡，俱见府君。府君所问，弘无不对，而尚不知，出又问弘："掾行道数相折辱，何以不答？"弘谢曰："过奉显使，无光国之美，马羸行迟，掾恐失期贺，以相催促，自是其宜。愚闻两虎共斗，大者必伤，小者必死。两为无益。故不敢答。"府君叹曰："此谓长者，太守不能也。"《御览》四百三。

弘为邹令。鲁国当春，霜陨杀物，邹县独无霜也《书钞》七十八。

永平十五年，蝗发泰山，郡国被害。过邹不集。郡以状上。诏书以为不然。自朕治京师，尚不能攘蝗。邹令何人，而令消弭！遣案验之。《艺文》一百。范《书》本传注引谢承《书》云："遣使案行，如言也。"

郑弘迁临淮太守范《书》本传云："迁淮阴太守。"刘颁曰："汉无淮阴，当是淮阳，时未为陈国也。"惠栋《后汉书补注》九云："虞预、乐史皆云弘为临淮太守，刘颁臆说以为当作淮阳，非也。"今案《艺文类聚》九十五引谢承《书》亦作临淮也。郡民徐宪在丧致哀，白鸠巢户《御览》作庐侧。弘举为孝廉。朝廷称为白鸠郎。《艺文》九十二。《御览》九百二十一。

弘拜尚书令原夺此字，据范《书》本传补。旧典，郎秩满，补县长，令史为丞尉。弘奏以为："台职位尊而赏薄，人无乐者。请使郎补县令，令史为长。"二字《御览》引作焉。上从其议。自此为始。《艺文》四十八。《御览》二百十二。

盛吉

盛吉，字君达，山阴人。司徒虞延辟西曹掾。时陇西太守邓融以赃罪征诣廷尉。前后考验，历不服。明帝下三府，遣精能掾吏，更就弹劾。吉到诏狱，但敕主者供汤沐饮食，不去问事。明日复往，解融桎梏，安徐以情实告：君本无赃，强见诬枉，宜具列辞，当相伸理。如审有罪，不得诬罔国家。融感吉意，即移辞首服。《御览》六百四十三。

吉历司徒职方，拜侍御史，一月而迁中丞。《书钞》六十二。

盛吉拜廷尉。吉性多仁恩《书钞》引作性仁多恩，务在哀矜。每至冬月，罪囚当断，夜省刑状。其妻执烛，吉手持丹笔，夫妻相向垂泣已上亦见《书钞》三十九。《御览》二十七。《事类赋注》五。李瀚《蒙求》注中。妻常谓吉曰："君为天下执法，不可使一人滥罪已上亦见《艺文》四十九。《御览》二百四十一，又六百二，殃及子孙。所当平决。"若无继嗣，吉令其妻妾得入经营，使有遗类。视事十二年，天下称其有恩。《御览》

二百三十一，又四百九。《初学记》十二。

孟英

孟英，字公房，上虞人，为郡掾吏。王凭坐罪，未应死。太守下县杀凭。凭家诣阙称冤。诏书下州检拷英，出定文书，悉著英名，楚毒惨至，辞色不变。言太守病，不关众事。英以冬至日入占病，因窃印以封文书，下县杀凭，非太守意也。系历冬夏，骨肉皆消烂。遂不食而死。《御览》四百二十一。

孟尝

孟尝案尝字伯周，上虞人。范《书·循吏篇》有传仕郡户曹史。上虞有寡妇双，养姑至孝。姑卒病亡，其女言县，以双杀其母。县不断理结，竟言郡。郡报治罪。尝谏以为：此妇素名孝谨，此必见诬。固谏，不听。遂具狱文书，哭于府门。后郡遭大旱三年，上虞尤甚。太守殷丹，下车访问，尝具陈双不当死。诛姑女，改葬孝妇。丹如言。天应时雨注。《御览》六百四十五。

梁宏

梁宏，句章人也。太守尹兴，召署主簿。是时楚王英谋反，妄疏天下牧守，谋发，兴在数中。征诣廷尉。宏与门下掾陆续等，传考诏狱，掠毒惨至，辞气益壮。《御览》六百四十九。

郑云

云，字仲兴，句章人也，学《韩诗》《公羊春秋》，为主簿。后以刘隽事，狱死。郡以状闻，旌表门闾。《乾道四明图经》五。《宝庆四明志》八。案《图经》又云："云与梁宏皆为主簿，俱敦终始之义，州里称之。"盖本朱育述虞仲翔对王景兴语，当在育传。

谢夷吾

谢夷吾，字尧卿，山阴人也。《御览》六百三十九。案夷吾有传，在范《书·方术篇》。夷吾为郡功曹史。太守第五伦妻车马入府，无所关启。夷吾鞭功曹佐吏门阑，卒牵舆马出之。收其人从，伦为解之。良久乃已。《御览》六百四十九。

为荆州刺史，行部到南鲁县。遇孝章皇帝巡狩，幸鲁阳。上未见刺史班秩；有诏敕夷吾入，传录囚徒，见长吏勿废旧仪。上临西厢南面，夷吾处东，分推以其事。夷吾省录囚徒。有亭长奸部民妻者，县言和奸。上意以为吏劫—作奸民，何得言和。观刺史决，当云何。顷—作须史，夷吾呵之曰："亭长，诏书朱帻之吏，职在禁奸。今为恶之端，何得言和！"切让三老孝弟—作长史，治亭长罪，其所决正。一县三百余事，与上合。章帝叹曰："使诸州刺史尽如此者，朕不忧天下矣！"特迁巨鹿太守。临发，陛见，赐车马剑带，敕之曰："巨鹿，剧郡，旧为难治。以君有拨烦之才，故特授任。无毁前功！"《御览》六百三十九，又二百五十八。

夷吾转下邳令，预自克死日。如期，果卒。敕其子曰："汉末当原作尝，据范《书》本传改乱，有发掘露体之祸。使县棺下葬，墓不起坟。"《御览》五百五十六。

董昆

董昆，字文通，余姚人也。少游学，师事颍川荀季卿，受《春秋》。治律，明达理法，又才能拨烦。县长潘松，署功曹史。刺史卢当作虞孟行部，垂念冤结。松以孟明察于法令，转署昆为狱史。孟到，昆断正刑法，甚得其平。孟问昆："本学法令，所师为谁？"昆对:"事荀季卿。"孟曰:"史与刺史同师。"孟又问昆:"从何职为狱史?"松具以实对。孟叹曰:"刺史学律令,犹不及昆!"召之署文学。《御览》六百三十八。

昆迁廷尉卿,持法清峻,闭门不发私书。《书钞》五十三。《御览》二百三十一。

王充

王充,字仲任,范《书》本传云:"上虞人。"为儿童,不好狎侮。父诵奇之。七岁,教书数。《御览》三百八十五。

赵晔

赵晔,字长君,山阴人也。案晔有传,在范《书·儒林篇》。少为县吏,举檄迎督邮。晔甚耻之。由是委吏,到犍为,诣博士杜抚受《韩诗》。抚嘉其精力,尽以其道授之。积二十年,不还。家人为之发丧制服。至抚卒,晔经营葬之,然后归家。《御览》五百五十六。

董黯

董黯,字孝治,句章人。家贫,采薪供养。得甘果,奔走以献母。母甚肥。说邻人家富,有子不孝,母甚瘦小。不孝子疾黯母肥,常苦辱之。黯不报。及母终,负土成坟,鸟兽助其悲号。丧竟,杀不孝子置冢前以祭。诣狱自系。会赦得免。《御览》三百七十八,又四百八十二。《艺文》三十三。《宝庆四明志》八云:"董黯,字叔达,仲舒六世孙也,事母孝。母疾,嗜句章溪水,远不能常致,黯遂筑室溪滨,板舆就养,厥疾乃瘥。比邻王寄之母以风疾,寄忌之,伺黯出,辱其母,黯恨入骨。母死,恻切枕戈不言。一日,斩寄首以祭母,自白于官。奏闻,和帝诏释其罪,且旌异行,召拜郎中,不就。由是以慈名溪,以董孝名乡,今子城东南有庙,旧志谓即其故居,则黯本鄞人也。虞翻谓为句章人,据其徙居慈溪言之。"案《乾道四明图经》有唐崔殷撰《董君碣》，不及此详，罗璿所言，未测其本矣。

高丰

　　高丰，字文林，为鄮县狱吏。刺史虞孟行部，到旬日。鄮县僻，敕鄮长将囚徒就所在录见。林被文书，闭狱下篇，不肯送徒。自请见，曰："明使君乘法驾骓骖，衔命理冤，当县县而至。今乃遥召囚徒，欲省更烦。盖普天之下，莫非王土；率土之滨，莫非王臣。鄮县非汉地乎？"囚徒终不出县。特望朱轩，回轮向鄮。孟遂到鄮。《御览》六百四十三。

任光

　　光，字景升，鄮人，为县主簿。时海贼作孽，县令朱嘉将吏人出战于海渚。为贼所射伤。贼突嘉前。光往，以身障蔽。力战死。嘉获免《宝庆志》有此二字。还邑，出俸厚葬之。《乾道四明图经》五。《宝庆四明志》八。

黄昌

　　黄昌案昌字圣真，余姚人。范《书》有传，在《酷吏》篇为蜀郡太守，密捕得盗师一人，悉使疏诸县强盗，密往捕录。其诸小盗皆原其死，谪作栈道，以代民役。由是道不拾遗。狱至连年无有重囚。《御览》六百四十三。

　　初，昌为州书佐。妇宁于家，遇贼。遂流转入蜀为民妻。其子犯法，乃诣昌。昌疑不类蜀人。因问所由。对曰："妾本会稽余姚戴次公女，州书佐黄昌妻也。尝归家为贼所略，遂至于此。"昌惊呼前，谓曰："何以识黄昌？"曰："昌左足心有黑子。常言当为二千石。"乃出足示之。相持悲泣，还为夫妻。《御览》三百七十二。《通典》八十九《虞聆议》引《风俗通》云："黄昌为蜀郡太守，得所失妇，便为正室，使后妇下之。"

王修

修，句章人也。仕顺帝时为扬州从事《图经》引作汉安二年为鄞县令。军变，杀历阳太守伊曜范《书·冲帝纪》云："建康元年，扬州刺史尹耀，九江太守邓显，讨贼范容等于历阳。军败，耀、显为贼所殁。"修誓众奔入贼营。取曜尸葬之。人服其义。《宝庆四明志》八。《乾道四明图经》五。

杨乔

杨乔案乔字圣达，乌伤人，见范《书·杨璇传》注为右丞《书钞》六十引谢承《书》云："拜尚书侍郎，转左丞。"诣南宫，取急案条阁旧事。于复道中逢太常辛柔原作羊柔，据《通典》改，不避车。乔纠奏柔，以为知丞郎应行，威仪有叙，九列外官，而公干犯，请廷尉治柔罪。诏勿治。以三月俸赎罪。《御览》六百五十一。

杨乔上谏曰："臣闻之，曾子扣舷易水，鱼闻入渊，鸟惊参天。"《书钞》一百三十七。

戴就

薛安为扬州从事。戴就，字景成，会稽上虞人案就有传，在范《书·独行篇》，为仓曹掾，受赃秽。刺史欧阳操遣安检治，拷覆取实。安乃收就，拷讯五毒案范《书》本传云："就仕郡仓曹掾，扬州刺史欧阳参奏太守成公浮，臧罪，遣部从事薛安案仓库簿领收就，于钱塘县狱幽囚考掠"云云，《御览》删节过当，失其本末。乃以针刺就十手指甲，使令爬土，又烧铁范《书》云铁斧令赤，使挟之肘腋，肉焦烂堕地。就乃取而食之，终无款伏。安乃覆就于船两头二字当衍，烧马粪于船两头熏之。火灭，谓就已死。发船视之，乃张目谓其主者曰："公何不益粪添火，而使绝之，何也？"主者乃报安。安大惊。遂引就共坐谈论，乃解其事耳。《御览》六百四十九引《后汉书》，末注云："《会稽典录》又载。"

周规

周规，字公圆，余姚人三字见《书钞》三十七。太守唐凤命为功曹。凤，中常侍衡之从兄。恃中官，专行贪暴。规谏："明府以负薪之才，受剖符之任，所谓力弱载重，不惟颠踬。方今圣治在上，不容秕政。明府以教人之职，行桀纣之暴。"凤怒，缚规，箠于阁内。凤后果以槛车征《御览》四百九十二。规为临湘令。长沙太守丹阳徐祝《御览》二百六十六引华峤《后汉书》作程徐，今案当作抗徐。范《书·桓帝纪》注引谢承《书》云："抗徐，字伯徐，丹阳人，少为郡佐史，特迁长沙太守。"二月行县。以草秽，敕除道路。规以妨农作时，损夫力，拒而不听。徐以责督邮。规遂弃官而去。《书钞》三十七，又三十二。华峤《书》又云："徐怃然有愧色，遣功曹赍印绶檄书谢，请还，规谓功曹曰：'程府君爱马蹄，不重民力。'径逝不顾。"

陈脩

陈脩一作修，字奉迁一作道，乌伤人。少为郡干，受《韩诗》《谷梁春秋》。家贫，为吏，常步儋上下。恒食干糒。每至正腊，僵卧不起。同僚以饮食请，不肯往《书钞》引作同僚饮食，虔请不往。其志操如此。《御览》三百九十三，又三十三。《书钞》三十八两引，又一百四十七，又一百五十五。《艺文》十五。

迁豫章太守。性清洁恭俭。十日一炊，不然官薪《御览》四百三十一。《书钞》七十五。计月受俸，受米不受钱《书钞》三十八，又七十五。厅事席荐，编绝不改，布被覆形，箪瓢蔬食《书钞》三十八。以郡风俗不整，常卷坐席。唯徐稚，李赞数诣问。乃待以殊礼。《御览》七百九。应廷育《金华先民传》云："迁合浦太守，大著治声，卒于官舍，合浦民怀其惠，护丧归葬。"

沈勋

沈勋，身自耕耘，以供衣食。人有盗获其禾，勋见而避之。明日夜，更收拾送致其家。盗者惭惧。赍还，不受。《御览》四百九十一，又八百三十九。

淳于翼

淳于翼，字叔通，除洛阳市长。桓帝即位，有大蛇见德阳殿上。翼占曰："以蛇有鳞，甲兵之应也。"《开元占经》一百二十。《续汉书·五行志》注引干宝《搜神记》云："桓帝即位，有大蛇见阳德殿上，雒阳市令淳于翼曰：'蛇有鳞，甲兵之象也。见于省中，将有椒房大臣受甲兵之诛也。'乃弃官遁去。到延熹二年，诛大将军梁冀，捕治宗属，扬兵京师也。"

魏朗

魏朗，字少英，上虞人案朗，范《书》在《党锢》传。少为县吏。兄为乡人所杀。朗白日操刀报仇于县中。遂亡命到陈国，从博士郤仲信学《春秋》图纬。又诣太学，受五经，京师长者李膺之徒，争从之。《御览》四百八十二。

朗从太守行春，寝于阁外。感时志激，中夜长叹。府君朝问："昨叹息者谁？"主簿曰："书佐魏朗也。"府君由是知朗有凌云之志。转功曹佐。正旦，与掾吏上朝。时功曹史顾翁一作龛，《书钞》作吴翁被裘以加朝服。朗以裘非臣服，非翁不敬。敕卒撤去。翁恚而不听，以手殴卒。朗右手鸣鼓，左手撤裘以闻。府君曰："朗当朝正色，有不挠之节。"遂退翁，以朗代之。朗辞病不就。《御览》二百六十四，又六百九十四。《书钞》三十七。

灵帝即位，窦武、陈蕃等欲诛宦官。谋泄，反为所害。朗以党被征。乃慷慨曰："丈夫与陈仲举、李元礼俱死，得非乘龙上天乎？"于丹阳牛渚自杀。海内列名八俊。《御览》四百二十八。

陈业

陈业少特操。沛国桓俨，当世英俊，避地会稽。闻业高节，欲与相见。终不获，后俨浮海，南入交州。临去，遗书与业。不因行李，以系山阴白楼亭柱二字据《水经·浙江水篇》注补，曰："从容养高，动静履直，季世多艰，爰适乐土。侧闻高风，饥渴话言。知乃深隐，邈然终时。求仁斯得，勤而无憾。齐踪古贤，何其优哉！"《艺文》三十一。

骆俊

骆俊，字孝远，乌伤人。《吴志·骆统传》注引谢承《书》云："俊有文武才干，少为郡吏，察孝廉，补尚书郎。"孝灵皇帝擢拜陈相。汝南葛陂，盗贼并起。陈与接境，四面受敌。俊厉吏民，为之保障。出仓见谷，以赡贫民。邻郡士庶，咸往归之。身捐俸禄，给其衣食。民产有子，常敕主者厚致米肉。生男女者，辄以骆为名。《御览》二百四十八，又四百七十七。《书钞》三十五，又三十九。谢承《书》又云："后袁术军众饥困，就俊求粮，俊疾恶术，初不应答，术怒，密使人杀俊。"

陈宫

上见天下郡郎，制曰："文左武右。"陈宫乃正中立。上问："此何郡郎，不从行诏？"对曰："有文有武，未知所如。"又问："何施？"答曰："文为颜氏春秋，武为孙吴兵法。"上擢拜大夫。《书钞》五十六。

虞国

虞国，字季鸿《御览》引有此句，国作固，少有孝行。为日南太守，行惠政《事类赋注》十九引有此句。常有双雁宿止厅事上。每出行，辄飞逐车。既卒于官，雁逐丧还。至余姚，住墓前，历三《御览》引作二年乃

去。《艺文》九十一。《御览》九百十七。案《书钞》七十五引谢承《书》有虞因，又有虞
国。《乾道四明图经》《宝庆四明志》有陈国，俱云迁日南太守，并是一人，因转写而误。
《太平寰宇记》一百七十一云："会稽虞歆为日南太守，即翻之父也，身死归乡，有双雁随
棺至会稽，栖于墓，三年乃去。"则又以为虞歆。案《水经·江水篇》注云："官仓即日南
太守虞国旧宅，号曰西虞，以其兄光居县东故也，是地即其双雁送葬故处。"诸书并云虞
国，《寰宇记》当误。

虞歆

虞歆《元和姓纂》云："秦有虞香，香十四代孙意，自东郡徙余姚。五代孙歆，歆
生翻。"《吴志》翻传注引别传云："翻初立《易》注，奏上曰：'臣高祖父故零陵太守光，少
治《孟氏易》，曾祖父故平舆令成，缵述其业，至臣祖父凤为之最密，臣亡考故日南太守
歆，受本于凤，最有旧书。'"字文肃侯康《三国志补注续》云："文肃当作文绣，陈琳
《檄吴文》虞文绣砥砺清节，耽学好古，虞仲翔能负析薪。《文选·吴都赋》注又作文秀。"
今案《曾子问》："祝声三"，郑氏注云："噫歆惊神也。"则作肃近之。历郡守，节操
高厉。魏曹植为东阿王。东阿先有三十碑铭，多非实。植皆毁除
之。以歆碑不虚，独全焉。《书钞》一百二。

盛宪 子匡

盛宪，字孝章五字亦见《文选》陈孔璋《檄吴将校部曲文》，李善注引，初为
台郎，常出游。逢一童子，容貌非常。宪怪而问之。是鲁国孔融。
融时年十余岁。宪下车，执融手，载以归舍。与融谈，知其不凡。
便结为兄弟。因升堂见亲。宪自为寿以贺母。母曰："何贺？"宪
曰："母昔有宪，宪今有弟，家国所赖，是以贺耳。"融果以英才炜艳
冠世。《御览》五百四十三，又四百九，又四百四十四。《书钞》八十五。

宪器量雅伟，举孝廉，补尚书郎，稍迁吴郡太守。以疾去官。
孙策平定吴会，诛其英豪。宪素有高名，策深忌之。初宪与少府孔

融善。融忧其不免祸，乃与曹公书曰："岁月不居，时节如流。五十之年，忽焉已至。公为始满，融又过二。海内知识，零落殆尽。惟《文选》有有字会稽盛孝章尚存。其人困于孙氏，妻孥湮没，单子独立，孤危愁苦。若使忧能伤人，此子不得复《选》无此字永年矣！《春秋传》曰：'诸侯有相灭亡者，桓公不能救，则桓公耻之。'今孝章实丈夫之雄也。天下谭士，依以扬声。而身不免于幽执《选》作絷，命不期于旦夕，是《选》无此字吾祖不当复论损益之友，而朱穆所以绝交也。公诚能持《选》作驰一介之使，加咫尺之书，则孝章可致，友道可弘也《选》作矣。今之少年，喜谤前辈。或能讥平孝章。孝章要为有天下大名，九牧之民，所共称叹。燕君市骏马之骨，非欲以骋道里，乃当以招绝足也。惟公匡复汉室，宗社将绝，又能正之。正之之术，实须得贤。珠玉无胫而自至者，以人好之也。况贤者之有足乎？昭王筑台以尊郭隗。隗虽小才，而逢大遇，竟能发明主之至心。故乐毅自魏往，剧辛自赵往，邹衍自齐往。向使郭隗倒县而王不解，临溺《选》作难而王不拯，则士亦将高翔远引，莫有北首燕路者矣。凡所称引，自公所知。而复据《文选》补有云者，欲公崇笃斯义也。"《选》无此字因表不悉。由是征为骑《选》注无此字都尉。制命未至，果为权所害。子匡，奔魏，位至征东司马。《吴志·孙歆传》注。《文选》孔文举《论盛孝章书》并注。

徐弘

徐弘，字圣通，为汝阴令。县俗刚强，大姓兼并。弘到官，诛剪《艺文》引作组奸桀，豪右敛手。商旅路宿，道不拾遗。童《艺文》作民歌之曰：徐圣通，政无双。《艺文》云："为汝阴。"平刑罚，奸宄空。《御览》二百六十八。《艺文》十九。

弘为右扶风都尉，家无余产。妻子纺绩，衣弊履空。乡人嘉其高操。《书钞》三十八。

陈瑞

陈瑞，字文象，世《御览》引有此字为县卒。瑞谦恭敬让，行惟敬谨。及其居二千石九卿位，少年童竖拜者，皆正朝服，与之抗礼。若疾病不能答拜，辄拊颡以谢之。《初学记》十七。《御览》四百二十三。

魏徽

魏徽，字孔章三字《书钞》引无，仕郡为功曹吏。府君贵其名已上亦见《书钞》七十七重，徽每拜谒，常跪而待之。《御览》二百六十四。

皮延

皮延，字叔然，会稽山阴人。养母至孝。居丧，有白鸠巢庐侧。遂以丧终。《艺文》九十二。《御览》九百二十一作终丧。

伍贱

余姚伍贱，字士微，父为仓监，失其官谷簿，领罪至于死。贱为执算，检挍相当。由是见异，号为神童。《御览》三百八十五。

张京

张京从戎西州。军罢，还归，各给牛车。京同里寡母，与三子从军。子各物故。见京还，不能自致，悲伤歔欷。京所载之所字误。牛羸，道死。京入辕引轭，妻子单步。《御览》四百二十一。

会稽典录卷下

周昕

昕，字大明，《文选》陈孔璋《檄吴将校部曲文》云："周泰明当世俊彦，德行修明。"少游京师，师事太傅陈蕃，博览群书，明于风角，善推灾异。辟太尉府，举高第，稍迁丹阳太守。曹公起义兵，昕前后遣兵万余人助公征伐。袁术之在淮南也，昕恶其淫虐，绝不与通。《吴志·孙静传》注。《静传》云："孙策定诸县，进攻会稽，太守王朗拒于固陵，策用静说，分军夜袭高迁屯，朗遣故丹阳太守周昕等帅兵前战。策破昕等斩之。"

周喁

初，曹公兴义兵，遣人要喁《吴志·孙坚传》注云："喁字仁明，周昕之弟也。"喁即收合兵众，得二千人，从公征伐，以为军师。复与坚争豫州，屡战失利。会次兄九江太守昂为袁术所攻，喁往助之，军败，还乡里，为许贡所害。《吴志·孙坚传》注。案《魏志·公孙瓒传》云："术遣孙坚屯阳城拒卓，绍使周昂夺其处。"范《书·瓒传》又作周昕。《吴志·孙静传》注引《献帝春秋》云："袁术遣吴景攻昕，未拔，景乃募百姓敢从周昕者死不赦。昕曰：'我则不德，百姓何罪？'遂散兵还本郡。"今据《典录》所记，并为周喁，盖喁兄弟三人，皆与孙氏为敌，故诸书记录，往往不能辨析也。

丁览子固

览，字孝连案览，山阴人，见《吴志·虞翻传》，八岁而孤，家又单微，清身立行，用意不苟。推财从弟，以义让称。仕郡至功曹，守始平长。为人精微洁净，门无杂宾。孙权深贵待之，未及擢用，会病卒，甚见痛惜。殊其门户。览子固，字子贱，本名密，避滕密，改作固。

固在襁褓中，阚泽见而异之，曰："此儿后必至公辅。"固少丧父，独与母居。家贫守约，色养致敬，族弟孤弱，与同寒温。翻与固同僚书曰："丁子贱塞渊好德，堂构克举。野无遗薪，斯之为懿，其美优矣。令德之后，惟此君嘉耳。"历显位。孙休时固为左御史大夫。孙皓即位，迁司徒。皓悖虐，固与陆凯、孟宗同心忧国，年七十六卒。《吴志·虞翻传》注。注又云："子弥，字钦远，仕晋至梁州刺史。孙潭，光禄大夫。"

徐陵 子平

徐陵，字元大案陵，太末人，见《吴志·虞翻传》，历三县长，所在著称。迁零陵太守。时朝廷俟以列卿之位，故翻书曰："元大受上卿之位，叔向在晋，未若于今。"其见重如此。陵卒，僮客土田或见侵夺。骆统为陵家讼之，求与丁览、卜清当作静，《吴志·顾邵传》注引《吴录》云："卜静，字玄风，吴郡人，终于剡令。"等为比。权许焉。陵子平，字伯先，童龀知名，翻甚爱之，屡称叹焉。诸葛恪为丹阳太守，讨山越，以平威重思虑，可与效力，请平为丞。稍迁武昌左都督。倾心接物，士卒皆为尽力。初，平为恪从事，意甚薄。及恪辅政，待平益疏。恪被害，子建亡走，为平部曲所得。平使遣去，别为他军所获。平两妇归宗敬奉，情过乎厚。其行义敦笃，皆此类也。《吴志·虞翻传》注。

虞翻

翻《吴志》本传云："字仲翔，余姚人。"说嵩本传注引《吴书》云："策薨，权统事。定武中郎将嵩，策之从兄也，屯乌程，整帅吏士，欲取会稽，会稽闻之，使民守城，以俟嗣主之命，因令人告谕嵩。"曰："讨逆明府，不竟天年。今摄事统众，宜在孝廉。翻已与一郡吏士，婴城固守，必欲出一旦之命，为孝廉除害，惟执事图之。"于是嵩退。《吴志》本传注。

虞汜

汜字世洪，《吴志·虞翻传》云："翻有十一子，第四子汜最知名。"生南海，年十六，父卒，还乡里。孙綝废幼主，迎立琅邪王休。休未至，綝欲入宫，图为不轨。召百官会议，皆惶怖失色，徒唯唯而已。汜对曰："明公为国伊周，处将相之位，擅废立之威。将上安宗庙，下惠百姓，大小踊跃，自以伊霍复见。今迎王未至，而欲入宫。如是群下摇荡，众听疑惑，非所以永终忠孝，扬名后世也。"綝不怿，竟立休。休初即位，汜与贺邵、王蕃、薛莹俱为散骑常侍。以讨扶严功，拜交州刺史冠军将军余姚侯。寻卒。《吴志·虞翻传》注。

虞忠

忠，字世芳，翻第五子。贞固干事，好识人物。造吴郡陆机于童龀之年，称上虞魏迁于无名之初。终皆远致，为著闻之士。交同县王岐于孤宦之族，仕进先至宜都太守，忠乃代之。晋征吴，忠与夷道监陆晏，晏弟中夏督京，坚守不下。城溃，被害。《吴志·虞翻传》注。注又云："忠子潭，字思奥，《晋阳秋》称潭清贞有检操，外如退弱，内坚正有胆干。仕晋，历位内外，终于卫将军，追赠侍中，左光禄大夫，开府仪同三司。"

虞耸

耸，字世龙，翻第六子也。清虚无欲，进退以礼。在吴历清官。入晋，除河间相。王素闻耸名，厚敬礼之。耸抽引人物，务在幽隐孤陋之中。时王岐难耸以高士所达，必合秀异。耸书与族子察曰："世之取士，曾不招未齿于丘园，索良才于总猥。所誉依己成，所毁依己败。此吾所以叹息也。"耸疾俗丧祭无度，弟昺卒，祭以少牢，酒饭而已。当时族党，并遵行之。《吴志·虞翻传》注。

虞昺

昺，字世文，翻第八子也。少有倜傥之志。仕吴黄门郎，以捷对见异。超拜尚书侍中。晋军来伐，遣昺持节都督武昌以上诸军事。昺先上还节盖印绶，然后归顺。在济阴抑强扶弱，甚著威风。《吴志·虞翻传》注。

贺齐 子达、景

齐《吴志》本传云："字公苗，山阴人。"讨建安贼洪明于盖竹。戴凯之《竹谱》注。

景为灭贼校尉，御众严而有恩。兵器精饰，为当时冠绝。早卒。达颇任气，多所犯迕，故虽有征战之劳，而爵位不至。然轻财贵义，胆烈过人。子质，位至虎牙将军。景子邵，别有传。《吴志·贺齐传》注。

阚泽

阚泽，字德润，山阴人也案《吴志》有传。初，吕一本传作壹奸罪发闻，有司穷治，奏以大辟。或以为宜加焚裂原作烈，据本传改，用彰其恶。吴王以问泽，泽曰："盛明之世，不宜有此刑。"遂从之。《御览》六百三十六。

吴范

吴范《吴志》本传云："字文则，上虞人。"与鄱阳太守魏腾少相友善。腾尝有罪，吴主怒甚，敢有谏者死。范谓腾曰："与汝偕死。"腾曰："死无益，何死为！"范曰："安能虑此，坐观汝邪？"乃髡头自缚诣阁下，使铃下以闻。铃下不肯，曰："必死，不可。"范曰："汝有子邪？"原夺此字，据本传补曰："有。""使汝为吴范死，汝子属我。"铃下曰："诺。"乃排阁入。言未卒，吴主大怒，欲投以戟，逡巡走出。范因突入，叩头流血，言与涕并。良久，吴王意释，乃免腾。《御览》六百四十九。

魏滕

滕《吴志·吴夫人传》注作腾，《御览》作胜。卢明楷曰："腾与滕音同，胜则腾之讹耳。"字周林《文选》陈孔璋《檄吴文》作周荣，祖父河内太守朗，字少英，列在八俊。滕性刚直，行不苟合。虽遭困逼，终不回挠《吴志·吴范传》注。初为孙策功曹，以迕意见谴，将杀之。士大夫忧恐，计无所出。吴太夫人乃倚大井而谓策曰："汝新造江南，其事未集，方当优贤礼士，舍过录功。魏公曹在公尽规钱大昭《三国志辨疑》三云："公曹当作功曹，因下文公字而误。"汝今日杀之，则明日人皆叛汝，吾不忍见祸之及，当先投此井中耳。"策大惊，遂释滕《吴志·吴夫人传》注。《御览》二百六十四。《事类赋注》八。历历山、潘阳、山阴三县令梁章钜《三国志旁证》三十云："历山当作历阳，潘阳当作鄱阳，吴时无历山县，潘阳县也。"鄱阳太守。《吴志·吴范传》注。

谢承 予崇、勖

承，字伟平案承，山阴人，见《吴志·谢夫人传》，博学洽闻，尝所知见，终身不忘。子崇，扬威将军，弟勖，吴郡太守，并知名。《吴志·谢夫人传》注。

承迁吴郡督邮，岁穰，嘉禾六穗，生于部属。《初学记》二十七。

任奕

任奕，字安和，句章人也。为人貌寝，无威仪。《御览》三百八十二。案奕以文章著称，见《朱育传》，有《任子》十卷，见《意林》，余无可考。徐象梅《两浙名贤录》云："任次龙，名奕，郡将蒋秀请为功曹，谢去。后历官御史中丞。"是误合任旭，任奕为一也。旭，临海人，见《晋书·隐逸传》。

虞俊

余姚虞俊_{案俊字仲明，见《邵员传》}叹曰："张惠恕才多智少，华而不实，怨之所聚，有覆家之祸。吾见其兆矣。"诸葛亮闻俊忧温，意未之信。及温放黜，亮乃叹俊之有先见。亮初闻温败，未知其故。思之数日，曰："吾已得之矣，其人于清浊太明，善恶太分。"《吴志·张温传》注。

邵员

邵员，字德方，余姚人。与同县虞俊邻居。员先不知俊，十余年，俊至吴，与张温、朱据等会，清谈干云，温等敬服。于是吴中盛为俊谈。员闻而愧曰："吾与仲明游居比屋，曾不能甄其英秀，播其风烈，而令他邦称我之杰。"《御览》四百九十一。

谢渊_{兄咨}

谢渊，字休德，山阴人。其先巨鹿太守夷吾之后也。世渐微替，仕进不济。至渊兄弟一时俱兴。兄咨，字休度，少以质行自立干局见称，官至海昌都尉。渊起于衰末《御览》五百十六，少修德操，躬秉耒耜，既无戚容，又不易虑。由是知名。举孝廉，稍迁至建武将军。虽在戎旅，犹垂意人物《书钞》六十四引已上三句。骆统子名秀，被门庭之谤，众论狐疑，莫能证明。渊闻之，叹息曰："公绪早夭，同盟所哀。闻其子志行明辩，而被暗昧之谤，望诸夫子烈然高断，而各怀迟疑，非所望也。"秀卒见明，无复瑕玷，终为显士，渊之力也。《吴志·陆逊传》注。

钟离牧_{子盛、徇}

牧《吴志》本传云："牧，字子干，山阴人，汉鲁相意七世孙也。"父绪，楼船都尉。兄骃，上计吏。少与同郡谢赞吴郡顾谭齐名。牧童龀时，号为迟讷。骃常谓人曰："牧必胜我，不可轻也。"时人皆以为不然。《吴志》本传注。《御览》五百十六。

高凉贼率仍弩等破略百姓，残害吏民。牧越界讨扑_{本传云：“赤乌}<small>五年，从郎中补辅义都尉，迁南海太守。”</small>旬日降服。又揭阳县贼率曾夏等，众数千人。历十余年，以侯爵，杂缯千匹，下书购募，绝不可得。牧遣使慰譬，登皆首服，自改为良民。始兴太守羊衜与太常滕胤书曰：“钟离子干，吾昔知之不熟，定见其在南海，威恩部伍，智勇分明。加操行清纯，有古人之风。”其见贵如此。在郡四年，以疾去职。《吴志》本传注。

牧之在濡须<small>本传云：“还为丞相长史，转司直，迁中书令，出为监军使者，讨平建安、鄱阳、新都三郡山民。封秦亭侯，拜越骑校尉。永安六年，为平魏将军，领武陵太守，平五溪，迁公安督，阳武将军，封都乡侯，徙濡须督。”</small>深以进取可图，而不敢陈其策。与侍中东观令朱育宴，慨然叹息。育谓牧口恨于策爵未副，因为牧曰：“朝廷诸君，以际会坐取高官。亭侯功无与比，不肯在人下，见顾者犹以于邑，况于侯也？”牧笑而答曰：“卿之所言，未获我心也。马援有言：‘人当功多而赏薄’，吾功不足录，而见宠已过当，岂以为恨？国家不深相知，而见害朝人，是以默默不敢有所陈。若其不然，当建进取之计，以报所受之恩，不徒自守而已。愤难以此也。”育复曰：“国家已自知侯。以侯之才，无为不成。愚谓自可陈所怀。”牧曰：“武安君谓秦王云：‘非成业难，得贤难；非得贤难，用之难；非用之难，任之难。’武安君欲为秦王并兼六国，恐授事不见任，故先陈此言。秦王既许而不能，卒陨将成之业，赐剑杜邮。今国家知吾，不如秦王之知武安；而害吾者，有过范雎。大皇帝时陆丞相讨鄱阳，以二千人授吾。潘太常讨武陵，吾又有三千人。而朝廷下议，弃吾于彼。使江渚诸督，不复发兵相继。蒙国威灵自济，今日何为！常<small>当有讹夺</small>向使吾不料时度宜，苟有所陈，至见委以事，不足兵势，终有败绩之患，何无不成之有？”《吴志》本传注。

朱育谓钟离牧："大皇帝以神武之姿，欲得五千骑，乃有可图。今骑无从出，而有进取之志，将何计？"牧曰："大皇帝以中国多骑，欲得骑以当之。然吴神锋弩射三《御览》引一有四字里，贯洞至四马《御览》引作贯洞三四马，一作洞穿三马。骑敢近之乎？"《御览》三百，又三百四十八。《艺文》六十。

牧次子盛，亦履恭让，为尚书郎。弟徇领兵为将，拜偏将军，戍西陵。与监军使者唐盛论地形势，谓宜城信陵，与建平接汲古阁本《三国志》作为建平援，《嘉泰会稽志》徇传同。若不先城，敌将先入。盛以施绩留建平智略名将，屡经于彼钱大昕《诸史拾遗》一云："陈景云曰：'建字衍，因上有建平字而复出也。'留平见《孙休传》，平于永安六年以平西将军率众围巴东，数月乃还，其经信陵者屡矣。"无云当城之者，不然徇计。复半年，晋果遣将修信陵城。晋军平吴，徇领水军督，临阵战死也。《吴志·牧传》注。

卓恕

卓恕，字公行，上虞人。恕为人笃信，言不宿诺。与人期约，虽遭暴风疾雨雷电冰雪，无不必至。尝从建业还家，辞太傅诸葛恪。恪问："何当复来？"恕答曰："某日当复亲觐。"至是日，恪欲为主人，停不饮食，以须恕至。时宾客会者皆以为会稽建业相去千余里，道阻江湖，风波难必，岂得如期。须臾，恕至。一座尽惊。《御览》四百三十，又四百九。

朱育

孙亮时，有山阴朱育潘眉《三国志考证》八云："育字嗣卿，见《唐书·艺文志》。"少好奇字，凡所特达，依体像类，造作异字千名以上《隋书·经籍志》云："梁有《异字》二卷，朱育撰，亡。"侯康补《三国艺文志》云："《汗简》屡引朱育集字，或云集奇字，或云集古字，或云字略，盖皆出此书也。"仕郡门下书佐。太守濮阳兴正旦宴，见掾吏，言次，问："太守昔闻朱颍川问士于郑召公，韩吴郡问士于刘圣博，王景兴问士于虞仲翔，尝见郑刘二答，而未睹仲翔对也。钦闻国贤，思睹盛美有日矣。书佐宁识之乎？"育对曰："往过习之，昔初平末年，王府君以渊妙之才，超迁临郡，思贤嘉善，乐采名俊，问功曹虞翻曰：'闻玉出昆山，珠生南海。远方异域，各生珍宝。且曾闻士人叹美《摛英集》引作美。贵邦旧多英俊，徒以远于京畿，含香未越耳。功曹雅好博古，宁识其人邪？'翻对曰：'夫会稽上应牵牛之宿，下当少阳之位。东渐巨海，西通五湖，南畅无垠，北渚浙江。南山攸居，实为州镇。昔禹会群臣，因以命之。山有金木鸟兽之殷，水有鱼盐珠蚌之饶。海岳精液，善生俊异。是以忠臣继《集》作係踵，孝子连闾。下及贤女，靡不育焉。'王府君笑曰：'地势然矣。士女之名，可悉闻乎？'翻对曰：'不敢及远，略言其近者耳。'往者孝子句章董黯，尽心色养，丧致其哀。单身林野，鸟兽归怀。怨亲之辱，白日报仇。海内闻名，昭然光著。太中大夫山阴陈嚣，渔则化盗《艺文》九十六引谢承《书》云："嚣少时于郭外水边捕鱼，人有盗者，嚣见避于草中，追以鱼遗之，盗惭不受，自后无复取焉。"居则让邻。感侵退藩，遂成义里。摄养车姬，行足厉俗。自杨子云等上书荐之，粲然传世。太尉山阴郑公案谓郑弘，清亮质直，不畏强御。鲁相山阴钟离意，禀殊特之姿，孝家忠朝。宰县相国，所在遗惠。故取养有君子之谟，鲁国有丹书之信干宝《搜神记》云："永平中意为鲁相，到官出私钱万三千文付户曹孔䜣，修夫子车，身入庙拭几席剑履。男子张伯除堂下草，土中得玉璧七枚，伯怀其一，以六枚白意，意令主簿安置几前，孔子教授堂下床首有县瓮，意召孔䜣问：'此何瓮也？'对曰：'夫子瓮也，背有丹书，人莫敢发也。'意曰：'夫子圣人，所以遗瓮，欲以县示后贤。'因发之，中得素书，文曰：'后世修吾书，董仲舒。护吾车，拭吾履，发吾笥，会稽钟离意。璧有七，张伯藏其一。'意即召问：'璧有七，何藏一邪？'伯叩头出之。"及陈宫费齐，皆上契天心，功德治状，记在汉籍。有道山阴赵晔，征士上虞王充，各洪才渊懿，学究道源。著书垂藻，骆驿百篇。释经传之宿疑，解当世之棼结。或上穷阴阳之奥秘，下摅人情之归极。交趾刺史上虞綦母俊，拔济一郡，让爵土之封<small>林宝《元和姓纂》云："后汉綦母俊为会稽主簿，因居焉。"欧大任《百越先贤志》二引黄恭《交广记》云："綦母俊，会稽上虞人也，少治《左氏春秋》，永初中举孝廉，拜左校令。出为交趾刺史。元初三年，合浦蛮夷反叛，遣侍御史任连督州郡兵讨之，俊保障苍梧，乃往戎行，所向摧靡，功当封赏。上书归功命使，自谓致寇当诛，安帝下诏美之。"</small>决曹掾上虞孟英三世死义<small>《论衡·齐世篇》云："会稽孟章父英，为郡决曹掾，郡将拄杀非辜，事至覆考，英引罪自予，卒代将死。章后复为郡功曹，从役攻贼兵卒北败，为贼所射。以身代将死，卒不去。"又《御览》三百五十七引谢承《书》云："孟政，字子节，地皇六年为府丞虞卿书佐，时太守缺，丞视事，毗陵有贼，丞讨之，未到县，道路逢贼，吏卒迸散，政操刀循与贼相击，丞得免难，政死于路。"案地皇为王莽年号，当在孟英之先，其后又有孟尝为汉循吏。故范《书》本传云："其先三世为郡吏，并伏节死难也。"</small>主簿句章梁宏，功曹史余姚驷勋，主簿句章郑云，皆敦终始之义，引罪免居<small>范《书·陆续传》云："楚王英谋反，阴疏天下。善士，事觉，有太守尹兴名。乃与主簿梁宏功曹史驷勋及掾史五百余人，诣洛阳诏狱就考。诸吏死者大半。唯续宏勋掠考五毒，肌肉消烂。终无挠辞。"郑云已见上卷，然谓狱死，与此云引罪免居不同。</small>门下督盗贼余姚伍隆，郧原注，莫侯反主簿任光，章安小吏黄他<small>《文选》阮嗣宗《劝进表》注引谢承《书》云："黄他求没，将投骸虏廷。"疑非一人，</small>身当白刃，济君于难。扬州从事句章王修，委身授命，垂声来世。河内太守上虞魏少英，遭世屯蹇，忘家忧国，列在八俊，为世英彦。尚书乌伤杨乔，桓帝妻以公主，辞疾不纳<small>范《书·杨璇传》云："兄乔为尚书，容仪伟丽，数上书言政事，桓帝爱其才貌，诏妻以公主，乔固辞不听，遂闭口不食，七日而死。"</small>近故太尉上虞朱公<small>案朱俊字公伟，范《书》有传，</small>天姿聪亮，钦明神武，策无失谟，征无遗虑。是以天下义兵，思以为首。上虞女子曹娥，父溺江流，投水而死，立石碑纪，炳然著显。王府君曰：'是既然矣。颍川有巢许之逸轨，吴有太伯之三让。贵郡虽士人纷纭，于此足矣。'

翻对曰：'故先言其近者耳。若乃引上世之事，及抗节之士，亦有其人。昔越王翳让位，逃于巫山之穴，越人熏而出之。斯非太伯之俦邪？且太伯外来之君，非其地人也。若以外来言之，则大禹亦巡于此而葬之矣。鄞大里黄公钱大昕《三国志考异》三云："《陈留志》：'夏黄公，姓崔名广，字少通，齐人。隐居夏里修道，故号曰夏黄公。'仲翔以为会稽鄞人，仲翔去西京未远，当得其实。"案《晋书·夏统传》载统对贾充问会稽土地人物，亦云其人循循，犹有黄公之高节，与虞君说同。《陈留志》所记姓名里居，并出方士妄作，不足据，洁已暴秦之世，高祖即阼，不能一致。惠帝恭让，出则济难。征士余姚严遵钱仪吉《三国志证闻下》云："遵，字君平，岂于先贤之名，亦有误乎？范史云，一名遵，亦惑于此语耳。"案钱氏盖谓子陵当名光，不名遵也，然汉人往往有二名者，无以决育之必误王莽数聘，抗节不行。光武中兴，然后俯就。矫手《会稽续志》引作首不拜，志陵云日。皆著于传籍，较然彰明鄞大里黄公至此已上，亦见《宝庆会稽续志》七。岂如巢许流俗遗谭，不见经传者哉？'王府君笑曰：'善哉，话言也！贤矣，非君不著。太守未之前闻也。'"濮阳府君曰："御史所云，既闻其人。亚斯以下，书佐宁识之乎？"育曰："瞻仰景行，敢不识之。近者太守上虞陈业，洁身清行，志怀霜雪。贞亮之信，同操柳下。遭汉中微，委官弃禄，遁迹黟歙，以求其志。高邈妙踪，天下所闻。故桓文遗之尺牍之书，比竟三高案桓文下当有林字。《水经·渐江水篇》注云："沛国桓俨避地会稽，闻业履行高洁，往候不见，后俨浮海，南入交州，临去遗书与业，不因行李系白楼亭柱而去。"范《书·桓荣传》云："桓晔，字文林，一名严。"亦见上卷业传。比竟三高未详。官本《三国志考证》云："疑指上所引越王翳黄公严遵而言。"然与业行迹不类，恐非。其聪明大略，忠直謇谔，则侍御史余姚虞翻，偏将军乌伤骆统案统字公绪，《吴志》有传。其渊懿纯德，则太子少傅山阴阚泽，学通行茂，作帝师儒。其雄姿武毅，立功当世，则后将军贺齐，勋成绩著。其探极秘术，言合神明，则太史令上虞吴范。其文章之士，立言粲盛，则御史中丞句章任奕汉古阁本《三国志》作爽，鄱阳太守章安虞翔，各驰文檄，晔若春荣。处士邓卢叙，弟犯公宪，自杀乞代《嘉定赤城志》三十二云："邓卢叙居章安。"钱大昕《三国志考异》三云："邓非会稽属县，当是鄞字之讹。"《乾道四明图经》亦以为鄞人，惟卢作虞为异，二字形相涉。正史固多舛误，《图经》亦传写之本，未能决其是非也。吴宁斯敦、山阴祁庚、上虞樊正咸代父死罪应廷育《金华先民传》云："斯敦，乌伤人。父伟，为廷尉失议，当坐死，敦叩阍泣血，请以身代。吴王嘉其孝，赦伟罪，仍旌其门，俗呼其葬处为孝义坟。"其女则松杨当作松阳，今处州松阳县也柳朱，永宁瞿素官本《三国志考证》云："瞿一作翟。"案《艺文》三十五引皇甫谧《列女后传》云："会稽瞿素，受聘未及配，适遭贼欲犯之，临之以白刃，素曰：'我可得而杀，不可得而辱。'素婢名青，乞代素。贼遂杀素，复欲犯青，青曰：'向欲代素者，恐被耻获害耳！今素已死，我何以生为？'贼复杀之。"《初学记》《御览》引亦并作瞿，瞿字当误，或一醮守节，丧身不顾；或遭寇劫贼，死不亏行。皆近世之事，尚在耳目。"府君曰："皆海内之英也。吾闻秦始皇二十五年，以吴越地为会稽郡，治吴。汉封诸侯王，以何年复为郡而分治于此？"育对曰："刘贾为荆王，贾为英布所杀。又以刘濞为吴王。景帝四年，濞反诛，乃复为郡，治于吴。元鼎五年，除东越，因以其地为治，并属于此，而立东部都尉。后徙章安。阳朔元年，又徙治鄞。或有寇害，复徙句章侯康《后汉书补注续》云："《宋书·州郡志》会稽东部都尉，前汉治鄞，后汉分会稽为吴郡，疑都尉徙治章安也。朱育言阳朔以前徙章安。其说未可信。阳朔，成帝年号，章安则光武所置县，何得阳朔时已徙于此？且章安即冶更名，都尉既治冶矣，奚容更徙，当以沈《志》为正，至谓初治冶，又徙句章，或亦可与沈《志》参观也。"到永建四年，刘府君上书，浙江之北，以为吴郡。会稽还治山阴案《水经注》云："永建中，阳羡周嘉上书，以县远，赴会至难，求得分置，遂以浙江西为吴，以东为会稽。"又《元和郡县志》云："永建四年，阳羡令周嘉，山阴令殷重，上书求分为二郡。"并与育说异。自永建四年，岁在己巳，以至今年，积百二十九岁。"府君称善。是岁，吴之太平三年，岁在丁丑，育后仕朝常在台阁，为东观令，遥拜清河太守，加位侍中。推刺，占射，文艺多通。《吴志·虞翻传》注。孔延之《会稽掇英总集》二十。又散见《会稽三赋》周世则注。

贺邵

贺邵，字兴伯，山阴人也。案《吴志》有传，注引《吴书》云："邵，贺齐之孙，景之子。"为人美容止《御览》一作姿容，正其衣冠，尊其瞻视，动静有常。与人交，久而《艺文》引作益敬之。至在官府，左右莫见其洗沐二字《御览》引一作跣。坐常著袜，希见其足。《御览》四百九，又三百八十九，又六百九十七。《书钞》一百三十六。《艺文》七十。

夏方

夏方，字文正，《晋书·孝友篇》本传云："永兴人。"家遭疫疠，父母伯叔一时死，凡十三丧。方年十四，昼则负土哀号，暮则扶棺哭泣。比葬，年十七。本传云："十有七载，葬送得毕。"乌鸟集聚，猛兽乳其侧。《御览》九百十四。本传又云："吴时拜仁义都尉，累迁五官中郎将，吴平，除高山令，百姓有罪应加捶挞者，方向之涕泣而不加罪，大小莫敢犯焉。在官三年，州举秀才。还家卒，年八十七。"

夏香

夏香，字曼卿，永兴人也。为农夫。香挺然特立，明果独断。年十五，县长葛君出临虚星，会客饮宴，时郡遭大旱，香进谏曰："昔殷汤遭旱，以六事自责，而雨泽应澍。成王悔过，偃禾复起。先圣畏惧天异，必思变复，以济民命。今始罹天灾，县界独甚。未闻明达崇殷周之德，临祭独欢。百姓枯瘁，神祇有灵，必不享也。百姓不足，君孰与足？宜当还寺。"长即罢会，身捐俸禄，以赡饥民。《艺文》一百。

香门侧有大井，旁设水罂一作上有瓦盆。里中儿童各竞饮水一作牛。争水共斗。香预为汲水，多置器罂一作盆器，由是无争。专以德化。香至四节，先庆酌二亲，退赍酒肴劳问里中父老，以此为常。《御览》四百三，又四百九十六。

有盗刈其稻者，香助为收之，盗者惭，送以还香。香不受。《艺文》八十五。《御览》八百三十九。

香历任邑长，皆有声绩。《会稽三赋》周世则注。

张立

张立之为人刚毅，志意慷慨。太祖尝抑之曰："尔不念诗书，慕圣道，而好乘汗马击剑，此一夫之用，何足贵也？"谓左右曰："丈夫一为卫霍，将十万，驰沙漠，驱戎狄，立功建号耳，何能作博士邪？"《御览》二百七十六。

朱朗

朱朗，字恭明，《会稽三赋》周世则注云："永兴人。"父为道士，淫祀不法，游在诸县，为乌伤长陈颖所杀。朗阴图报怨，而未有便。会颖以病亡，朗乃刺杀颖子。事发，奔魏。魏闻其孝勇，擢以为将。《御览》四百八十二。案春秋之义，当罪而诛，不言于报，匹夫之怨，止于其身。今朗父不法，诛当其辜，而朗之复仇，乃及胤嗣。汉季大乱，教法废坏，离经获誉，有惭德已，岂其犹有美行，足以称纪，传文零散，本末不具，无以考核，虞君之指，所未详也。

唐庠

唐庠，字汉序。三国鼎峙，年兴兵革。士以弓马为务，家以蹴鞠为学。于是名儒洪笔，绝而不续。《御览》七百五十四。

张谀

张谀，字彦承，上虞人也。与同乡丁孝正相亲。葬送过制，谀

会稽郡故书杂集

书难之曰:"吾闻班固善阳孙之省葬,恶始皇之饰终。夫傈以矫世,君子弗为。若乃据周公之定品,依延州而成事;取中庸以建基,获美称于当世,不亦优哉!"《御览》五百五十六。

虞伦

虞伦,字孝绪,余姚人也。与骆瑗为弹冠之友。《御览》四百九。

曹娥

孝女曹娥者,上虞人。父盱,能抚节按歌,婆娑乐神。汉安二年五月五日,于县江七字据《艺文》引补迎伍君神,溯涛而上,为水所淹,不得其尸。娥年十四,号慕思盱,乃投瓜于江,存其父尸曰:"父在此,瓜当沉。"旬有七日,瓜偶沉娥年十四至此已上,《艺文》《御览》引并作缘江号哭,昼夜不绝声七日。遂自投于江而死。三日后,与父尸俱出二句据陈元靓《岁时广记》二十三引补,《事类赋注》四引作数日抱父尸出,范《书》本传不载。县长度尚悲怜其义,为之改葬。命其弟子邯郸子礼为之作碑。《世说新语·捷悟篇》注。《艺文》四。《御览》三十一。《嘉泰会稽志》十。

上虞长度尚弟子邯郸淳,字子礼,时甫弱冠而有异才。尚先使魏朗作《曹娥碑》,文成,未出。会朗见尚,尚与之饮宴,而子礼方至,督酒。尚问朗:"碑文成未?"朗辞不才。因试使子礼为之,操笔而成,无所点定。朗嗟叹不暇,遂毁其草。其后蔡邕又题八字曰:"黄绢幼妇,外孙齑臼。"《后汉书》本传注。

孟淑

孟淑,上虞人也。父质,中郎将。淑年十七,当出适,聘礼既至,为盗所劫。淑祖父操刃对战,不敌,见害。淑思慕哀恸,憔悴毁形,以致盗由己,乃喟尔叹曰:"微淑之身,祸诚不生。以身害祖，苟活何颜？"于是遂自经而死。《御览》四百四十一。

彭山

彭祖所隐居之城。《会稽三赋》周世则注。

骠骑山

张意，汉世祖时为骠骑将军。子齐方《四明志》引作芳，历中书郎李慈铭《越缦堂日记》云："中书郎魏吴始有之，东汉止有尚书郎，且少二字名。齐芳之名，不似当时人也。"曾隐于此山，因名。《舆地纪胜》十一。《宝庆四明志》十六。《延祐四明志》七。

女几山

葛仙翁于女几山凭白桐木几，学道数十年，白日登仙。几化为白麂《御览》引作白虎。三脚两头，人往往见之。《事类赋注》十四。《御览》七百十。

散句

吞舟之鱼，不唼虾蟹；熊虎之爪，不剥狸鼠。傅肱《蟹谱》上。

江东五俊。《史通·采撰篇》云："江东五俊，始自《会稽典录》。"案《晋书·薛兼传》："兼，丹杨人，与同郡纪瞻，广陵闵鸿，吴郡顾荣，会稽贺循齐名，号为五俊。"亦见《御览》四百九十五，又四百四十三引《晋中兴书》，五人皆与虞君同时，则《典录》所载，且下及于并世矣。

会稽典录存疑

陈嚣

陈嚣，字君期，京师谚语曰："关东说《诗》陈君期。"《书钞》一百引《典录》。案山阴陈嚻，字子公，已见上卷。又朱育述虞翻对王朗问，亦不云治《诗》，疑有误。

沈丰

沈丰，字圣通，会稽乌程人。永平中，为郡主簿，迁零陵太守。为政慎刑重法，罪人词讼，初不历狱。嫌疑不决，一断于口。鞭扑不举，市无刑戮。僚友有过，亦不暴扬，有善必述，曰："太守所不及也。"在官七年，建初间，有紫芝甘露之瑞，论者以为皆丰治化之应也。出欧大任《百越先贤志》二。注云："据《会稽典录》楚纪参修。"案永建以前，吴会虽未分，而浙江以西士女，《典录》不载，虞翻朱育对亦不及之，欧氏盖本谢承《书》及《东观记》。见《艺文》九十八。《御览》十二，又二百六十引，非出《典录》。

贺纯

贺纯，字仲真，会稽人。先庆氏也。少即博极群艺，十辟公府，三举贤良，不至。后征拜议郎侍中。时避安帝父讳，改姓为贺。数陈灾异，上便宜数十事，多见省纳。迁江夏太守。徐州牧齐，中书令邵，皆其后也。出《百越先贤志》三。注云："据《会稽典录》《元和姓纂》参修。"案《姓纂》云："后汉庆仪，为汝阴令庆普之后也，曾孙纯，避汉安帝父讳，始改贺氏。孙齐，吴大将军。齐孙中书令劭。"《典录》未见，他书称引，唯范《书·李固传》注引谢承《书》，与《先贤志》余语多同，疑即欧氏所本。

沈震

沈震，字彦威，乌程人。十岁遭饥荒。忽中夜有人告震曰："西篱下地中有米五十石，可供养旦夕。"即掘之，果获焉。《御览》四百十一。案《御览》引此条，次《典录》虞国之后，题云又曰沈震云云。疑本是别书，因其前阙失数行，遂与《典录》相附。

钟离岫会稽后贤传记

后传序

《隋书·经籍志》:《会稽后贤传记》二卷, 钟离岫撰。《旧唐书·经籍志》《新唐书·艺文志》并云:《会稽后贤传》三卷, 无记字。钟离岫未详其人。章宗源《隋志史部考证》据《通志·氏族略》以为楚人。案《元和姓纂》云:"汉有钟离昧, 楚人。" 钟离岫撰《会稽后贤传》, 楚人者谓昧, 今以属岫, 甚非。汉代以来, 钟离为会稽望族, 特达者众, 疑岫亦郡人, 故为邦贤作传矣。今缉合逸文, 写作一卷, 凡五人, 仍依《隋志》题曰《传记》。

会稽后贤传记一卷
［隋］钟离岫

孔愉

孔愉, 字敬康。三字《御览》引有。《晋书》本传云:"愉, 山阴人, 其先世居梁国, 曾祖潜, 太子少傅, 汉末避地会稽, 因家焉。祖竺, 吴豫章太守, 父恬, 湖东太守, 俱有名江左。" 常至吴兴余干亭, 见人笼龟于路。愉买而放于溪中案余干当作余不。《寰宇记》九十四云:"余不溪者, 其水清, 与余杭不溪类也, 在武康县东二十四里。" 龟行至水, 反顾《白帖》引作左顾, 与《晋书》本传合视愉。及封此亭侯, 而铸印龟首回屈, 三铸不正, 有似昔龟之顾。灵德应感如此。愉悟, 乃取而佩焉。《艺文》九十六。《白帖》十三, 又九十八。《御览》九百三十一。《广记》一百十八。

孔群

群，字敬休，会稽山阴人案《晋书》有传。祖竺，吴豫章太守。父奕，全椒令。群有智局，仕至御史中丞。《世说新语·方正篇》注。

孔坦

孔坦《晋书·孔愉传》云："愉从子坦，字君平。"迁廷尉卿。狱多囚系，坦到官，躬执辞状，口辨曲直，小大以情，不加楚挞。每台司录囚，无所顾问，皆面决当时之事。《初学记》十二。

丁潭

丁潭，字世康，山阴人案《晋书》有传。吴司徒固曾孙也。沉婉有雅望，少与孔愉齐名，仕至光禄大夫。《世说新语·品藻篇》注。

谢仙女

贞女谢仙女者，谢承孙也。《吴志·谢夫人传》注引《典录》云："承子崇弟勖，并知名。"吴归命侯采仙女充后宫。仙女乃灸面服醇醯，以取黄瘦，竟得免。《御览》三百六十五。

贺氏会稽先贤像赞

像赞序

《隋书·经籍志》:《会稽先贤像赞》五卷,《旧唐书·经籍志》作四卷,贺氏撰。《新唐书·艺文志》云,《会稽先贤像传赞》四卷。其书当有传有赞,故《旧唐志》史录集录各著其目。又有《会稽太守像赞》二卷,亦贺氏撰。今悉不传。唯《北堂书钞》引《先贤像赞》二条,此后不复见有称引,知其零失久矣。辄复写所存传文为一卷。赞并亡。贺氏之名亦无考。

会稽先贤像赞[1] 一卷
贺氏

董昆

董昆,字文通,《书钞》三十四引云:"字文子。"余姚人也。清约守贫,并日而炊,茹菜不厌。郡守第五府君,嘉其令名,署上计吏,举察孝廉,为天下之最。经史德行,称第一也。《书钞》七十九,又三十八。

綦母俊

綦母俊为交州刺史,诏赐高山冠已上亦见《御览》六百八十五,俊作文后,绛三匹。拥节受决,临难受命,立功讨灭当作讨贼,以报上心。《书钞》七十二。

---

1 亦作"会稽先贤象赞"。——编者注

朱育会稽土地记

土地记序

《隋书·经籍志》史部地理篇,《会稽土地记》一卷, 朱育撰。《旧唐书·经籍志》《新唐书·艺文志》, 并作四卷, 又削土地二字, 入杂传记类。《世说新语》注引《土地志》二条, 不题撰人, 盖即育记。所言皆涉地理。意唐志以为传记者, 失之。其书, 唐宋以来, 绝不见他书征引。知阙失已久。所存逸文, 亦寥落不复成篇。以其为会稽地记最古之书, 聊复写出, 以存其目。育, 字嗣卿, 山阴人, 吴东观令。遥拜清河太守, 加位侍中, 见《会稽典录》。

会稽土地记一卷
［三国吴］朱育

山阴邑在山阴, 故以名焉。《世说新语·言语篇》注。《嘉泰会稽志》十二。

长山山靡迤而长, 县因山得名。《世说新语·言语篇》注。

贺循会稽记

贺记序

《隋书·经籍志》:《会稽记》一卷，贺循撰。《旧唐书·经籍志》《新唐书·艺文志》皆不载。循，字彦先，山阴人，举秀才。除阳羡武康令。以陆机荐，召为太子舍人。元帝为晋王，以为中书令。不受。转太常，领太子太傅，改授左光禄大夫，开府仪同三司。卒赠司空，谥曰穆。见《晋书》本传。

会稽记一卷

［东晋］贺循

少康封其少子，号曰於越。越国之称始于此。《史记·越王句践世家》《正义》。《宝庆会稽续志》一。

会稽山有禹井，去禹穴二十五步。谓禹穿凿，故因名之。《会稽三赋》周世则注。

石匮《寰宇记》引作匮，下同其形似匮，在宛委山上。《吴越春秋》云："在于二字《记》有九山东南，曰天柱山，号曰宛委。其岩之巅《记》有此句，承以文玉，覆以磐石《御览》作盘石，今从《记》。其书金简，青玉为字，编以白银，皆篆其文《记》有此句。禹乃东巡，登衡山，杀白马以祭之《记》作血祭白马。因梦二字《记》有见赤绣文衣男子，自称玄夷仓水使者，谓禹曰：'欲得我简书，知导水之方者《记》作欲得我山神书者，斋于黄帝之岳《记》有岩之下三字。'禹乃斋三月二字《记》有，登石匮《记》

作宛委山，果得其文。乃知四渎之脉，百川之理，凿龙门，通伊阙果得其文至此巳上，《记》作发金简之书，得通水之理，遂周行天下《记》作巡行四渎，到名山大泽，召其神问之二句《记》有。使伯益疏而二字《记》有记之，名为《山海经》。"《御览》四十七。《寰宇记》九十六。

防风氏身长三丈，刑者不及。乃筑高塘临之。故曰刑塘。《舆地纪胜》十。《嘉泰会稽志》十。《会稽三赋》注。

始宁顺帝永建四年，分上虞南乡立。《宋书·州郡志》。

孔灵符会稽记

孔记序

孔灵符《会稽记》《隋书·经籍志》及新旧《唐志》皆不著录。《宋书·孔季恭传》云：季恭，山阴人。子灵符，元嘉末为南谯王义宣司空长史，南郡太守，尚书吏部郎。大明初，自侍中为辅国将军，郢州刺史，入为丹阳尹，出守会稽。又为寻阳王子房右军长史。景和中，以迕近臣，被杀。太宗即位，追赠金紫光禄大夫。诸书引《会稽记》，或云孔灵符，或云孔晔。晔当是灵符之名。如射的谚一条，《御览》引作灵符，《寰宇记》引作晔，而文辞无甚异，知为一人。《艺文类聚》引或作孔皋，则晕字传写之误。今亦不复分别。第录孔氏《记》为一篇。其不题撰人者，别次于后。

会稽记一卷
［南朝宋］孔灵符

会稽境特多名山水。峰嶂隆峻，吐纳云雾，松栝枫柏，擢干竦条，潭壑镜澈，清流写注。王子敬见之，曰："山水之美，使人应接不暇。"《世说新语·言语篇》注引《会稽郡记》。

郡有禹穴。案《汉书·司马迁传》云："上会稽，探禹穴。又有禹井。"《御览》五十四。

城西门外百余步，有怪山。越时起灵台于山上。又作三层台以望云。《御览》四十七。

城西北二十里，有重山。东为大司马滕公冢。山下路，犹谓之滕侯墬也。《书钞》九十四。

重山，大夫种墓。语讹，成重山。南有白楼亭《御览》引无此句，汉江夏太守宋辅，于此《御览》作于山南立学校教授已上亦见《御览》四十七。末云今白楼亭处是也，又《寰宇记》教授下有"又《郡国志》云"五字。沛国桓俨《寰宇记》作严避地至会稽。闻陈业贤，往候之。不见。临去，入交洲，留书系白楼亭柱而别。《嘉泰会稽志》九，《寰宇记》九十六。

会稽山在县东南。其上，石状似覆釜。禹梦玄夷仓水使者，却倚覆釜之上是也。今禹庙在其下。秦始皇尝配食此庙。《御览》四十一。

会稽山南有宛委山。其上有石，俗呼石匮《路史后纪》十二引作石篑，下同。壁立干云，有县度之险。升者累梯然后至焉。昔禹治洪水，厥功未就，乃跻于此山。发石匮，得金简玉字，以知山河体势。于是疏导百川，各尽其宜。《艺文》八。

秦望山在州城正南《文选》颜延年《和谢监诗》注，又沈休文《齐故安陆王碑文》注。为众峰之杰。入境便见《寰宇记》九十六。扳萝扪葛，然后能升。山上无甚高木。当由地迥多风所致《水经·渐江水篇》注引《记》。昔秦始皇登此，使李斯刻石。其碑见在。《艺文》八。

亭山晋司空何无忌临郡，起亭山椒，极望岩阜，基址犹存，因号亭山。《御览》四十七。

孔愉为会稽内史，在郡三年，乃营山阴湖南侯山下为宅居之。见《两浙金石志》五，未详所本。

永兴县东北九十里，有余山，传曰：是涂山。案《越书》，禹娶于涂山。涂山去山阴五十里。检其里数，似其处也。《艺文》八。

县东南十八里有射的山。东高岩临潭。有射的石，远望有白点。已上二句依《御览》四十七，《会稽三赋》周世则注引补的如射侯[1]，形甚圆

1　此处原文为"的的如射侯"，疑为原文多字，故更正。——编者注

明，视之如镜已上二句依《御览》四十一，又四十七引补。射的之西《御览》引作山半，有石室。壁方三丈，谓之射堂。传云：羽客之所游憩。土人常以此占米谷《寰宇记》引作谷食贵贱。射的明，则米贱；暗则米贵。谚曰：射的白，斛一百；射的玄，斛一千。《艺文》八。《寰宇记》九十六。

射的山南《御览》引作西南，水中二字《御览》引有白鹤山。鹤为仙人取箭，曾刮壤寻索，遂成此山《御览》引有此二句，亦见《艺文》八。汉太尉郑弘，少贫贱，以采薪为业。尝于山中得一遗箭。羽镞异常，心甚怪之少贫至此已上，《后汉书》注引作尝采薪得一遗箭，今据《御览》四十七引补。顷之，有人觅箭。弘还之。问何所欲。弘识其神人也。曰："常患若邪溪载薪为难。愿旦南风，暮北风。"后果然已上亦见《御览》四百七十九。《事类赋注》八。故若邪溪风至今犹然，呼为郑公风也《后汉书·郑弘传》注。《嘉泰会稽志》六，亦名樵风。《会稽三赋》周世则注。

射的山西南，有白鹤，为仙人取箭，因号箭羽山。《会稽三赋》周世则注。

县东北六十里，有土城山。句践索美女以献吴王，得诸暨罗山卖薪女西施，郑旦。先教习于土城山。山边有石，云是西施浣纱石。《艺文》八。《御览》四十七。

铜牛山，旧传常有一黄牛出山岩食草。采伐人始见，犹谓是人所养。或有共驱蹙之。垂及，辄失。然后知为神异。《御览》四十七。《嘉泰会稽志》九。

永兴县东五十里，有洛思山。汉太尉朱隽为光禄大夫时，遭母哀，欲卜墓此山。将洛下冢师归，登山相地。冢师去乡既远，归思常深。忽极目千里，北望京洛，遂萦咽而死。葬山顶。故以为名。《御览》四十七。《嘉泰会稽志》六。

牛头山临江，山在县东南。水陆并行二十里。其山北，江水回流，舟行信宿，犹未经过。说者云：牛头、苎罗，一日三过。《寰宇记》

九十六。

北干山许询家于此山之阳。《会稽三赋》周世则注。

许玄度岩征士高阳许询幽居之所。《寰宇记》九十六。

上虞县有龙头山，上有兰峰。峰顶盘石，广丈余。葛洪学仙，坐其上。《御览》四十七。

余姚县南百里，有太平山，山形似伞，四角各生一木。木不杂糅。三阳之辰，花卉代发。《艺文》八。《延祐四明志》七。

县南有三字依《寰宇记》九十六引《会稽地记》补四明山。高峰轶云，连岫蔽日。《初学记》五。《刘录》二。

罗壁山山有虞国墅，襟带山溪，表里畴苑。洛阳人来，云：岩囿天势，具体金谷。郗太宰遍游诸境，栖情此地。每至良辰，携子弟游憩。后以司空临郡，遂卜居之。《嘉泰会稽志》六。

虞国，余姚人。汉时为日南太守，有惠政。行部，有双雁随轩翔舞，及还余姚《宝庆会稽续志》一引作秩满还家，雁亦随归。国卒，雁栖于墓侧。后遂成群。今余姚有双雁乡。《会稽三赋》周世则注。《嘉泰会稽志》九。

灵绪山山有三足白麂。昔虞翻尝登此山《水经·渐江水篇》注云："登绪山也。"望四郭，诚子孙曰：可留江北居，后世禄位，当过于我，声名不及尔。然相继代兴，居江南，必不昌。今诸虞氏由此悉居江北也。《嘉泰会稽志》九。

余姚江源出太平山东，至浹江口入海。《艺文》八。

剡县治本在江东。吴贺齐为剡令，移理今所。《寰宇记》九十六。《嘉泰会稽志》十二。《剡录》一。

剡县西七十里，有白石山。上有瀑布，水悬下三十丈。岩际有蜜房。采蜜者以葛藤连结，然后得至。《御览》四十七。

剡县有嵊山。《文选》江文通《杂体诗》注。

诸暨县西北有乌带山。其上多紫石。世人莫之知。居士谢敷少时，经始诸山，往往迁易，功费千计，生业将尽。后游此境，夜梦山神语之曰：尝以五千万相助。觉甚怪之。旦见主人床下有异石，色甚明澈。试取莹拭，乃紫石也。因问所从来。云：出此山。遂往掘之。果得，其利不资。《御览》四十七。《事类赋注》七。

诸暨县北界有罗山。越时，西施、郑旦所居所。有方石，是西施晒纱处。今名纻罗山已上亦见《书钞》一百六十引，纻作学。王羲之墓在山足。有石碑，孙兴公为文，王子敬所书也。《御览》四十七。《嘉泰会稽志》六引末三句。

始宁县有坛宴山。相传云：仙灵所宴集处。山顶有十二方石。石悉如坐席许大，皆作行列。《御览》四十七。

始宁县西南有嵊山。《文选》江文通《杂体诗》注。

天台山，旧居五县之余地。五县者，余姚、鄞、句章、剡、始宁也。《文选》孙兴公《游天台山赋》注。《御览》四十一。

赤城山土《御览》作赤，《选》注作名，疑当作石，今从《寰宇记》色皆赤。岩岫连沓，状似云霞。悬溜《选》注作雷千仞，谓之瀑布，飞流洒散，冬夏不绝。山谷绝涧，峥嵘无底，长松蔓蕮，幽蔼其上。《御览》四十一。《文选》孙兴公《游天台山赋》注。《寰宇记》九十八。《舆地纪胜》十二。

赤城山上有石桥悬度，有石屏风横绝桥上，边有过径，才容数人。《文选》孙兴公《游天台山赋》注。

赤城山内则有天台、灵岳、石《纪胜》作玉室、璇台。《艺文》七。《白帖》六。《御览》四十台作堂。《纪胜》十二。

陈音山。昔有善射者陈音，越王使简士卒，习射于郊外。死因葬焉。今开二字《志》引作其冢壁悉《志》作犹画作骑射之象《嘉泰会稽志》六引上二句，因以名山。《御览》四十七。《事类赋注》七。

颜乌会稽人，事亲孝。父亡，负土成坟。群乌衔土助之，其吻皆伤。因以名县。欧大任《百越先贤志》四。《志》三又云："徐栩，字敬卿，会稽由拳人，少为狱吏，执法详明，迁小黄令。时陈留遭蝗，野无遗草，小黄飞逝不集，刺史行部奏栩他事，栩去官，蝗即日至，刺史愧谢，令还邑，蝗即去，后为长沙太守。"案由拳汉顺帝时已属吴郡，孔《记》不当有，欧氏误也。

雷门上有大鼓，围二丈八尺，声闻洛阳。孙恩之乱，军入斫破。有双白鹤飞出。后不鸣。《寰宇记》九十六。《嘉泰会稽志》十三。已下并引《会稽记》，不著撰人名。

涂山禹庙始皇崩，邑人刻木为像祀之，配食夏禹。后汉太守王朗，弃其像江中。像乃溯流而上。人以为异。复立庙《嘉泰会稽志》六。《舆地纪胜》十。东海圣姑，从海中乘石船，张石帆至。二物见在庙中《嘉泰会稽志》十三引此二句。又有周时乐器，名錞于《会稽三赋》周世则注亦引此句。铜为之，形似钟，有颈。映水，用芒茎拂之，则鸣。宋武帝修庙，得古珪。梁武初修之，又得青玉印。《御览》四十七。《寰宇记》九十六。《会稽三赋》周世则注引末二句。案此非孔《记》。

白楼亭亭在山阴，临流映壑也。《世说新语·赏誉篇》注。

高迁亭汉议郎蔡邕避难宿于此亭，仰观椽竹，知有奇响。因取为笛。遂以为宝器。《寰宇记》九十六。

汉顺帝永和五年，会稽太守马臻创立镜湖，在会稽，山阴两县界，筑塘蓄水，高丈余，田又高海丈余。若水少，则泄湖灌田。如水多，则开湖泄田中水入海。所以无凶年。堤塘周回五百一十里，溉田九千余顷。《御览》六十六。案宋时无会稽县，此非孔《记》，或后人有所增改。

创湖之始，多淹冢宅。有千余人怨诉于台。臻遂被刑于市。及台中遣使按鞫，总不见人。验籍，皆是先死亡人之名。《御览》六十六。《寰宇记》九十六。《嘉泰会稽志》二，又六。

百官者，丹朱案当云百官从舜于此。《会稽三赋》周世则注。

赤堇山昔欧冶造剑于此山，云涸若邪而采铜，破赤堇而取锡。《寰宇记》九十六。《宝庆四明志》十四。

余姚城吴将朱然为令时所筑。《嘉泰会稽志》十二。

东晋丞相王导云：初过江时，有道人神采不凡，言从海来相造。昔与育王共游鄮县，下真舍利，起塔镇之。育王与诸真人捧塔，飞行虚空入海。诸弟子攀引《纪胜》引作不及，一时俱堕，化为乌石。石犹人形释道宣《三宝感通录》一。释道世《法苑珠林》三十八。至今村名塔墅，屿名乌石。《舆地纪胜》十一。

舜，上虞人。去虞三十里，有姚丘，即舜所生也。《史记·五帝本纪》《正义》引《旧记》。

禹葬茅山，有聚土平坛，人工所作，故谓之千人坛。《嘉泰会稽志》十八云《史记正义》引《旧记》。

诸暨东北一百七里有古越城越之中叶，在此为都。离宫别馆，遗基尚在。悉生豫章，多在门阶之侧，行伍相当，森耸可爱。风雨晦朔，犹闻钟磬之声。百姓至今多怀肃敬。《三宝感通录》一引《地记》。

句章县东北百四十里有沙塘道秦始皇追安期先生于蓬莱，至□而息。故此塘道至今宛然。《三宝感通录》一引《地记》。

鄮县滨多石华。《御览》九百四十三引《会稽地理记》。

昔葛洪《舆地纪胜》十作葛玄隐于兰苕山。后于此仙去。所隐几，化为生当作白鹿而去。此山今有素鹿三脚。比鹿若鸣，官必有殿黜《寰宇记》九十六引《会稽录》。案《唐书·艺文志》有《乾宁会稽录》一卷，记董昌事，乃别一书。此疑《会稽记》之误。

夏侯曾先会稽地志

地志序

夏侯曾先《会稽地志》《隋书·经籍志》及新旧《唐志》皆不载。曾先事迹，亦无可考见。唐时撰述已引其书，而语涉梁武，当是陈隋间人。

会稽地志一卷
夏侯曾先

南面连山万里，北带沧海千里。《寰宇记》九十六引夏侯曾先《吴地志》。案吴字衍。

射的山北有石壁，高数十丈。中央稍纤，状如张帆；下有文石，状如鹊人，亦谓之石鹊山《会稽三赋》周世则注。一名石帆。《嘉泰会稽志》九。

射的山北有石帆，壁立临水《御览》引作川，漫《寰宇记》引作通，《御览》作涌石亘《寰宇记》引作鱼山，遥望芃芃，有似张帆。又名玉笥山，又名石簣山已上亦见《初学记》八。下有县岩，名为射堂。传云：仙人常射于此，使白鹤取箭。《御览》四十一。《寰宇记》九十六。

射的山西北铜牛山，是越王铸冶之处《嘉泰会稽志》九亦引。昔有铜牛见于灵汜桥，人逐之，奔入此山。掘地视之，悉铜屑也。因名之。《寰宇记》九十六。《会稽三赋》周世则注。

龟山之下有东武里，即琅邪东武县山，一夕移于此。东武人因徙《御览》一作皆从此，故里不动。《御览》四十七，又一百七十一。《寰宇记》

九十六。

越王之宫，范蠡立于淮阳。《嘉泰会稽志》十八。案《志》云："淮阳里，今会稽县北三里甘滂巷北也。"

连山长冈九里，西北至定山。始皇欲置石桥渡浙江。今尚有石柱数十，列于江际。《会稽三赋》周世则注。

吴王伐越，次查浦《延祐四明志》二十引此句，越立城以守查。吴作城于浦东以守越。以越在山绝水，乃赠之以盐。越山顶有井，深不可测，广二丈余，中多鱼。乃取一双以报吴。吴知城中有水，遂解军而去。《嘉泰会稽志》一。《舆地纪胜》十。

夏静墓在萧山县案唐天宝元年始改永兴为萧山县，此疑后人所易东螺山。螺山者，其形似也。《嘉泰会稽志》六。

白马湖驿亭埭南，有渔浦湖，深处可二丈。汉周举《宝应会稽续志》四引唐《利济庙记》云，晋上虞宰周鹏举之误乘白马，游而不出，以为地仙。白马湖之名由此。《嘉泰会稽志》十。

余姚县有孝女曹娥，父溯涛溺死。娥年十四，号痛入水，因抱父尸出而死。《御览》九百七十八引云："曹娥父溺死，娥见瓜浮，其处即得父尸。"县令度尚使弟子邯郸淳为碑文。后蔡邕过碑读之，乃题八字曰：黄绢幼妇，外孙齑臼。《寰宇记》九十六。

虞翻墓在余姚罗壁山下。《嘉泰会稽志》六。

穴湖吴时望气者凿断此山。案山名未详，《余姚志》亦不载故以名湖。周六里。西有土门。《嘉泰会稽志》十。

梅湖又有溪澳。《寰宇记》九十六。《舆地纪胜》十。

舜桥，舜避丹朱于此。百官从之，故亦名百官桥。《寰宇记》九十六。

乌带山梁武帝遣乌笪采石英于此山而卒。后人立庙。带，笪声之误也。《嘉泰会稽志》六。

剡县有桐柏山，与四明天台相连属，皆神仙之宫也。《寰宇记》九十六。

县西六十里有太白山，峻极于天《会稽三赋》注引有此句。连岩崔嵬，吐云含景。又有小白山相连，即赵广信炼九华丹登仙之所也《寰宇记》九十六。《剡录》二。上有白猿，赤玃，吐绶鸟《会稽三赋》周世则注，亦有鬼谷子庙《舆地纪胜》十一。三面连山，前有清溪之水，泉源不竭。山崖重叠，云雾蔽亏。《乾道四明图经》二。《宝庆四明志》十三。《延祐四明志》十五。

大隐山□南入天台，北峰为四明东足《宝庆四明志》十四引有为字东字，据补。谢康乐炼药之所也。晋虞喜之召不就，遁迹此山，因以为名。《舆地纪胜》十一。《延祐四明志》七。

喜字仲宁，会稽余姚人也。晋帝尝三诏之。官至太学博士，封建宁侯。《乾道四明图经》五。

新妇岩西北临溪水，其石五色，望之颇似花钿新妇首饰，故曰新妇岩。《寰宇记》九十七。《舆地纪胜》十一。《宝庆四明志》十四。

赤堇山上有磐石，可坐千人。秦始皇遣徐福求访神仙，尝至二句亦见《舆地纪胜》十一。或云："昔有赤堇仙人尝居此，因以名焉。"《宝庆四明志》十四。

埋马山秦始皇游海至此，马毙，埋之。故以为名。《舆地纪胜》十一。《宝庆四明志》十六。《延祐四明志》七。

仙鸡山上有石井石床，又有铜瓶，非人力所能举，旁有石鸡，俗云是扶桑鸡飞下，因以为名。《舆地纪胜》十一。《宝庆四明志》十六。《延祐四明志》七。

罗城刘牢之筑以塞三江之口。《乾道四明图经》一。

钱湖其湖承钱埭水，故号钱湖。《乾道四明图经》二。

昔欧冶子涸若邪之溪而出铜，破赤堇之山而出锡。《初学记》八。

翁洲上有徐偃王城。传云："昔周穆王巡狩，诸侯共尊偃王。穆王闻之，令造父御，乘骤裛之马，日行千里，自还讨之。"或云："命楚王帅师伐之。偃王乃于此处立城以终。"《史记·秦本纪》《索隐》。

长山山高五十余丈，其顶平博。有石室，可坐百人。《嘉泰会稽志》九。

铜牛铁冶，越王铸剑之所。以铜淬，不生草木。《嘉泰会稽志》十八引《会稽志》。

诸暨西北百里有许公岩晋时高阳许询，字玄度，与沙门支道林为友。每相从历览山水，至此，乃栖焉。晋辟度为司徒椽，征不就。后诣建业，见者倾都。刘恢为丹阳尹，有名当世。日数造之。叹曰：今见许公，使我遂为轻薄京尹。于郡立斋以处之。至于梁代，此屋犹在。许掾既反，刘尹尝至其斋曰：清风朗月，何尝不恒思玄度矣！释道宣《三宝感通录》一引《地志》。

句章东三百余里鄮县古城灵塔阿育王造八千四千塔，此其一也。宋会稽内史孟颙修理之。山有石坎，方可三尺，水味清淳，东温夏冷。《三宝感通录》一引《地志》。

上虞县东南，有冢二十余坟。宋元嘉之初，湖水坏其大冢。初坏一冢，砖题文曰："居在本土厥姓黄，卜葬于此大富强。易卦吉，龟卦凶。"数砖置县楼下池中。录之，怅然而已！《御览》五百五十九引《会稽郡十城地志》。

古小说钩沉

青史子

古者胎教之道：二字依《新书》引补。王后腹之七月而就宴室《新书》引作王后有身之七月而就蓘室，太史持铜而御户左，太宰持斗而御户右，太卜持蓍龟而御堂下，诸官皆以其职御于门内太卜巳，下依《新书》引补。比及三月者比及二字，《新书》引作此，王后所求声音非礼乐，则太史缊瑟《新书》引作抚乐而称"不习"。所求滋味者《新书》引无者字非正味，则太宰倚斗而不敢煎调《新书》引有巳上五字，又倚作荷，而言曰《新书》引无言字："不敢以待《新书》引作侍王太子。"太子生而泣，太史吹铜曰："声中某律。"太宰曰："滋味上某。"太卜曰："命云某。"然后为王太子悬弧之礼义：东方之弧以梧，梧者，东方之草，春木也，其牲以鸡，鸡者，东方之牲也；南方之弧以柳，柳者，南方之草，夏木也，其牲以狗，狗者，南方之牲也；中央之弧以桑，桑者，中央之木也，其牲以牛，牛者，中央之牲也；西方之弧以棘，棘者，西方之草也，秋木也，其牲以羊，羊者，西方之牲也；北方之弧以枣，枣者，北方之草，冬木也，其牲以彘，彘者，北方之牲也。五弧五分矢，东方射东方，南方射南方，中央射中央，西方射西方，北方射北方，皆三射；其四弧具，其余各二分矢，悬诸国四通门之左，中央之弧亦具，余二分矢，悬诸社稷门之左太卜曰至此巳上，依《新书》引补。然后卜王太子名：《大戴礼记》引作然后卜名上无《新书》引作册，下放此取于天，下无取于坠《新书》引作地，中无取于名山通谷，无拂《新书》引作悖于乡俗。是故君子名难知而易讳也。此所以养恩《新书》引作息之道也。《新书》引有也字。《大戴礼记》三《保傅》篇贾谊《新书》十《胎教杂事》。

古者年八岁而出就外舍；学小艺焉，履小节焉；束发而就大学，学大艺焉，履大节焉。居则习礼文，行则鸣珮玉，升车则闻和鸾之声，是以非僻之心无自入也。在衡为鸾，在轼为和；马动而鸾鸣，鸾鸣而和应；声曰和，和则敬，此御之节也。上车以和鸾为节，下车以珮玉为度，上有双衡，下有双璜，冲牙玭珠以纳其闲，琚瑀以杂之，行以采茨，趋以肆夏，步环中规，折还中矩，进则揖之，退则扬之，然后玉锵鸣也。古之为路车也：盖圆以象天，二十八橑以象列星，轸方以象地，三十辐以象月。故仰则观天文，俯则察地理，前视则睹鸾和之声，侧听则观四时之运：此巾车教之道也。《大戴礼记》三《保傅》篇。

　　鸡者，东方之牲也，岁终更始，辨秩东作，万物触户而出，故以鸡祀祭也。《风俗通义》八。

裴子语林

娄护，字君卿，历游五侯之门。每旦，五侯家各遗饷之。君卿口厌滋味，乃试合五侯所饷之鲭而食，甚美。世所谓五侯鲭，君卿所致。《书钞》引作君卿之为也。《广记》二百三十四。《书钞》一百四十五。

胡广本姓黄，五月生，父母置诸瓮中投之于江；胡翁见瓮流下，闻有小儿啼声，往取，因以为子。遂登三司《御览》四百八十八。广后不治本亲服，世以为讥。《御览》三百八十八。

张衡之初死，蔡邕母胎孕；此二人才貌相类，时人云："邕是衡之后身。"《御览》三百六十，又三百九十六。《六帖》二十一。

陈元方遭父丧，形体骨立，母哀之，以锦被蒙其上。郭林宗往吊，见锦被而责之。宾客绝百许日。《御览》五百六十一，又八百十五。《事类赋注》十。

傅信字子思，遭父丧，哀恸骨立，母怜之，窃以锦被蒙其上。林宗往吊之，见被，谓之曰："卿海内之俊，四方是则；如何当丧，锦被蒙上？"郭奋衣而去。自后宾客绝百许日。《御览》七百七。

傅信忿母二字《御览》一引作贫，母羸病，恒惊悸，傅信乃取鸡鸟灭毛，施于承尘上；行落地，母辄恐怖。《书钞》一百三十二。《御览》七百一，又九百十九。

郑玄在马融门下，三年不得见，令高足弟子传授而已。融尝算浑天不合，召郑玄，令一算，便决，众咸骇服《御览》七百五十。及玄业成辞归，融心忌焉；玄亦疑有追者，乃坐桥下，在水上据屐；融果转式，欲救追之，告左右曰："玄在土下，水上据木，此必死矣。"遂罢追。《御览》三百九十三竟以免。《御览》六百九十八。

孔嵩字仲山，南阳人也，少与颍川荀彧未冠时共游太学。彧后为荆州刺史，而嵩家贫，与新野里客佣为卒。彧时出，见嵩，下驾。执手曰："昔与子摇扇俱游太学，今子为卒，吾亦痛哉！"彧命代嵩，嵩以佣夫不去。其岁寒心若此。嵩后三府累请，辞不赴。后汉时人。《类林杂说》五。案首尾皆王朋寿语。

魏郡太守陈异尝诣郡民尹方，方被头以水洗盘，抱小儿出，更无余言。异曰："被头者，欲吾治民如理发；洗盘者，欲使吾清如水；抱小儿者，欲吾爱民如赤子也。"《御览》三百六十四。

孙策年十四，在寿阳三字《广记》引有诣袁术，始至二字《广记》引有，俄而外通："刘豫州备来。"孙便求去，袁曰："刘豫州何关君？"《御览》引作何若答曰："不尔二字《广记》引有，英雄忌人。"即出，下东阶，而刘备从西阶上。但得转顾视孙，足行《广记》引作：但转顾视孙之行步，殆不复前矣。《御览》三百八十五。《广记》一百七十四。《续谈助》四。

管宁尝与华子鱼少相亲友，共园中锄菜，见地有片金，挥锸如故。与瓦石无异；华提而掷去。《初学记》十七。

诸葛武侯与宣王在渭滨，将战，宣王戎服莅事；使人观武侯，乘素舆，著葛巾，持白羽扇，指麾三军已上亦见《初学记》二十五。《六帖》十四。《事类赋注》十五，众军皆随其进止。宣王闻而叹曰："可谓名士矣！"《书钞》一百十八，又一百三十四，又一百四十。《类聚》六十七。《御览》三百七，又七百二，又七百七十四。

蜀人伊籍称吴土地人物云："其山巍巍以嵯峨，其水泙泙而扬波，其人磊砢而英多。"《世说·言语篇》王武子孙子荆各言其土地人物之美云云，注云，案《三秦记》《语林》载，蜀人伊籍称吴土地人物，与此语同。今据以改写。

孙休好射雉，至其时，则晨往夕还。群臣莫不上谏曰："此小物，何足甚耽？"答曰："虽为小物，耿介过人，朕之所以好也。"《广记》四百六十一。

豫章太守顾劭，是丞相雍之子，在郡卒。时雍方盛集僚属围棋，外信至而无儿书；虽神意不变，而心了有故。宾客既散，方叹曰："已无延州之遗累，宁有丧明之责邪？"于是豁情散哀，颜色自若。《御览》七百五十三。

魏武云："我眠中不可妄近，近，辄斫人不觉，左右宜慎之。"后乃阳冻眠；所幸小儿窃以被覆之，因便斫杀。自尔莫敢近之。《御览》七百七。

魏武将见匈奴使，自以形陋，不足雄远国，使崔季珪代当坐；乃自捉刀立床头。坐既毕，令人问曰："魏王何如？"使答曰："魏王信自雅望非常，然床头捉刀人，此乃英雄也。"魏王闻之，驰遣杀此使。《御览》七百七十九，又四百四十四。

杨修字德祖，魏初弘农华阴人也《学林》引无已上十一字，为曹操主簿。曹公至江南，读《曹娥碑》文；背上别有八字，其辞云："黄绢幼妇，外孙蒜臼。"《学林》引作斋臼，下放此。《草堂诗笺》三十一节引，蒜亦作斋曹公见之不解，而谓德祖："卿知之不？"德祖曰："知之。"曹公曰："卿且勿言，待我思之。"行卅里，曹公始得，令祖先说。祖曰："黄绢色丝，'绝'字也《诗笺》色丝下重有色丝二字，无也字。下三解，语法并同。幼妇少女，'妙'字也；外孙女子，'好'字也；蒜臼受辛，'辞'字也。谓'绝妙好辞'。"曹公笑曰："实如孤意。"俗云"有智无智隔《学林》引作校，《诗笺》亦作校，《类林杂说》四引与《诗笺》同卅里"，此之谓也。《珚玉集》十二。《学林》七。案《学林》云出《魏志》注，今未见之。

董昭为魏武帝重臣，后失势。文、明世入为卫尉《御览》三百九十一引作董昭失势，久为卫尉，乃厚加意于侏儒。正朝大会，侏儒作董卫尉啼面言昔太祖时事，举坐大笑，明帝怅然不怡，月中以为司徒。《御览》四百八十八。

何晏字平叔，以主婿拜驸马都尉已上依《御览》一百五十四引。美姿仪，面绝白，魏文帝疑其著粉；后正夏月，唤来，与热汤饼，既啖《书钞》引作以面啖之，《御览》引作赐以汤饼，大汗出，随以朱衣自拭，色转皎洁，帝始信之。《类林杂说》九引作何晏字平叔，貌甚洁白，美姿容。明帝见之，谓其著粉。因命晏，赐之汤饼，汗出流面，以巾拭之，转见皎然。帝方信。《初学记》十九，又二十六。《书钞》一百二十八，又一百三十五。《御览》二十一，又三百六十五，又三百七十九，又三百八十七，又八百六十。《事类赋注》四。

辛恭静见司马太傅，问："卿何处人？"答曰："西人。"太傅应声戏之曰："在西颇见西王母不？"恭静答曰："在西乃不见西王母，过东已见东王公。"太傅大愧。《类聚》二十五。

夏侯太初从魏帝拜陵，陪列松柏下，时暴雨霹雳，正中所立之树，冠冕焦坏，左右睹之皆伏，太初颜色不改《世说·雅量篇》注。景王欲诛夏侯玄，意未决，间问安王孚云："己才足以制之不？"孚云："昔赵俨葬儿，汝来，半坐迎之。泰初后至，一坐悉起：以此方之，恐汝不如。"乃杀之。《续谈助》四。

王经少处贫苦，仕至二千石，其母语云："汝本寒家儿，仕至二千石，可止也。"经不能止。后为尚书助魏，不忠于晋被收。流涕辞母曰："恨昔不从敕，以致今日。"母无戚容，谓曰："汝为子则孝，为臣则忠，有何负哉。"《御览》四百四十一。

刘灵《类林》作伶，下同字伯伦《类林》下有沛国人也四字，饮酒一石，至《类林》下有醉字醒，复饮五斗。其《类林》无此三字妻责之，灵《类林》有谓妻二字曰："卿可致酒五斗《类林》此下有并脯羞之类，吾当《类林》此下有咒而二字断之。"妻如其言此四字，《类林》作妻信之，遂设酒肉，致于夫前。灵咒曰："天生刘灵，以酒为名。一饮一石，五斗解醒。妇人之言，慎莫《类林》作不可听。"《类林》末有于是复饮，颓然而醉八字。《类聚》七十二。《类林杂说》七。

嵇中散夜灯火下弹琴，忽有一人，面甚小，斯须转大，遂长丈余已上《书钞》一百九亦引，黑单衣皂带《御览》引作革带。嵇视之既熟，吹火灭，曰："吾耻与魑魅争光。"《类聚》四十四。《御览》五百七十七，又八百七十。《六帖》十四。

嵇中散夜弹琴，忽有一鬼著械来，叹其手快，曰："君一弦不调。"中散与琴调之，声更清婉。问其名，不对。疑是蔡邕伯喈；伯喈将亡，亦被桎梏。《御览》六百四十四。

嵇康素与吕安友，每一相思，千里命驾。安来，值康不在。兄喜出迎，安不前，题门上作"鳯"字而去。喜不悟，康至，云："鳯，凡鸟也。"《广记》二百三十五。

陈协数日辄二字《御览》引有进阮步兵酒一壶二字《御览》引有。后晋文王欲修九龙堰，阮举协，文王用之。掘地得古承水铜龙六枚，堰遂成。《水经注》十六。《御览》七十三。

胡母彦国至湘州，坐厅事断官事。尔时三伏中，傍摇扇视事；其儿子光从容顾谓曰："彦国复何为自贻伊戚？"《御览》七百二。

邓艾口吃，常云"艾艾"。宣王曰："为云'艾艾'，终是几艾？"答曰："譬如'凤兮凤兮'，故作一凤耳。"《御览》四百六十四。

钟士季常向人道："吾少年时一纸书，人云是阮步兵书，皆字字生义；既知是吾，不复道也。"《续谈助》四。

满奋字武秋，体羸，恶风，侍坐晋武帝，屡顾看云母幌，武帝笑之。或云："北窗琉璃屏风，实密似疏。"奋有难色已上依《类聚》六十九引。又《书钞》一百三十二引云，晋武帝有琉璃屏风，答曰："臣为吴牛，见月而喘。"或曰：是吴质侍魏明帝坐。《御览》七百一。

孟业为幽州，其人甚肥，或以为千斤。武帝欲称之，难其大臣，乃作一大秤挂壁；业入见，武帝曰："朕欲试自称，有几斤？"业答曰："陛下正是欲称臣耳，无烦复劳圣躬。"于是称业，果得千斤。《御览》八百三十，又三百七十八。

诸葛靓，字仲思，在吴，于朝堂大会，孙皓问曰："卿字仲思，为欲何思之？"曰："在家思孝；事君思忠；朋友思信。如斯而已。"
《御览》四百六十四。

陈寿将为国志，谓丁梁州曰："若可觅千斛米见借，当为尊公为佳传。"丁不与米，遂以无传。《类聚》七十二。

蔡洪赴洛，洛中人问之，曰："人皆以洪笔为锄耒，以纸札为良田；以玄默为稼穑，以礼义为丰年。"《事类赋注》十五。

苏易简《文房四谱》一云："晋蔡洪赴洛，洛中人问曰：'吴中旧姓何如？'答曰：'吴府君圣朝之盛佐，明时之俊义；朱永长理物之宏德，清选之高望；严仲弼九皋之鸿鹄，空谷之白驹；顾彦先八音之琴瑟，五色之龙章；张威伯岁寒之茂松，幽夜之逸光；陆士龙鸿鹄之徘徊，悬鼓之待槌：此诸君以洪笔为锄耒，以纸札为良田，以玄墨为稼穑，以义礼为丰年。'"注云："出刘氏《小说》，又出《语林》。"

裴秀母是婢，秀年十八，有令望，而嫡母妒，犹令秀母亲役。后大集客，秀母下食《类聚》引作犹令秀母亲下食与众宾，今依《御览》，众宾见，并起拜之。答曰："微贱岂宜如此？当为小儿故耳。"于是父母《御览》引作大母乃不敢复役之。《类聚》三十五。《御览》五百。

夏少明在东国不知名，闻裴逸民知人，乃裹粮寄载四字《御览》引有，入洛从之。未至家少许，见一人著黄皮裤褶，乘马将猎。少明问曰："逸民家若远？"答曰："君何以问？"少明曰："闻其名知人，从会稽来投。"《书钞》一百二十九裴曰："身是逸民，君明可更来。"明往，逸民果知之；又嘉其志局，用为西门侯。于此遂知名。《御览》四百四十四，又六百九十五，又八百三十二。

李阳性游侠《御览》引作李阳大侠，士庶无不倾心。为幽州刺史，当之职二句《御览》引有，盛暑，一日诣数百家别，宾客与别常填门《御览》四百七十三引作列宾客填门，遂死于几下。《世说·规箴篇》注。

中朝有人诣王太尉，适王安丰大将军丞相在坐，因往别屋，见李寅平子，还谓人曰："今日之行，举目皆琳琅珠玉。"《御览》八百三。

王夷甫处众中，如珠玉之在瓦石。《御览》八百三。

裴令公目王安丰："眼烂烂如岩下电。"《续谈助》四。

和峤诸弟往园中食李，而皆计核责钱；故峤妇弟王济伐之也。《世说·俭啬篇》注。

刘道真年十六，在门前弄尘，垂鼻涕至胸《御览》三十七。洛下年少乘车从门过，曰："年少甚揙㖞。"刘便随车问："为恶为善尔当有夺误。"刘曰："令君翁亦揙㖞，母亦揙㖞。"《御览》三百八十五。

刘道真遭乱，自于河侧牵船。见一老妪采桑逆旅四字《御览》引作梓檎，下放此，刘调之曰："女子何不调机利杼，而采桑逆旅？"女答曰："丈夫何不跨马挥鞭而牵船乎？"《书钞》一百三十七。《类聚》二十五。《御览》四百六十六，又七百六十九。

道真尝与一人共索祥草中食，见一妪将二儿过，并青衣。调之曰："青羊将两羔。"妪答曰："两猪共一槽。"《类聚》二十五。

刘道真子妇始入门，遣妇虔，刘聊之甚苦，婢固不从，刘乃下地叩头，婢惧而从之。明日语人曰："手推故是神物，一下而婢服淫。"《海录碎事》七引，子妇至甚苦十三字，仅作一求字，推作椎。《类聚》三十五。

贾充问孙皓曰："何以好剥人面皮？"皓曰："憎其颜之厚也。"《御览》三百七十五，又三百六十四。

吴主孙皓字孙宾，即钟之玄孙也。晋伐孙皓，皓降晋，晋武帝封皓为归命侯。后武帝大会群臣，时皓在座，武帝向皓曰："朕闻吴人好作汝语，卿试为之。"皓应声曰："□。"因劝帝酒曰："昔与汝为邻，今与汝作臣。阙汝阙春。"座众皆失色，帝悔不及。《类林杂说》五。

王武子与武帝围棋，孙皓看。王曰："孙归命何以好剥人面皮？"皓曰："见无礼于其君者，则剥其皮。"一引作则剥之乃举棋局，武子伸脚在局下《御览》三百六十五，又四百九十，故讥之。《御览》七百五十三。

王济字武子，太原人，又魏舒字阳元，济阴人，二人善射，名重当时，并仕晋。《类林杂说》九。

王武子性爱马，亦甚别之《蒙求》注引，无此二句，故杜预道王武子有马癖，和长舆有钱癖杜预道已下二句，亦见《御览》八百三十六引。武帝问杜预："卿有何癖？"对曰："臣有《左传》癖。"《世说·术解篇》注，李瀚《蒙求》注，《事类赋注》十引云，杜预尝谓："王武子有马癖，和长舆有钱癖，己有《左传》癖"。

王武子葬，孙子荆哭之甚悲，宾客莫不垂涕。哭毕，向灵座曰："卿常好驴鸣，今为君作驴鸣。"既作，声似真哭毕至此已上，《世说》注引作既作驴鸣，今依《御览》引补，宾客皆笑《御览》三百九十一引云，吊王武子客正哭，见孙子荆驴鸣，变声成笑；孙曰："诸君不死，而令武子死乎？"宾客皆怒《世说·伤逝篇》注。《御览》三百八十八，又三百八十九。须臾之间，或悲，或笑，或怒。《御览》四百八十七，又五百五十六。

戴叔鸾母好驴鸣，叔鸾每为驴鸣，为乐其母。《御览》三百八十九。

中朝方镇还，不与元凯共坐；预征吴还，独榻，不与宾客共也。《世说·方正篇》注。

洛下少林木，炭止如粟状，羊琇骄豪，乃捣小炭为屑，以物和之，作兽形。后何召之徒共集，乃以温酒；火爇既猛，兽皆开口向人，赫然。诸豪相矜，皆服而效之。《御览》八百七十一。

羊稚舒琇冬月酿酒，令人抱瓮暖之《海录碎事》六引至抱瓮，下云速得味好。亦见《书钞》一百四十八，《御览》七百五十八，暖之并作为暖，须臾复易其人。酒既速成，味仍嘉美《御览》二十七引作速成而味好。其骄豪此类。《续谈助》四。

刘实诣石崇，如厕。见有绛纱帐大床，茵蓐甚丽，两婢持锦香囊。实遽反走，即谓崇曰："向误入卿室内。"崇曰："是厕耳。"《世说·汰侈篇》注实更往，向乃守厕婢，所进锦囊，实筹《御览》七百四引云，石崇厕内两婢持锦囊，实筹也。良久不得，便行出。谓崇曰："贫士不得如此厕。"乃如他厕。《御览》一百八十六。

石崇厕常有十余婢侍列，皆佳丽藻饰，置甲煎沉香，无不毕备《御览》七百十九引云，石崇厕置甲煎粉沉香汁之属；又与新衣，客多羞不能著。王敦为将军，年少，往，脱故衣，著新衣，气色傲然。群婢谓曰："此客必能作贼！"《御览》一百八十六，又五百。

石崇恒冬月得韭蓱，为客作豆粥，咄嗟便办。王恺乃密货帐下都督；云是捣韭根，杂以麦苗耳。豆难煮，豫作熟豆，以白粥投之。《御览》八百五十五，又八百五十九。

石崇与王恺争豪，穷极绮丽，以饰车服。晋武帝，恺甥也，每助恺。以珊瑚高三尺许，枝柯扶疏，世间罕比。恺以示崇，崇视讫，以铁如意击之，应手瓦碎《类聚》七十。恺声色俱厉，崇曰："此不足恨。"乃命取珊瑚，有三尺光彩溢目者六十七枚。恺怅然自失。《御览》七百三。

潘石同刑东市，石谓潘曰："天下杀英雄，卿复何为？"潘曰："俊士填沟壑，余波来及人。"《世说·仇隙篇》注。

潘安仁至美，每行，老妪以果掷之，满车《初学记》十九引作每行于道，群妪以果掷之，尝盈车；张孟阳至丑，每行，小儿以瓦石投之，亦满车。《世说·容止篇》注。《御览》七百七十三，又七百六十七引云，张载，字孟阳，甚丑，每出，为小儿掷瓦盈车。

士衡在坐，安仁来，陆便起去。潘曰："清风至，尘飞扬。"陆应声答曰："众鸟集，凤凰翔。"《续谈助》四。

陆士衡在洛，夏月忽思竹篠饮，语刘实曰："吾乡曲之思转深，《事类赋注》四。《御览》二十一引云，陆机夏在洛，忽思东头竹篠饮，语刘宝曰：'吾思乡转深矣。'今欲东归，恐无复相见理。"言此已，复生三叹。《御览》八百六十一。

陆士衡为河北都督，已被间构，内怀忧懑；闻众军警角鼓吹二字《类聚》引有，谓其司马孙丞《世说·尤悔篇》注引作陆士衡为河北都督，闻警角之声，谓孙丞曰："我今闻此，不如华亭鹤唳。"《书钞》一百二十一。《类聚》六十八。《御览》三百三十八，又四百六十九。

宗岱一引作宋岱为青州刺史，禁淫祀，著《无鬼论》甚精，莫能屈。后有一书生葛巾修刺诣岱，与谈论，次及《无鬼论》，书生乃振衣而去曰："君绝我辈血食二十余年，君有青牛，髯奴，所以未得相困耳；奴已叛，牛已死，今日得相制矣。"言绝而失。明日而岱亡。《御览》五百，又五百九十五，又八百八十四，又八百九十九。

明帝数岁，坐元帝膝上；有人从长安来，元帝问洛下消息，潸然流涕。明帝问何以致泣，具以东渡意告之。因问明帝："汝意谓长安何如日远？"答曰："日远，不闻人从日边来，居然可知。"元帝异之。明日，集群臣宴会，告以此意。更重问之，乃答曰："日近。"元帝失色，曰："尔何故异昨日之言邪？"答曰："举目见日，不见长安。"《书钞》七引《语林》云，答长安近日，其文不全，今以《世说·夙慧篇》补之。

晋明帝年少不伦，常微行，诏唤人以衣帻迎之。涉水过，衣帻悉湿。元帝已不重明帝，忽复有此，以为无不废理；既入，帻不正，元帝自为正之，明帝大喜。《御览》六百八十七。

晋成帝时，庾后临朝。诸庾诛南顿王宗，帝问："南顿何在？"答曰："党峻作乱，已诛。"帝知非党，曰："言舅作贼，当复云何？"庾后以牙尺打帝头云："儿何以作尔语！"帝无言，惟张目熟视，诸庾甚惧。《书钞》七引《语林》，止问南顿何在一句，今以《困学纪闻》所引殷芸《小说》补之。

初温峤奉使劝进，晋王大集宾客见之。温公始入，姿形甚陋，合坐尽惊。既坐，陈说九服分崩，皇室弛绝，晋王君臣莫不歔欷；及言天下不可以无主，闻者莫不踊跃，植发穿冠。王丞相深相付托，温公既见丞相，便游乐不住，曰："既见管仲，天下事无复忧。"
《世说·言语篇》注。

钟雅语祖士言《御览》引作祖士言与钟雅相调，钟语祖曰："我汝颍之士，利如锥；卿燕代之士，钝如槌。"祖曰："以我钝槌，打尔利锥。"钟曰："自有神锥，不可得打。"祖曰："既有神锥，必有神槌。"《类聚》二十五。钟遂屈。《御览》四百六十六。

庾公道："王尼子非唯事事胜于人，布置须眉，亦胜人。我辈皆出其辕下。"《御览》三百六十六，又三百七十四。

王平子从荆州下，大将军《书钞》引作王敦因欲杀之，而平子左右有二十人，甚健，皆持楛马鞭。平子恒持玉枕，以此未得发五字依《书钞》引补。大将军乃犒荆州文武二十人，积饮食，皆不能动。乃借平子玉枕，便持下床。平子手引大将军带绝，与力士斗甚苦，乃得上屋上。久许而死。《世说·方正篇》注。《书钞》一百三十四。《御览》八百五。

顾和为扬州从事，月旦当朝。未入，停车州门外；周侯饮酒已醉，著白袷，凭两人来诣丞相已上十六字，《世说·雅量篇》注亦引，有已醉二字，据补。历和车边。和先在车中觅虱，夷然不动。周始遥见，过去，行数步，复又还。指顾心问曰："此中何所有？"顾择虱不辍，徐徐应曰："此中最是难测也。"《御览》九百五十一。

周伯仁过江，恒醉；止有姊丧，三日醒，姑丧，三日醒。《御览》四百九十七。《世说》注引作伯仁正有姊丧，三日醉，姑丧，二日醉，当误。大损资望。每醉，诸公常共屯守。《世说·任诞篇》注。

周伯仁在中朝，能饮一斛酒；过江日醉，然未尝饮一斛《书钞》一百四十八引云，周伯仁在西彭，日饮一斛；过江，未尝饮斛，以无其对也。后有旧对忽从北来，相得欣然；乃出二斛酒共饮之。既醉，伯仁得睡，睡觉，问共饮者何在？曰："西厢。"问："得转不？"答："不得转。"伯仁曰："异事！"使视之，胁腐而死。《御览》四百九十七。

周伯仁被收，经太庙，大唤宗庙之灵，以稍刺落地，骂曰："王敦，小子也。"《书钞》一百二十四。

庾公乘马有的卢此句依《世说》补，殷浩劝公卖马《世说》作或语令卖去，注引《语林》，庾云："卖之，必有买者，即复害其主；宁可不安己而移于他人哉？昔孙叔敖杀两头蛇，以为后人，古之美谈，效之，不亦达乎！"庾云至此已上，并见《世说·德行篇》。

庾公欲伐王公，先书与郗公曰："老贼贼专欲轷张已上三句，《书钞》引作庾公与郗公曰；殿中将军，旧用才学之士，以广视听；而顷悉用面墙之人也亦见《书钞》六十四引。是欲蔽主之明。便欲勒数州之众，以除君侧之恶。今年之举，蔑不济矣。"《御览》二百三十九。

殷浩于佛经有所不了，故遣人迎林公。林乃虚怀欲往，王右军驻之曰："深源思致渊富，既未易为敌；且己所不解，上人未必能通；纵复服从，亦名不益高；若佻脱不合，便丧十年所保。可不须往。"林公亦以为然，遂止。《世说·文学篇》注。

大将军王敦尚武帝女，此主特所重爱，遣送王，倍诸主。主既亡，人就王乞；始犹分物与之，后乞者多，遂指库屋数间以施。《御览》四百七十七。

谯王丞作湘州，过大将军，曰："卿才堪廊庙，自无闲外。"《书钞》七十。

王大将军每酒后，辄咏："老骥伏枥，志在千里，烈士暮年，壮心不已"。便以如意击珊瑚唾壶，壶尽缺。《书钞》一百三十五。

晋王敦与世儒议下都，世儒以朝廷无乱，且唱兵始，自古所难，谏诤甚苦。处仲变色曰："吾过蒙恩遇，受任南夏；卿自同奸邪，阻遏义举，王法焉得相私。"因目左右，令进。世儒正色曰："君昔岁害兄，今又杀弟；自古多士，岂有如此举动。"言毕流涕。敦意乃止。《御览》四百二十八。

大将军，丞相诸人在此时，闭户共为谋身之计。王旷世宏来，在户外，诸人不容之；旷乃剔壁窥之曰："天下大乱，诸君欲何所图谋？"将欲告官。遽而纳之，遂建江左之策。《御览》一百八十四。

大将军收周侯，至石头，坐南门石盘上，将戮之，送己裤与周。《御览》七百八。

大将军刑周伯仁，以步障绕之，经日已具。王曰："周伯仁子弟痴，何以不知取其翁尸？"周家然后收之。《御览》七百一。

简文帝为抚军时，所坐床上尘，不令左右拂；见鼠行之迹，视以为佳已上五句，《御览》七百六，又九百十一亦引，有时字及视以二字，据补。《书钞》一百三十三引同。又十二引坐床生尘句。参军见鼠白日行，以手版打杀之。意不悦，门下起弹；辞曰："鼠被害，尚不能忘怀；今复以鼠损人已上七句，《御览》三十九引作有参军见鼠，以手板格煞之，抚军谓曰，无乃不可乎？"《续谈助》四。

许玄度出都，诣刘真长，先不识，至便造之。一面留连，摽刘贵略无造谒，遂九日十一诣许。语曰："卿为不去，家将成轻薄京尹。"《类聚》五十。又五十五引云，刘真长谓许玄度曰："卿为不去，我将成轻薄京尹。"《世说·宠礼篇》注引作玄度出都，真长九日十一诣之，谓曰："卿尚不去，使我成薄德二千石。"

许玄度将弟出都婚，诸人闻玄度弟，朝野钦迟之；既见，乃甚痴，便欲嘲弄之。玄度为之解纷，诸人遂不能犯《御览》引有此句，一引作玄度为解而获免，《类聚》引作玄度为之作宾主相对。真长叹曰："许玄度为弟婚，施十重铁步障也。"《书钞》一百三十二。《类聚》二十五。《御览》七百一，又八百十三。

刘道生与真长言，一时有名誉者，皆宗真长。《书钞》九十八。

仲祖语真长曰："卿近大进。"刘曰："卿仰看邪？"王问何意？刘曰："不尔，何由测天之高也！"《世说·言语篇》注。

刘真长与桓宣武共听讲《礼记》，桓公云："时有入心处，便咫尺玄门。"《类聚》五十五。《御览》六百十五。

刘尹见桓公每嬉戏，必取胜，谓曰："卿乃尔好利，何不焦头。"《世说·识鉴篇》注。

宣武征还，刘尹数十里迎之。桓都不语，直云："垂长衣，谈清言，竟是谁功？"刘答曰："晋德灵长，功岂在尔？"《世说·排调篇》注。

刘真长始《御览》引有始字见王丞相，王公不与语。时大热，以腹熨石局《类聚》五，曰："何乃淘？"吴人以冷为淘刘既出，人问见王公如何《御览》三十四，真长云："丞相何奇，止能作吴语及细唾也。"《世说·排调篇》注。《御览》引作刘曰："未见他异，唯闻作吴语耳。"

刘真长与丞相不相得，每曰："阿奴比丞相条达清长。"《世说·品藻篇》注。

刘真长病积时，公主毁悴。将终，唤主；主既见其如此，乃举手指之云："君危笃，何以自修饰？"刘便牵被覆面，背之不忍视。《御览》三百六十五。

孔坦为侍中，密启成帝不宜往拜曹夫人。丞相闻之曰："王茂弘奴痼耳！若卞望之之岩岩，刁玄亮之察察，戴若思之峰距，当敢尔不？"《世说·赏誉篇》注。

苏峻新平，温庾诸公以朝庭初复，京兆宜得望实；唯孔君平可以处之已上亦见《书钞》七十六。孔固辞，二公逼谕甚苦。孔敖然曰："先帝大渐，卿辈身侍御床，口行诏令；孔坦尔时正瑝臣耳，何与国家事？不可今日丧乱，而猥见逼迫；吾俎豆上腐肉，任人截割邪？"庾愧不能答。《御览》二百五十二。

孔君平病困，庾司空为会稽，省之；问讯甚至，为之流涕。孔慨然曰："丈夫将终，不问安国宁家之术，而反作儿女相问？"庾闻，回还谢之，请其语言。《御览》七百三十九。

陶侃，字士行，丹阳人也。鄱阳孝廉范逵宿侃舍，侃家贫，母为截发为髦待之；无薪，伐屋柱炊饭；斩荐以供马。逵感之，乃为侃立声誉，于是显名。侃仕至大阉晋时人。《类林杂说》八。案首末并王朋寿语。

陶太尉既作广州，优游无事。常朝自运甓砖也于斋外，暮运于斋内。人问之，陶曰："吾方致力中原，恐为尔优游，不复堪事。"《御览》七百六十七。

康法畅造庾公，捉麈尾至彼。公曰："麈尾过丽，何以得在？"答曰："廉者不求，贪者不与，故得在耳。"《御览》七百三。

庾翼为荆州都督，以毛扇上成帝。帝疑是故物，侍中刘劭曰："柏梁云构，工匠先居其下；管弦繁奏，夔牙先聆其音；翼之上扇，以好不以新。"《类聚》六十九季恭闻之曰："此人宜在帝左右。"《御览》七百二。

王□为诸人谈，有时或排摈高秃，以如意注林公云："阿柱，汝忆摇橹时不？"阿柱乃林公小名。《书钞》一百三十五。

诸人尝要阮光禄共诣林公，阮曰："欲闻其言，恶见其面。"《世说·容止篇》注。

林公云："文度著腻颜，挟《左传》，逐郑康成，自为高足弟子；笃而论之，不离尘垢囊也。"《世说·轻诋篇》注。

谢兴在中朝，恒游宴，还家甚少。过江不复宿行，后一宿行，家遣之，乃自叹曰："不复作乐曰分在朝，与阮千里总章重听一典，六日亡归，今一宿行而家业纸也。"《书钞》一百五。案家遣之已下有讹夺字，《唐类函》引作谢兴在中朝，恒游宴，还家甚少。偶与阮千里总章中听一典，六日亡归。亦臆改。

谢尚字仁祖，酒后为鹳鸲舞，一坐倾笑。《六帖》九十五。

谢镇西著紫罗襦，乃据胡床，在大市佛图门楼上《书钞》引无此句，弹琵琶，作《大道曲》。《书钞》一百二十九。《类聚》四十四，又七十。《御览》五百八十三，又六百九十五。

谢公云："小时在殿廷，会见丞相，便觉清风来拂人。"《世说·容止篇》注。

谢安谓裴启云："乃可不恶，何得为复饮酒。"《世说·轻诋篇》。

谢安目支道林：如九方皋之相马，略其玄黄，取其俊逸。《世说·轻诋篇》。

谢太傅问诸子侄曰："子弟何豫人事，而正欲使其佳？"诸人莫有言者。车骑答曰："譬如芝兰玉树，欲其生于庭阶也。"《类聚》八十一，又六十四。《初学记》二十七。

有人诣谢公别，谢公流涕，人了不悲。既去，左右曰："客殊自密云。"谢公曰："非徒密云，乃自旱雷。"《御览》四百八十九。

羊骓因酒醉，抚谢左军谓太傅曰："此家讵复后镇西？"太傅曰："汝阿见子敬，便沐浴为论兄辈。"《世说·赏誉篇》注。

太傅府有三才：裴邈清才，潘阳仲大才，刘庆孙长才。《御览》二百六。

王太保作荆州三字《御览》引有，有二儿亡；一儿欲还葬旧茔，一儿欲留葬。太保乃垂涕曰："念故乡，仁也；不恋本土，达也；唯仁与达，吾二子其有焉。"《书钞》九十二。《御览》三百八十七，又五百五十六。

雷有宠，生恬，洽。《世说·惑溺篇》云：王丞相有幸妾，姓雷，颇预政事，纳货，蔡公谓之雷尚书。注引《语林》云云。

苏峻新平，帑藏空，犹余数千端粗练。王公谓诸公曰："国家凋敝，贡御不致；但恐卖练不售，吾当与诸贤各制练服之。"月日间卖遂大售，端至一金。《御览》八百二十八。

王丞相拜扬州，宾客数百人，并加沾接，人人有悦色。唯有临海一客，姓任已上依《世说·政事篇》补名颙，时官在都，预王公坐《世说》注引《语林》，及数胡人为未洽。公因便还到过任边云："君出，临海便无复人。"任大喜悦，因过胡人前，弹指云："兰阇！兰阇！"群胡同笑，四坐并欢。及数胡人至此已上，并依《世说》补。

丞相拜司空，诸葛道明在公坐。指冠冕曰："君当复著此乎？"《世说·识鉴篇》注。《御览》六百八十四有乎字。

明帝函封与庾公信，误致与王公。王公开诏，末云："勿使冶城公知。"导既视表，答曰："伏读明诏，似不在臣；臣开臣闭，无有见者。"明帝甚愧，数月不能出见王公。《书钞》一百三。《御览》四百九十一，又五百九十三。

何公为扬州，有葬亲者，乞数万钱，而帐下无有。扬州常有桴胡恩切。一引作枥米，以赈孤寡，乃有万余斛；虞存为治中，面见，道："帐下空素，求粲一引作粜此米。"何公曰："何次道义不与孤寡争粒。"《御览》二百五十八，又四百二十六。《书钞》三十八引无葬亲二句，末云，何名宏，字以道，盖永兴注。

阮光禄闻何次道为宰相，叹曰："我当何处生活？"《世说·品藻篇》注。

王仲祖有好仪形《御览》引作少有三达，每览镜自照曰："王文开那生如馨儿？"《御览》引作王开山那得此儿时人谓之达也《世说·容止篇》注。又酷贫，帽败；自以形美，乃入帽肆就帽姬戏，乃得新帽。《御览》八百二十八。

王仲祖病，刘真长为称药，荀令则为量水矣。《御览》七百三十九。

桓宣武外甥，恒在坐鼓琵琶；宣武醉后，指琵琶曰："名士固亦操斯器。"《御览》五百八十三。

桓宣武性俭，著故裤，上马不调，裩败，五形遂露。《御览》六百九十六。

桓宣武与殷刘谈，不知其不堪五字《御览》引作不如甚；唤左右取黄皮裤褶，上马持稍数回《书钞》一百二十四，或向刘，或拟殷，意气始得雄王。《御览》三百五十四。

桓温自以雄姿风气，是司马宣王刘越石一辈器；有以比王大将军者，意大不平。征苻键还，于北方得一巧作老婢，乃是刘越石妓女。一见温入，潸然而泣。温问其故，答曰："官家甚似刘司空。"温大悦，即出外。修整衣冠，又入，呼问："我何处似司空？"婢答曰："眼甚似，恨小；面甚似，恨薄；须甚似，恨赤；形甚似，恨短；声甚似，恨雌。"宣武于是弛冠解带，不觉恬惽然而睡，不怡者数日。《御览》三百九十六。

罗含在桓宣武坐，人介与他人相识，含正容曰："所识已多，不烦复尔。"《御览》四百九十八。

袁真为监军，范玄平作吏部尚书，大坐语袁："卿此选还，不失护军。"袁曰："卿何事人中作市井？"《类聚》四十八。《御览》二百十四。

丞相尝曰："坚石掣脚枕琵琶，故自有天际想。"《世说·容止篇》注。

刘承胤少有淹雅之度，王庾温公皆素与周旋；闻其至，共载看之。刘倚被囊，了不与王公言，神味亦不相酬。俄顷宾退，王庾甚怪此意未能解，温曰："承胤好贿，被下必有珍宝，当有市井事。"令人视之，果见向囊皆珍玩，正与胡父谐贾。谐贾，卖鬻。《御览》七百四。

谢万就安乞裘，云畏寒。答曰："君妄语，正欲以为豪具耳！若畏寒，无复胜绵者。"以三千一引作十斤绵与谢。《御览》六百九十四，又八百十九。

王蓝田食鸡子，以箸刺之不得，便大怒王述也，投于地。《御览》七百六十。

王蓝田少有痴称，王丞相以门第辟之。既见，他无所问，问来时米几价？蓝田不答，直张目视王公。王公云："王掾不痴，何以云痴？"《御览》二百四十九，又四百九十。

王蓝田作会稽，外自请讳，答曰："惟祖惟考，四海所知；过此无所复讳。"《书钞》九十四。《御览》五百六十二。

孙兴公作永嘉郡，郡人甚轻之。桓公后遣传教，令作敬夫人碑，郡人云："故当有才！不尔，桓公那得令作碑？"于此重之。《御览》五百八十九。

褚公与孙绰游曲阿后湖，狂风忽起，舫欲倾；褚公已醉，乃曰："此舫人，皆无可以招天谴者，唯兴公多尘淬，正当以厌天欲耳。"便欲捉掷水中。孙遽无计，唯大啼曰："季野，卿念我。"《类聚》九。《寰宇记》八十九。《御览》六十六引有注云，褚公，褚彦回，季野，褚公字也。

王太尉问孙兴公曰："郭象何如人？"答曰："其辞清雅，奕奕有余，吐章陈文，如悬河泻水，注而不竭。"《书钞》九十八，又一百。

王长史语林道人曰："真长可谓金石满堂。"林公以语孙兴公。兴公曰："语不得尔，选择正可得少碎珠耳。"《御览》八百三。

晋孝武好与虞啸父饮酒，不醉不出。后临出拜，殆不复能起；帝呼人上殿扶虞侍中。啸父答曰："臣位未及扶，醉未及乱，非分之赐，所不敢当。"帝美之，敕左右疏取其语。于是为风俗。人相嘲调，辄云："好语疏取。"《类聚》四十八，又二十五。《御览》二百十九。

毛伯成负其才气，常称："宁为兰摧玉折；不作蒲芬《御览》引作萧芳艾荣。"《文选》颜延年《祭屈原文》注。《御览》九百八十三。

王中郎以围棋为手谈，故其在哀制中，祥后客来，方幅会戏。《世说·巧艺篇》注。《水经注》二十二引云，王中郎以围棋为坐隐，或亦谓之手谈，又谓之为棋圣。《类聚》七十四引云，王中郎以围棋是坐隐，支公以棋为手谈。《御览》七百五十三引云，王中郎以围棋为坐稳，亦以为手谈。《海录碎事》十四引，略同《水经注》或亦谓之作支公以围棋为。

桓野王善解音，晋孝武祖宴西堂。乐阕酒阑，将诏桓野王筝歌；野王辞以须笛，于是诏其吹笛奴硕《初学记》十六云，古之善吹笛者，桓子野及奴硕。注见《语林》。《六帖》六十二同，赐姓曰张，加四品将军，引使上殿。张硕意气激扬，吹破三笛，末取睹脚笛，然后乃理调成曲。

《类聚》四十四。

晋孝武祖宴西堂，诏桓子野弹筝，桓乃抚筝而歌怨诗；悲厉之
响，一堂流涕。《书钞》一百十一。

向世闹歌桓子野一闻而洞歌。《书钞》一百六。案有讹夺。

张湛好于斋前种松柏《世说》注引无柏字，养鸲鹆；袁山松出游，好
令左右作挽歌二字《书钞》引作《行路难辞》；时人谓："张屋下陈尸，袁道
上行殡。"《世说·任诞篇》注。《书钞》九十二。《御览》三百八十九，又五百五十二。

有人目杜宏治标解甚清令，初若熙，怡容无韵，盛德之风，可
乐咏也。《世说·赏誉篇》注。

王敬仁有异才，时贤皆重之。王右军在郡迎敬仁，叔仁辄同车，
常恶其迟；后以马迎敬仁，虽复风雨亦不以车也。《世说·赏誉篇》注。

右军年十三，尝谒周顗四字依《晋书》补，时绝重牛心炙《书钞》
一百四十五引《语林》，坐客未啖，顗先割啖羲之，于是始知名。坐客至此
已上，并依《晋书》补。

王右军少尝患癫，一二年辄发动。后答许掾诗，忽复恶中，
得二十字云："取欢仁智乐，寄畅山水阴，清泠涧下濑，历落松竹
林。"既醒，左右诵之，读竟，乃叹曰："癫，何预盛德事邪？"《御览》
七百三十九。

王右军目杜宏治，叹《御览》引有叹字曰："面如凝脂，眼如点漆，
此神仙中人！"《初学记》十九。《御览》三百六十五，又三百六十六，又三百七十九。

王右军为会稽令，谢公就乞笺纸；检校二字《类聚》引有库中，有
九万枚，悉以付之《类聚》五十八引作有九万笺纸，悉以乞谢公。《书钞》一百四引
作谢公就王右军乞笺纸，检有九百万，悉与谢公。桓宣武曰："逸少不节。"《初
学记》二十一。《御览》六百五。

王子猷尝暂寄人空宅住，使令种竹。或问："暂住何烦尔？"啸
咏良久，直指竹曰："何可一日无此君？"《御览》三百八十九。

王子猷居山阴，大雪夜眠觉；开室酌酒，四望皎然，因起彷徨，咏左思《招隐诗》。忽忆戴安道，时戴在剡溪，即便夜乘轻船就戴；经宿方至，既造门，不前便返；人问其故，曰："吾本乘兴而来；兴尽而返，何必见戴。"《类聚》二。《初学记》二。《御览》十二。《事类赋注》三。《草堂诗笺》十八节引。

王子敬在斋中卧，偷入斋取物，幕装，一室之内，略无不尽。子敬卧而不动，偷遂复登厨，欲有所觅。子敬因呼曰："偷儿，石漆二字《书钞》引有青毡，是我家旧物，可特置不？"于是群贼始知其不眠，悉置物惊走。《御览》三百九十三，又七百八。《书钞》一百三十四。《六帖》九十一。

王子敬疾笃，兄弟劝令首罪；答曰："无所应首，唯遣郗家女，以为恨。"《御览》六百四十一。

殷洪乔作豫章郡守，临去，郡下人因附书百余函。至石头，悉掷水中《书钞》一百三；因咒之曰："沉者自沉，浮者自浮，殷洪乔不能作达书邮。"《类聚》五十八。《御览》五百九十五。

殷公北征，朝士出送之，军容甚盛，仪止可观；陈说经略攻取之宜，众皆谓必能平中原。将别，忽驰逞才，自槃马，遂坠地。士以是知其必败。《御览》四百八十九。

桓玄不立忌日，止立《御览》引作政有忌时《世说·任诞篇》注；每至日，弦歌不废。《书钞》九十四。《御览》五百六十二。

桓玄字信㢧，沛国龙亢人也。晋时为部公，与荆州刺史殷仲堪语次，二人遂相为嘲，玄曰："火燎平原无遗燎。"堪曰："投鱼深泉放飞鸟。"次复危言，玄曰："矛头淅米剑头炊，百岁老翁攀枯枝。"堪曰："井上辘轳卧小儿。"晋末安帝时人。《类林杂说》五。案首尾皆王朋寿语。

祖约少好财，阮遥集好屐；并常自经营；同是一累，而未判其得失。有诣祖，见料视财物，客至，并当不尽，余两小簏，以置背后，倾身障之，意未能平。或有诣阮，正见自蜡屐，因叹曰："未知一生当著几量屐?"神甚闲畅,于是胜负始分也。《御览》三百八十九。

范启云:"韩康伯似肉鸭。"《世说·轻诋篇》注。《海录碎事》八引末六字,首作《说林》云。

任元褒为光禄勋,孙冯翊往诣之,见门吏凭几视之,孙入语任曰:"吏凭几对客,不为礼。"已上十字《御览》引有任便推之。吏答曰:"得罚体痛,以横木扶持,非凭几也。"任曰:"直木横施,植其两足,便为凭几;何必孤鹄蟠膝,曲木抱要也。"《书钞》一百三十三。《御览》七百十。《事类赋注》十四。

范信《书钞》《事类赋注》《御览》引并作范汪能啖梅,人常致一斛奁,留信食之,须臾而尽。《类聚》八十六。《御览》七百十七,又九百七十。《事类赋注》二十六。《书钞》一百三十五引云,范汪至能啖散梅,人致一斛奁,留信待严,啖还奁之。

王东亭作《经王公酒垆下赋》。《世说·文学篇》云,裴郎作《语林》,载王东亭作《经王公酒垆下赋》。甚有才情。赋佚不传,今存其目。

诸阮以大盆盛酒,木杓数枚也。《御览》七百六十二。

董仲道常在客宿,与王孙隔共,语同行人曰:"此人行必为乱。"后果为乱阶。《御览》三百八十八。

贤者国之纪,人之望,自古帝王皆以之安危,故《书》曰:"惟后非贤不义,惟贤非后不食。"昔者周公体大圣之德,而勤于吐握,由是天下之士争归之;向使周公骄而且吝,士亦当高翔远去,所至寡矣。《初学记》十七。《御览》四百二。

淮北荥南河济之间,有千树梨,其人与千户侯等。《事类赋注》二十七。

大夫向阇而立。《广韵》二十四盐注。

报至尊。《书钞》二十二。太子。

魏张鲁有十子,时人语曰:"张氏十龙,儒雅温恭。"《小学绀珠》七。

茶博士王楙《野客丛书》二十九云,茶博士。见《语林》。

郭子

魏明帝世，使后弟毛曾与夏侯太初共坐，时人谓："蒹葭倚玉树。"《御览》四百四十七。

时目夏侯太初：朗如明月入怀。《御览》四百四十七。

许允妇是阮德如妹，奇丑，交礼竟，许永无复入理；桓范劝之曰："阮嫁丑女与卿，故当有意，宜察之。"许便入见，妇即出提裙裾待之；许谓妇曰："妇有四德，卿有几？"答曰："新妇所乏唯容，士有百行，君有其几？"许曰："皆备。"妇曰："君好色，不好德，何谓皆备？"许有惭色，遂雅相重。《初学记》十九。《六帖》二十一。《御览》三百八十二。

许允为吏部郎，多用其乡里，帝遣虎贲收允，妇出阁戒允曰："明主可以理夺，难以情求。"允至，明帝核之，允答曰："举尔所知，臣之乡人，臣所知也，愿陛下检校，为称职与否？若不称职，臣宜受其罪。"既检校，皆官得二字《书钞》引有其人，于是乃释允。旧服败坏，诏赐新衣。初被收，举家号哭，允新妇自云："无忧，寻还。"作粟粥待之。须臾允至。《类聚》四十八。《书钞》六十，又一百四十四。《御览》八百五十九。

孙秀降晋，武帝厚存宠之，妻以姨妹蒯氏，室家甚穆《御览》引有此句。蒯尝妒，乃骂秀为"貉子"；秀大不平之，遂出，不复入。蒯氏自悔责，请救于武帝。时大赦，群臣咸见，既出，帝独留秀，从容言曰："天下旷荡，蒯夫人可得从其例不？"秀免冠谢，遂为夫妇如初。《类聚》五十二，又三十五。《御览》六百五十二。

贾公闾女悦韩寿，问婢识否？一婢云："是其故主。"女内怀存想，婢后往寿家说如此。寿乃令婢通己意，女大喜，遂与通《御览》

五百。与韩寿通者乃是陈骞女《世说·惑溺篇》注。骞以韩寿为掾，每会，闻寿有异香气，是外国所贡，一著衣，历日不歇；骞计武帝唯赐己及贾充，他家理无此香；嫌寿与己女通，考问左右，婢具以实对，骞即以女妻寿《御览》九百八十一。未婚而女亡，寿因娶贾氏，故世因传是充女。《世说·惑溺篇》注。案二说不同，盖前一说是世俗所传，后一说则郭氏论断也。

王汝南少无婚处，自求郝普女郝氏，襄城人，父匡，字仲时，一名普，洛阳太守。司空以为痴司空，昶也，会无往婚对其音乐，便许之。《御览》四百九十。

王东海初过江王丞，字安期，东海内史，登琅邪山，叹曰："我由来不愁，今日直欲愁。"《类聚》三十五太傅云："当尔时，形神俱往。"《御览》四百六十九。

王安期为东海太守，小吏盗池中鱼，纲纪推之，王曰："与众共之，鱼何足吝。"《御览》四百九十九。

潘安仁，夏侯湛并有美容貌，尝同行，人谓之连璧。《初学记》十九。《御览》三百八十。

冀州刺史杨准二子，乔字国彦，髦字士彦，清平有识一引误作杨淮字彦清，俱总角为成器。准与裴颁乐广友善，遣见之。颁谓准曰："乔当及卿，髦小减也。"广谓准曰："乔自及卿，髦尤精出。"准笑曰："我二儿之优劣，乃裴乐之优劣。"论者皆许之。《御览》四百九，又四百四十四。

王浑与妇钟氏共坐，见武子从庭前过，浑谓妇曰："生儿如是，足慰人意。"妇笑曰："若使新妇得配参军，生儿故可不翅如此。"参军是浑中弟，名沦，字太冲，为晋文王大将军，从征寿春，遇疾亡，时人惜焉。《御览》三百九十一。

王浑妻钟，生女甚贤明，令武子为妹择佳婿，而未有其人。兵家子有才，欲以妻之，独与母议，初不告，事定乃白。母曰："诚是地也，自可贵，要当令我见之。"于是武子令此兵与群小杂处，使母微察之。母曰："刑衣者汝可拔乎？"武子曰："是。"母曰："此才足以拔萃，然地寒，非长年不足展其才用；观其形骨，恐不可与婚。"数年，果死。《御览》四百四十四。

王武子，卫玠之舅也，语人曰："昨与吾外甥并坐，炯然若明珠之在我侧，朗然来映人。"后卒，人谓之看杀。《初学记》十九。

孙子荆上品状，王武子时为大中正，谓："访闻此人，非卿能拔。"自为之目已上十八字依《御览》引补曰："天下英博，亮拔不群。"《文选》任昉《齐竟陵文宣王行状》注。《御览》二百六十五，又四百四十七。

王夷甫雅尚玄远，又疾其妇贪，口未尝言钱。妇欲试之，夜令婢以钱绕床，不得行。夷甫晨起，见钱阂之，令婢举阿堵物。《类聚》六十六。

王夷甫妇，郭太宁女，才拙而性刚，聚敛无厌。夷甫患之已上四句，亦见《御览》四百九十二，而不能禁。时其乡人幽州刺史李阳，景都大侠，犹汉之楼护护字君卿，郭氏甚惮之。夷甫骤谏之，乃云："非但我言卿不可，李阳亦谓不可。"郭氏乃为少损。《御览》六百二十七。

杜预拜镇南将军，朝士悉至，皆坐连榻；羊稚舒后至，曰："杜元凯乃复以连榻坐客？"不坐而去。《书钞》一百三十三。《御览》七百六。

陆士衡初入洛，张公云："宜诣刘真长。"于是二陆既往，刘尚在哀制，性嗜酒，礼毕，初无他言，唯问："东吴有长柄壶卢《齐民要术》二引此句作长柄瓠，卿得种不？"陆兄弟殊失望，乃云悔往。《御览》三百八十九。

陆士衡诣王武子，武子有数斛羊酪，指示陆机曰："卿东吴何以敌此？"机曰："千里莼羹，未下盐豉。"《御览》八百六十一，又八百五十八。《书钞》一百四十四。

卢志于众中问陆士衡："陆抗是卿何物？"答曰："如卿于卢

毓。”士龙失色，既出户，谓兄曰：“何至于此！彼或有不知。”士衡正色曰：“我祖父名播海内，宁有不知！”识者疑两陆优劣，谢安以此定之。《御览》三百八十八。

满奋字武秋，高平人，畏风。在武帝坐，北窗作琉璃扉，实密似疏；奋有难色，帝问之一引作帝乃笑之，对曰：“臣若吴牛，见月而喘。”《御览》一百八十八，又八百九十九。

刘道真刘宝，字道真，高平人，安北将军少时，渔钓而惫于草泽，善歌啸，闻之者无不留连。有一老妪，识其非常人；甚乐其歌啸，乃杀豘进之。道真食豘尽，了不谢已上亦见《御览》三百九十二。妪见其不饱，又进一豘，又食半，余半还之。后道真为吏部郎，妪儿为小令史，道真乃超用之。儿不知所由，问母而后知之；于是赍牛酒以诣道真。道真笑曰：“去去！无可复相报者。”《类聚》九十四又十九。《六帖》六十二。《御览》二百十六。

刘道真尝为徒，扶风王骏以五百匹布赎之，既而用为从事中郎《书钞》六十八。当时以为美谈。《御览》六百四十二，又八百二十。

周叔治为晋陵谟字叔治，光禄大夫西平贞侯颢弟，周侯、仲智送之周侯，名颢，字伯仁，仲智名嵩，次弟也；叔治将别，泣涕不止，仲智恚之曰：“困人及妇人别，惟知啼。”便舍去。周侯独留，与饮酒言语，临别流涕，抚其背曰：“阿挐自爱。”《御览》四百八十九。

周伯仁道桓茂伦：“钦奇历落，可笑之人也。”或云是谢幼舆言。《御览》四百四十七。

将军王敦起事，丞相导率诸兄弟诣阙请罪；值周侯将入见，诸王甚有忧色。丞相呼周侯曰：“伯仁二字《御览》引有以百口赖卿。”周侯直过不应。苦相申救，既许，周大悦，饮酒。及出，诸王犹在门，又呼颉，颉不与言，顾左右曰：“今年已上十三字，《书钞》引止作一曰字，此依《御览》杀诸贼奴，当取一金印如斗大系肘。”《书钞》一百三十一。《御览》

六百八十三。

郗太尉晚节绝好谈论，既非所经，而甚矜之。《书钞》九十八。

王丞相性俭节，帐下甘果，盈溢不散，入春烂败已上亦见《御览》九百六十四。都督白之，公令拾去，敕云："不可使大郎知！"大郎名悦，字长豫。案二句是注。《御览》四百三十一。

王丞相云："雏下论以我比安期千里王丞，字安期。阮瞻，字千里，我亦不推此二人，唯共推王太尉夷甫也。"《御览》四百四十七。

王丞相治扬州廨舍，案行而言："我正为次道理此耳。"何次道少为王公所知重，故有此叹。《御览》二百五十五。

王丞相言："刁元亮之察察刁协字元亮，戴若思之岩岩戴渊字若思，卞望之峰炬，并一见我而服也。"《御览》四百四十七。

王丞相拜司空，廷尉作两角髻，葛裙挂杖，临路边窥之；叹曰："人言阿龙超导小名赤龙，阿龙故自超。"不觉步至台门。《御览》三百九十四。

王公有幸妾姓雷，颇与政事，纳货；蔡公谓之雷尚书。《御览》二百十二。

庾公名位渐重，足倾王公；时庾亮在石头，王公在冶城，忽风起扬尘，王公以扇拂之曰："元规尘污人。"元规庾亮字。王公，王导也。《类聚》六。《六帖》三。

王丞相未令不看事。《书钞》三十六。案文有讹挩。

谢公在东山畜妓，简文曰："安石必出，与人同乐，亦何得不与人同忧。"谢安石也。《书钞》一百十二。《初学记》十五。《御览》五百六十八有注。

人问谢太傅："王子敬可与先辈谁比？"谢答曰："阿敬近王刘之间。"王修，刘真长。《御览》四百四十七。

王子敬问谢公："嘉宾何如道季？"嘉宾，郗超小名；庾龢，小名道季答云："道季诚抄撮清悟，嘉宾故自胜；桓公称云桓温也：锵锵有文武。"

《御览》四百四十七。

桓公问孔西阳：“安石何如文度？”孔思未答，反问公谓何如？答曰：“安石居然不可陵践。”《御览》四百四十七。

何次道充字次道尝诣王丞相，以麈尾礴床，呼何共坐，曰：“来来！二字《御览》引有此是君坐。”《御览》一引作此君子坐也。《书钞》一百三十四。《御览》三百九十三有注，又七百三。

王含为庐江含字处宏，敦兄也，贪强狼藉。王敦欲护其兄，故于众坐中称：“家兄在郡，为政定善。庐江人咸称之。”时何充为主簿，在坐，正色曰：“充即庐江人，所闻异于此。”敦默然。傍人为之反侧，充神意自若。《御览》四百九十二，又四百二十八。

刘真长云：“见何幼道饮酒，人倾家酿。”何唯，字幼道也。《书钞》一百四十八。

刘尹道桓温：“须如反蝟毛，眼如紫石棱，自是孙仲谋一流人也。”《御览》三百六十六。

琅邪诸葛亡名面病鼠瘘，刘真长视之，叹曰：“鼠乃复窟穴人面乎？”《书钞》一百五十八。《御览》三百六十五。

王右军道刘真长：“树云柯而不扶疏。”《御览》四百四十七。

许侍郎、顾司空俱作王丞相从事，尝夜在丞相许戏，二人欢极。丞相便使入己帐中眠。顾至晓犹展转不得熟寐；许上床便大鼾。丞相语诸客曰：“此中亦难眠处耳。”《御览》六百九十九，又三百九十三。

时有为王遵主簿，检校帐下，遵说语主簿：“欲与主簿周旋，无为知人几案间事。”《书钞》六十九。

海西时，朝堂犹暗，惟会稽王来，轩轩如朝霞之举。《书钞》七十。

初荧惑入太微，寻废海西；简文既登祚，复入太微。帝恶之，时郗超为中书郎，在直，引超入曰：“天命修短，故非所计，当无复近日事不？”超曰：“大司马方外固封疆，内镇社稷，必无若斯之虑。

臣为陛下保之。"简文因诵庾仲初诗曰："士痛朝危，臣哀主辱。"其声甚凄怆，郗受假还东，帝曰："致意尊公超父愔，字方回，家国之事，遂至于此，由身不能以道匡衡，思患豫防；愧叹之深，言何能譬。"因泣下。《御览》四百六十九。

简文云："谢安南名奉，字宏道清泠如其弟弟名躬，字宏远，学艺不如孔严。"严字彭祖。《御览》四百四十七。

晋抚军云："何平叔巧累于理，嵇叔夜隽伤其道。"《续谈助》四。

佛经以为祛治神明，则圣可致。简文云："不知便可登峰造极，然陶冶之功故不可□。"《续谈助》四。

王长史求东阳王濛字仲祖，抚军不肯用晋太宗简文皇帝，先为抚军大将军。王后疾笃，临终，抚军哀叹曰："吾将负仲祖！"于此乃命用之。长史曰："人言会稽王痴，真痴也。"会稽王，简文先封也。《御览》七百三十九，又四百九十。

王仲祖、谢仁祖同为王公掾，在坐，长史云："谢仁祖能作异舞。"王公命为之《书钞》一百七，谢便起舞，神意甚暇。王公熟视，谓诸客曰："令人思王安丰。"安丰，王戎封也。《御览》二百四十九。

王仲祖酒酣起舞，刘真长曰："阿奴今日不复减向子期。"《书钞》一百七。

王仲祖云："真长知我，胜我自知。"《御览》四百四十四。

人有问王长史王仲祖也江㒞群从兄弟者，王答云："诸江皆能自生活。"《御览》四百四十七。

刘、王共在舫南酣宴，谢镇西往尚书墓还，是葬后三日。诸人欲要之，真长云："仁祖应来。"便遣要之，果即回驾；诸人迎之，把臂便下；裁得脱帻，酣宴半坐，乃觉未得脱衰。《御览》五百四十七。

王长史病已笃王仲祖也，寝卧，灯下转麈尾而视之，叹曰："如此人，曾不得满四十！"及亡，刘尹临殡，以犀柄麈尾著棺中《御览》一引作以璧柄麈尾置柩中，因恸绝。《御览》三百九十三，又七百三。《书钞》一百三十四。

范玄平汪字玄平在简文坐，谈欲屈，引王长史王仲祖也曰："卿助我！"三字《类聚》引有王曰："此非拔山之力所能救。"《书钞》九十八。《类聚》五十五。《御览》六百十七。

张凭举孝廉，出京，负其才气，谓必参时彦。欲诣刘真长，乡里及同举者咸共哂之。张遂径往诣刘，既前，处之下坐，通寒暑而已。真长方洗濯料事，神意不接，良久，张欲自发，而未有其端。顷之，王长史诸贤来诣，言各有隔而不通处，张忽遥于末坐判之，言约旨远，便足以畅彼我之怀。举坐皆惊，真长延之上坐。遂清言弥日，因留宿，遂复至晓。张退，刘曰："卿且前去，我正尔往取卿，共诣抚军。"抚军简文张既还船，同侣笑之曰："卿何许宿还？"张笑而不答。须臾，真长至，遣教觅张孝廉船，同侣愕愕。既同载，俱诣抚军。至门，刘前进，谓抚军曰："下官今日为公得一太常博士妙选。"既前，抚军与之语，咨嗟称善，数日乃止，曰："张凭劲粹《御览》一引作勃率，为理之窟。"即用为太常博士。《御览》六百十七，又二百二十九。《书钞》六十七。《类聚》四十六。

许玄度在西州讲，韩王诸人并在坐。林公每欲小屈，孙兴公曰："法师今日如著敝絮，在荆棘间行，触地挂碍。"《书钞》九十八。

梁国杨氏子，年九岁，甚聪慧，孔君平诣其父，父不在，乃呼儿出。为设果，有杨梅，孔指示儿曰："此贵君家果。"儿应声答曰："未闻孔雀是夫子家禽。"《类聚》九十一，又八十七。《六帖》二十，又九十九。《御览》三百八十五，又四百六十四，又五百十八，又九百二十四。案《御览》五百十八引作杨修，字德祖，孔君平作孔文举，《金楼子》又以为杨周七岁时事。

孙安国盛字安国往殷中军许共语殷名浩也，往反精苦，宾主无间。左右进食，冷而复暖者数四。彼我奋掷麈尾，毛悉堕落，满飧饭中。宾主遂至暮忘殣《书钞》一百三十四。《御览》七百三。殷方语孙卿曰："公勿作强口马！我当并卿控。"孙亦曰："卿勿作冗鼻牛，我当穿卿颊。《御览》三百九十。

殷浩作扬州尹行《御览》引作殷浩好作扬州刘君行，日小暮，便命左右取被幞；人问其故，答曰："刺史严，不敢夜行。"《类聚》七十。《御览》七百七。

殷中军废后，恨简文曰："上人著百尺楼上，担梯将去。"《初学记》二十四。

陶公自上流来陶侃字士行也，赴苏峻之乱，含怒于庾公；庾公谓必戮己，进退无计。温公乃劝诣陶公："卿但径拜，必无他，我为卿保之。"庾殊未了，而不得不往；乃从温言诣陶已上六句见《御览》引。至便拜，庾风姿雅润，陶见拜，不觉自起止之曰："庾元规何缘拜陶士行。"《书钞》八十五。《御览》五百四十二。

庾公为护军，属桓廷尉为索一柱吏；桓后遇见徐宁而知之宁字安期，东海人，致与庾公而称云："是海内清士。"《御览》四百二十六。

世中称庾文康为丰年玉，庾稚恭为荒年谷。《御览》四百四十七。

庾道季云："蔺相如虽千载死人，懔懔恒如有生气；曹蜍李志虽见在，厌厌如在九泉下。"《类聚》二十二。《御览》四百四十七。

毕茂世云："一手持蟹螯，一手持杯，拍浮酒池中，可了一生哉！"《御览》九百四十二。

桓公宣武也年少至贫，尝樗蒲失数百斛米，齿既恶，意亦沮；自审不复振，乃请救于袁彦道。桓具以情告已上《世说》注引作桓公樗蒲失数百斛米，求救于袁耽，袁在艰中，欣然无忤；便云："大快《御览》引有欣然句，次作便即俱去出门云，我不但拔卿，要为卿破之。我必作快齿，卿但快唤。"已上四句，《世说》注引作我必作采，卿但大唤即脱其衰，共出门去。觉头上有巾帽，掷去，著小帽已上五句，《世说》注引有之。既戏，袁形势呼咀音恒，咀相呼慨牡二字《御览》引有，掷必卢雉；二人齐叫，敌家震惧丧气，俄倾获数百万。已上二句，《世说》注引作敌家顷刻失数百万也。《世说·任诞篇》注。《御览》七百五十四。

桓大司马病笃桓温，字元子也，谢公省病谢安，字安石也，从东门入；桓遥瞩而叹曰：“吾门中不久复见如此客。”《御览》四百五。

卫晨为桓公长史，温公甚重之。每宴，率尔提酒脯以就卫相对也。《书钞》一百四十四。

孙兴公道曹辅佐云：“才如白地明光锦，裁为负版裤；非无文彩，然酷无裁制。”《书钞》一百二十九。《御览》六百九十五。

祖士少道右军：“王家阿菟菟，羲之小名吾菟，何缘复减处仲？”右军道祖士少：“风领毛骨，恐没世不复见如此人。”王子猷说：“世目士少为清迈，我家亦以为澈朗。”《御览》四百四十七。

承指辟王蓝田为掾，庾公问丞相：“蓝田何似？”王曰《书钞》六十八：“真独简贵，不减父祖；然旷淡处故当不如尔。”三句原挽，今依《世说·品藻篇》补。

光禄王蕴指厅前擗曰：“我尝在下得残盘冷炙。”《书钞》一百四十五。《御览》七百五十八引云，王光禄曰：“正得残槃冷炙。”

殷仲堪云：“三日不读《道德经》，便觉舌本间强。”《类聚》十七。《御览》三百六十七。

王佛大曰：“三日不饮酒，觉形神不复相和亲也。酒自引人入胜地耳。”《书钞》一百四十八。

谢万尝诣王恬，既至，坐少时，恬便入内。谢殊有喜色，谓必厚供待。良久已上三句《类聚》引有，沐头散发而出；既亦不复坐，乃倨坐于胡床，在中庭晒发，神色傲上，了无惭怍相对《类聚》引作了无酬对意，于是而退。《书钞》一百三十五。《类聚》七十。

谢哲字颖豫，陈郡人也，美风仪，举止蕴藉，而襟怀豁然，为士君子所重。《御览》三百八十。

萍之依水，犹卉植地，靡见其布，漠尔鳞被；物有常托，孰知所自。《御览》一千。案文是郭景纯《萍赞》，疑《御览》误题也。

笑林

鲁有执长竿入城门者，初竖执之，不可入，横执之，亦不可入，计无所出。俄有老父至，曰："吾非圣人，但见事多矣。何不以锯中截而入。"遂依而截之。《广记》二百六十二。

齐人就赵人学瑟，因之先调，胶柱而归，三年不成一曲。齐人怪之，有从赵来者，问其意，乃知向人之愚。《广记》二百六十二。

楚人有担山鸡者，路人问曰："何鸟也？"担者欺之曰："凤凰也！"路人曰："我闻有凤凰久矣，今真见之，汝卖之乎？"曰："然！"乃酬千金，弗与；请加倍，乃与之。方将献楚王，经宿而鸟死。路人不遑惜其金，惟恨不得以献耳。国人传之，咸以为真凤而贵，宜欲献之，遂闻于楚王，王感其欲献己也，召而厚赐之，过买凤之值十倍矣。《广记》四百六十一。

楚人居贫，读《淮南》，方得"螳蜋[1]伺蝉自鄣叶，可以隐形"。遂于树下仰取叶。螳蜋执叶伺蝉，以摘之，叶落树下；树下先有落叶，不能复分别，扫取数斗归。——以叶自鄣，问其妻曰："汝见我不？"妻始时恒答言"见"，经日乃厌倦不堪，绐云："不见。"嘿然大喜，赍叶入市，对面取人物，吏遂缚诣县。县官受辞，自说本末。官大笑，放而不治。《御览》九百四十六。

汉司徒崔烈辟上党鲍坚为掾，将谒见，自虑不过，问先到者仪，适有答曰："随典仪口倡。"既谒，赞曰："可拜。"坚亦曰："可拜。"赞者曰："就位。"坚亦曰："就位。"因复著履上座，将离席，不知履所在，赞者曰："履著脚。"坚亦曰："履著脚"也。《御览》四百九十九。

1　现代汉语常用"螳螂"。——编者注

桓帝时，有人辟公府掾者，倩人作奏记文；人不能为作，因语曰："梁国葛龚先善为记文，自可写用，不烦更作。"遂从人言写记文，不去葛龚名姓。府君大惊，不答而罢。故时人语曰："作奏虽工，宜去葛龚。"《御览》四百九十六。案《后汉书·葛龚传》注云，龚善为文奏，或有请龚奏以干人者，龚为作之，其人写之，忘自载其名，因并写龚名以进之，故时人为之语曰："作奏虽工，宜去葛龚。"见《笑林》。与《御览》引异。

某甲《广记》引作魏人夜暴疾，命门人钻火。其夜阴暝，不得火，催之急《广记》引作督迫颇急，门人忿然曰："君责之亦大无道理！今暗如漆，何以不把火照我？我当得觅钻火具《类聚》八十。《御览》八百六十九，然后易得耳。"孔文举闻之曰："责人当以其方也。"《广记》二百五十八。

赵伯公《类林》作翁为人肥大，夏日醉卧，有数岁孙儿缘其肚上戏，因以李子八九枚内肚脐中。既醒，了不觉；数日后，乃知痛。李大烂，汁出，以为脐穴《珊玉集》引作脓，惧死，乃命妻子，处分家事，泣谓家人曰："我肠烂将死。"明日，李核出，寻问，乃知是孙儿所内李子也。《御览》三百七十一，又九百六十八。《珊玉集》十四。《类林杂说》十。

伯翁妹肥于兄，嫁于王氏，嫌其太肥，遂诬云无女身，乃遣之。后更嫁李氏，乃得女身。方验前诬也。《类林杂说》十。

汉世有人年老无子，家富，性俭啬，恶衣蔬食；侵晨而起，侵夜而息；营理产业，聚敛无厌；而不敢自用。或人从之求丐者，不得已而入内取钱十，自堂而出，随步辄减，比至于外，才余半在，闭目以授乞者。寻复嘱云："我倾家赡君，慎勿他说，复相效而来！"老人俄死，田宅没官，货财充于内帑矣。《广记》一百六十五。

姚彪与张温俱至武昌，遇吴兴沈珩于江渚守风，粮用尽，遣人从彪贷盐一百斛。彪性峻直，得书不答，方与温谈论。良久，敕左右倒盐百斛著江水中。谓温曰："明吾不惜，惜所与耳！"《广记》

一百六十五。《御览》八百六十五。

沈珩弟峻，字叔山，有名誉，而性俭吝。张温使蜀，与峻别，峻入内良久，出语温曰："向择一端布，欲以送卿，而无粗者。"温嘉其能显非已上亦见《类聚》八十五，《御览》八百二十，《续谈助》四。又尝经太湖岸上，使从者取盐水；已而恨多，敕令还减之。寻亦自愧曰："此吾天性也！"《广记》一百五十六。

吴国胡邕，为人好色，娶妻张氏，怜之不舍。后卒，邕亦亡，家人便殡于后园中。三年取葬，见冢土化作二人；常见抱如卧时。人竞笑之。《广记》三百八十九。

平原陶丘氏，取勃海墨台氏女，女色甚美，才甚令，复相敬。已生一男而归，母丁氏，年老，进见女婿。女婿既归而遣妇。妇临去请罪！夫曰："曩见夫人，年德以衰，非昔日比。亦恐新妇老后，必复如此！是以遣，实无他故。"《御览》四百九十九。

汉人有适吴，吴人设笋，问是何物，语曰："竹也！"归煮其床箦而不熟，乃谓其妻曰："吴人轭辘，欺我如此！"《笋谱》下。《绀珠集》十一。

吴人至京师，为设食者有酪酥，未知是何物也，强而食之，归吐遂至困顿。谓其子曰："与伧人同死，亦无所恨；然汝故宜慎之。"《类聚》七十二。《御览》八百五十八。

南方人至京师者，人戒之曰："汝得物，唯食，慎勿问其名也！"往诣主人，入门内，见马矢，便食之；觉恶臭，乃止步。进见败屝弃于路，因复嚼，殊不可咽。顾伴曰："且止！人言不可皆信。"后诣贵官，为设馉—引作馔，因相视曰："故是首物—引作戒故昔物，且当勿食。"《御览》六百九十八，又八百五十一。

太原人夜失火，出物，欲出铜枪，误出熨斗，便大惊怪。语其儿三字《类聚》引有曰："异事！二字《类聚》引有火未至，枪已被烧失脚。"《书钞》一百三十五。《类聚》七十二。《御览》七百五十七。

平原人有善治伛者，自云："不善，人百一人耳。"有人曲度八尺，直度六尺，乃厚货求治。曰："君且□。"欲上背踏之。伛者曰："将杀我！"曰："趣令君直，焉知死事。"《续谈助》四。

某甲为霸府佐，为人都不解。每至集会，有声乐之事，己辄豫焉；而耻不解，妓人奏曲，赞之，己亦学人仰赞和。同时人士令己作主人，并使唤妓客。妓客未集，召妓具问曲吹，一一疏，著手巾箱，下先有药方；客既集，因问命曲，先取所疏者，误得药方，便言是疏，方有附子三分，当归四分。己云："且作附子当归以送客。"合座绝倒。《御览》五百六十八。

有人吊丧，并欲赍物助之，问人："可与何等物？"人答曰："钱布谷帛，任卿所有尔！"因赍一斛豆置孝子前，谓曰："无可有，以一斛大豆已上十四字据《广记》引补相助。"孝子哭唤"奈何"，己以为问豆，答曰："可作饭！"孝子复哭唤"穷"，己曰：《广记》引作孝子哭孤穷奈何，曰："造豉。"孝子更哭孤穷，曰"适有便穷，自当更送一斛。"《类聚》八十五。《广记》二百六十二。

人有和羹者，以杓尝之，少盐，便益之。后复尝之向杓中者，故云："盐不足。"如此数益升许盐，故不咸，因以为怪。《御览》八百六十一。

甲买肉过都，入厕，挂肉著外。乙偷之，未得去，甲出觅肉，因诈便口衔肉云："挂著门外，何得不失？若如我衔肉著口，岂有失理。"《御览》八百六十三。《书钞》一百四十五。

有甲欲谒见邑宰，问左右曰："令何所好？"或语曰："好《公羊传》。"后入见，令问："君读何书？"答曰："惟业《公羊传》。"试问："谁杀陈他者？"甲良久对曰："平生实不杀陈他。"令察谬误，因复戏之曰："君不杀陈他，请是谁杀？"于是大怖，徒跣走出。人问其故，乃大语曰："见明府，便以死事见访，后直不敢复来，遇赦当出耳。"《广记》二百六十。

甲父母在，出学三年而归，舅氏问其学何得，并序别父久。乃答曰："渭阳之思，过于秦康。"既而父数之："尔学奚益？"答曰："少失过庭之训，故学无益。"《广记》二百六十二。

甲与乙斗争，甲啮下乙鼻。官吏欲断之，甲称乙自啮落。吏曰："夫人鼻高耳口低，岂能就啮之乎？"甲曰："他踏床子就啮之。"《广记》二百六十二。

伧人欲相共吊丧，各不知仪。一人言粗习，谓同伴曰："汝随我举止。"既至丧所，旧习者在前，伏席上，余者一一相髡于背；而为首者以足触臀曰："痴物！"诸人亦为仪当尔，各以足相踏曰："痴物！"最后者近孝子，亦踏孝子而曰："痴物！"《广记》二百六十二。

有痴婿，妇翁死，妇教以行吊礼。于路值水，乃脱袜而渡，惟遗一袜。又睹林中鸠鸣云："嘲鸪嘲鸪！"而私诵之，都忘吊礼。及至，乃以有袜一足立，而缩其跣者，但云："嘲鸪嘲鸪！"孝子皆笑。又曰："莫笑莫笑！如拾得袜，即还我。"《广记》二百六十二。

有人常食蔬茹，忽食羊肉，梦五藏神曰："羊踏破菜园！"《绀珠集》十三。

俗说

有人指周伯仁腹曰："此中何有？"答曰："此中洪洞，容卿等数百人。"《御览》三百七十一。

阮光禄大儿丧，哀过，遂得失心病《类聚》三十四。服除后，经年病瘵。《御览》七百四十一。

谢安小儿时便有名誉，流闻远国。慕容垂《御览》引作庞，注云一作慕容垂也饷谢白狼眊一双，谢时年十三。《书钞》一百二十一。《御览》三百四十一。

谢万作吴兴郡，其兄安时随至郡中。万眠常晏起，安清朝便往床前，叩屏风呼万起。《御览》七百一。

谢万与太傅共诣简文此句依《书钞》引，万来，无衣帻可前，简文曰："但前，不须衣帻。"即呼使人。万著白纶巾，鹤氅裘履，板而前。既见共谈，移日方去二字《书钞》引有。大器之。《御览》四百七十五。《书钞》九十八。

刘真长少时居丹徒，家至贫，织芒履以养母《御览》四百八十五。剧方回数出南射堂射，刘往市卖履，路经射堂边过。人无不看射，刘过，初不回顾。方回异之，遣问信，答曰："老母朝来未得食，至市货履，不得展诣。"后过，剧呼之使来，与共语，觉其佳。《御览》六百九十八。《书钞》一百三十六。

晋哀帝王皇后有一紫磨金指环，至小，可第五指著。《书钞》一百三十六。《初学记》十。

晋简文集诸谈士夜坐，每自设粥。《书钞》一百四十四。

释道安生便左臂上一肉，广一寸许，著臂如钏，将可上下。时人谓之"印手菩萨"。《御览》三百六十九。

谢仁祖年少时，喜著刺文裤，出郊郭外。其叔父诮责之，仁祖于是自改，遂为名流。《御览》六百九十五。《书钞》一百二十九引至郊，郭文作水。

谢仁祖妾阿妃，有国色，甚善吹笛。谢死，阿妃誓不嫁。郗昙时为北中郎，设权计，遂得阿妃为妾。阿妃终身不与昙言。《类聚》四十四。

王子敬学王夷甫呼钱为"阿堵"。后既诏出赴谢公主簿，过会下，与掷散。当其夕，手自抱钱，钱竞。明日已后云："何至须阿堵物？"《御览》八百三十六。

殷仲堪在都，尝往看棋，□从在瓦官寺前宅上，于是袁羌与人共在窗下围棋。仲堪在里问袁《易》义，袁应答如流，围棋不辍。袁意傲然，殊有余地；殷撰辞致难，每有往复。《类聚》七十四。

顾虎头为人画扇，作嵇阮，都不点眼睛，便送还扇主，曰《御览》一引作扇主问之，顾答曰："点眼睛便欲能语！"《御览》一引作那可点睛，点睛便语。《书钞》一百三十四。《御览》七百五十，又七百二。

桓大司马在江陵，每欢宴，恶桓珹答为嘲弄；司马每嗔珹时，使就兄索食。《书钞》一百四十三。《御览》八百四十九引云，桓珹性啖噪犬，大司马每嗔珹时，从兄索食。

桓温平蜀，以李势女为妾。南郡主甚妒《类聚》三十五，不即知之。后知，乃拔刃往李所，因欲斫之。见李在窗梳头，姿貌端丽，徐徐结发，敛手向主，神色闲正，辞甚凄惋。主于是掷刀，前抱之曰："阿子！我见汝亦怜，何况老奴！"遂善之。不即知至此已上，并依《世说·贤媛篇》注引《妒记》补。

桓灵宝在南州时，自讲《庄子》七篇，一日更说。《书钞》九十八。

桓玄作诗思不来，辄作鼓吹，既而思得云："鸣鹤《御览》引作鹤响长皋。"叹曰："鼓吹固自来人思。"《书钞》一百三十。《类聚》六十八。《御览》五百六十七。

桓玄在南州，妾当产，畏风，应须帐，桓曰："不须作帐，可以夫人故帐与之。"《御览》六百九十九。

桓宣城丧后，家至贫，孔夫人疾患，须羊解神，不能得。桓温以弟买得质羊，羊主家富，谓桓言："仆乃不须买得郎为质，但郎家贫，幸可为郎养买得郎耳！"车骑冲也。后江州出射堂射，羊主东边看，车骑犹识之，呼来问："公识我否？"答云："不识。"桓公曰："我是昔日买得郎也。"《御览》四百三十二。

桓石虎是桓征西儿，未被举时，西出猎，石虎亦从猎围中射虎，虎被数箭，伏在地。诸将谓石虎曰："恶郎能拔虎箭不？"石虎小名恶子，答曰："可拔耳！"恶子于是径至虎边，便拔得箭；虎跳越，恶子亦跳，跳乃高虎跳。虎还伏，恶子持箭便还。《御览》八百九十二。

桓豹奴善乘骑，亦有极快马。有一诸葛郎，自云能走与马等。桓车骑以百匹布置埒，令豹奴乘，与诸葛竞走，先至者得布。便俱走，诸葛恒与马齐；欲至埒头，去布三尺许，诸葛一透坐布上，遂得之。《类聚》八十五。《御览》三百九十四，又八百二十。

桓豹奴病劳，冷，无毡可卧，桓车骑自撤己眠毡与之。《书钞》一百三十四。《御览》七百八。

王僧敬神明俊彻，为一时之标。桓玄时集聚宾客，莫有出其右者。王在坐，都不复觉有余人；坐无王，便觉殷仲文、谢益寿为佳。

王僧敬兄弟列坐斋中，见之若神；小人从户前过，皆肃然毛竖。《御览》三百九十三。

桓玄取羊欣为征西行军参军。玄爱书，呼欣就坐，乃遣信呼顾长康，与共论书至夜，良久乃罢。《御览》七百四十七。

谢仁祖《书钞》一引作景仁为豫州主簿，在桓温《书钞》引作桓玄阁下。桓闻其善筝，使呼之；既至，取筝与弹，谢即理弦抚筝，因而歌《秋风》，意气殊异。桓以此知之，取谢引诣府。《书钞》一百十，又七十三。《类聚》二百六十五，又五百七十六。

桓玄宠丁期《御览》引作丁午期；朝贤论事，宾客聚集，恒在背后

坐三句《御览》引无；食毕，便回盘与之已上亦见《御览》七百五十八。期虽被
宠，而谨约不敢为非。玄临死之日，期乃以身捍刃。《类聚》三十三。

宋祎是石崇妓绿珠弟子，有国色，善吹笛。亦见《书钞》一百十后入
晋明帝宫已上亦见《类聚》十八，帝疾患危笃，群臣进谏，请出宋祎。时朝
贤悉见帝曰："卿诸人谁欲得者？"众人无言，阮遥集时为吏部尚书，
对曰："愿以赐臣！"即与之。《类聚》四十四。《御览》三百八十一，又五百六十八。

宋祎死后，葬在金城南山，对琅琊郡门。袁山松为琅琊太守，
每醉，辄乘舆上宋祎冢，作《行路难》歌。《御览》四百九十七。

王东亭尝之吴郡，就汰公宿别，汰公设豆霍糜，自啖一大瓯，
东亭有难色，汰公强进半瓯《御览》八百五十九。须臾，东亭行帐，果炙
毕备。《书钞》一百四十三。

王孝伯起事，王东亭殊忧惧。时住在募士桥下，持药酒，置左
侧；语其所念小人俞翼，令在门前："若见人骑傧从来，汝便可取酒
药与我。"俄有行人乘马过，翼便进酒，王语翼："汝更看，定非官
人！"王语翼："汝几杀我！"《御览》四百六十九。

陶夒为王孝伯参军，三日曲水集，陶在前行坐，有一参军督护在
坐。陶于坐作诗，随得三五句，后坐参军督护随写取。诗成，陶犹更思
补缀，后坐写其诗者先呈，陶诗经日方呈。王怪，收陶参军，乃复写人
诗？陶愧愕不知所以。王后知陶非滥，遂弹去写诗者《御览》二百四十九。

王庆孙为襄阳都督，后之镇，尔时沔中蛮盛，断道，缚得王去。
将还家，语王云："汝是贵人，试作贵人行看。"驱逼不得已，王便行。
蛮以其贵人，不堪苦使，令与妇人共碓下春。《御览》八百二十九引《俗记》。

有人诣谢益寿云："向在刘丹阳坐，见一客，殊毛。"谢曰："正
是我家阿瞻！"瞻多须，故云耳。《御览》三百七十四。

郗僧游青溪中，泛到一曲之处，辄作诗一篇。谢益寿见诗笑
曰："青溪之曲，复何穷尽？"《御览》六十七引作青溪中曲，复何可穷。《类聚》

九。王楙《野客丛书》二十九引泛到作泛舟曲，下无之字，诗一篇作一篇诗，见诗笑曰作见其诗而叹曰，无穷字。

王高丽年十四五时，四月八日在彭城佛寺中，谢混见而以槟榔赠之。执王手，谓曰："王郎，谢叔源可与周旋否？"《御览》九百七十一引《风俗记》。

殷伯仁《书钞》引作伯弟为何无忌参军，在浔阳与何共樗蒲，得何百万便住，何守语求决，不听三句《书钞》引无。何大怒，骂殷曰："蛮子敢尔！取节来。"殷犹傲然，谓何曰："朝廷授将军三千羸兵狗头节，以威蛮獠。已上《书钞》一百三十亦引，狗头节作枸辣节。乃复拟议国士，异事！"何便令百人收殷付狱中。殷啸歌自若，经一日，遂恚死。《御览》六百八十一，又七百五十四。

羊元保作吏部郎，被召见，后有传诏来；始入门，其儿灵孙年十许岁，见传诏，语其父曰："儿知也，正当围棋耳！"《御览》七百五十三。

司马郎君时贵，好作妓，堂然香烟熏之，屋为之黑。《书钞》一百十一。

徐干木年少时，尝梦乌从天上飞四字《御览》引有，衔伞树其庭中，如此三过衔来，作恶声而去。徐后果得三伞，遂以恶终。《书钞》一百三十四。《御览》七百二。

毛泰买一玉洼，八十八分。《御览》七百五十九。

荀介子为荆州刺史，荀妇大妒，恒在介子斋中，客来便闭屏风。有桓客者，时为中兵参军，来诣荀谘事；论事已讫，为复作余语。桓时年少，殊有姿容。荀妇在屏风里，便语桓云："桓参军，君知作人不？论事已讫，何以不去？"桓狼狈便走。《御览》七百一。

车武子妇大妒，夜恒出掩袭车。车后呼其妇兄颜熙夜宿共眠，取一绛裙挂著屏风上。其妇果来！拔刀径上床发，欲刃床上人。定看乃是其兄，于是惭羞而退。《御览》六百九十六。

张敷《御览》讹邀，今依《类聚》从彭城还，请假当归东，傅亮时为宋台侍中，下舫中与张别。张不起，授两手著舫户外，傅遂不执其手，熟视张面曰："楂故《类聚》引有故字是梨中之不臧者！"便去。《御览》六百三十四。《类聚》二十九。

傅亮北征，在黄河中，垂至洛，遥见嵩高山，于时同从客在坐问傅曰："潘安仁《怀旧赋》云'前瞻太室，傍眺嵩丘'，嵩丘太室是一山，何以言傍眺？"傅曰："有嵩丘山，去太室七十里，此是书写误耳。"《类聚》七。

何承天颜延年俱为郎，何问颜曰："藿囊是何物？"颜答曰："此当复何解邪，藿囊将是卿？"言腹中无所有，纯是藿，此是世俗相调之辞也，《御览》七百四。

江夷为右仆射，主上欲用其领詹事，语王准："卿可觅比例。"准对曰："臣当出外寻访。"准后见，主上问："近所道事，卿已得例未？"准曰："谢琰右仆射领詹事，琰即谢公之子，恐夷非其例。"事遂不行。《类聚》四十九。《御览》二百四十五。

谢仆射陶太常诣吴领军，坐久，吴留客作食。日已申，使婢卖狗供客。比得一顿食，殆无复气力可语。《御览》四百五又四百八十五。

刘柳为仆射，傅迪为左丞，傅大读书，而不可解其义已上二句亦见《书钞》九十八；刘唯读老庄而已。傅道刘云："止读十二卷，何足本人？"刘道傅云："读书虽多而无所解，可谓书簏！"《御览》六百十六。

京下刘光禄养好鹅，刘后军从京还镇寻阳，以一只鹅为后军别；纯苍色，颈长四尺许，头似龙。此一只鹅，可堪五万，自后不复见有此类。《御览》九百十九引《俗记》。

齐沈僧照别名法朗，攸之之孙也。记人吉凶，颇有应验。尝校猎中道而还，左右问何故？答曰："国家有边事，须还处分。"问："何以知之？"曰："向闻南山虎啸知耳。"俄而使至。《御览》八百九十二。

小说

　　齐鬲城《广记》引作南城，《绀珠集》作历城东有蒲台，秦始皇所顿处。时始皇在台下，萦蒲以系马，至今蒲生犹萦，俗谓之"始皇蒲"。已上亦见《广记》四百八。《绀珠集》引无末句始皇作石桥，欲过海观日出处，时有神人能驱石下海，石去不速，神人辄鞭之，皆流血，至今悉赤《绀珠集》引作神人鞭之，流血，石皆赤色。阳城山上石皆起立东倾，如相随状已上亦见《绀珠集》二，末作有趋赴之状，至今犹尔。秦皇于海中作石桥，或云："非人功所建，海神为之竖柱。"始皇感其惠，乃通敬于神，求与相见。神云："我形丑，约莫图我形，当与帝会。"始皇乃从石桥入海三十里，与神人相见。左右巧者潜以脚画神形，神怒曰："速去！"即转马，前脚犹立，后脚随崩，仅得登岸。出《三齐要略》原本。《说郛》二十五。

　　秦始皇时，长人十二，见于临洮，皆夷服，于是铸铜为十二枚以写之。盖汉十二帝之瑞也。《广记》一百三十五。

　　荥阳板渚津原上有厄井，父老云：汉高祖曾避项羽于此井也，为双鸠所救。故俗语云："汉祖避时难，隐身厄井间；双鸠集其上，谁知下有人？"汉朝每正旦辄放双鸠。或起于此。《说郛》二十五。《广记》一百三十五。

　　汉高祖手敕太子云："吾遭乱世，当秦禁学问，生不读书，又不自喜，谓读书无所益。洎践阼以来，时□□书，乃使人知之者作之，追思昔所行多不是。"又云："尧舜不以天下与子，而与他人，此非为不惜天下，但子不中立耳！人有好牛马，尚惜，况天下邪？吾以汝是元子，早有立意，兼群臣咸称，如有汝友'四皓'，吾所不能致，而为汝来，自为汝大事也。今定汝为嗣。"又云："吾生不学书，但读书问字而遂知耳，以此故不大工，然亦足自解。今视汝书，犹不如吾，汝可勤学习。每上疏宜自书，勿使吏人也。"又云："汝见萧曹张陈诸公侯，吾同时人，倍年于汝者，皆拜，并语汝诸弟。"又云："吾得疾遂困，以如意母子相累，其余诸子皆足自立，哀此儿犹小也。"出《汉书》《高祖手敕》。《说郛》二十五。

高祖初入咸阳宫，周行府库，金玉珍宝，不可称言。其尤惊异者：有青玉九枝灯，高七尺五寸，下作盘龙，以口衔灯，灯然则鳞皆动，烂炳若列星而盈室。复铸铜人十二枚，坐，皆高三尺，列于筵上，琴瑟笙竽，各有所执，皆点缀华彩，俨若生人。筵下有二铜管，上口高数尺，出筵后，其一管空，一管有绳大如指，一人吹管，一人约绳，则琴瑟笙竽等皆作，与真乐不殊。有琴长六尺，安十三弦，二十六徽，用七宝饰之，铭曰"璠玙之乐"。《绀珠集》二引此二句玉笛长二尺三寸，六孔，吹之则见车马山林，隐嶙相次，吹息则不复见，铭曰"昭华之管"。有方镜广四尺，高五尺九寸，表里有明，直来照之，影则倒见，以手掩心而照之，则知病之所在，见肠胃五藏，历然无碍，又女子有邪心，则胆张心动。始皇常以照宫人，胆张心动者则杀之。高祖悉封闭以待项羽，羽并将以东，后不知所在。《说郛》二十五。出《西京杂记》上。

文帝自代还，有良马九匹：一名"浮云"，一名"赤电"，一名"绝群"，一名"逸骠"，一名"飞燕"，一名"绿骥"，一名"龙子"，一名"麟驹"，一名"绝尘"，号九骏。有求宣能御马，代王号为王良，俱还代邸。出《西京杂记》。《说郛》二十五。

汉武帝尝微行，造主人家，家有婢国色，帝悦之，仍留宿，夜与主婢卧。有一书生，亦寄宿，善天文，忽见客星将掩帝座甚逼，书生大惊，连呼咄咄，不觉声高；仍入，见一男子持刀将欲入，闻书生声急谓为己故，遂缩走去，客星应时而退。如是者数遍。帝闻其声异而问之，生具说所见，帝乃悟曰："此人必婢婿，将欲肆其凶恶于朕。"仍召集□门羽林，语主人曰："朕天子也。"于是禽拿问之，服而诛。后帝叹曰："斯盖天启书生于扶祐朕躬。"乃厚赐书生。出《幽冥录》。《说郛》二十五。

武帝时，长安巧手丁缓案出《西京杂记》上。今本作丁谖者，为恒满镫，七龙五凤，杂以芙蓉莲藕之奇。又作卧褥香炉，一名被中香炉，本出房风，其法后绝，至缓始更为之，机环运转四周，而炉体常平，可致之被褥，故以为名。又作九层博山香炉，镂为奇禽怪兽，穷诸灵异，皆能自然转动。又作七轮扇，轮大皆径尺，相连续，一人运之，则满堂皆寒战焉。《说郛》二十五。

孙氏《瑞应图》云："神鼎者，文质精也。知吉凶，知存亡，能轻能重，能息能行，不灼自沸，不汲自满，中生五味。王者兴则出，衰则去。"《说苑》云："孝武时，汾阴人得宝鼎，献之甘泉宫。群臣毕贺，上寿曰：'陛下得周鼎。'侍中吾丘寿王曰：'非周鼎。'上召问之，有说则生，无说则死。寿王对曰：'周德者始于天授，成于文武，显于周公；德泽上畅于天，下漏于三泉，上天报应，鼎为周出。今汉继周，德□显行，六合和同，至陛下之身而逾盛，天瑞并至。昔秦始皇亲求鼎于彭城而不得，天昭有德，神宝自至。此天所以遗汉，乃汉鼎，非周鼎也。'上曰：'善。'"魏文帝《典论》亦云："墨子曰：昔夏后启使飞廉折金，以精神于昆吾，使翁乙灼自若之龟。鼎成，四足而方，不灼自烹，不举自灭，不迁自行。"《拾遗录》云："周末大乱，九鼎飞入天池。"《末世书论》云入泗水。声转谬焉。《广记》二百二十九。

汉武帝过李夫人，就取玉簪检头。自此宫人检头，皆用玉簪，玉倍贵焉《西京杂记》上有之，无末二句。又以象牙为篦，赐李夫人。《广记》

二百二十九。

汉武以杂宝妆床屏帐等，设于桂宫，谓之"四宝宫"。《绀珠集》二。《海录碎事》四引作谓四宝宫也。

成帝设云帐、云幄、云幕于甘泉宫紫殿，谓之"三云殿"。出《西京杂记》上。《说郛》二十五。《绀珠集》二。

汉成帝好蹴鞠，群臣以蹴鞠劳体，非尊者所宜。帝曰："朕好之，可择似而不劳者奏之。"刘向奏弹棋以献，上悦，赐之青羔裘、紫丝履，服以朝觐《广记》二百二十八。《广记》所引一事出《西京杂记》上，刘向原作家君。或言始于魏文帝时，宫中妆奁之戏，帝为之特妙，能用手巾角拂之。有人自言能，令试之，以葛巾低头拂之，更妙于帝。《绀珠集》二。

魏武少时，常与袁绍好为游侠。观人新婚，因潜入主人园中，夜叫呼云："有偷儿至。"庐中人皆出观，帝乃抽刃劫新妇，与绍还出，失道，坠枳棘中，绍不能动，帝复大呼："偷儿今在此！"绍惶迫，自掷出，俱免。魏武又尝云："人欲危己，己辄心动。"因语所亲小人云："汝怀刃密来，我心必动，便戮汝，汝但勿言，当后相报。"侍者信焉。遂斩之。谋逆者挫气矣。又袁绍年少时，曾夜遣人以剑掷魏武，少下，不著；帝揆其后来必高，因帖席卧床上，剑果高。魏武又云："我眠中不可妄近，近辄斫人，亦不自觉，左右宜慎之！"后乃佯冻，所幸小人窃以被覆之，因便斫杀。自尔莫敢近之。《广记》一百九十。

魏武将见匈奴使，以形陋，不足怀远国，使崔季珪代当之，自捉刀立床头。事毕，令间谍问曰："魏王何如？"使曰："魏王雅望非常，然床头捉刀人乃英雄也。"王闻之，驰杀此使。《广记》一百六十九。

晋咸康中，有士人周谓者，死而复生。言天帝召见，引升殿，仰视帝，面方一尺，问左右曰："是古张天帝邪？"答云："上古天帝，久已圣去，此近曹明帝也。"《绀珠集》二。

晋明帝为太子时，闻元帝沐，上启云《续谈助》引作晋明帝启元帝：

"臣绍言：伏蒙吉日沐头，老寿多谊，谨拜贺表。"答云："春正月沐头，至今大垢臭，故力沐耳！得启知汝孝爱，当如今言，父子享禄长生也。"又启云《绀珠集》引无臣绍言至此："沐伏久劳极，不审尊体何如？"答云："去垢甚佳，劳不极《绀珠集》引作身不劳也。"出《晋敕》。《续谈助》四注云，此卷并秦、汉、晋、宋诸帝。《绀珠集》二。

凌云台上，楼观极盛。初造时，先秤众材，俾轻重相称，乃结构；故虽高而随风动摇，终不坏。明帝登而惧其倾侧，命以大木扶之。未几颓坏。《绀珠集》二。

晋成帝时，庾后临朝，南顿王宗为禁旅官，典管籥。诸庾数密表疏宗，宗骂言云："是汝家门阁邪？"诸庾甚忿之，托党苏峻诛之。后帝问左右："见宗室有白头老翁何在？"答："同苏峻已诛。"帝闻之流涕。后颇知其事，每见诸庾道："枉死。"帝尝在后前，乃曰："阿舅何谓云人作贼，辄杀之？人忽言阿舅作贼，当复云何？"庾后以牙尺打帝头《纪闻》引有头字，云："儿何以作尔形语？"帝无言，唯大张目，熟视诸庾，诸庾甚惧。出《杂语》。《续谈助》四。《困学纪闻》十三。

宣帝案疑是宣武之误问真长："会王如何？"刘恢答："欲造微。"桓曰："何如卿？"曰："殆无异。"桓温乃喟然曰："时无许郭，人人自以为稷契。"出《杂记》。《续谈助》四。

简文在殿上行，右军与孙兴公在后，右军指谓孙曰："此是啖名客。"简文闻之，顾曰："天下自有利齿儿。"后王光禄作会稽，谢车骑出曲阿视之，孝伯时罢秘书丞，在坐，因视孝伯曰："王丞齿似不钝。"王曰："不钝颇有验。"出《世说》。《续谈助》四。

简文集诸谈士，以致后客前客，夜坐每设白粥，唯然灯，灯暗，辄更益炷。出《世说》。《续谈助》四。

佛经以为祛治神明，则圣可致。简文云："不知便可登峰造极不？然陶冶之功，故不可经。"出《郭子》。《续谈助》四。

简文帝为抚军，所坐床上尘，不令左右拂，见鼠行之迹为佳。参军见鼠白日行，以手板打杀之，意不悦。门下起弹，辞曰："鼠被害，尚不能忘怀；今复以鼠损人，无乃不可乎？"出《语林》。《续谈助》四。

晋孝武帝即位时，年十三四《续谈助》引作晋孝武年十三四时，冬天昼日不著复衣，但著单绢裙衫五六重，夜则累茵褥。谢公云："体宜有常，陛下昼过冷，夜过热，非摄养之术。"帝曰："夜静故也。"二字《御览》引有谢公叹曰："上理不减先帝。"出《世说》。《续谈助》四。《御览》二十七。

孝武未尝见驴，谢太傅问曰："陛下想其形，当何所似？"孝武掩口笑云："正当似猪。"出《世说》。《续谈助》四。

武帝尝于殿北窗下清暑，忽见一人，著白□黄练单衣，举身沾湿，自称是华林园中池水神，名淋涔君，语帝："若能见待，必当相佑。"帝时饮已醉，便取常佩刀掷之，刃空过无碍。神忿曰："已不能佳士见接，乃至于此，当知之。"居少时而帝暴崩。出《幽明录》。《续谈助》四。

宋国初建，参军高篆启云："欲量作东西堂床六尺五寸，并用银度钉，未敢专辄。"宋武手答云："床不须局脚，直脚自足，钉不烦银渡，铁钉而已。"出《宋武手敕》。《续谈助》四。

郑鲜之、王智、傅亮启宋武云："伏承明旦见南蛮，明是四废日；来月朔好，不审可从群情迁来月不？"宋武手答云《绀珠集》引仅作答云："劳足下勤至，吾初不择日。"出《宋武手敕》。《续谈助》四。《绀珠集》二引有帝亲为答，尚在其家二句。

介子推不出，晋文公焚林求之，终抱木而死。公抚木哀嗟，伐树制屐。每怀割股之恩，辄□然流涕，视屐曰："悲乎足下！"足下之言，将起于此。出《异苑》。《续谈助》四注云，此卷并周六国前汉人。《绀珠集》二。《说郛》二十五。

王子乔墓在京茂陵，国乱时，有人盗发之，都无所见，唯有一剑，悬在空中。欲取之，剑便作龙鸣虎吼，遂不敢近。俄而飞上天。

《神仙经》云："真人去世，而多以剑代其形，五百年后，剑亦能灵化。"此其验也。出《世说》。《续谈助》四。

老子始下生，乘白鹿入母胎中，老子为人：黄色美发，长耳广额，大目疏齿，方口厚唇，耳有三门，鼻有双柱，足蹈五字，手把十《说郛》引作千文。出顾玄□《濑乡记》。《续谈助》四。《说郛》二十五。

襄邑县八十里曰濑乡，有老子庙，庙中九井。或云每汲一井，而八井水俱动。有能洁斋入祠者，须水温，即随□而温。出《郭子》。《说郛》二十五。

颜渊子路共坐于门，有鬼魅求见孔子，其目若日，其形甚伟。子路失魄口噤，颜渊乃纳履拔剑而前，卷扯其腰，于是化为蛇《广记》引作于是形化成虹，遂斩之。孔子出观，叹曰："勇者不惧，知者不惑，仁者有勇《广记》引作智者不勇，勇者不必有仁。"《广记》引作有智。《说郛》二十五。《续谈助》四。《广记》四百五十六。

孔子尝使子贡出，久而不返，占之遇鼎，弟子皆言无足不来；颜回掩口而笑。孔子曰："回笑，是谓赐必来也。"因问回："何以知赐来？"对曰："无足者，盖乘舟而来，赐且至矣。"《海录碎事》十四节引，末作鼎无足，其乘舟来耶，果然明旦，子贡乘潮至。《说郛》二十五。《绀珠集》二。

子路颜回浴于泗水，见五色鸟。颜回问子路曰："由识此鸟否？"子路曰："识。"回曰："何鸟？"子路曰："荣之鸟。"后日，颜回与子路又浴于泗水，更见前鸟，复问由："识此鸟否？"子路曰："识。"回曰："何鸟？"子路曰："同之鸟。"颜回曰："何一鸟而二名？"子路曰："譬如丝绢，煮之则为帛，染之则为皂，一鸟而二名，不亦宜乎？"《说郛》二十五。

孔子尝游于山，使子路取水，逢虎于水所，与共战，揽尾得之，内怀中；取水还，问孔子曰："上士杀虎如之何？"子曰："上士杀虎持虎头。"又问曰："中士杀虎如之何？"子曰："中士杀虎持虎耳。"

又问："下士杀虎如之何？"子曰："下士杀虎捉虎尾。"子路出尾弃之。因恚孔子曰："夫子知水所有虎，使我取水，是欲死我。"乃怀石盘，欲中孔子。又问："上士杀人如之何？"子曰："上士杀人使笔端。"又问曰："中士杀人如之何？"子曰："中士杀人用舌端。"又问："下士杀人如之何？"子曰："下士杀人怀石盘。"子路出而弃之，于是心服。出《冲波传》。《说郛》二十五。

秦世有谣云："秦始皇，何强梁！开吾户，据吾床；饮吾浆，唾吾裳；飡吾饭，以为粮；张吾弓，射东墙；前至沙丘当灭亡。"始皇既焚书坑儒，乃发孔子墓，欲取经传。墓既启，遂见此谣文刊在冢壁，始皇甚恶之。及东游，乃远沙丘而循别路，忽见群小儿攒沙为阜，问之："何为？"答云："此为沙丘也。"从此得病而亡。或云："孔子将死，遗书曰：'不知何男子，自谓秦始皇。上我之堂，据我之床，颠倒我衣裳，至沙丘而亡。'"《说郛》二十五。

安吉县西有孔子井，吴东校书郎施彦先后居井侧，先云："仲尼聘楚，为令尹子西所谮，欲如吴未定；逍遥此境；复居井侧，因以名焉。"出山谦之《吴兴记》。《续谈助》四。《说郛》二十五。

鬼谷先生与苏秦张仪书云："二君足下：功名赫赫，但春华到秋，不得久茂；日数将冬，时讫将老。子独不见河边之树乎？仆御折其枝，波浪激其根，此木非与天下人有仇怨，盖所居者然。子见嵩岱之松柏，华霍之树檀，上叶干青云，下根通三泉，上有猿狄，下有赤豹麒麟，千秋万岁，不逢斧斤之患《说郛》作伐，此木非与天下之人有骨肉，亦所居者然。今二子好朝露之荣，弃《说郛》作忽长久之功，轻乔松之求延，贵一旦之浮爵。夫女爱不极席，男欢不毕轮，痛夫，痛夫！二君，二君！"苏秦张仪答书云："伏以先生秉德含和之中，游心青云之上，饥必噉《说郛》作唉芝草，渴必饮玉浆，德与神灵齐，明与三光同，不忘将书，诚以行事。仪以不敏，名闻不昭，入秦匡霸，欲翼时君，刺以河边，喻以深山，虽复素暗，诚衔斯旨！"
出《鬼谷先生书》。《续谈助》四。《说郛》二十五。

张子房与四皓书云："良白宋吴开《优古堂诗话》引至篇末张良白：仰惟
先生，秉超世之殊操，身在六合之间，志凌造化之表。但自大汉受
命，祯灵显集，神母告符，足以宅兆民之心。先生当此时，辉神爽
乎吴引作于云霄，濯凤翼于天汉，使九门之外，有非常之客，北阙之
下，有神气之宾，而渊游吴引作潜山隐，窃为先生不取也。良以顽薄，
承乏忝官，谓吴引作所谓绝景不御，而驾服驽骀。方今元首钦明，文
思百揆之佐，立则延企吴引作首，坐则引领，日仄而方丈不御，夜寝
吴引作眠而闾阖不闭。盖皇极须日月以扬光，后土待岳渎以导滞；而
当圣世，鸾凤林栖吴引作楼，不翔乎太清，骐骥岳遁，不步于郊薮，吴
引作薮非所以宁八荒慰六合也。不及吴引作不得省侍，展布腹心，略写
至言，想料翻然不猜其意。张良白。"四皓答书云："审蛰幽薮，深
谷是室，岂悟云雨之使，奄然萃止？方今三章之命，邈殷汤之旷泽，
礼隆乐和，四海克谐；六律及于丝竹，和章《说郛》作声应于金石，飞
鸟翔于紫阙，百兽出于九门。顽夫固陋，守彼岩穴，足未尝践闾阖，
目未尝见廊庙，野食于丰草之中，避暑于林木《说郛》作泉之下；望月
晦，然后知三旬之终，睹霜雪，然后知四时之变，问射夫，然后知弓
弩之须，讯伐木，然后知斧柯之用。当秦项之艰难，力不能负干戈，
携手逃走《说郛》作奔，避役山草，倚朽若立，循水似济。遂使青蝇盗
声于晨鸡，鱼目窃价于隋珠，公侯应灵挺特，神父援策，盖无幽而
不明也。岂有烹鼎和味，而愿令菽麦厕方丈之御？被龙服襄，而欲
使女萝上绀绫之绪？恐汩泥以浊白水，飘尘以乱清风；是以承命倾
筐，闻宠若惊。谨因飞龙之使，以写鸣蝉之音，乞守兔鹿之志，终
其寄生之命也。"出《张良书》。《续谈助》四。《说郛》二十五。

晋简文云："汉世人物，当推子房为标的，神明之功，玄胜之

要，莫之与二。接俗而不亏其道，应世而事不婴□，玄识远情，超然独迈。"出《简文谈疏》。《续谈助》四。

樊将军哙问于陆贾曰："自古人君，皆云受命于天，云有瑞应，岂有是乎？"陆贾应之曰："有。夫目瞤，得酒食；灯火花，得钱财；午鹊噪，而行人至；蜘蛛集，而百事喜；小既有征，大亦宜然。故云：目瞤则咒之，灯火花则拜之，午鹊噪则喂之，蜘蛛集则放之。况天下之大宝，人君重位，非天命何以得之哉？瑞宝信也。天以宝为信，应人之德，故曰瑞应。天命无信，不可以力取也。"出《西京杂记》下。《广记》一百三十五。

湘州有南寺，东有贾谊宅。宅有井，小而深，上敛下大，状似壶，即谊所穿。井旁局脚食床，容一人坐，即谊所坐也。出盛弘之《荆州记》。《续谈助》四。

谊宅今为陶侃庙，时种甘犹有存者。出庾穆之《湘州记》。《续谈助》四。

汉董仲舒尝梦蛟龙入怀中，乃作《春秋繁露》。出《西京杂记》上。《广记》一百三十七。

汉文翁当起田，斫柴为陂，夜有百十野猪，鼻戴土，著柴中。比晓，塘成，稻常收，尝欲断一大树，欲断处去地一丈八尺，翁先咒曰："吾得二千石，斧当著此处。"因掷之，正斫所欲。后果为蜀郡守。《广记》一百三十七。

汉武帝见画伯夷叔齐形像，问东方朔："此何人？"朔曰："古之愚夫。"帝曰："夫伯夷叔齐《广记》引有此句，天下廉士，何谓愚夫邪？"朔对曰："臣闻二字《广记》引有贤者居世，与时推移，不凝滞于物。彼何不升其堂，饮其浆六字《广记》引有，泛泛如水中之凫，与彼俱游，天子毂下，可以隐居二句《广记》引有，何自苦于首阳乎？"上喟然而叹。出《朔传》。《续谈助》四。《广记》一百七十三有末句。

汉武游上林，见一好树，问东方朔，朔曰："名'善哉'。"帝阴使人落其树。后数岁，复问朔，朔曰："名为'瞿所'。"帝曰："朔欺久矣，名与前不同何也？"朔曰："夫大为马，小为驹，长为鸡，小为雏，大为牛，小为犊，人生为儿，长为老；且昔为'善哉'，今为'瞿所'，长少死生，万物败成，岂有定哉？"帝乃大笑。《广记》一百七十三。

武帝幸甘泉宫，驰道中，有虫赤色，头目牙齿耳鼻尽具，观者莫识。帝乃使朔视之，还对曰："此'怪哉'也。《海录碎事》二十二节引，作朔对曰：此虫名为怪虫。昔秦时拘系无辜，众庶愁怨，咸仰首叹曰：'怪哉怪哉！'盖感动上天，愤所生也，故名'怪哉'。此地必秦之狱处。"即按地图，果秦故狱。《广记》引作信如其言。又问："何以去虫？"朔曰："凡忧者得酒而解，以酒灌之当消。"于是使人取虫置酒中，须臾果糜散矣。出《朔传》。《说郛》二十五。《广记》四百七十三。

扬雄谓："长卿赋不似人间来。"叹服不已。其友盛览问："赋何如其佳？"雄曰："合纂组以成文，列锦绣以成质。"雄遂著合组之歌，列锦之赋。《绀珠集》二。

扬雄梦吐白凤凰集于玄上。《绀珠集》二。

俞益期豫章人，与韩康伯道："至交州，闻马援故事云：交州在合浦徐闻县西南，穷日南寿灵县界。传云：'伏波开道，篙工凿石，犹有故迹。'又云：'此道废久雍塞，戴桓沟之，乃得伏波时故船。昔立两铜柱于林邑岸，岸北有遗兵十余家，居寿灵之南，悉姓马，自相婚姻，今二百户，以其流寓，号曰马流。言语犹与中华同。'"出《俞益期笺》。《续谈助》四注云，此卷并后汉人物。

袁安父亡，母使安以鸡酒诣卜工，问葬地。道边遇三书生，安以鸡酒礼之，毕，告安地曰："当四世为贵公。"别行数步，顾视皆不见。因葬其地，后果位至司徒，子孙昌盛，四世三公焉。出《幽明录》。《续谈助》四。

袁安为阴平长，有惠化。县先有雹渊，冬夏未尝消释，岁中辄出，飞布十数里，大为民害。安乃推诚洁斋，引愆贬己，至诚感神，雹遂为之沉沦，伏而不起，乃无苦雨凄风焉。《广记》一百六十一。

崔骃有文才，其县令往造之。骃子瑗年九岁，书门曰："人虽干木，君非文侯，何为光光，入我里间？"令见之，问骃，骃曰："必瑗所书。"召瑗，将诘所书，乃曰："君使臣以礼，臣事君以忠。"出《世说》。《续谈助》四。

胡广以恶月生，父母恶之，藏之胡卢，弃之河流。岸侧居人收养之。及长，有盛名，父母欲取之。广以为背所生，则害义，背所养，则忘恩，两无所归。以其托胡卢而生也，乃姓胡。《海录碎事》七引，两背字下皆有其字，以其二字无，胡下有名广。《绀珠集》二。

马融历二县两郡，政务无为，事从其约。在武都七年，在南郡四年，未尝按论刑杀一人。性好音乐，善鼓琴吹笛，笛声一发，感得蜻蜓出吟，有如相和。善鼓琴以下，亦见宋吴聿《观林诗话》引，笛声作之声，脱感字及如字，蜓作蜄，出《融别传》。《续谈助》四。《广记》二百三。

郭林宗来游京师，当还乡里，送车千许乘，李膺亦在焉。众人皆诣大槐客舍而别，独膺与林宗共载，乘薄笨车。上大槐坂，观者数千人，引领望之，眇若松乔之在霄汉。出《膺家传》。《广记》一百六十四。《续谈助》四。

李元礼谡谡如劲松下风。膺居阳城时，门生在门下者，恒有四五百人。膺每作一文出手，门下共争之，不得堕地。陈仲弓初令大儿元方来见，膺与言语讫，遣厨中食。元方喜，以为合意，当得复见焉。《广记》一百六十四。

膺同县聂季宝，小家子，不敢见膺。已上亦见龚颐正《续释常谈》引，首膺上有李字，杜周甫知季宝，不能定名，以语膺，呼见，坐置砌下牛衣上，一与言，即决曰："此人当作国士。"卒如其言。《广记》一百六十四。

膺为侍御史，青州凡六郡，唯陈仲举为乐安视事；其余皆病，七十县并弃官而去。其威风如此。《广记》一百六十四。

陈仲举雅重徐孺子，为豫章太守，至便欲先诣之。主簿曰："群情欲令府君先入拜。"陈曰："武王轼商容之间，席不暇暖，吾之礼贤，有何不可？"《广记》一百六十四。

徐穉亡。海内群英，论其清风高致，乃比夷齐，或参许由。夏侯豫章追美名德，立亭于穉墓首，号曰思贤亭。出《穉别传》。《续谈助》四。

何颙妙有知人之鉴。初，同郡张仲景总角造颙，颙谓曰："君用思精密，而韵不能高，将为良医矣。"仲景后果有奇术已上亦见《续谈助》四。注云出《异苑》。王仲宣年十七时，过仲景，仲景谓之曰："君体有病，宜服五石汤；若不治，年及三十，当眉落。"仲宣以其赊远，不治。后至三十，果觉眉落，其精如此。世咸叹颙之知人。《广记》二百十八。

李膺尝以疾不迎宾客，二十日乃一通客，唯陈仲弓来，辄乘舆出门迎之。出《李膺家录》。《续谈助》四。

汉末，陈太丘实与友人期行，过期不至，太丘舍去。去后乃至，其子元方年七岁，在门外戏，客问元方："尊君在否？"答曰："待君不至，已去。"友人便怒曰："非人！与人期行，相委而去！"元方曰："君与家君期日中时，过申不来，则是无信，对子骂父，则是无礼。"友人惭，下车引之，元方遂入门不顾。《广记》一百七十四。有客诣陈太丘谈论甚久，太丘乃令元方季方炊饭，以延客。二子委甑，窃听客语，饭落成糜，而进。客去，太丘将责之，具言其故，且诵客语无遗。太丘曰："但糜自可，何必饭邪？"《绀珠集》二。

张衡亡月，蔡邕母始怀孕《续谈助》作妊。此二人才貌甚相类，时人云："邕是衡之后身也。"已上亦见《续谈助》四，注云出《世说》初，司徒王允数与邕会议，允词常屈，由是衔邕。及允诛董卓，并收邕，众人争之，不能得。太尉马日磾谓允曰："伯喈忠直，素有孝行，且旷世逸才，多识汉事，当定十志；今子杀之，海内失望矣。"允曰：
"无蔡邕，独当无十志，何损？"遂杀之。《广记》一百六十四。

汉王瑗遇鬼物，言蔡邕作仙人，飞去飞来，甚快乐也。《绀珠集》二。

郑玄在徐州，孔文举时为北海相，欲其返郡，敦请恳恻，使人
继踵。又教曰："郑公久游南夏，今艰难稍平，悦有归来之思？无寓
人于室，毁伤其藩垣林木，必缮治墙宇，以俟还。"及归，融告僚属：
昔周人尊师，谓之"尚父"，今可咸曰"郑君"，不得称名也。袁绍一
见玄，叹曰："吾本谓郑君东州名儒，今乃是天下长者。夫以布衣雄
世，斯岂徒然哉！"《海录碎事》七引云，袁绍称郑玄以布衣雄世而去，绍饯之
城东，必欲玄醉。会者三百人，皆使离席行觞，自旦及暮，计玄可
饮三百余杯，而温克之容，终日无怠。《广记》一百六十四。

郑玄葬城东，后墓坏，改迁厉阜。县令车子义为玄起墓亭，名
曰"昭仁亭"。出《玄别传》。《续谈助》四。

荀巨伯远看友人疾，值胡贼攻郡，友人语伯曰："吾且死矣，子
可去。"伯曰："远来视子，今有难而舍之去，岂伯行邪？"贼既至，谓
伯曰："大军至此，一郡俱空，汝何人，独止邪？"伯曰："有友人疾，
不忍委之，宁以己身代友人之命。"贼闻其言异之，乃相谓曰："我辈
无义之人，而入有义之国。"乃偃□而退，一郡获全。《广记》二百三十五。

谢子微见许子政虔及弟绍曰："平舆之渊，有双龙出矣。"出《世
说》。《续谈助》四注云，此一卷后汉人物也。

汝南中正周裴表称许劭：高□遗风，与郭林宗、李元礼、卢子
干、陈仲弓齐名，劭特有知人之鉴。自汉中叶以来，其状人取士，援
引扶持，进导招致，则有郭林宗，若其看形色、目童乱、断冤滞、摘
虚名，诚未有如劭之懿也。尝以简别清浊为务，有一士失其所，便
谓投之潢污；虽负薪抱关之类，吐一善言，未曾不有寻究欣然。兄
子政常抵掌击节，自以为不及远矣。劭幼时谢子微便云："此贤当

持汝南管籥。"樊子昭□□之子，年十五六，为县小吏，劭一见便云："汝南第三士也，此可保之。"后果有令名。出《劭别传》。《续谈助》四。

蔡邕刻曹娥碑傍曰："黄绢幼妇，外孙齑臼。"魏武见而不能晓，以问群僚，莫有知者。有妇人，浣于江渚，曰："第四车中人解。"即祢正平也。衡便以离合意解"绝妙好辞"。出《异苑》。《说郛》二十五。

祢正平年少，与孔文举作尔汝交，时衡年未满二十，而融已五十余矣。出《衡别传》。《续谈助》四。《绀珠集》二引作祢正平年未及冠，而孔文举已逾五十，相与为尔汝交。

孔文举中夜暴疾，命门人钻火，其夜阴暝，门人忿然曰："君责人太不以道，今暗若漆，何不把火照我，当得觅钻火具，然后得火。"文举闻之曰："责人当以其方。"出《俳谐文》。《续谈助》四。

曹公与杨太尉书论刑杨修云："操白：足下不遗，贤子见辅，今军征事大，吾制钟鼓之音，主簿应掌；而贤子恃豪父之势，每不与吾同怀。念卿父息之情，同此悼楚。谨赠下锦裘二领，八节银角桃枝一枚，官绢五百匹，钱六十万，四望通幰七香车一乘，青犗牛二头，八百里骅骝一匹，戎金装鞍辔十副，铃鼃一具，□使二人侍卫之；并遗足下贵室错彩罗縠裘一领，织成靴一量，有心青衣二人，长□左右。所奉虽薄，以表吾意，足下便当慨然成原注一作承纳，不致往返。"杨太尉答书云："彪白：小儿顽卤，常虑当致倾败，足下恩矜，延罪讫今；闻问之日，心肠酷裂！省鉴众赐，益以悲惧。"曹公卞夫人与太尉夫人袁书："卞顿首顿首：贵门不遗贤郎辅佐，方今戎马兴动，主簿股肱近臣，征伐之计，事须谘官，立金鼓之节，而闻命违制，明公□辄行军法。伏念悼痛酷楚，情不自胜，夫人多容，即见垂恕。故送衣服一笥，文绢一百匹，房子官锦百斤，私所乘香车一乘，牛一头。诚知微细，以达往意，望为承纳。"杨太尉夫人袁氏答书："袁顿首顿首：路岐虽近，不展淹久，叹想之情，抱劳山积！

小儿疏细，果自招罪戾，念之痛楚！明公所赐已多，又加重赉，礼颇非宜荷受，辄付往信。"出《魏武杨彪传》。《续谈助》四。

司马德操初见庞士元称之曰："此人当为南州冠冕。"时士元尚少，及长，果如徽言。出《徽传》。《续谈助》四。

司马徽居荆州，以刘表不明，度必有变，思退缩以自全；人每与语，但言佳。其妻责其无别。曰："如汝所言，亦复甚佳。"终免祸。《绀珠集》二。

颍川太守朱府君以正月初见诸县史燕，问功曹郑劭曰："昔在京师，闻公卿百僚，叹述贵郡前贤后哲，英雄瑰玮；然未睹其奇行异操，请闻遗训。"对曰："鄙颍川，本韩之分野，豫之渊薮。其于天官：上当角亢之宿，下禀嵩少之灵，受岳渎之精，托晋楚之际，处陈郑之末。少阳之气，太清所挺。是以贤圣龙蟠，俊彦凤举。昔许由巢父出于阳城，樊仲甫又出阳城，□侯张良又出于阳城，胡元安出于许县，灌彪、义山出于昆阳，审寻初出于定陵，杜安、伯夷又出于定陵，蔡道原注一作遵出于颍阳。"府君曰："太原周伯况、汝南周彦祖，皆辞征礼之宠，恐贵郡未有如此者也。"劭公对曰："昔许由耻受尧位，洗耳河滨。樊仲甫者饮牛河路，耻临浊流，回车旋牛。二周公但让公卿之荣，以此推之，天地谓之咫尺，不亦远乎？"出《郑邵公对颍川太守》。《续谈助》四。

刘桢以失敬罢，文帝曰："卿何以不敬文宪？"答曰："臣诚庸短，亦缘陛下纲目不疏。"文帝出游，桢见石人曰："问彼石人，彼服何粗？何时去卫，来游此都？"出《世说》。《续谈助》四注云，此卷并魏上人。

魏王北征，逾升岭眺瞩，见一冈，不生百草。王粲曰："此必古冢。其人在世服生礜石，热蒸出外，故草木焦灭。"遂令凿看，果是大墓，礜石满茔。一说：粲在荆州从刘表登嶂山，而见此异。曹武北征，粲犹在江南，此以为然。出《异苑》。《续谈助》四。

管宁避难辽东还，泛海遭船倾没，乃思其愆过曰："吾曾一朝科头，三晨晏起。今天怒猥集，过必在此。"《海录碎事》八节引，末有风乃息三字。出《异苑》。《续谈助》四。《绀珠集》二。

魏管辂尝夜见一小物，状如兽，手持火，向口吹之，将爇舍宇。辂命门生举刀奋击，断腰，视之，狐也。自此里中无火灾。《广记》四百四十七。

王朗中年以识度推华歆，歆蜡日尝与子侄宴饮，王亦学之。有人向张茂先称此事，张曰："王之学华，盖是形骸之外，去之所以更远。"出《世说》。《续谈助》四。

华歆遇子弟甚整雅，闲室之内，俨若朝典。陈元方兄弟，恣柔爱之道。二门之中，两不失其雍熙之轨度焉。出《世说》。《续谈助》四。

魏国初建，潘勖字元茂为策命文；自汉武以来未有此制，勖乃依商周，宪章唐虞，辞义温雅，与典诰同风，于时朝士皆莫能措一字。勖亡后，王仲宣擅名于当时，时人见此策美，或疑是仲宣所为，论者纷纭。及晋王为太傅，腊日大会宾客，勖子蒲时亦在焉。宣王谓之曰："尊君有封魏君策，高妙信不可及，吾曾闻仲宣，亦以为不如。"朝廷之士乃知勖作也。《御览》五百九十三。

中华佛法，虽始于汉明帝，然经偈故是胡音。陈思王登鱼山，临东阿，闻岩岫有诵经声，清婉遒亮，远谷有流响，肃然灵气，不觉敛襟祇敬，便有终焉之志。诸曹解音，以为妙唱之极，即善则之。今梵呗皆植依拟所造也。植亡，乃葬此土。出《异苑》。《续谈助》四。

傅巽有知人之鉴，在房州，目庞统为半英雄，后统附刘备，见待次诸葛亮，如其言。《续谈助》四。

平原人有善治伛者，自云："不善，人百一人耳！"有人曲度八尺，直度六尺，乃厚货求治，曰："君且□。"欲上背踏之。伛者曰："将杀我。"曰："趣令君直，焉知死事？"出《笑林》。《续谈助》四。

董昭为魏武重臣，后失势。文明之世，下为卫尉。昭乃厚加意于侏儒。正朝大会，侏儒作董卫尉啼面，言其太祖时事，举坐大笑，明帝怅然不怡。月中迁为司徒。 出《语林》。《续谈助》四。

凌云台至高，韦诞书榜，即日皓首，有未正，募工整之。有铃下卒，著屐发缘，如履平地；疑其有术，问之，云："两腋各有肉翅，长寸许。"《绀珠集》二。

晋抚军云："何平叔巧累于理，嵇叔夜隽伤其道。"出《郭子》。《续谈助》四。

王辅嗣注《易》，笑郑玄云："老奴甚无意。"于时夜久，忽闻外阁有著屐声，须臾即入，自云是郑玄，责之曰："君年少，何以穿凿文句，而妄讥老子？"极有怒色，言竟便退。而辅嗣心生畏恶，经少时，及暴疾而卒。出《幽明录》。《续谈助》四。

景王欲诛夏侯玄，意未决间，问王安孚云："己才足以制之否？"孚云："昔赵俨葬儿，汝来，半坐迎之；泰初后至，一座悉起。以此方之，恐汝不如。"乃杀之。出《语林》。《续谈助》四。

钟毓钟会少有令誉，年十三，魏文帝闻之，语其父繇曰："令卿二子来。"于是敕见。毓面有汗，帝问曰："卿面何以汗？"毓对曰："战战惶惶，汗出如浆。"复问会："卿何以不汗出？"会对曰："战战栗栗，汗不敢出。"又值其父昼寝，因共偷服散酒。其父时觉，且假寐以观之。毓拜而后饮，会饮而不拜。既问之，毓曰："酒以成礼，不敢不拜。"又问会："何以不拜？"会曰："偷本非礼，所以不拜。"《广记》一百七十四。

钟会撰《四本论》始毕，甚欲嵇公看，致之怀中。既诣宅，畏其有难，惧不敢相示，出户遥掷而去。出《世说》。《续谈助》四。

钟士季常向人道："吾少年时一纸书，人云是阮步兵书，皆字字生义，既知是吾，不复道也。"出《语林》。《续谈助》四。

阮德如每欲逸走，家人常以一细绳横系户前以维之。每欲逸走，至绳辄返。时人以为名士狂。出《世说》。《续谈助》四。

德如尝于厕见一鬼，长丈余，色黑而眼大，著白单衣，平上帻，去之咫尺。德如心安气定，徐笑而谓之曰："人言鬼可憎，果然如是。"鬼赧而退。出《幽明录》。《续谈助》四。

桓宣武征蜀，犹见诸葛亮时小吏，年百余岁。桓问："诸葛丞相今与谁比？"意颇欲自矜。答曰："葛公在时，亦不觉异，自葛公殂后，正不见其比。"出《杂记》。《续谈助》四注云，此卷并吴、蜀人。《说郛》二十五。

武侯躬耕于南阳《困学纪闻》十引此句，于字据补，南阳是襄阳墟名，非南阳郡也。出《异苑》。《续谈助》四。

襄阳郡有诸葛孔明故宅，故宅有井，深五丈，广五尺，堂前有三间屋地，基址极高，云是避水台。宅西有山临水，孔明常登之鼓琴，而为《梁甫吟》。因名此山为乐山。先有董家居此宅，衰殄灭亡后，人不敢复憩焉。出《襄阳记》。《续谈助》四。

孙策年十四，在寿阳诣袁术，始至，而刘豫州到，便求去。袁曰："豫州何关君？"答曰："不，英雄忌人。"即出下东阶，而刘备从西阶上，但辄顾视之，行殆不复前。出《语林》。《续谈助》四。

顾邵为豫章，毁诸庙。至庐山庙，一郡悉谏，不从。夜忽有人开阁径前，状若方相，说是庐山君，与邵谈《春秋》。灯火尽，烧《左传》以续之，鬼反和逊，求复庙，笑而不答。出《志怪》。《续谈助》四。

沈峻，珩之弟也，甚有名誉，而性俭啬。张温使蜀，与峻别，峻入良久，谓温曰："向择一端布，欲以相送，而无粗者。"温嘉其能自显其非。出《笑林》。《续谈助》四。

诸葛恪对南阳韩文晃，误呼其父字，晃曰："向人前呼其父字，为是礼邪？"恪笑而答曰："向天穿针，不见天者，其轻于天？意有所在耳！"《续谈助》四。

孙皓初立，治后园，得一金像，如今之灌顶佛_{案此下有阙文，《旌异}
_{记》具载之。}未暮，皓阴痛不可堪。采女有奉法者，启皓取像，香汤浴
之，置殿上，烧香忏悔，痛即便止。_{出志咸《彻心记》。《续谈助》四。}

杜预书告儿：古诗"有书借人为可嗤，借书送还亦可嗤"。_{《海录}
_{碎事》十八。}

王安丰云："山巨源初不见老易，而意暗与之同。"晋武帝讲武
于宣扬场，欲偃武修文。山公谓不宜尔，因与诸尚书言孙武用兵本
意。后寇盗蜂合，郡国无备，不能复制，皆如公言。时以为涛不学
孙吴而暗与会。王夷甫亦叹其暗与道合。_{出《世说》。《续谈助》四注云，此}
_{卷并晋江左人。}

裴令公目王安丰："眼烂烂如岩下电。"_{出《语林》。《续谈助》四。}

裴令公姿容爽俊，疾困，武帝使王夷甫往看之。裴先向壁卧，
闻王来，强回视之。夷甫出语人曰："双眸烂烂，如岩下电；精神挺
动，故有小恶耳。"_{出《世说》。《续谈助》四。}

魏时，殿前钟忽大鸣，震骇省署。张华曰："此蜀铜山崩，故钟
鸣应之也。"蜀寻上事，果云铜山崩，时日皆如华言。_{《广记》一百九十七。}

中朝时，蜀有人畜铜澡盘，晨夕恒鸣如人扣。以白张华，华曰：
"此盘与洛钟宫商相谐，宫中朝暮撞钟，故声相应。可镳令轻，则韵
乖，鸣自止也。"依言即不复鸣。_{《广记》一百九十七。}

武库内有雄雉，时人咸谓为怪。华云："此蛇之所化也。"即使
搜除库中，果见蛇蜕之皮。_{《广记》一百九十七。}

吴郡临平岸崩，出一石鼓，打之无声。以问华，华曰："可取蜀
中桐材，刻作鱼形，扣之，则鸣矣。"即从华言，声闻数十里。_{《广记》}
_{一百九十七。}

嵩高山北有大穴空，莫测其深，百姓岁时，每游其上。晋初，
尝有一人，误坠穴中，同辈冀其倘不死，试投食于穴。坠者得之为

粮，乃缘穴而行。可十许日，忽旷然见明，又有草屋一区，中有二人，对坐围棋，局下有一杯白饮，坠者告以饥渴。棋者曰："可饮此。"坠者饮之，气力十倍，棋者曰："汝欲停此不？"坠者曰："不愿停。"棋者曰："汝从西行数十步，有一井，其中多怪异，慎勿畏；但投身入中，当得出。若饥，即可取井中物食之。"坠者如其言，井多蛟龙，然□坠者，辄避其路。坠者缘井而行，井中有物若青泥，坠者食之，了不觉饥。可半年许，乃出蜀中；因归洛下，问张华，华曰："此仙馆！所饮者玉浆，所食者龙穴石髓也。"《广记》一百九十七。

晋张华有鹦鹉，每出还，辄说僮仆好恶。一日，寂无言；华问其故，曰："被禁在瓮中，何繇得知？"《铁围山丛谈》六。

羊琇骄豪，捣炭为屑，以香和之，作兽形。出《列传》。《续谈助》四。

羊稚舒原注云琇冬月酿酒，令人抱瓮暖之，须臾复易其人。酒既速成，味仍嘉美。其骄豪皆此类。出《语林》。《续谈助》四。

夏侯湛作周诗成，以示潘岳，岳曰："此文非徒温雅，乃别见孝悌之性。"岳因此作《家风》诗。出《世说》。《续谈助》四注云，此卷并晋江左人。

孙子荆新除妇服，作诗示王武子，武子曰："不知文生于情，情生于文；览之凄然生伉俪之重。"出《世说》。《续谈助》四。

裴仆射原注云颜，时人谓言谈之林薮。出《颜别传》。《续谈助》四注云，此卷并晋江左人。

刘道真年十五六，在门前戏，鼻上垂鼻涕至胸。洛下少年乘车从门前过，曰："此少年甚阿墥。"原注上呼回反，下徒推反刘随车后问："此言为善为恶？"答以为善《绀珠集》引作道真问此言佳否，云佳。刘曰："若佳言，令尔翁阿墥，尔母阿墥。"出《杂记》。《说郛》二十五。《绀珠集》二。《海录碎事》八。

新淦聂友小儿贫贱，常猎，见一白鹿，射中之，后见箭著梓树。出《志怪》。《说郛》二十五。

士衡在坐，安仁来，陆便起去。潘曰："清风至，尘飞扬。"陆应声答曰："众鸟集，凤凰翔。"出《语林》。《续谈助》四。《说郛》二十五。

士衡为河北都督，已遭间构，内怀忧懑。闻其鼓吹，谓司马孙拯曰："我今闻之，不如闻华亭鹤唳。"出《小史》。《续谈助》四。

蔡司徒说，在洛阳见陆机兄弟，住参佐中，三间瓦屋，士龙住东头，士衡住西头。《困学纪闻》二十。

阮瞻作《无鬼论》。忽有人谒阮曰："鬼神之道，古今圣贤共传，君何独言无？即仆便是！"忽异形，须臾消灭。后年余，遇病而卒。出《列传》。《续谈助》四。

宋岱为青州刺史，禁淫祀，著《无鬼论》，人莫能屈，邻州咸化之。后有一书生诣岱，岱理稍屈，书生乃振衣而起曰："君绝我辈血食二十余年，君有青牛髯奴，所以未得相困耳！今奴已叛，牛已死，此日得相制矣。"言讫失书生，明日而岱亡。出《杂记》。《续谈助》四。

昔傅亮北征，在河中流。或人问之曰："潘安仁作《怀旧赋》曰：'前瞻太室，傍眺嵩丘'，嵩丘太室一山，何云前瞻傍眺哉？"亮对曰："有嵩丘山，去太室七十里，此是写书人误耳。"《文选》潘岳《怀旧赋》注。

齐宜都王铿，三岁丧母。及有识，问母所在，左右告以早亡，便思慕蔬食，祈请幽冥，求一梦见。至六岁，梦见一妇人，谓之曰："我是汝之母。"铿悲泣。旦说之，容貌衣服，事事如平生也。《御览》四百十一。

郑余庆处分厨家："烂蒸去毛，莫拗折项。"客以为必是鹅鸭；乃是烂蒸葫芦。《海录碎事》六引商芸《小说》。

学者当取三多：看读多，持论多，著述多。三多之中，持论为难，为文须辞相称，不然同乎按检，无足取。《海录碎事》十八引《小说》。

水饰

神龟负八卦出河，授伏牺。

黄龙负图出河。

玄龟衔符出洛水。

鲈鱼衔篆图，出翠妫之水，并授黄帝。

黄帝斋于元扈，凤鸟降于洛上。

丹甲灵龟衔书出洛，授仓颉。

尧与舜坐舟于河，凤凰负图，赤龙载图，出河并授尧。

龙马衔甲文出河授舜。

尧与舜游河，值五老人。

尧见四子于汾水之阳。

舜渔于雷泽。

陶于河滨。

黄龙负黄符玺图出河，授舜。

舜与百工相和而歌，鱼跃于水。

白面长人而鱼身，捧河图授禹，舞而入河。

禹治水，应龙以尾画地，导决水之所出。

凿龙门疏河。

禹过江，黄龙负舟。

元夷苍水使者，授禹《山海经》。

遇两神女于泉上。

天乙观洛，黄鱼双跃，化为黑玉赤文。

姜嫄于河滨，履巨人之迹。

弃后稷于寒冰之上，鸟以翼荐而覆之。

王坐灵沼，于牣鱼跃。

太子发度河，赤文白鱼跃入王舟。

武王渡孟津，操黄钺以麾阳侯之波。

成王举舜礼乐，荣光幕河。

穆天子奏钧天乐于元池。

猎于澡津，获玄貉白狐。

觞西王母于瑶池之上。

过九江，鼋龟为梁。

涂修国献昭王丹凤，饮于浴溪。

王子晋吹笙于伊水，凤凰降。

秦始皇入海见海神。

汉高祖隐芒砀山泽，上有紫云。

武帝泛楼船于汾河。

游昆明池，去大鱼之钩。

游洛水，神上明珠及龙髓。

汉桓帝游河，值青牛自河而出。

曹瞒浴谯水，击水蛟。

魏文帝兴师，临河不济。

杜预造河桥成。

晋武帝临会，举酒劝预。

五马浮渡江，一马化为龙。

仙人酌醴泉之水。

金人乘金船。

苍文玄龟，衔书出洛。

青龙负书出河，并进于周公。

吕望钓磻溪，得玉璜。

钓卞溪，获大鲤鱼，腹中得兵钤。

齐桓公问愚公名。

楚王渡江，得萍实。

秦昭王晏于河曲，金人捧水心剑造之。

吴大帝临钓台，望葛玄。

刘备乘马渡檀溪。

澹台子羽过江，两龙夹舟。

淄邱诉与水神战。

周处斩蛟。

屈原遇渔父。

卞随投颍水。

许由洗耳。

赵简子值津吏女。

孔子值河浴女子。

秋胡妻赴水。

孔愉放龟。

庄惠观鱼。

郑宏樵径还风。

赵炳张盖过江。

阳谷女子浴日。

屈原沉汨罗水。

巨灵开山。

长鲸吞舟。

总七十二势，皆刻木为之，或乘舟，或乘山，或乘平洲，或乘磐石，或乘宫殿，木人长二尺许，衣以绮罗，装以金碧，及作杂禽兽鱼鸟；皆能运动如生，随曲水而行。又间以妓航，与水饰相次；亦作十二航，航长一丈，阔六尺。木人奏音声，击磬撞钟，弹筝鼓瑟，皆得成曲；及为百戏，跳剑，舞轮，升竿，掷绳，皆如生无异。其妓航水饰，亦雕装奇妙，周旋曲池，同以水机使之。又作小舸子，长八尺，七艘，木人长二尺许，乘此船以行酒。每一船，一人擎酒杯，立于船头；一人捧酒钵，次立；一人撑船在船后；二人荡桨在中央，绕曲水池，回曲之处，各坐侍宾客。其行酒船随岸而行，行疾于水饰；水饰绕池一匝，酒船得三遍，乃得同止。酒船每到坐客之处，即停住；擎酒木人于船头伸手遇酒，客取酒饮讫还杯，木人受杯，回身向酒钵之人取杓，斟酒满杯，船依式自行。每到坐客处，例皆如前法。此并□岸水中安机，如斯之妙；皆出自黄衮之思。宝时奉敕撰《水饰图经》，及检校良工，图画既成，奏进；敕遣共黄衮相知，于苑内造此水饰，故得委悉见之。衮之巧性，今古罕俦。并《太平广记》二百二十六引《大业拾遗》。

列异传

黄帝葬桥山，山崩无尸，惟剑舄存。《御览》六百九十七。

秦穆公时，陈仓人掘地得异物；其形不类猪，亦不似羊，众莫能名三句《御览》引有。一作若羊非羊，若猪非猪。牵以献穆公，道逢二童子。童子曰："此名为'媪'《御览》作蝹，《述注》云蝹音狄，常在地下食死人脑。若欲杀之，以柏插其头。"已上亦见《御览》三百七十五，又九百五十四媪复曰："彼二童子，名为陈宝，得雄者王，得雌者霸。"陈仓人舍媪逐二童子，童子化为雉，飞入平林。陈仓人告穆公，穆公发徒大猎，果得其雌。又化为石，置之汧渭之间。至文公，为立祠，名"陈宝"。雄飞南集，今南阳雉县其地也。已上《广记》四百六十一亦引秦欲表其符，故以名县。每陈仓祠时，有赤光长十余丈，从雉县来，入陈宝祠中，有声如雄鸡。《类聚》九十。《御览》九百十七。《书钞》八十九引末五句。

《史记·封禅书》《索隐》引《列异传》云：陈仓人得异物，以献之。道遇二童子云："此名为媦，在地下食死人脑。"媦乃言："彼二童子，名陈宝；得雄者王，得雌者霸。"乃逐童子，化为雉。秦穆公大猎，果获其雌，为立祠。祭则有光雷电之声。雄止南阳，有赤光长十余丈，来入陈仓祠中。

武都故道县有怒特祠，云神本南山大梓也，昔秦文公二十七年伐之，树疮，随合。秦文公乃遣四十人持斧斫之，犹不断。疲士一人，伤足，不能去，卧树下。闻鬼相与言曰："劳攻战乎？"其一曰："足为劳矣。"又曰："秦公必持不休。"答曰："其如我何？"又曰："赤灰跋，于子何如？"乃默无言。卧者以告，令士皆赤衣，随所斫，以灰跋；树断，化为牛，入水。故秦为立祠。《水经·渭水篇》注。

秦文公时，梓树化为牛，以骑击之，骑不胜；或堕地，髻解被发，牛畏之，入水。故秦因是置旄头骑，使先驱。《后汉书·光武纪》注。《书钞》一百三十。《御览》三百四十一。《类聚》九十四引作牛畏之，没丰水中，秦乃立怒特祠。

干将莫邪为楚王作剑，三年而成。剑有雄雌，天下名器也，乃以雌剑献君，藏其雄者。谓其妻曰："吾藏剑在南山之阴，北山之阳；松生石上，剑在其中矣。君若觉，杀我；尔生男，以告之。"及至君觉，杀干将。妻后生男，名赤鼻，告之。赤鼻斫南山之松，不得剑；忽于屋柱中得之。楚王梦一人，眉广三寸，辞欲报仇。购求甚急，乃逃朱兴山中。遇客，欲为之报；乃刎首，将以奉楚王。客令镬煮之，头三日三夜跳不烂。王往观之，客以雄剑倚拟王，王头堕镬中；客又自刎。三头悉烂，不可分别，分葬之，名曰"三王冢"。《御览》三百四十三。

魏公子无忌曾在室中读书之际，有一鸠飞入案下，鹞逐而杀之。忌忿其搏击，因令国内捕鹞，遂得二百余头。忌按剑至笼曰："昨搦鸠者当低头服罪，不是者可奋翼。"有一鹞俯伏不动。《广记》四百六十。

鲁少千者，得仙人符。楚王少女为魅所病，请少千。少千未至，数十里止宿，夜有乘鳖盖车，从数千骑来，自称伯敬，候少千。遂请内酒数榼，肴馔数案。临别言："楚王女病，是吾所为。君若相为一还，我谢君二十万。"千受钱，即为还，从他道诣楚，为治。于女舍前，有排户者，但闻云："少千欺汝翁！"遂有风声西北去，视处有血满盆。女遂绝气，夜半乃苏。王使人寻风，于城西北得一死蛇，长数丈，小蛇千百，伏死其旁。后诏下郡县，以其日月，大司农失钱二十万，太官失案数具；少千载钱上书，具陈说，天子异之。《广记》四百五十六。

任城公孙达，甘露中为陈郡，卒官，将敛，儿及郡吏数十人临丧。达有五岁儿，忽作灵语，音声如父，呵众人："哭已上十二字《御览》引阙止！吾欲有所道。"因呼诸儿，以次教戒。儿悲哀不能自胜，乃慰之曰："四时之运，犹有所终；人物短脆，当无穷。"如此数千语，皆成文章。儿乃问曰："人死皆无知，惟大人聪明殊特，独有神耶？"答曰："存亡之事，未易可言；鬼神之事，非人知也。"索纸作言，辞义满纸。投地云："封书与魏君宰，暮有信来，即以付之。"其暮，君宰果有信来。《御览》八百八十四。《广记》三百十六。

汉中有鬼神栾侯，常在承尘上，喜食鲊菜《书钞》一百四十六引云，汉川神常在承尘上，喜食鳢菜，能知吉凶。甘露中，大蝗起：所经处禾稼辄尽。太守遣使告栾侯，祀以鲊菜。侯谓吏曰："蝗虫小事，辄当除之。"言讫，翕然飞出。吏仿佛其状类鸠，声如水鸟。吏还，具白太守。果有众鸟亿万，来食蝗虫，须臾皆尽。《广记》二百九十二。

西河鲜于冀，建武中为清河太守，言出钱六百万作屋，未成而死。赵高代之，计功用钱，凡二百万耳。五官黄秉，功曹刘商言是冀所自取，便表没冀田宅奴婢，妻子送日南。俄而白日冀鬼入府，与商秉等共计较，定余钱二百万，皆商等匿。冀乃表自列，付商上，诏还冀田宅。《御览》八百三十六。

寿光侯者，汉章帝时人，劾百鬼众魅。有妇为魅所疾，侯劾得大蛇；又有大树，人止之者死，侯劾树，树枯，下有蛇，长七八丈，悬而死。《御览》九百三十四。

苍梧广信女子苏娥，行宿高安鹄奔亭，为亭长龚寿所杀，及婢致富，取其财物，埋致楼下。交阯刺史周敞行部宿亭，觉寿奸罪，奏之，杀寿。《文选》江淹《诣建平王上书》注。《御览》一百九十四。具见《珠林》七十四引《冤魂志》，高安作高要，周敞作何敞，当据正。

故司隶校尉上党鲍宣字二字《事类赋注》引有子都，少时举上计掾；于道中遇一书生，独行无伴，卒得心痛，子都下车为按摩，奄忽而卒。不知姓字，有素书一卷，银十饼《御览》一引作银饼二。即卖一饼以殡殓，其余银以枕之，素书著腹上。哭之，谓曰："若子灵魂有知，当令子家知子在此。今奉使命，不获久留。"遂辞而去。至京师，有骏马随之；人莫能得近,唯子都得近。子都归,行失道;遇一关内侯家,日暮住宿,见主人,呼奴通刺。奴出见马,入白侯曰:"外客盗骑昔所失骏马。"侯曰:"鲍子都上党高士,必应有语。"侯问曰:"君何以致此马?《类聚》引作若此乃吾马昔年无故失之。"子都曰:"昔年上计,遇一书生,卒死道中。"具述其事。侯乃惊愕曰:"此吾儿也!"侯迎丧开椁,视银书如所言。侯乃举家诣阙上荐,子都声名遂显《御览》一引无此四字,作辟公府侍御史,豫州牧,司隶校尉。至于永孙昱,并为司隶。及其为公,皆乘骢马。故京师歌曰:"鲍氏骢,三入司隶再入公。马虽疲。行步工。"《类聚》八十三。《御览》二百五十,又八百十二,又八百九十一,又八百九十七。《书钞》六十一引子永巳下,工作通。

汝南有妖,常作太守服,诣府门椎鼓,郡患之。及费长房知是魅,乃呵之。即解衣冠叩头,乞自改,变为老鳖,大如车轮。长房复就太守服,作一札,敕葛陂君;叩头流涕持札去。视之,以札立陂边,以颈绕之而死。《广记》四百六十八。

费长房能使神,后东海君见葛陂君,淫其夫人;于是长房敕系三年,而东海大旱。长房至东海,见其请雨;乃敕葛陂君出之,即大雨。《御览》八百八十二。《广记》二百九十三。

费长房又能缩地脉,坐客在家,至市买鲊;一日之间,人见之千里之外者数次。《类聚》七十二。《御览》八百六十二。

汉桓帝冯夫人病亡。灵帝时,有贼盗发冢,七十余年,颜色如故,但小冷;共奸通,至斗争相杀。窦太后家被诛,欲以冯夫人配食,下邳陈公达议:以"贵人虽是先所幸,尸体秽污,不宜配至尊"。乃以窦太后配食。《类聚》三十五。

蒋子文汉末为秣陵尉,自谓骨青,死当为神。《御览》三百七十五。

胡母班为太山府君赍书,请河伯贻其青丝履,甚精巧也。《御览》六百九十七。

袁本初时,有神出河东,号度索君,人共立庙。兖州苏氏母病,往祷，见一人，著白布单衣，高冠。冠似鱼头，谓度索君曰："昔临庐山下共食白李，未久已三千年。日月易得，使人怅然！"去后，度索君曰："此南海君也。"《齐民要术》十。《初学记》二十八。《类聚》八十六。《御览》八百八十二，又九百六十八。《类林杂说》十五。

华歆《御览》引作子鱼为诸生时，尝宿人门外。主人妇夜产，有顷，两吏诣门，便辟易却，相谓曰："公在此！"踌躇良久，一吏曰："籍当定，奈何得住！"乃前歆拜，相将入。出并行，共语曰："当与几岁？"一人曰："当三岁。"天明，歆去。后欲验其事，至三岁，故往问儿消息，果已死。歆乃自知当为公《御览》引作子鱼喜曰："我固当公。"后果为太尉。《魏志·华歆传》注。《御览》三百六十一，又四百六十七引有末句。

蒋济为领军，其妻梦见亡儿涕泣曰："死生异路！我生时为卿相子孙，今在地下为泰山伍伯；憔悴困辱，不可复言。今太庙西讴士孙阿今见召为泰山令，愿母为白侯属阿，令转我得乐处。"言讫，母忽然惊寤。明日以白济，济曰："梦为尔耳，不足怪也。"明日暮，复梦曰："我来迎新君，止在庙下；未发之顷，暂得来归。新君明日日中当发，临发多事，不复得归。永辞于此。侯气强难感悟，故自诉于母。愿重启侯，何惜不一试验也。"遂道阿之形状，言甚备悉。天明，母重启侯曰："昨又梦如此六字依《广记》引补，虽云梦不足怪，此何太适适，亦何惜不一验之。"济乃遣人诣太庙下，推问孙阿，果得之；形状证验，悉如儿言。济涕泣曰："几负吾儿！"于是乃见孙阿，具语其事。阿不惧当死，而喜得为泰山令，惟恐济言不信也。曰："若如节下言，阿之愿也。不知贤子欲得何职？"济曰："随地下乐者与之。"阿曰："辄当奉教！"乃厚赏之。言讫，遣还，济欲速知其验，从领军门至庙下，十步安一人，以传阿消息。辰时传阿心痛，巳时传阿剧，日中传阿亡。济泣曰："虽哀吾儿之不幸，且喜亡者有知。"后月余。儿复来，语母曰："已得转为录事矣。"《魏志·蒋济传》注。《广记》二百七十六。案《类林杂说》六云，蒋济字子通，楚郡平阿人也。

魏文帝时为太尉。济有子亡，经十年，其妻夜梦亡儿告之曰："在地下属太山，辛苦不可言，今领军府南有孙阿者，太山府君欲为录事，愿母属孙阿，使某得乐处。"其母惊觉，涕泣告济，济为人刚强，初不信。至明夜，又梦见，还如前言，复告济，济召阿至。乃述梦中嘱阿，阿曰："诺如之言，地下与君方便。"经旬日，阿病卒。后数日，其妻还梦见亡儿来，曰："某地下乃得孙阿太山录事力也。"魏时人事出《列异传》，文多省略讹夺，而以他书所引，颇不同。

吴选曹令史长沙二字《御览》引有刘卓病荒，梦见一人，以白越单衫与之，言曰："汝著衫污，火烧便洁也。"卓觉，果有衫在侧。污辄火浣之。《初学记》二十六。《御览》三百九十九。

吴时长沙邓卓为神，遣马卬疑当作迎之。见物在下，纷纷如雪。卓问持马者，曰："此海上白鹤飞也。"一人便取鹤子数枚与卓。敦煌石室所出唐人写本《类书》残卷。

大司马河内汤蕤汤《御览》一引作陵，一作阳字圣卿，少时病疟，逃神社中。有人呼："社邸社邸！"圣卿应声曰："诺！"起至户口，人曰："取此书去。"得素书一卷，乃遣劾百鬼法也《书钞》八十七，所劾辄效《御览》五百三十二，又七百四十三作乃差。

魏郡二字《御览》引有张奋者，家巨富，后暴衰，遂卖宅与黎阳程家。程入居，死病相继；转卖与邺人《御览》引作荆民何文。文日暮，乃持刀上北堂中梁上坐。至二更，忽见一人，长丈余，高冠黄衣，升堂呼问："细腰！舍中何以有生人气也？"答曰："无之。"须臾，有一高冠青衣者，次之，又有高冠白衣者，问答并如前。及将曙，文乃下堂中，如向法呼之。问曰："黄衣者谁也？"曰："金也！在堂西壁下。""青衣者谁也？"曰："钱也！在堂前井边五步。""白衣者谁也？"曰："银也，在墙东北角柱下。""汝谁也？"曰："我杵也！在灶下。"及晓，文按次掘之，得金银各五百斤，钱千余万。仍取杵焚之，宅遂清安。《广记》四百。《御览》七百六十二。

南阳宗《珠林》引作宋定伯，年少时，夜行逢鬼。问曰："谁？"鬼曰：“鬼也。”鬼曰：“卿复谁？”定伯欺之，言：“我亦鬼也。”鬼问：“欲至何所？”答曰二句依《珠林》引补：“欲至宛市。”鬼言：“我亦欲至宛市。”共行数里。鬼言：“步行大亟；可共迭相担也。”定伯曰：“大善。”《御览》《广记》引，并作定伯乃大喜鬼便先担定伯数里。鬼言：“卿大重！将非鬼也。”四字《珠林》引有定伯言：“我新死，故重耳。”定伯因复担鬼，鬼略无重。如其再三。定伯复言：“我新死，不知鬼悉何所畏忌？”鬼曰：“唯不喜人唾。”于是共道遇水，定伯因命鬼先渡；听之了无声。定伯自渡，漕漼作声。鬼复言：“何以作声？”定伯曰：“新死不习渡水耳。勿怪！”行欲至宛市，定伯便担鬼至头上，急持之，鬼大呼，声咋咋，索下，不复听之。径至宛市中，著地化为一羊。便卖之，恐其便化，乃唾之，得钱千五百，乃去。于时言：“定伯卖鬼，得钱千五百。”《御览》八百八十四，又三百八十七。《珠林》六。《广记》三百二十一。

北地傅尚书小女，尝拆荻作鼠，以狡狯放地。鼠忽能行，径入户限土中。又拆荻更作，咒之云：“汝若为家怪者，当更行，不者不动。”放地，便复行如前。即掘限内觅，入地数尺，了无所见。后诸女相继丧亡。《广记》三百六十。

昔番阳郡安乐县有人姓彭，世以捕射为业。儿随父入山，父忽蹶然倒地，乃变成白鹿。儿悲号追，鹿超然远逝，遂失所在。儿于是不捉弓终身。至孙复学射。忽得一白鹿，乃于鹿角间得道家七星符，并有其祖姓名，年月分明。视之怅悔。乃烧去弧失。《御览》八百八十八。

北海营陵有道人，能使人与死人相见。同郡人妇死已数年，闻而往见之曰：“愿令我一见死人，《御览》引作亦不恨。”遂教其见之，于是与妇人相见，言语悲喜，恩情如生。良久时乃闻鼓声恨恨，不能出户，掩门乃走；其裾为户所闭，掣绝而去。后岁余，此人死。家葬之，开见妇棺，盖下有衣裾。《文选》江淹《杂体诗》注。《御览》八百八十四。

陈留史均字威明，尝得病，临死，谓其母曰：“我得复生，埋我，杖竖我瘗上；若杖拔，出之。”及死，埋杖如其言。七日往视，杖果拔，即掘出之，便平复如故。《御览》七百十。

济北弦超，神女来游，车上有壶榼青白琉璃五具。《御览》七百六十一。案此嘉平中事，见《珠林》五引《搜神记》。

有神王方平降陈节方家，以刀二口，一长五尺，一长五尺三寸，名泰山环，语节方曰：“此刀不能为余益，然独卧，可使无鬼，入军不伤；勿以厕混，且不宜久服。三年后，求者急与。”果有戴卓以钱百万请刀。《御览》三百四十五。

东海君以织成青襦遗陈节方。《御览》六百九十五。

神仙麻姑降东阳蔡经家，手爪长四寸，经意曰：“此女子实好佳手，愿得以搔背。”麻姑大怒；忽见经顿地，两目流血。《御览》三百七十。

蔡经与神交，神将去，家人见经诣井上饮水，上马而去。视井上，俱见经皮如蛇蜕，遂不还。《御览》三百七十五。

田伯为庐江太守，移郡淫鬼；命尽到府，一月不自来见，当坏祠。唯庐君往见，自称县民，与府君约，刻百日当迁大都，愿见过。后如期，果为沛相公，不过于祠，常见庐君，月余病死。《书钞》七十六。

豫宁女子戴氏久病，出见小石，曰：“尔有神，能差我疾者，当事汝。”夜梦人告之：“吾将佑汝。”后渐差，遂为立祠，名石侯祠。《御览》五十一。

谈生者，年四十，无妇。常感激读《诗经》，夜半有女子可年十五六，姿颜服饰，天下无双，来就生为夫妇之言：“我与人不同，勿以火照我也。三年之后，方可照。”为夫妻，生一儿，已二岁；不能忍，夜伺其寝后，盗照视之，其腰已上生肉如人，腰下但有枯骨。妇觉，遂言曰：“君负我，我垂生矣，何不能忍一岁而竟相照也？”生辞谢，涕泣不可复止，云：“与君虽大义永离，然顾念我儿，若贫不能自偕活者，暂随我去，方遗君物。”生随之去，入华堂，室宇器物不凡。以一珠袍与之，曰："可以自给。"裂取生衣裾，留之而去。后生持袍诣市，睢阳王家买之，得钱千万。王识之曰："是我女袍，此必发墓。"乃取考之，生具以实对。王犹不信，乃视女冢，冢完如故。发视之，果棺盖下得衣裾。呼其儿，正类王女，王乃信之。即召谈生，复赐遗衣，以为主婿。表其儿以为侍中。《广记》三百十六。

临淄蔡支者，为县吏，会奉书谒太守，忽迷路，至岱宗山下，见如城郭，遂入致书。见一官，仪卫甚严，具如太守。乃盛设酒肴毕，付一书，谓曰："掾为我致此书与外孙也。"吏答曰："明府外孙为谁？"答曰："吾太山神也，外孙天帝也。"吏方惊，乃知所至非人间耳。掾出门，乘马所之。有顷，忽达天帝座太微宫殿，左右侍臣俱如天子。支致书讫，帝命坐，赐酒食，仍劳问之曰："掾家属几人？"对："父母妻皆已物故，尚未再娶。"帝曰："君妻卒经几年矣？"支曰："三年。"帝曰："君欲见之否？"支曰："恩唯天帝！"帝即命户曹尚书敕司命，辍蔡支妇籍于生录中，遂命与支相随而去，乃苏。归家，因发妻冢，视其形骸，果有生验。须臾起坐语，遂如旧。《广记》三百七十五。

辽东丁伯昭，自说其家有客，字次节，既死，感见待恩，常为本家致奇异物。试腊月中从索瓜，得美瓜数枚来在前，不见形也。《御览》九百七十八。

汝南北部督邮西平刘伯夷，有大才略，案行到惧武亭夜宿。或曰："此亭不可宿。"伯夷乃独住宿，去火，诵诗书五经讫，卧。有顷，转东首，以絮巾结两足，以帻冠之，拔剑解带。夜时有异物稍稍转近，忽来覆伯夷，伯夷屈起，以袂掩之，以带系魅，呼火照之，视得一老狸，色赤无毛，持火烧杀之。明日发视楼屋间，见魅所杀人发数百枚。于是亭遂清静。旧说："狸髡千人，得为神"也。《御览》二百五十三。

江严于富春县清泉山，遥见一美女，紫衣而歌，严就之，数十步，女遂隐，唯见所据石。如此数四，乃得一紫玉，广一尺。又邰浪于九田山见鸟，状如鸡，色赤，鸣如吹笙，射之中，即入穴。浪遂凿石，得一赤玉，如鸟形状也。《广记》四百一。

彭城有男子娶妇，不悦之，在外宿。月余日，妇曰："何故不复入？"男曰："汝夜辄出，我故不入。"妇曰："我初不出。"婿惊，妇云："君自有异志；当为他所惑耳！后有至者，君便抱留之；索火照视之为何物。"后所愿还至，故作其妇前却未入，有一人从后推令前。既上床，婿捉之曰："夜夜出何为？"妇曰："君与东舍女往来，而惊欲托鬼魅，以前约相掩耳！"婿放之，与共卧。夜半心悟，乃计曰："魅迷人，非是我妇也。"乃向前揽捉，大呼求火，稍稍缩小，发而视之，得一鲤鱼，长二尺。《广记》四百六十九。

景初中，咸一引作城阳县吏王臣夜倦一引作王巨尝作倦，枕枕卧。有顷，闻灶下有呼曰："文纳，何以在人头下？"应曰："我见枕，不得动，汝来救我。"至乃饮缶一引作饭函也。《御览》七百七，又七百六十。

正始中，中山王周南为襄邑长，有鼠衣冠从穴中出，在厅事上已上十字依《御览》引语曰："周南，尔某月二字《御览》引有某日当死。"周南不应，鼠还穴。后至期，更冠，帻绛衣出，语曰："周南，汝日中当死。"又不应，鼠缓入穴。须臾，出语曰："向日适欲中。"鼠入复出，出复入，转更数，语如前语。日适中，鼠曰："周南，汝不应，我复何道？"言绝，颠蹶而死，即失衣冠。周南使卒四字依《御览》引补取视之，具如常鼠也。《书钞》一百五十八。《类聚》九十五。《御览》八百八十五，又九百九十一。

武昌新县北山上有望夫石，状若人立者。传云：昔有贞妇，其夫从役，远赴国难；妇携幼子饯送此山，立望而形化为石。《御览》八百八十八。

庐山左右，常有野鹅数千为群。长老传言：尝有一狸食，明日，见狸唤于沙州之上，如见系缚。《御览》九百十九。

老子西游，关令尹喜望见其有紫气浮关，而老子果乘青牛而过。《史记·老庄申韩列传》《索隐》。

古异传

斫木，本是雷公采药使，化为鸟。《玉烛宝典》五。又高承《事物纪原》十引《古今异传》云：啄木，本雷公采药吏，为此鸟也。

戴祚甄异传

司马谯王为像，州人丘渭银钏乙只并镜于面，市酒肉，夜梦道人诉谯王求钏等，检校即还。《书钞》一百三十六。

□城张阊以建武二年从野还宅，见一人卧道侧，问之，云："足病不能复去，家在南楚，无所告诉。"阊悯之。有后车载物，弃以载之。既达家，此人了无感色，且语阊曰："向实不病，聊相试耳！"阊大怒，曰："君是何人，而敢弄我也？"答曰："我是鬼耳！承北台使，来相收录；见君长者，不忍相取，故佯为病卧道侧。向乃捐物见载，诚衔此意；然被命而来，不自由，奈何！"阊惊，请留鬼，以豚酒祀之。鬼相为酹享，于是流涕固请，求救。鬼曰："有与君同名字者否？"阊曰："有侨人黄阊。"鬼曰："君可诣之，我当自往。"阊到家，主人出见，鬼以赤摽摽其头，因回手，以小铍刺其心，主人觉，鬼便出。谓阊曰："君有贵相，某为惜之，故亏法以相济；然神道幽密，不可宣泄。"阊后去，主人暴心痛，夜半便死。阊年六十，位至光禄大夫。《广记》三百二十一。

历阳谢允，字道通。年十五，为苏峻贼军王免所掠，为奴于东阳蒋凤家。常行山中，见虎槛中狗；窃念狗饿，以饭饴之。入槛，方见虎，攀木仰看。允谓虎曰："此槛本为汝施，而我几死其中，汝不杀我，我放汝。"乃开槛出虎。贼平之后，允诣县，别良善，乌程令张球不为申理，桎梏考楚《广记》引作考讯无不至。允梦见人云："此中易入难出，汝有慈心，当相拯拔。"觉见一少年，通身黄衣，遥在栅外，时进狱中与允言语。狱吏知是异人，由是不敢枉允。《广记》引作狱吏以告令长，令长由是不敢诬辱。既蒙理还，乃上武当山。太尉庾公亮闻而愍之，给其资粮，遂到襄阳。见道士，说："吾师戴先生孟盛子非世间人也；敕：

'若有西上欲见我者，可将来。'得无是君？"《广记》引作吾师戴先生者，成人君子，尝言有志者与之俱来，得非尔邪允因随去，入武当山，斋戒三日，进见先生，乃昔日所梦人也。问允："欲见黄衣童子否？"赐以神药三丸，服之便不饥渴，无所思欲。先生亦无常处，时有祥云紫气荫其上，芬馥之气《御览》引作或闻香气，彻于山谷。《御览》四十三。《广记》四百二十六。

庾亮领荆州，登厕，忽见厕中一物如方相，两眼尽赤，身有光耀，渐渐从土中出。庾乃攘臂，以拳击之，应手有声，缩入地。因而寝疾，遂亡。《广记》三百二十一。

徐州民吴清，以太元五年被差为征。民杀鸡求福，煮鸡头在枡中，忽然而鸣，其声甚长《广记》引有此句。后破贼帅邵宝，宝临阵战死，于时僵尸狼藉，莫之能识。清见一人，著白锦袍，疑是主帅，遂取以闻。推校之，乃是宝首。清以功拜清河太守。越自行伍，猥蒙《广记》引作遽升荣位。鸡之祅更为祥。《御览》八百八十五。《广记》四百六十一。

金吾司马义姜碧玉，善弦歌。义以太元中病笃，谓碧玉曰："吾死，汝不当别嫁，嫁当杀汝。"曰："谨奉命。"葬后，其邻家欲取之，碧玉当去，见义乘马入门，引弓射之，正中其喉，喉便痛哑，姿态失常，奄忽便绝。十余日乃苏，不能语，四肢如被挝损，周岁始能言，犹不分明。碧玉色甚不美，本以声见取，既被患，遂不得嫁。《广记》三百二十一。

吴县张牧，字君林牧字二字，依《御览》补，居东乡杨里。隆安中，忽有鬼来助驱使。林原有旧藏器物中，破甎，已无所用，鬼使撞瓮底穿为甎；比家人起，饭已熟。此鬼无他须，唯啖甘蔗，自称"高褐"，主人因呼"阿褐"。《御览》引有此句或云：此鬼为反语，"高褐"者葛。丘垅累积，尤多古冢，疑此物是其鬼也。林每独见之，形如少女，《御览》引作牧母见之，是一小女年可十七八，画青黑色，遍身青衣，乃令林家取一白瓮，盛水半，以绢覆头，明旦视之，有物在中《御览》引作满瓮皆金。林家素贫，因此遂富。尝语："毋恶我，日月尽，自去。"

后果去。《广记》三百二十二。《御览》九百七十四，又七百五十八，并略。

沛郡人秦树《御览》引作拊，下同者，家在曲阿小辛村。义熙中三字依《御览》引补，尝自京归，未至二十里许，天暗失道，遥望火光，往投之，见一女子秉烛出，云："女弱独居，不得宿客。"树曰："欲进路，碍夜不可前去，乞寄外住。"女然之，树既进坐竟，以此女独处一室，虑其夫至，不敢安眠。女曰："何以过嫌，保无虑，不相误也。"为树设食，食物悉是陈久。树曰："承未出适，我亦未婚，欲结大义，能相顾否？"女笑曰："自顾鄙薄，岂足伉俪？"遂与寝止。向晨，树去，乃俱起执别。女泣曰："与君一睹，后面莫期。"以指环一双赠之，结置衣带，相送出门。树低头急去，数十步，顾其宿处，乃是冢墓。居数日，亡其指环，带结如故。《广记》三百二十四。《御览》七百十八。

乐安章沈病死，未殡而苏，云：被录到天曹，主者是其外兄，断理得免；见一女同时被录，乃脱金钏二双，托沈以与主者，亦得还，遂共宴接。女云：家在吴，姓徐，名秋英。沈后寻问，遂得之，父母因以女妻沈。《御览》七百十八。

吴兴张安病，正发觉有物在被上，病便更甚。安自力举被捉之，物化成鸟，如鹡鸰，疟登时愈。《御览》七百四十三。

沛国张伯远，年十岁时病亡，见大山下有十余小儿，共推一大车，车高数丈，伯远亦推之。时天风暴起扬尘，伯远因桑枝而住，闻呼声。便归，遂苏，发中皆有沙尘。后年大，至泰山，识桑，如死时所见之也。《御览》九百五十五。

刘沙门居彭城，病亡，妻贫儿幼，遭暴风雨，墙宇破坏。其妻泣拥稚子曰："汝爷若在，岂至于此！"其夜梦沙将数十人，料理宅舍，明日完矣。《广记》二百七十六。

长沙王思规为海盐令，忽见一吏，思规问："是谁？"吏云："命召君为主簿。"因出板置床前。吏又曰："期限长，远在十月；若不信我，到七月十五日日中时，视天上，当有所见。"思规敕家人至期看天，闻有哭声，空中见人垂旒罗列，状如送葬。《广记》三百二十二。

广陵华逸，寓居江陵，亡后七年来还。初闻语声，不见其形，家人苦请，求得见之。答云："我困瘁未忍见汝。"问其所由，云："我本命虽不长，犹应未尽，坐平生时罚挞失道，又杀卒及奴，以此减算，去受使到长沙，还当复过。"如期果至，教其二子云："我既早亡，汝等当勤自勖励，门户沦没，岂是人子！"又责其兄不垂教诲，色甚不平，乃曰："孟禺已名配死录，正余有日限耳。"尔时禺气强力壮，后到所期，暴亡。同上。

谯郡二字依《御览》引补夏侯文规居京，亡后一年，见形还家，乘犊车，宾从数十人，自云北海太守。家设馔，见所饮食，当时皆尽，去后器满如故。家人号泣，文规曰："勿哭，寻便来。"或一月，或四五十日辄来，或停半日，其所将赤衣骑导，形皆短小，坐息篱间及厢屋中，不知文规当去时，家人每呼令起，玩习不为异物。文规有数岁孙，念之，抱来，左右鬼神抱取以进，此儿不堪鬼气，便绝，不复识人；文规索水噀之，乃醒。见庭中桃树，乃曰："此桃我昔所种，子甚美好。"其妇曰："人言亡者畏桃，君何为不畏？"答曰："桃东南枝长二尺八寸向日者，憎之，或亦不畏。"已上略见《类聚》八十六。《御览》九百六十七。《齐民要术》十见地有蒜壳，令拾去之，观其意似憎蒜而畏桃也。《广记》三百二十五。

河南杨丑奴，常诣章安湖拔蒲，将暝，见一女子，衣裳不甚鲜洁而容貌美，乘船载莼，前就丑奴，家湖侧，逼暮不得返。乃停舟寄住，借食器以食，盘中有干鱼生菜。食毕因戏笑，丑奴歌嘲之。女答曰："我在西湖侧，日暮阳光颓；托荫遇良主，不觉宽中怀。"俄灭火共寝，觉其臊气；又手指甚短，乃疑是魅。此物知人意，遽出户，变为獭，径走入水。《广记》四百六十八。

王肇常在内宿，晨起出外，妻韩氏时尚未觉；而奴子云："郎索纸百幅。"韩视帐中，见肇犹卧，忽不复见。后半载肇亡。苏易简《文房四谱》四。

述异记

庐山上有康王谷，巅《事类赋注》引作北岭有一城，号为钊城。天每欲雨，辄闻山上鼓角箫箫之声，声渐至城，而风雨晦合，村人以为常候。已上亦见《御览》十，《事类赋注》三，并无声渐二句传云：此周康王之城，康王爱奇好异，巡历名山，不远而至。城中每得古器大鼎及弓弩金之属，知非常人之所处也。而山有"康王"之号，城又以"钊"为称，斯言将有征。《御览》八十五。

庐山上有三石梁，长数十丈，广不盈尺，俯眄杳然无底。咸康中，江州刺史庾亮，迎吴猛，猛将弟子登山游观，因过此梁。见一老公，坐桂树下，以玉杯承甘露，与猛，猛遍与弟子。又进至一处，见崇台广厦，玉宇金房，琳琅焜耀，晖彩眩目，多珍宝玉器，不可识名。见数人与猛共言，若旧相识。设玉膏终日。《珠林》三十一。《御览》四十一，又六百六十三。

昔有人发庐山采松，闻人语云："此未可取。"此人寻声而上，见一异华，形甚可爱，其香非常，知是神异，因掇而服之，得寿三百岁也。《珠林》三十六。

南康南野有东望山，营民三人上山顶，有湖清深，又有果林，周四里许，众果毕植，间无杂木，行列整齐，如人功也。甘子正熟，三人共食，致饱讫，怀二枚，欲以示外人，便还。寻觅向径，回旋半日，迷不能得；即闻空中语云："速放双甘，乃听汝去。"怀甘者恐怖，放甘于地。转眄即见归径，乃相与俱却返。《御览》九百六十六，又四百九十。《初学记》二十八。《类聚》八十六。《事类赋注》二十七。

南康有神，名曰"山都"，形如人，长二尺余，黑色，赤目，发黄被身，于深山树中作窠，窠形如坚鸟卵《广记》引作形如卵而坚，高三尺许，内甚泽，五色鲜明，二枚沓之，中央相连。土人云："上者雄舍，下者雌室。"傍悉开口如规，体质虚轻，颇似木筒，中央以鸟毛为褥。此神能变化隐身，卒《广记》引作卒睹其状，盖木客山㺐之类也。赣县西北十五里，有古塘，名余公塘，上有大梓树，可二十围，树老中空，有山都窠。宋元嘉元年，县治民哀道训，道虚兄弟二人，伐倒此树。取窠还家。山都见形谓二人曰："我处荒野，何豫汝事！巨木可用，岂可胜数？树有我窠，故伐倒之。今当焚汝宇，以报汝之无道。"至二更中，内外屋上一时火起，合宅荡尽。《御览》八百八十四。《广记》三百二十四。

南康雩都县沿江西出《广记》引作跨江南出，去县三里，名梦口，有穴，状如石室，名梦口穴四字《赋注》引有。旧传：尝有神鸡，色如好金，出此穴中，奋翼回翔，长鸣响彻，见之，辄飞入穴中，因号此石为金鸡石。已上略见《类聚》九十昔有人耕此山侧，望见鸡出游戏。有一长人操弹弹之，鸡遥见，便飞入穴，弹丸正著穴上，丸径六尺许，下垂蔽穴，犹有间隙，不复容人。又有人乘船从下流还县，未至此崖数里，有一人通身黄衣，担两笼黄瓜，求寄载，因载二字《御览》引有之。黄衣人乞食，船主与之盘酒二字《广记》引有。食讫，船适至崖下。船主乞瓜，此人不与，仍唾盘上，径上崖，直入石中。船主初甚忿之，见其入石，始知神异，取向食器视之，见盘上唾，悉是黄金。《珠林》二十八。《广记》四百。《御览》八百十一，又三百八十七。《事类赋注》九。案亦见今本任昉《述异记》，然甚简略，不如此文详尽。

芦塘有鲛鱼，五日一化，或为美异妇人，或为男子，至于变乱尤多。郡人相戒，故不敢有害心，鲛亦不能为计。后为雷电杀之，此塘遂涸。《御览》七十四。

豫章郡有卢松村，郡人二字《广记》引有罗根生于此村傍垦荒种瓜，又于旁立一神坛。瓜始引蔓，清晨行之，忽见坛上有新板墨书，曰："此是神地所游处，不得停止，种殖，可速去。"根生拜谢跪咒曰："窃疑村人利此熟地生苗，容或假托神旨，以见驱斥；审是神教，愿更朱书赐报。"明早往看，向板犹存，悉以朱代墨《御览》九百七十八，根生谢而去也。《广记》二百九十四。

章安县西有赤城，周三十里，一峰特高，可三百余丈。晋泰元中，有外国人白道猷居于此山，山神屡遣狼，怪形异声，往恐怖之，道猷自若。山神乃自诣之云："法师威德严重，今推此山相与，弟子更卜所托。"道猷曰："君是何神？居此几时？今若必去，当去何所？"答云："弟子夏王之子，居此千余年，寒石山是家舅所住，某且往寄憩，将来欲还会稽山庙。"临去遗信，赠三奁香，又躬来别，执手恨然。鸣鞭响角，凌空而逝。《广记》二百九十四。

和州历阳沦为湖。先是有书生遇一老姥，姥待之厚，生谓姥曰："此县门石龟眼血出，此地当陷为湖。"姥后数往候之。门使问姥，姥具以告。吏遂以朱点龟眼。姥见，遂走上北山，城遂陷。《类林杂说》十。

出海口北行六十里，至腾屿之南溪，有淡水，清澈照底，有蟹焉：筐大如笠，脚长三尺。宋元嘉中，章安县民屠虎取此蟹食之，肥美过常。虎其夜梦一少妪语之曰："汝啖我，知汝寻被啖不？"屠氏明日出行，为虎所食，余家人殡瘗之，虎又发棺啖之，肌体无遗。此水今犹有大蟹，莫敢复犯。《御览》九百四十二。

园客种五色香草，有五色蛾集其上；蚕时，有一女来养蚕，得茧百二十枚，大如瓮。女与客俱仙去。朱翌《倚觉寮杂记[1]》上。

汉宣城太守封邵忽化为虎，食郡民，民呼曰封使君，因去不复来。时语曰："无作封使君，生不治民死食民。"《海录碎事》十二。

吴黄龙年中，吴都海盐有陆东美，妻朱氏，亦有容止，夫妻相

---

1 即"猗觉寮杂记"。——编者注

重，寸步不相离，时人号为"比肩人"，夫妇云皆比翼，恐不能佳也。后妻死，东美不食求死，家人哀之，乃合葬。未一岁，冢上生梓树，同根二身，相抱而合成一树，每有双鸿，常宿于上。孙权闻之嗟叹，封其里曰"比肩"，墓又曰"双梓"。后子弘与妻张氏，虽无异，亦相爱慕，吴人又呼为"小比肩"。《广记》三百八十九。

陆机少时，颇好游猎，在吴豪盛《御览》引有此字，客献快犬名曰黄耳；机后仕洛，常将自随。此犬黠慧，能解人语，又尝借人三百里外，犬识路自还，一日至家。机羁旅京师，久无家问，因戏语犬曰："我家绝无书信，汝能赍书驰取消息不？"犬喜摇尾，作声应之。机试为书，盛以竹筒，系之犬颈。犬出驿路，疾走向吴，饥则入草噬肉取饱。每经大水，辄依渡者弭耳掉尾向之，其人怜爱，因呼上船。裁近岸，犬即腾上，速去如飞。径至四字《类聚》引作先到机家，口衔筒作声示之。机家开筒取书，看毕，犬又向人作声，如有所求；其家作答书内筒，复系犬颈。犬既得答，仍驰还洛。计人程五旬，而犬往还裁半月。后犬死，殡之，遣送还，葬机村南，去机家二《广记》引作五百步，聚土为坟，村人呼为"黄耳冢"。《类聚》九十四。《御览》九百五。《广记》四百三十七。《事类赋注》二十三。《初学记》二十九。《草堂诗笺》十四节引。

寻阳柴桑县城，晋永和中，有童谣呼为"平石城"。时人金谓平灭石之征也。后桓玄篡位，晋帝为平固王，恭帝为石阳公，俱迁于此城。《御览》一百九十二。

姚兴永和十年，华山东界地然，广百余步，草木烟枯，井谷沸竭，生物皆熟，民残之征也。晋惠帝光熙元年五月，范阳国北，地然可爇。至九月，而骠骑范阳王司马虓薨。十一月，惠帝因食而崩，怀帝即位。太傅东海王司马越杀太宰，河间王司马颙专柄朝政，又寻死，遂洎永嘉之乱。东海沦殪，越之嗣副，亦皆殄灭。石勒焚越之尸，此其应也。《开元占经》四。

桓冲为江州刺史，乃遣人周行庐山，冀睹灵异。既涉崇巘，有一湖，匝生桑树；有大群白鹅，湖中有败胹赤鳞鱼。使者渴极，欲往饮水；赤鳞张鬐向之，使者不敢饮。《类聚》九，又八十八。《御览》九百三十六。案亦见今本任昉《记》中。

荆州刺史桓豁所住斋中，见一人长丈余，梦曰："我龙山之神，来无好意；使君既贞固，我当自去耳！"《广记》二百七十六。

晋元兴末，魏郡民陈氏女名琬，家在查浦，年十六；饥疫之岁，父母相继死没，唯有一兄，佣赁自活。女容色甚艳，邻中士庶，见其贫弱，竞以金帛招要之。女立操贞，概未尝有许。后值卢循之乱，贼众将加陵逼，女厉然不回，遂以被害。《御览》四百四十一引祖冲之《记》。

义熙四年，卢循在广州阴规逆谋，潜遣人到南康庙祈请。既奠牲奏鼓，使者独见一人，武冠朱衣，中筵而坐，曰："卢征虏若起事，至此当以水相送。"六年春，循遂率众直造长沙；遣徐道覆逾岭至南康，装舰十二，艟楼十余丈，舟装始办，大雨一日一夜，水起四丈。道覆凌波而下，与循会巴陵，至都而循战败。不意神速其诛，洪潦之降，使之自送也。《广记》二百九十五。

义熙五年，宋武帝北讨鲜卑，大胜，进围广固，军中将佐乃遣使奉牲荐币，谒岱岳庙。有女巫秦氏，奉高人，同县索氏之寡妻也，能降灵宣教，言无虚唱。使者设祷，因访克捷之期。秦氏乃称神教曰："天授英辅，神魔所拟，有征无战；蕞尔小虏，不足制也。到来年二月五日当克。"如期而三齐定焉。《广记》二百八十三。

晋义熙中，有刘遁者，居江陵，忽有鬼来遁宅上。遁贫无灶，以升枪煮饭，饭欲熟，辄失之。寻觅于篱下草中，但得余空枪。遁密市冶葛，煮以作糜，鬼复窃之，于屋北得枪，仍闻吐声，从此寂绝。《御览》九百九十。

乾罗者，慕容廆一作鬼之十二《御览》引作十一世祖也，著金银襦铠，乘白马，金银鞍勒，自天而坠，鲜卑神之《书钞》一百二十九，又一百二十六，推为君长。《御览》三百五十六，又六百九十五。

苻健皇始四年，有长人见，身长五丈，语人张靖曰："今当太平。"新平令以闻，健以为妖妄，召靖系之。是月霖雨，河渭泛溢，满《御览》引作蒲坂津监寇登于河中流得大屐一只，长七尺三寸，足迹称屐，指长尺余，文深七寸。《初学记》十九。《御览》三百七十七引祖冲之。

姚苌既杀苻坚，与苻登相拒于陇东。苌夜梦坚将天帝使者，勒兵驰入苌营。以矛刺苌，正中其阴，苌惊觉，阴肿痛，明日遂死。《御览》四百。

秦周访少时，与商人溯江俱行，夕止宫亭庙下，同侣相语："谁能入庙中宿？"访性胆果决，因上庙宿，竟夕宴然。晨起，庙中见有白头老公，访遂擒之，化为雄鸭。访捉还船，欲烹之，因而飞去。后竟无他。《珠林》三十二。

吕光永康《广记》引作承康二年，有鬼叫于都卫曰："兄弟相灭，百姓毙，两吕绝。"徼吏寻声视之，则靡所见。是年光死，子绍立五日，绍庶兄纂绍而自立。已上亦见《广记》三百二十一明年，其弟车骑大将军常山公征光屡有战功，疑赞不已，帅众攻赞，所杀。穷酣长酗，游走无度。明年，因醉为从弟起所杀，起推兄隆为主。姚兴困民，遣叔父征西将军陇西公硕德伐之，隆师徒挠败，寻为姚氏所灭。《占经》一百十三。

□□王子顼在荆州，永光二年，所位柏折，栋椽并自濡湿，汁滴地，明年被诛。《占经》一百十四。

张轨字士彦，为使持节护羌校尉凉州刺史，客相印曰："祚传子孙，长有西夏。"关洛倾陷，而凉土独全。在职十三年，传国三世八主一十六载。《御览》六百八十三。

张骏有疾，梦出游观，不识其处，甘泉涌出，有一玄龟，向骏张口言曰："更九日，当有嘉问好消息。"忽然而觉，自书记之，封在筒中，人不知也。因寝疾，经九日而死。《御览》四百。

张骏薨，子重华嗣立，虎遣将军王擢攻拔武御始与，进围枹罕，重华遣宋辑《御览》引作乐辑率众拒之。济河，次于金城，将决大战。乃日有黑虹下于营中《书钞》一百五十一。少日，辑病卒。《御览》十四。

宋高祖微时，尝游会稽，过孔静宅。正昼卧，有神人衣服非常，谓之曰："起，天子在门。"既而失之。静遽出，适与帝遇，延入，结交赠遗。临别，执帝手曰："卿后必当大贵，愿以身嗣为托。"帝许之。及定京邑，静自山阴令擢为会稽内史。《御览》一百二十八。

甄法崇永初中为江陵令，在任严明。于时南平廖士为江安令，丧官，至其年殁。崇在厅事上，忽见一人从门入，云："廖江安通法崇。"法崇知士已亡，因问："卿貌何故瘦？"答曰："我生时所行，善不补恶，今系苦役，穷剧理尽。"《御览》三百七十八。

宋文帝世，天水梁清家在京师新亭，腊日将祀，使婢于爨室造食，忽觉空中有物，操杖打婢，婢走告清，清遂往，见瓯器自运，盛饭斟羹，罗列案上，闻哺馔之声。清曰："何不形见？"乃见一人著平上帻，乌皮袴褶，云："我京兆人，亡没飘寄，闻卿好士，故来相从。"清便席地共坐，设肴酒。鬼云："卿有祀事"云云。清图某郡，先以访鬼，鬼云："所规必谐，某月某日除出。"果然。鬼云："郡甚优闲，吾愿周旋。"清答甚善。后停舟石头，待之五日，鬼不来。于是引路，达彭城，方见至。同在郡数年，还都，亦相随而返。《广记》三百二十三。

宋车骑大将军二字《御览》引有南谯王刘义宣镇荆州。府吏蔡铁者，其人三字《御览》引有，又铁作镵，注云音尖善卜，能悉验，时有妙见，精究如神。公尝在内斋，见一白鼠，缘屋梁上，乃命左右射之，内置函中。时侍者六人，悉驱入斋后小小户内，别呼人召铁。铁至能悉验至此已上，《类聚》引作宣射得一白鼠，置函，乃召铁，今依《御览》，使卜函中何物，谓曰："中则厚赏，僻加重罚。"铁卜兆成，笑曰："具已知矣。"公曰："状之。"铁为之状三字《御览》引有曰："兑色之鼠背明户，弯弧射之绝左股。鼠孕五子，三雄而两雌，若不见信，剖腹而立知。"公乃使剖鼠腹，皆如铁言，即赐钱一万。《类聚》九十五。《御览》七百二十六，又九百十一。

宋元嘉中，南康平固人黄苗为州吏，受假违期。方上行，经宫亭湖，入庙下愿："希免罚坐，又欲还家，若所愿并遂，当上猪酒。"苗至州，皆得如志，乃还。资装既薄，遂不过庙，行至都界，与同侣并船泊宿。中夜，船忽从水自下，其疾如风，介夜四更，苗至宫亭，始醒悟。见船上有三人，并乌衣，持绳收缚苗，夜上庙阶下。见神年可四十，黄白，披锦袍，梁下县一珠，大如弹丸，光耀照屋。一人户外曰："平固黄苗，上愿猪酒，遁回家，教录，今到。"命谪三年，取三十人。遣吏送苗穷山林中，镶腰系树，日以生肉食之。苗忽忽忧思，但觉寒热身疮，举体生斑毛。经一旬，毛被身，爪牙生，性欲搏噬。吏解镶放之，随其行止。三年，凡得二十九人。次应取新淦一女，而此女士族，初不出外，后值与娣妹从后门出亲家，女最在后，因取之。为此女难得，涉五年，人数乃充。吏送至庙，神教放遣。乃以盐饭饮之，体毛稍落，须发悉出，爪牙堕，生新者，经十五日，还如人形，意虑复常，送出大路。县令呼苗具疏事，覆前后所取人；遍问其家，并符合焉。髀为戟所伤，创瘢尚在。苗还家八年，得时疾死。《广记》二百九十六。

南康县营民区敬之，宋元嘉元年与息共乘舫，自县溯流，深入小溪，幽荒险绝，人迹所未尝至。夕登岸，停止舍中，敬之中恶猝死。其子然火守尸，忽闻远哭声，呼阿舅，孝子惊疑，俯仰间，哭者已至。如人长大，被发至足，发多被面，不见七窍，因呼孝子姓名，慰唁之。孝子恐惧，因悉薪以然火。此物言："故来相慰，当何所畏，将须然火？"此物坐亡人头边哭，孝子于火光中窃窥之。见此物以面掩亡人面，亡人面须臾裂剥露骨。孝子惧，欲击之，无兵仗。须臾，其父尸见白骨连续而皮骨都尽。竟不测此物是何鬼神。《广记》三百二十四。

宋元嘉初，镇北将军王仲德镇彭城，左右出猎，遇一鹤，将二子，悉禽之归，以献王，王使养之。其小者口为人所裂，遂不能饮食，大者即含粟哺之，饮辄含水饮之，先令其饱，未尝亡也。王甚爱之，令精加养视。大者羽翮先成，每骞冲天；小者尚未能飞，大者终不先去，留饮饴之。又于庭中蹇跃，教其飞扬。六十余日，小者能飞，乃与俱去。《御览》九百十六。

青州有刘幡者，元嘉初，射得一獐，剖腹以草塞之，蹶然而起，俄而前走。幡怪而拔其塞草，须臾还卧，如此三焉。幡密录此种，以求其类，理创多愈。《广记》四百四十三。

宋元嘉初，富阳人姓王，于穷渎中作蟹断，旦往视之，见一材头长二尺许，在断中，而断裂开，蟹出都尽。乃修治断，出材岸上。明往视之，见材复在断中，败如前。王又治断出材。明晨往视，所见如初。王疑此材妖异，乃取内蟹笼中，系担头归，云至家当斧破然之。未至家三里，闻中倅倅动，转顾见向材头变成一物，人面猴身，一手一足，语王曰："我性嗜蟹，比日实入水破君蟹断，入断食蟹，相负已尔，望君见恕，开笼出我；我是山神，当相佑助，并令断大得蟹。"王曰："汝犯暴人，前后非一，罪自应死。"此物种类专三字《广记》引作转顿请乞放，王回头不应，物曰："君何姓何名？我欲知之。"频问不已，王遂不答。去家转近，物曰："既不放我，又不告我姓名，当复何计？但应就死耳。"王至家，炽火焚之，后寂然无复异。土俗谓之山獏《广记》引作山魈，云知人姓名，则能中伤人，所以勤勤问王，正欲害人自免。《珠林》三十一。《广记》三百二十三。

郭仲产宅在江陵批把寺南。宋元嘉中，起斋屋，以竹为窗櫺，竹遂渐生枝叶，长数丈，郁然如林，仲产以为吉祥。及孝建中，被诛。《御览》八百八十五。《广记》三百六十。

宋元嘉《御览》《广记》引作元徽中，吴县中都里石玄度家，有黄狗生白雄子，母爱其子，异于常犬，衔食饴之，子成大狗。子每出猎未反，母辄门外望之。玄度久患气嗽，转就危困，医为处汤，须白狗肺《御览》引作犬牙，市索，卒不能得，乃杀所养白狗，以供汤用。母向子死处，跳踊噭呼，倒地复起，累日不息。其家煮狗子肉，与客共食之，投骨于地，母亲辄衔置窟中。已上亦见《类聚》九十四食毕，移入后园大桑树下，掘土埋之，日向树噭唤，月余乃止。玄度渐剧，临死屡言《广记》引作而玄度所疾不瘳，以至于卒，终谓左右曰："汤不救我疾，恨杀此狗。"其弟法度从此终身不食狗肉。《御览》九百五。《广记》四百三十七。

安国李道豫，宋元嘉中，其家犬卧于当路，豫躐之，犬曰："汝即死，何以踏我？"豫未几而卒。《广记》四百三十八。

庾季随有节概，膂力绝人。宋元嘉中，得疾昼卧，有白气如云，出于室内，高五尺许，有顷化为雄鸡，飞集别床。季随斫之，应手有声，形即灭，地血滂沱。仍闻蛮姬哭声，但呼阿子，自远而来，径至血处。季随复斫，有物类猴，走出户外，瞋目顾视季随，忽然不见。至晡，有二青衣小儿，直从门入，唱云："庾季随杀官！"俄而有百余人，或黑衣，或朱衣，达屋，齐唤云："庾季随杀官！"季随挥刀大呼，鬼皆走出灭形。还步忽投寺中；子忽失父所在，至寺，见父有鬼逐后，以皮囊收其气，数日遂亡。《广记》三百二十五。

南康郡邓德明尝在豫章就雷次宗学，雷家住东郊之外，去史豫章墓半里许。元嘉十四年，德明与诸生步月逍遥，忽闻音乐讽诵之声，即夜白雷，出听曰："此间去人尚远，必鬼神也。"乃相与寻之，遥至史墓，但闻坟下有管弦、女歌、讲诵、吟咏之声，咸叹异焉。《御览》五百五十九。

薄绍之尝为臧质参军，元嘉二十四年，寄居东府之西宾别宅中，与祖法开邻舍。开母刘，寝疾弥旬，以二十二年五月一日夜半亡。二日，绍之见群鼠大者如豚，鲜泽五色，或纯或驳，或著平上帻，或著龙头，大小百数，弥日累夜。至十九日黄昏，内屋四檐上有一白鼠，长二尺许，走入壁下，入处起火，以水灌之，火不灭，良久自灭。其夜见人修壮赤色，身光如火，从烧壁中出，经入床下，又出壁外。虽隔一壁，当时光明洞彻，了不觉有隔障。四更，复有四人，或与绍之言相佑，或瞋目吐舌，自暮迄旦。后夕，复烧屋，有二人长九尺许，骑马挟弓矢，宾从数十人，呼为将军。绍之问："汝行何向？"答云："被使往东边病人还。"二十一日，群党又至。家先有一白狗，自有鬼怪，暮常失之，至晓辄还。尔夕试系之，须臾，有一女子来云："勿系此狗，愿以见乞。"答："便以相与。"投绳，竟不敢解，倏然走出。狗于是呻唤垂死，经日不能动。有一人，披锦袍，弯弧注镟直向。绍之谓："汝是妖邪，敢于恐人？我不畏汝，汝若不速去，令大道神寻收治汝！"鬼驰弦纵矢，策马而去。《广记》三百二十五。

嘉兴县罨陶村朱休之，有弟朱元，元嘉二十五年十月清旦，兄弟对坐家中，有一犬来，向休蹲，遍视二人而笑，遂摇头歌曰："言我不能歌，听我歌梅花；今年故复可，奈汝明年何？"《御览》一引作明年当奈何其家惊惧，斩犬榜首路侧。至岁末梅花时，兄弟相斗，弟奋戟伤兄，官收治，并被囚系，经岁得免。至夏，举家时疾，母及兄弟皆卒。《御览》九百七十，又八百八十五，又九百五。《类聚》八十六。案今本任昉《述异记》亦载之，文较略。

高平曹宗之，元嘉二十五年，在彭城，夜寝不寤，旦亡，晡时气息还通，自说所见：一人单衣帻，执手板，称北海王使者，殿下相唤；宗之随去殿前，中庭有轻云，去地数十丈，流荫徘徊，帷怳之间，有紫烟飘飘，风吹近人，其香非常。使者曰："君停阶下，今入白之。"须臾传令："谢曹君，君事能可称，久怀钦迟，今欲相屈为府佐；君今年几？尝经卤簿官未？"宗之答："才干素弱，仰惭圣恩，今年三十一，未尝经卤簿官。"又报曰："君年算虽少，然先有福业，应受显要，当经卤簿官，乃辞身，可且归家，后当更议也。"寻见向使者送出门，恍忽[2]而醒。宗之后仕广州，年四十七，明年职解，遂还州，病亡。《广记》三百七十七。

宋时豫章胡庇之尝为武昌郡丞，宋元嘉二十六年，入廨中，便有鬼怪，中宵笼月，户牖少开，有人倚立户外，状似小儿，户闭，便闻人行，如著木屦声，看则无所见，如此甚数。二十八年三月，举家悉得时病，空中语掷瓦石，或是干土，夏中病者皆著，而语掷之势更猛。乃请道人斋戒，竟夜转经，倍来如雨，唯不著道人及经卷而已。秋冬渐有音声，瓦石掷人，内皆青黯而不甚痛。庇之有一老姥，好骂詈鬼，在边大吓。庇之迎祭酒上章，施符驱逐，渐复歇绝。至二十九年，鬼复来，剧于前。明年，丞廨火频四发，狼狈浇沃，并得时死案有讹字。鬼每有声如犬，家人每呼为吃嗑，后忽语，语似牛，三更叩户，庇之问："谁也？"答曰："程邵陵。"把火出看，了无所见。数日，二更中，复户外叩掌，便复骂之，答云："君勿骂我，我是善神，非前后来者，陶御史见遣报君。"庇之云："我不识陶御史。"鬼云："陶敬玄，君昔与之周旋。"庇之云："吾与之在京日，伏事衡阳，又不尝作御史。"鬼云："陶令处福地，作天上御史；前后相侵，是沈公所为。此癖本是沈宅，因来看宅，聊复语掷狡猯；忽君攘却太过，乃至骂詈，令婢使无礼向之，复令祭酒上章，苦罪状之，事彻天曹。沈今上天言：君是佛三归弟子，那不从佛家请福，乃使祭酒上章？自今唯愿专意奉法，不须兴恶，鬼当相困。"当下疑夺不字庇之请诸尼读经，仍斋讫，经一宿后，复闻户外御史相闻，白胡丞："见沈相讼甚苦，如其所言，君颇无礼，若能归诚正觉，习经持戒，则群邪屏绝。依依曩情，故相白也。"《珠林》四十六。

燉煌[3]索万兴，昼坐厅事。东间斋中一奴子，忽见一人著帻，牵一骢马，直从门入，负一物，状如乌皮隐囊，置砌下，便牵马出门。囊自轮转，径入斋中，缘床脚而上，止于兴膝前，皮即四处卷开，见其中周匝是眼，动瞬甚可憎恶，良久又还，更舒合，仍轮转下床，落砌西去。兴令奴子逐至厅事东头灭，恶之，因得疾亡。《广记》三百二十五。

郭秀之寓居海陵，宋元嘉二十九年，年七十三，病止堂屋。北有大枣树，高四丈许。小婢晨起开户扫地，见枣树上有一人，修壮黑色，著皂襆帽，乌韦袴褶，手操弧矢，正立南面，举家出看□□秀之扶杖视之，此人谓秀之曰："仆来召君，君宜速装。"日出便不复见，积五十三日如此。秀之亡后便绝。同上。

陶继之元嘉末为秣陵令，杀劫，其中一人，是大乐伎，不为劫，而陶逼杀之。将死曰："我实不作劫，遂见枉杀，若见鬼，必自诉理。"少时杀劫至此已上，《六帖》《广记》引，并作尝枉杀乐伎，今依《御览》引补，夜梦伎来云："昔枉见杀，诉天得理，今故取君。"遂跳入陶口，仍落腹中，须臾复出，乃相谓云："今直取陶秣陵，亦无所用，更议王丹阳耳！"言讫，遂没。陶未几而卒。王丹阳果亡。《广记》三百二十三。《御览》四百。《六帖》二十三。

3　现代汉语常用"敦煌"。——编者注

　　黄州治下有黄父鬼，出则为祟，所著衣帢皆黄，至人家，张口而笑，必得疠疫，长短无定，随篱高下，自不出已十余年，土俗畏怖。庐陵人郭庆之有家生婢名采薇，年少有色。宋孝建中，忽有一人，自称山灵，裸身长丈余，臂脑皆有黄色，肤貌端洁，言音周正，土俗呼为黄父鬼，来通此婢。婢云：意事如人，鬼遂数来；常隐其身，时或露形，形变无常，乍大乍小，或似烟气，或为石，或作小儿，或妇人，或如鸟如兽；足迹如人，长二尺许，或似鹅迹，掌大如盘，开户闭牖，其入如神，与婢戏笑如人。《广记》三百二十五。

　　宋费庆伯者，孝建中仕为州治中，假归至家，忽见三驺皆赤帻同来，云："官唤。"庆伯云："才谒归，那得见召？且汝常黑帻，今何得皆赤帻也？"驺答云："非此间官也。"庆伯方知非生人，遂叩头祈，三驺同词，因许回换，言："却后四日，当更诣君，可办少酒食见待，慎勿泄也。"如期果至，云："已得为力矣。"庆伯欣喜拜谢，躬设酒食，见鬼饮啖，不异生人；临去曰："哀君故尔，乞秘隐也。"庆伯妻性猜妒，谓伯云："此必妖魅所罔也。"庆伯不得已，因具告其状。俄见向三驺，楚挞流血，怒而立于前曰："君何相误也？"言讫失所在。庆伯遂得暴疾，未旦而卒。《广记》三百二十六。

　　颍川庾某，宋孝建中，遇疾亡，心下犹温，经宿未殡，忽然而语，说：初死，有两人黑衣，来收缚之，驱使前行，见一大城，门楼高峻，防卫重复，将庾入厅前，同入者甚众，厅上一贵人南向坐，侍直数百，呼为府君，府君执笔简问到者，次至庾曰："此人算尚未尽。"催遣之。一人阶上来，引庾出，至城门，语吏差人送之，门吏云："须覆白，然后得去。"门外一女子，年十五六，容色闲丽，曰："庾君幸得归，而留停如此，是门司求物。"庾云："向被录，轻来，无所赍持。"女脱左臂三年坐钏投庾云："并此与之。"庾问女何姓，云："姓张，家在茅渚，昨遭乱亡。"庾曰："我临亡，遗赍五千钱，拟市材，若再生，当送此钱相报。"女曰："不忍见君独厄，此我私物，不烦还家中也。"庚□□□□□竟不覆白，更差人送去。庚与女别，女长叹泣下。庚既恍忽苏，至茅渚寻求，果有张氏新亡少女云。《广记》三百八十三。

王瑶，宋大明三年，在都病亡，瑶亡后，有一鬼，细长黑色，袒著犊鼻裈，恒来其家；或歌啸，或学人语，常以粪秽投人食中。又于东邻庚家，犯触人，不异王家时。庚语鬼："以土石投我，□非所畏，若以钱见掷，此真见困。"鬼便以新钱数十，正掷庚额。庚复言："新钱不能令痛，唯畏乌钱耳！"鬼以乌钱掷之，前后六七过，合得百余钱。《广记》三百二十五。

东平毕众宝，家在彭城，有一骢马甚快，常乘出入，至所爱惜。宋大明六年，众宝夜梦见其亡兄众庆曰："吾有戎役，方置艰危，而无得快马，汝可以骢马见与。"众宝许诺。既觉，呼同宿客说所梦始毕，仍闻马倒声，遣人视之，裁余气息，状如中恶。众宝心知其故，为试治疗，向晨马死，众宝还卧如欲眠，闻众庆语云："向聊求马，汝治护备至，将不惜之，今以相还，别更觅也。"至晓马活，食时复常。《御览》八百九十七。

宋骠骑大将军河东柳元景，大明八年，少帝即位。元景乘车行还，使人在中庭洗车辕，晒之，有飘风中门而入，直来冲车。明年而阖门被诛。《御览》八百八十五。

宋大明中，顿丘县令刘顺，酒酣，晨起，见床榻上有一聚凝血，如覆盆形。刘是武人，了不惊怪，乃令捣齑，亲自切血，染齑食之。弃其所余，后十许载，至元徽二年，为王道隆所害。《御览》八百八十五。《广记》三百六十。

武康徐氏，宋太元中太元疑是大明之讹，病疟，连治不断。有人告之曰："可作数团饭，出道头，呼伤死人姓名，云：'为我断疟，今以

此团与汝。'掷之径还,勿反顾也。"病者如言,乃呼晋故车骑将军
沈充。须臾,有乘马导从而至,问:"汝何人,而敢名官家?"因缚
将去;举家寻觅经日,乃于冢侧丛棘下得之,绳犹在时,疟遂获痊。
《御览》七百六十六。

刘德愿兄子太宰从事中郎道存,景和元年五月,忽有白蚓数
十,登其斋前砌上,通身白色,人所未尝见也,蚓并张口吐舌,大赤
色。其年八月,与德愿并诛。《御览》九百四十七。《广记》四百七十三。

周登之家在都,宋明帝时,统诸灵庙,甚被恩宠。母谢氏,奉
佛法。太始五年《广记》引作三年夏月,暴雨,有物形隐烟雾,垂头属
听事前地,头颈如大赤鸟《广记》引作马,饮庭中水。登之惊骇,谓是
善神降之,汲水益之,饮百余斛,水竭乃去。二年而谢氏亡,亡后
半岁,明年《广记》引无年字帝崩。登之自此事遂衰败。《御览》八百八十五。
《广记》三百六十。

豫章胡兹在蜀郡治。宋泰始四年,空中忽有故冢墓砖,青苔石
灰著之,磕然掷其母前,甚数,或五三俱至,举家惊惧;然终不中
人,旬日乃止。《御览》七百六十七。

宋泰始中,有张乙者,被鞭,疮痛不竭;人教之烧死人骨末以
傅。雇同房小儿,登山冈,取一髑髅,烧以傅疮。其夜,户内有
炉火烧此小儿手,又空中有物,按小儿头,内火中,骂曰:"汝何以
烧我头?今以此火偿汝!"小儿大唤曰:"张乙烧耳!"答曰:"汝不
取与张乙,张乙那得烧之?"按头良久,发然都尽,皮肉焦烂,然后
舍之。乙大怖,送所余骨埋反故处,酒肉醊之,无复灾异也。《珠林》
四十六。

王文明,宋太始末江安令,妻久病,女于外为母作粥,将熟变
而为血,弃之更作,亦复如初。如此者再《珠林》引有此句。母寻亡。
其后,儿女在灵前哭,忽见其母卧灵床上,貌如平生,诸儿号感,奄

然而灭。文明先爱其妻手下《广记》引作所使婢，妊身将产。葬其妻日，使婢守屋，余人悉诣墓所；部伍始发，妻便见形，入户打婢。其后，诸女为父办食杀鸡，刳洗已竟，鸡忽跳起，轩首长鸣。文明寻卒，诸男相继丧亡。《珠林》九十五。《广记》三百二十五。

朱道珍尝为屚陵令，南阳刘廓为荆州参军，每与围棋，日夜相就，局子略无暂辍。道珍以宋元徽三年六月二十六日亡。至九月，廓坐斋中，忽见一人，以书授廓云：朱屚陵书。廓开书，看是道珍手迹，云："每思棋聚，非意致阔，方有来缘，想能近领。"廓读书毕，失信所在失其书信，寝疾寻亡。《御览》七百五十三。

朱泰家在江陵，宋元徽中，病亡未殡；忽形见，还坐尸侧，慰勉其母，众皆见之。指挥送终之具，务从俭约。谓母曰："家比贫，泰又亡殁，永违侍养，殡殓何可广费？"《广记》三百二十三。

蜀郡成都张伯儿，年十余岁，作道士，通灵有远鉴，时饮醇灰汁数升，云以洗肠疗疾。《御览》八百七十一。

"独角"者，巴郡江人也，年可数百岁，俗失其名，顶上生一角，故谓之"独角"。或忽去积载，或累旬不语，及有所说，则旨趣精微，咸莫能测焉。所居独以德化，亦颇有训导。一旦与家辞，因入舍前江中，变为鲤鱼，角尚在首。后时时暂还，容状如平生，与子孙饮宴，数日辄去。《珠林》三十一。《广记》四百七十一。

尹雄年九十，左鬓生角，长半寸。《类聚》十八。《御览》三百七十三，又三百八十三。

逢桃杖居江夏，病疾困笃，频上奉章。夜中有物若豕，赤色，从十余人，皆操绳，入门，周床一匝而去。往问道士张玄冥，冥曰："见者祟物伏罪，乌衣入宅，里社检护耳，疾寻当除。"自是平复也。《书钞》八十七。

荀瓌字叔玮，事母孝，好属文及道术，潜栖却粒。尝东游已上四句，《类聚》一引作寓居江陵，憩江夏黄鹤楼上，望西南有物，飘然降自霄汉，俄顷已至，乃驾鹤之宾也。鹤止户侧，仙者就席，羽衣虹裳，宾主欢对。已而二字《御览》引有辞去，跨鹤腾空，眇然烟灭。《类聚》六十三，又九十。《御览》九百十六。《事类赋注》十八。案亦见任昉《记》。

寻阳张允，家在本郡，郡南有古城。张少贫约，屡往游憩。忽有一老公，来与张言，因问之："此城何名？"答曰："吾不知，为南郡城耳！"言讫便去，不知所之。张既出宦，仕进累迁，位登元凯，后为南郡太守，即以城号。以志老父之言焉。《御览》一百九十二。

漆澄豫章人，有志干绝伦。尝乘船钓鱼，俄顷盈舟；既而有物出水，粗鳞黑色，长如十丈，不见头尾，阖船惊怖，澄独色不变。《初学记》二十二引祖冲之。

诸葛景之亡后，宅上尝闻语声。当酤酒还，还无温枪；鬼云："卿无温枪，那得饮酒？"见一铜枪从空中来。《御览》七百五十七。

夏侯祖欣《书钞》引作欢，下同为兖州刺史，丧于官，沈僧荣代之。祖欣见形诣僧荣，床上有一织成宝饰络带，夏侯曰："此带殊好，岂能见与之？"《书钞》引作当能与之沈曰："甚善。"已上《书钞》一百二十九亦引夏侯曰："卿直许，终不见关，必以为施，可命焚与？"沈对前烧，视此带已在夏腰矣。《御览》六百九十六。

巴西张寻梦庭生一竹，节相似，都为一门，以问竺法度，云："当暴贵，但不得久矣。"果然，如其所言。《广记》二百七十六。

陈留周氏婢，名兴进，入山取樵，倦寝二字《广记》引有；梦见一女，语之曰："近在汝头前，目中有刺，烦为拔之，当有厚报。"乃见一朽棺，头穿坏，髑髅堕地，草生目中，便为拔草，内著棺中，以甓塞穿，即于髑髅处《六帖》引作其处，《广记》引作路旁得一双金指环。《御览》四百七十九引祖冲之《记》，又三百九十九。《六帖》二十三。《广记》二百七十六。

陈敏为江夏太守，许宫亭庙神一银杖，后以一铁杖，银涂之。

送杖还，庙神巫宣教曰："陈敏之罪，不可容也。"乃置之湖中。杖浮在水上，敏舟值风倾覆矣。《书钞》一百三十三。

庾邈与女子郭凝私通，诣社，约取为妾，二心者死。邈遂不肯婚娉。经二载，忽闻凝暴亡。邈出门瞻望，有人来，乃是凝，敛手叹息之，凝告郎："从北村还，道遇强人，抽刀逼凝，惧死从之，未能守节，为社神所责，卒得心痛，一宿而绝。"邈云："将今且停宿。"凝答曰："人鬼异路，毋劳尔思。"因涕泣下沾襟。《书钞》八十七。《御览》五百三十二。

清河崔基，寓居青州。朱氏女，姿容绝伦，崔倾怀招揽，约女为妾。后三更中，忽闻叩门外，崔披衣出迎，女雨泪呜咽，云："适得暴疾丧亡，忻爱永夺，悲不自胜。"女于怀中抽两匹绢与崔，曰："近自织此绢，欲为君作裤衫，未得裁缝，今以赠离。"崔以锦八尺答之，女取锦曰："从此绝矣！"言毕，豁然而灭。至旦，告其家，女父曰："女昨夜忽然病，夜亡。"崔曰："君家绢帛无零失耶？"答云："此女旧织余两匹绢在箱中，女亡之始，妇出绢，欲裁为送终衣，转盼失之。"崔因此具说事状。《御览》八百十七。

蒲启之家在南乡，有樗蒲娄庙。启之有女，名僧因，忽□气而寤，云："樗蒲君遣婢迎僧，坐斗帐中，仍陈盛筵，以金银为俎案，五色玉为杯椀，与僧共食，一宿而醒也。"《广记》二百九十四。

太原王肇宗病亡，亡后形见，于其母刘及妻韩共语，就母索酒，举杯与之，曰："好酒！"语妻曰："与卿三年别耳！"及服终，妻疾，曰："同穴之义，古之所难，幸者如存，岂非至愿？"遂不服药而殁。《广记》三百十八。

汝南周义娶沛国刘旦孙女为妻，义豫章艾县令弟，路中得病，未至县十里，义语必不济，便留家人在后，先与弟至县，一宿死。妇至，临尸，义举手别妇，妇为梳头，因复拔妇钗。敛讫，妇房宿，义乃上床谓妇曰："与卿共事虽浅，然情相重，不幸至此，兄不仁，离隔人室家，终没，不得执别，实为可恨！我向举手别，又拔卿钗，因欲起，人多气逼，不果。"自此每夕来寝息，与平生无异。《广记》三百二十二。

武昌小吏吴龛得一浮石，取其_{疑当作}置床头，化成一女，端正，与龛为夫妻。《书钞》七十七。案亦见今本任昉《记》。

陈留董逸少时，有邻女梁莹，年稚色艳，逸爱慕倾魂，贻椒献宝，莹亦纳而未获果。后逸邻人郑充在逸所宿，二更中，门前有叩掌声，充卧望之，亦识莹，语逸曰："梁莹今来。"逸惊跃出迎，把臂入舍，遂与莹寝，莹仍求去，逸揽持不置，申款达旦，逸欲留之，云："为汝蒸豚作食，食竟去。"逸起闭户施帐，莹因变形为狸，从梁上走去。《御览》九百十二。

南康营民任考之，伐船材，忽见大社树上有猴怀孕，考之便登木逐猴，腾赴如飞。树既孤迥，下又有人，猴知不脱，因以左手抱树枝，右手抚腹。考之禽得，摇摆地杀之，割其腹，有一子，形状垂产。是夜梦见一人称神，以杀猴责让之。后考之病经旬，初如狂，因渐化为虎，毛爪悉生，音声亦变，遂逸走入山，永失踪迹。《御览》九百十。《广记》一百三十一。

南齐马道猷为尚书令史，永明元年坐省中，忽见鬼满前，而傍人不见。须臾，两鬼入其耳中，推出魂，魂落屐上，指以示人："诸君见否？"傍人并不见，问魂形状云何？道猷曰："魂正似虾蟆。"云必无活理，鬼今犹在耳中。视其耳皆肿，明日便死。《广记》三百二十七。

广州显明寺道人法力，向晨诣厕，于户中遇一鬼，状如昆仑，两目尽黄，裸身无衣。法力素有膂力，便缚著堂柱，以杖鞭之，终无声。乃以铁锁缚之，观其能变去否。日已昏暗，失鬼所在。同上。

荀氏灵鬼志

明帝初，有谣曰："高山崩，石自破。"高山，峻也；硕，峻弟也。后诸公诛峻，硕犹据石头，溃散而逃，追斩之。《世说·方正篇》注引《灵鬼志》谣征。

明帝末，有谣歌："侧侧力，放马出山侧；大马死，小马饿。"后峻迁帝于石头，御膳不具。《世说·容止篇》注引同上。

庾文康初镇武昌，出石头，百姓看者于岸歌曰："庾公上武昌，翩翩如飞鸟；庾公还扬州，白马牵旒旗。"又曰："庾公初上时，翩翩如飞鸦；庾公还扬州，白马牵旐车。"后连征不入，寻薨，下都葬焉。《世说·伤逝篇》注引同上。

初，桓石民为荆州，镇上时，民忽歌《黄昙曲》曰："黄昙□，扬州大佛来上□。"少时，石民死，王忱为荆州。佛大，忱小字也。《世说·汰侈篇》注引同上。

河间王颙既败于关中，有给使陈安者，甚壮健。常乘一赤马，俊快非常；双持二刀，皆长七尺；驰马运刀，所向披靡。关西为之歌曰："垄上健儿字陈安，头细面狭腹中宽，丈八大矟左右盘。"《类聚》六十。《书钞》一百二十四。《御览》三百五十四。

陈安为河间王颙给使，甚壮健。常乐一马，骏驶非常。后马死，双赤蛇出其鼻。《御览》八百九十七。

嵇康灯下弹琴，忽有一人长丈余，著黑单衣，革带，康熟视之，乃吹火灭之曰："吾耻与魑魅争光。"《广记》三百十七。

嵇中散神情高迈，任心游憩；尝行西南游，去洛数十里，有亭名华阳，投宿。夜了无人，独在亭中。此亭由来杀人，宿者多凶已上依《御览》引；中散心神萧散，了无惧意。至一更中，操琴，先作诸弄，雅声逸奏，空中称善；中散抚琴而呼之："君是何人？"答云："身是故人，幽没于此，数千年矣四字依《御览》并《事类赋注》引补；闻君弹琴，音曲清和，昔所好，故来听耳。身不幸非理就终，形体残毁，不宜接见君子；然爱君之琴，要当相见，君勿怪恶之。君可更作数曲。"中散复为抚琴，击节曰："夜已久，何不来也？形骸之间，复何足计。"乃手擘其头曰："闻君奏琴，不觉心开神悟，恍若暂生。"遂与共论音声之趣，辞甚清辩。谓中散曰："君试以琴见与。"于是中散以琴授之，既弹众曲，亦不出常；唯《广陵散》声调绝伦。中散才从受之，半夕悉得。于是至此已上依《御览》《事类赋注》引先所受引殊不及。与中散誓，不得教人，又不得言其姓六字依《御览》引补。天明语中散："相与虽一遇于今夕，可以还同千载；于此长绝，能不怅然！"《广记》三百十七。《御览》五百七十九引作《灵异志》《事类赋注》十一同。

晋周子长侨居武昌五丈浦东冈头。咸康三年，子长至寒溪浦中秬家，家去五丈数里；合暮还五丈，未达减一里许。先是空冈；忽见四匝瓦屋当道，门卒便捉子长头，子长曰："我是佛弟子，何故捉我？"吏问曰："若是佛弟子，能经呗不？"子长先能诵《四天王》及《鹿子经》，便为诵之三四过。捉故不置，知是鬼，便骂之曰："武昌痴鬼，语汝，我是佛弟子，为汝诵经数偈，故不放人也？"捉者便放，不复见屋。鬼故逐之，过家门前，鬼遮不得入，亦不得作声。而心将鬼至寒溪寺中过，子长便擒鬼胸，复骂曰："武昌痴鬼，今当汝至寺中和尚前了之。"鬼亦擒子长胸，相拖渡五丈塘，西行。后诸鬼谓捉者曰："放为，西将牵我入寺中。"捉者已放，《广记》引作捉者曰："已擒不放。"子长故复语后者曰："寺中正有道人辈，乃未肯畏之《广记》引无未字，道人作秃，下同？"后一鬼小语曰："汝近城东看道人面，何以败？"便共大笑。子长比达家，已三更尽矣。《法苑珠林》六十五。《广记》

三百十八。

晋南郡议曹掾姓欧，得病经年，骨消肉尽；巫医备至，无复方计。其子夜如得睡眠，梦见数沙门来视其父。明旦，便往诣佛图，见诸沙门，问佛为何神，沙门为说事状，便将诸道人归，请读经。再宿，病人自觉病如轻。昼得小眠，如举头，见门中有数十小儿，皆五彩衣；手中有持幡仗者，刀矛者，于门走入。有两小儿在前，径至帘前，忽便还走，语后众人："小住！小住！屋中总是道人。"遂不复来前。自此后病渐渐得差。《珠林》九十五。《广记》一百六十一。

石虎时，有胡道人驱驴作估于外国。深山中行，有一绝涧，窈然无底；行者恃山为道，鱼贯相连。忽有恶鬼牵驴入涧中，胡人性急，便大嗔恶；寻迹涧中恶鬼，祝誓呼诸鬼神下逮。忽然出一平地城，门外有一鬼，大镙项，脚著木桎梏，见道人，便乞食，曰："得食，当与汝。"既问，乃是鬼王所治。前见王，道人便自说："驱驴载物，为鬼所夺，寻迹至此。"须臾即得其驴，载物如故。《御览》七百三十六。

蔡谟征为光禄大夫，在家，忽闻东南啼哭声，有若新死，便见一少年女死人并离啼哭。不解所为，恐是人家忿争耳。忽闻呼魂声，便见生女从空中去上天，意甚恶之。少时，疾患，遂薨。《广记》三百二十。

河内姚元起居近山林，举家恒入野耕种，唯有七岁女守屋，而渐瘦。父母问女，女云："常有一人，长丈余而有四面，面皆有七孔，自号'高天大将军'；来辄见吞，径出下部，如此数过。云：'慎勿道我！道我，当长留腹中。'"阖门骇惋，遂移避。同上。

吴兴武唐间剿，凌晨闻外拍手，自出看，见二乌帻吏径将至渚，云："官使乘船送豆至。"乃令剿捉枻，二吏绹挽，至嘉兴郡，暂住逆旅；及平望亭，潜逃得归。十余日外复有呼声，又见二吏，云："汝何敢委叛？"将至船，犹多莰，又令捉枻船，二吏绲挽，始前。至嘉乐故家，谓剿曰："我须过一处，留汝在后，慎勿复走；若有饮食，当相唤。"须臾，一吏呼剿上；见高门瓦屋，欢宴盈堂，仍令剿行酒，并赐炙啖。天将晓，二吏云："□□去，汝且停。"顷之，但见高坟森木，剿心迷乱。其家寻觅，经日方得。寻发大疮而死。同上。

南平国蛮兵，义熙初随众来姑熟，便有鬼附之；声呦呦细长，或在檐宇之际，或在庭树上。若占吉凶，辄先索琵琶，随弹而言。于时郗倚为府长史，问："当迁官？"云："不久持节也。"寻为南蛮校尉。予为国郎中，亲领此土，荆州俗语云："是老鼠所作，名曰鬼侯。"《广记》三百二十二。

平原陈皋于义熙中从广陵樊梁后乘船出，忽有一赤鬼，长可丈许，首戴绛冠，形如鹿角，就皋求载，倏尔上船。皋素能禁气，因歌俗家南地之曲；鬼乃吐舌张眼，以杖竿掷之，即四散，成火，照于野。皋无几而死。同上。

太元十二年，有道人外国来，能吞刀吐火，吐珠玉金银；自说其所受术《御览》引作师，即白衣，非沙门也。尝行，见一人担担，上有小笼子，可受升余。语担人云："吾步行疲极，欲寄君担。"担人甚怪之，虑是狂人，便语之云："自可尔耳，君欲何许自厝耶？"其人答云："君若见许，正欲入君此笼子中。"担人愈怪其奇，"君能入笼，便是神人也"。二句《御览》引有。乃下担，即入笼中；笼不更大，其人亦不更小。担之亦不觉重于先。既行数十里，树下住食；担人呼共食，云："我自有食。"不肯出。止住笼中，饮食器物罗列，肴膳丰腆亦办。反呼担人食，未半，语担人："我欲与妇共食。"即复口吐出一女子，年二十许，衣裳容貌甚美，二人便共食。食欲竟，其夫便卧。妇语担人："我有外夫，欲来共食；夫觉，君勿道之。"妇便口中出一年少丈夫，共食笼中；便有三人宽急之事，亦复不异。

有顷，其夫动，如欲觉，妇便以外夫内口中。夫起，语担人曰："可去。"即以妇内口中，次及食器物。此人既至国中，有一家大富贵，财巨万，而性悭吝，不行仁义，语担人云："吾试为君破奴悭囊。"即至其家。有一好马，甚珍之，系在柱下《御览》一引作柳下；忽失去，寻索不知处。明日，见马在五斗罂中，终不可破取，不知何方得取之七字依《御览》一引补。便往语言："君作百人厨，以周一方穷乏，马当得出耳。"主人即狼狈作之，毕，马还在柱下。明旦，其父母老在堂上。忽复不见；举家惶怖，不知所在。开妆器，忽然见父母在泽壶中，不知何由得出。复往请之，其人云："君当更作千人饮食，以饴百姓穷者，乃当得出。"即作，其父母自在床上也。《珠林》六十一。《御览》三百五十九，又七百三十七。

有沙门昙游，戒行清苦。时剡县有一家事蛊，人啖其食饮，无不吐血而死。昙游曾诣之，主人不食，游便咒焉。见一双蜈蚣，长尺余，于盘中走出；因绝食而归，竟无他。《广记》三百五十九。

荥阳郡有一家姓廖，其家累世为蛊以致富，子女丰悦。后取新妇，不以此语之。家人悉行，妇独守家；见屋中一大㼽，试发，见一大蛇，便作沸汤，悉灌杀之。家人还，妇具说焉，举家惊惋，无几，其家疾病，亡略尽。《御览》七百四十二。

人姓邹坐斋中，忽有一人通刺诣之，题刺云"舒甄仲"。既去，疑其非人，寻其刺，曰："吾知之矣，是予舍西土瓦中人。"便往令人将锸掘之，果于瓦器中得桐人，长尺余。《御览》七百六十七。

郗世了在会稽造墓，其地多石，后破大石，得一龟，长尺二寸许；在石中，石了无孔也，得非龟石俱生乎。既破出之，龟行动与常龟无异。石受龟，如人刻安之。《广记》四百七十二。

濡须口有一大舶船，覆在水中，水小时便出见。尝有渔人夜宿其傍，以船系之；但闻筝笛弦管之音。梦人驱遣云："勿近官妓！"

此人惊觉，即移船去。传云是曹公载妓船覆于此。于今存在。《御览》三百九十九引《灵魂志》。案魂当是鬼字之讹。

李通丧，有一客往吊之；李通子哭，便进上听事。忽通从阁中出，以纶巾系头。《书钞》一百二十九引《虚异志》。案陈氏本《书钞》及俞氏《唐类函》并作《述异志》，盖以意改，疑亦是《灵鬼志》也。

历阳县张应，先是魔家，取佛家女为妇。咸和八年，移居芜湖。妻病，因为魔事，家财略尽不差。妻曰："我本佛家女，乞为我作佛事。"应便往精舍中，见竺昙镜，镜曰："佛普济众生，问君当一心受持身戒耳。"昙镜期明，当向其家。应梦见一人，长丈五六，正向于南面趋步入门，曰："此家寂寂，乃尔不净。"梦中见镜随此人后，白曰："此家始欲发意，未可一一责之。"应先手巧，眠觉，便把火作高座，乃鬼子母座。镜明食时往，应高座之属具足已成。闻应说梦，遂夫妻受五戒。病亦寻差。《辩正论》八注。

祖台之志怪

汉武帝与近臣宴会于未央殿，忽闻人语云："老臣冒死自陈。"乃见屋梁上有一翁，长八九寸，拄杖偻步，笃老之极；缘柱而下，放杖稽首，默而不言；因仰首视殿屋，俯指帝脚，忽然不见。东方朔曰："其名'藻居'，兼水木之精，春巢幽林，冬潜深河。今造宫室，斩伐其居，故来诉于帝。曰仰视宫殿，殿名未央，诉陛下方侵其居宅未央也；俯指陛下脚者，足也，愿陛下宫殿足于此，不愿更造也。"上为之息宫寝之役。居少时，帝亲幸河渚，闻水底有弦歌之声，又有善芥。须臾，前梁上老翁及年少数人，绛衣素带，缨佩乘藻，甚为鲜丽，凌波而出，衣不沾濡。帝问曰："闻水底奏乐声，为君耶？"老翁对曰："老臣前昧死归诉，幸蒙陛下天地之施，即止息斧斤，得全其居宅，不胜嘉欢，故私相庆乐耳。"献帝一紫螺壳，状如牛脂。帝曰："朕暗无以识君，东方生知耳；君可思以吴□贻之。"老翁乃顾命取洞穴之宝，一人即受命，下没泉底，倏忽还到，奉大珠径寸，明耀绝世。帝甚玩焉，问朔："何以识此珠为洞穴之宝？"朔曰："河底有洞穴之宝。"帝以五十万钱赐朔，取其珠。《书钞》一百五十八。

建安中，河间太守刘照夫人卒于府。后太守至，梦见一好妇人，就为室家，持一双金镅_{古唤切}与太守；不能名，妇人乃曰："此锼_{竹志切}镅。"锼镅者，其状如纽珠，大如指，屈伸在人。太守得置枕中。前太守迎丧，言有锼镅，开棺，见夫人臂果无复有锼镅焉。《御览》七百十八。

吴未亡前，常有紫赤色气见牛斗之间，星官及诸善占者，咸忧吴方兴；惟张茂先于天文尤精，独知为神剑之气，非江南之祥。《御览》六。

陶太尉微时，丧当葬，家贫，亲自营作砖；有一斑特牛，砖已载致，忽然失去，便自寻觅。忽于道中逢一老翁，云："君欲何所觅？"太尉具答。更举手指云："向于山冈上见一牛，眠山圩中，必是君牛。此牛所眠，便好作墓，安坟当之，致极贵；小复不当，位极人臣，世为方岳矣。"又指一山云："此山亦好，但不如向耳，亦当世出刺史耳。"言讫，便不复见。太尉墓之，皆如其言。《御览》九百。

义兴郡溪渚长桥下，有苍蛟，吞啖人，周处执剑桥侧伺；久之，遇出，于是悬自桥上投下蛟背而刺蛟，数创，流血满溪，自郡渚至太湖句浦乃死。《初学记》七。

晋怀帝永嘉中，谯国丁祚渡江，至阴陵界。时天昏雾，在道北有社，见一物如人，倒立，两眼垂血，从额下，聚地两处，各有升余。祚与从弟齐声喝之，灭而不见。立处聚血，皆化为萤火数千枚，纵横飞散。《御览》九百四十五。

隆安中，陈惺于江边作鱼笸。正匪切潮去，于笸中得一女人，长六尺，有容色，无衣服；水去不能动。卧沙中，与语不应。人有就辱之。惺夜梦云："我是江黄，昨失道落君笸，小人遂见加凌；今当白尊神杀之。"惺不敢移，潮来自逐水去。奸者寻病。《御览》六十八。

建康小吏曹著见庐山夫人，夫人为设酒馔《御览》引作啖。金鸟啄罂，其中镂刻奇饰异形，非人所名。已上四句《御览》引有下七子盒盘，盘中亦无俗间常肴粆。《书钞》一百四十二。《御览》八百四十九夫人命女婉出，与著相见。婉见著欣悦，命婢琼林令取琴出，婉抚琴歌曰："登庐山兮郁嵯峨，晞阳风兮拂紫霞，招若人兮濯灵波。欣良运兮畅云柯，弹鸣琴兮乐莫过，云龙会兮乐太和。"歌毕，婉便辞去。《御览》五百七十三。

建康小吏曹著，为庐山使君所迎，配以女婉。著形意不安，屡求请退；婉潸然垂涕，赋诗叙别，并赠织成裈《书钞》一引作单衫也。《书钞》七十七，又一百二十九。《初学记》二十六。

吴中书郎盛冲《御览》一引作仲，下同至孝，母王氏失明。冲暂行，敕婢为母作食；婢乃取蛴螬蒸食之，王氏甚以为美，而不知是何物。儿还，王氏语曰："汝行后，婢进吾一食，甚甘美极；然非鱼非肉，汝试问之。"既而问婢，婢服曰："实是蛴螬！"冲抱母恸哭，母目霍然开明。《珠林》四十九。《御览》四百十一，又九百四十八。

吴中有一士大夫，于都假还，行至曲阿塘上，见一女子，容貌端正，便呼即来二句《书钞》引有，便留住宿。士解臂上金钤《御览》一引作铃，一作合，下同系其臂《御览》一引作肘下，令暮更来，遂不至。明日，更使寻求，都无此色。忽过一猪圈边，见母猪臂上《御览》一引作胛系金钤。《御览》九百三，又七百七十七。《书钞》一百三十五。

廷尉徐元礼嫁女，从祖与外兄孔正阳共诣徐家。道中有土墙，见一小儿，裸身，正赤手持刀，长五六寸，企墙上磨甚驶，独语；因跳车上曲阑中坐，反复视刀，辄舐之。至徐家门前桑树下，又跳下，坐灰中，复更磨刀。日晡，新妇就车中，见小儿持刀入室，便刺新妇，新妇应刀而倒；扶还解衣，视小腹紫色，如酒醆大，炊顷便亡。鬼子出门舞刀，上有血，涂桑树叶，火然，斯须烧。《御览》三百四十五。

苟晞为兖州镇，去京师五百里。有贡晞珍异食者，欲贻都邑亲贵，虑经信宿之间，不复鲜美；募有牛能日行数百里者，当厚赏之。有人进一牛云："此日行千里。"晞乃命具丁车善驭，书疏发遣。旦发，日中到京师；取答书还，至一更始进便达。晞以其骏快，筋骨必将有异，遂杀而观之；亦无灵异，惟双助如小竹大，白头挟脊著肉裹，故外不觉也。《御览》九百。

骞保至坛丘坞上北楼宿，暮鼓二中，有人著黄练单衣白帕，将人持炬火上楼。保惧，藏壁中。须臾，有三婢上帐，使迎一女子上，与白帢人入帐中宿。未明，白帢人辄先去。如此四五宿。后向晨，白帢人才去已上十三字《御览》引有。保因入帐中，问侍女子："向去者谁？"答曰："桐郎，道东庙树是。"至暮鼓二中，桐郎复来，保乃斫取之，缚著楼柱。明日视之，形如人长，三尺余。槛送诣丞相，渡江未半，风浪起；桐郎得投入水，风波乃息。《类聚》八十八。《御览》九百五十六。

会稽山阴东郭氏女，先与县人私通，此人估还于县东灵慈桥；女往入船就之，因共寝接，为设食鳅鲨。食毕，女将两鳅鲨上岸去。船还来至郭，逢人语此女已死。乃往省之，尚未殡也；发衾视之，两手各把一鳅鲨。《御览》九百四十三。

孔氏志怪

　　楚文王好田，天下快狗名鹰毕聚焉。有人献一鹰，曰："非王鹰之俦。"俄而云际有一物凝翔，飘飘鲜白，而不辨其形。鹰于是竦翮而升，蠢若飞电。须臾，羽堕如雪，血洒如雨；良久，有一大鸟堕地而死。度其两翅，广数十里，喙边有黄，众莫能知。有博物君子曰："此大鹏雏也，始飞焉，故为鹰所制。"乃厚赏献者。《初学记》三十。

　　卢充者，范阳人也，家西三十里，有崔少府《类林杂说》十三引，府下有女字。案衍也墓。充先冬至一日出家西猎，见一獐，举弓而射，即中之；獐倒而复起，充逐之，不觉远，忽见一里门如府舍，中一铃下，有唱家前，充问曰："此何府也？"答曰："少府府也。"充曰："我衣恶，那得见贵人？"即有人提褤新衣迎之。充著，尽可体；便进见少府，展姓名。酒炙数行，崔曰："近得尊府君书，为君索小女婚，故相延耳。"即举书示充，充父亡时虽小，然已见父手迹，便歔叹无辞。崔即敕内，令女郎庄严，使充就东廊《草堂诗笺》二十七节引，东廊作东厢。充至，女已下车立，席头共拜焉。三日毕，还见崔。崔曰："君可归矣！女有娠相，生男，当以相还；生女，当自留养。"敕外严车送客。崔送至门，执手涕零；离别之感，无异生人。复致衣一袭，被褥一副。充便上车去，如电逝。须臾至家，家人相见悲喜。推问，知崔是亡人，而入其墓。追以懊丧。居四年《蒙求》注引作经三年，《诗笺》亦作三年，三月三日，临水戏，水中二字依《蒙求》注引补忽见二犊车，乍浮乍没乍没作乍沉，《类林》并同既上岸，充往开车后户，见崔氏女与三岁男儿共载。充见之，欣然，欲握其手，女举手指后车曰："府君见人！"即见少府，充往问讯。女抱儿还充，又与金碗别，并赠诗曰："煌煌灵芝质，光丽何猗猗！华艳当时显，嘉异表神奇。含英未及秀，中夏罹霜萎；荣曜长幽灭，世路永无施。不悟阴阳运，哲人忽来仪；会浅别离速，皆由灵与祇。何以赠余亲，金碗可颐儿。爱恩从此别，断绝伤肝脾！"充取儿碗及诗，忽不见二车处。将儿还，四座谓是鬼魅，金遥唾之，形如故。问儿："谁是汝父？"儿径就充怀。众初怪恶，传省其诗，慨然叹死生之玄通也。充诣市卖碗，高举其价，不欲速售；冀有识者。欻有一老婢问充得碗之由，还报其大家。大家，即女姨也，遣视之，果是。谓充曰："我姨姊崔少府女，未嫁而亡。家亲痛之，赠一金碗，著棺中。今视卿碗甚似，得碗本末，可得闻不？"充以事对。即诣充家迎儿，儿有崔氏状，又似充貌。姨曰："我甥三月末间产，父曰'春暖温也，愿休强矣'。"即字温休，温休，盖幽婚也，其兆先彰矣。儿遂成为令器，历数郡二千石，皆著绩。其后生植，为汉尚书。植子毓，为魏司空。冠盖相承至今也。《世说·方正篇》注。李瀚《蒙求》注上引略。

后汉末三字《广记》引《志怪》有，有一人腹内痛《御览》《广记》引作有人得心腹痕病，昼夜切痛；临终二字《广记》引有，敕其子曰："吾气绝后，可剖视之。"其子不忍违言六字《广记》引有，剖之，得一铜枪《御览》一引作铛，容可数合。后华佗闻其病而解之，便往，出巾箱内药以投之，枪即化为清酒。《书钞》一百三十五。《御览》七百四十三，又七百五十七。《广记》二百十八。

钟会是荀济北从舅，二人情好不协。荀有宝剑，可直百万。已上依《世说·巧艺篇》补，以付妻《世说》作常在母钟夫人许。注引《孔氏志怪》曰，勋以宝剑付妻。会善书，学荀手迹，作书取剑，仍窃去不还荀。勋知是钟而无由得也，思所以报之。后钟兄弟以千万起一宅，始成，甚精丽，未得移住。荀极善画，乃潜往画钟门堂，作太傅形象，衣冠状貌如平生。二钟入门，便大感动，宅遂空废会善书至此已上，并依《世说》

补。于时咸谓勖之报会，过于所失数十倍。彼此书画，巧妙之极。
《世说》注引《孔氏志怪》。

义兴有邪足《初学记》引作白额虎，溪渚长桥有苍蛟，并大啖人，并郭西周，时谓郡中三害。周即处也。《世说·自新篇》注。《初学记》八。

干宝父有嬖人，宝母至妒，葬宝父时，因推著藏中。经十年而母丧，开墓，其婢伏棺上。就视犹暖，渐有气息；舆还家，终日而苏。说："宝父常致饮食，与之接寝，恩情如生。"家中吉凶辄语之，校之悉验。平复数年后方卒。宝因作《搜神记》，中云"有所感起"是也。《世说·排调篇》注。

晋明帝时，献马者梦河神请之，及至，帝梦同，即投河以奉神。始太傅褚褒亦好此马，帝曰："已与河神。"及褚公卒，军人见公乘此马矣。《广记》二百七十六。

会稽盛逸尝晨兴，路未有行人。见门内柳树上有一人，长二尺余，衣朱衣冠冕，俯以舌𦧆树叶上露。良久，忽见逸，神意如惊，遽即隐不见。《类聚》八十九。《御览》九百五十七。

会稽吏谢宗赴假吴中，独在船；忽有女子，姿性妖婉，来入船。问宗："有佳丝否？欲市之。"宗因与戏，女渐相容。留在船宿欢宴，既晓，因求宗寄载，宗便许之。自尔船人恒夕但闻言笑，兼芬馥气。至一年，往来同宿；密伺之，不见有人。方知是邪魅，遂共掩之。良久，得一物，大如枕；须臾，得二物，并小如拳。以火视之，乃是三龟。宗悲思数日方悟。自说："此女子一岁生二男，大者名道愍，小者名道兴。"既为龟，送之于江。《御览》九百三十一。

南方落民，其头能飞。其俗所祠，名曰"虫落"，因号落民。《酉阳杂俎》四引《于氏志怪》。案于氏疑是孔氏之讹。

神怪录

会稽吴详者，少为县吏，夜行至溪，见一女子，遂捉之宿；仍依寝，自明旦去。女赠详以紫手巾，详答以白手巾。《书钞》一百三十六。案《御览》七百十六引作《志怪》，其文较略。

将军王果，昔为益州太守，路经三峡，船中望见江岸石壁千丈，有物悬之在半崖，似棺椁，令人缘崖，就视，乃一棺也。发之二字依《御览》引补，骸骨存焉。有石志云《御览》引作铭曰："三百年后水漂我，欲及长江垂欲堕；欲堕不堕遇王果。"果视铭怆然云："数百年前知我名，如何舍去？"因留为营敛葬埋，设祭而去。李瀚《蒙求》注中引《神怪志》。《御览》五百五十九同。

刘之遴神录

由拳县，秦时长水县也。始皇时，县有童谣曰："城门当有血，城陷没为湖。"有妪《寰宇记》引作老母，下同闻之忧惧，每旦往窥城门；门侍《寰宇》引作门传兵欲缚之，妪言其故。妪去后，门侍杀犬，以血涂门。妪又往，见血走去，不敢顾。忽有大水，长欲没县；主簿令干入白令，令见干曰："何忽作鱼？"干又曰："明府亦作鱼！"遂乃沦陷为谷。《水经注》二十九引《神异传》老母牵狗北走六十里，移至伊莱山得免。西南隅今乃有石室，名为神母庙；庙前石上，狗迹犹存。《寰宇记》二十二引同上。

圣英庙在四字补晋陵既阳城。《寰宇记》九十二引刘遴之《神异录》。

广陵县女美《舆地纪胜》九引《神异录》美上有杜字，应据补，有道术，县以为妖，桎梏之；忽变形，莫知所之。因以其处为立庙，曰东陵，号"圣母"。并同上。

齐谐记

吴当阳《广记》引作富阳县董昭之，尝乘船过钱塘江，中央，见有一蚁，著一短芦走；一头回复向一头，甚遑遽；昭之曰："此畏死也。"已上五句，《初学记》引作著一短，芦遑遽垂死因以绳系芦，《广记》引有此句，欲取著船头。船中人骂："此是毒螫物，不可长，我当蹋杀之！"昭意甚怜此蚁，会船至岸，蚁缘绳得出二句依《御览》并《广记》引补。中夜梦一人，乌衣，从百许人来，谢曰："仆不慎堕江，惭君济活。仆是虫王《广记》引作仆是蚁中之王也，感君见济之恩，君若有急难之日，当见告语！"《类聚》九十七。《御览》四百七十九，此下并略历十余年，时江左所在劫盗，昭之从余杭山过，为劫主所牵《广记》引作横被录为劫主，系余姚狱。昭之忽思蚁王之梦，结念之际，同被禁者问之，昭之曰："蚁云缓急当告，今何处告之？"有囚言已上四句，《广记》引作昭之具以实告，其人曰："但取两三蚁著掌中祝之。"昭之如其言，莫果梦乌衣人言云："可急去，入余杭山，天子将下赦，今不久也。"《初学记》《广记》引，并作天下既乱，赦令不及也。核以下文，似误于是便觉。蚁啮械已尽，因得出狱；过江投余杭山。旋遇赦得免。《初学记》二十。《御览》六百四十二。《广记》四百七十三。

太元元年，江夏郡安陆县薛道询《广记》引作师道宣年二十二。少来了了，忽得时行病，差后发狂，百治救不瘥。乃服散狂走，犹多剧，忽失踪迹，遂变作虎已上八句，《广记》引作少未了了，忽发狂，变为虎；食人不可复数。后有一女子，树下采桑，虎往取食之。食竟，乃藏其钗钏著山石间；后还作人，皆知取之《广记》引作后复人形，知而取之。经一年还家，复为人。遂出都仕官，为殿中令史。夜共人语，忽道天地变怪之事。道询自云："吾昔曾得病发狂，化作虎，啖人一年。"中兼道其处所姓名。其同坐人，或有食其父子兄弟者，于是号哭；捉以付官。遂饿死建康狱中。《御览》八百八十八。《广记》四百二十六。

晋孝武太元八年，富阳民麻姑者，好啖脍；江北华本者，为人好啖鳖臛已上二句，亦见《御览》八百六十一，有江北二字，为人二字据补；二人相善。麻姑见一鳖，大如釜盖，头尾犹是大蛇；系之经一月，尽变鳖。便取作脍，报华本食之，非常味美。麻姑不肯食，华本强令食之，麻姑遂啖一脔，便大恶心，吐逆委顿，遂生病。啖中有物塞喉不下，开口向本，本见有一蛇头，开口吐舌，本惊而走，姑仅免。本后于宅得一蛇，大二围，长五六尺，打杀作脍，唤麻姑；别复切鱼为脍自食，以蛇脍与麻二句依《书钞》引补。麻姑得食甚美，苦求此鱼。华本因醉，唤家人奉蛇皮及余肉出。麻姑见之，大吐，呕血而死。《广记》一百三十一。《书钞》一百四十五。《御览》八百六十二。

江夏郡安陆县，隆安之初，有一人姓郭名坦，兄弟三人。其大儿忽得时行病《书钞》引作有郭恺兄弟三人，寒天而忽得时行病，病后遂大能食；一日食斛余米。其家供给五年，乃至罄贫已上《书钞》一百四十三亦引，语曰："汝当自觅食。"后至一家，门前已得笪饭，又从后门乞，其人答曰："实不知君有两门。"腹大饥不可忍，后门有三畦韭，一畦大蒜，因啖两畦，便大闷极，卧地。须臾至大吐，吐一物，似龙，出地渐渐大。须臾，主人持饭出，腹不能食，遂撮饭内著向所吐出物上，即消成水。此人于此病遂得差。《御览》八百四十九。

晋义熙四年，东阳郡太末县吴道宗，少失父，单与母居，未有妇儿。宗赁不在家《御览》引作会道宗收债不在家。《广记》引作一日道宗他适，邻人闻其屋中碰磕之声；窥不见其母，但有乌斑虎在其屋中。乡里惊怛，恐虎入其家，食其母，便鸣鼓会人，共往救之。围宅突进，不见有虎，但见其母，语如平常。不解其意。儿还，母语之曰："宿罪见谴，当有变化事。"后一月日，便失其母。县界内虎灾屡起，皆云母乌斑虎。百姓患之，发人格击之，杀数人；后人射虎中脣《广记》引作众共格之，伤数人，后人射虎，箭带脣，并戟刺中其腹，然不能即得。经数日后，虎还其家故床上，不能复人形，伏床上而死。其儿号泣，如葬其母法，朝冥哭临之。《珠林》三十二。《御览》八百八十八。《广记》四百二十六。

广州刺史丧还，其大儿安吉，元嘉三年病死，第二儿，四年复病死。或教以一雄鸡置棺中。此鸡每至天欲晓，辄在棺里鸣三声，甚悲彻，不异栖中。鸣一月日后，不复闻声。《广记》四百六十一。

周客子有女，啖脍不知足，家为之贫《御览》引有此句。自至长桥南，见众者，挫鱼作鲊，以钱一千，求作一饱。乃捣啖鱼，食五斛，便大吐之《书钞》一百四十五两引。有蟾蜍从吐中出，婢以鱼置口中，即成水。女遂不复啖脍。《御览》八百六十二。

有范光禄者，得病，腹脚并肿，不能饮食。忽有一人，清朝不自通达，进入光禄斋中，就光禄边坐《广记》引作坐于光禄之侧。光禄谓曰："先不知君，君那得来而不自通？"此人答曰："佛使我来治君病也。"发衣见之《广记》引作光禄遂发衣示之。因以甘刀针肿上，倏忽之间，顿针两脚及膀胱百余下，然不觉痛。复欲针腹，其儿黄门不听，语竟便去已上四句依《御览》引补，后针孔中黄脓汁尝二三升许。至明晓，脚都差，针亦无孔《广记》引作至明日，并无针伤而患渐愈。范甚喜。《御览》七百四十三。《广记》二百十八。

余杭县有一人，姓沈名纵，其家近山。尝一夕，与父同入山；至夜三更，忽见一人著纱帽，披绛绫袍，云是斗山王《书钞》一百二十九。斗山在余杭县。《御览》八百十六。

余杭县南巷中，有一人，佚其名，路入山，得一玉肫。从此以后，所向如意；家遂殷富。《御览》八百五。

广陵王琼之《广记》引作广汉王暖之为信安令，在县，忽有一鬼自称姓蔡名伯喈，或复谈议，诵诗书，知古今，靡所不谙。问："是昔蔡邕不？"答云："非也！与之同姓耳。"问："此伯喈今何在？"云："在天上，或下作仙人，飞来去，受福甚快《广记》引作在天上作仙人，甚是受福，甚快乐，非复畴昔也。"《御览》八百八十三。《广记》三百二十一。

正月半，有神降陈氏之宅，云："我是蚕神一引作室，若能见祭，当令蚕桑百倍。"已上亦见《御览》三十今人正月末作糕糜，为此也。《御览》八百二十五。

东阳郡朱子之，有一鬼恒来其家。子之儿病心痛，鬼语之："我为汝寻方，云烧虎丸饮即差。汝觅大戟与我，我为汝取也。"其家便持戟与鬼，鬼持戟去。须臾还，放戟中庭，掷虎丸著地，犹尚暖。《御览》三百五十三。《广记》三百一十八。

国步山有庙，有一亭，吕思与少妇投宿，失妇。思逐觅，见大城，有厅事，一人纱帽冯几。左右竞来击之，思以刀斫，计当杀百余人，余者乃便大走，向人尽成死狸。看向厅事，乃是古时大冢，冢上穿下甚明，见一群女子在冢里；见其妇如失性人，因抱出冢口，又入抱取在先女子，有数十，中有通身已生毛者，亦有毛脚面成狸者。须臾，天晓，将妇还亭，亭长问之，具如此答。前后有失儿女者，零丁有数十。吏便敛此零丁至冢口，迎此群女，随家远近而报之，各迎取于此。后一二年，庙无复灵。《御览》五百九十八。

张然滞役多年，妇遂与奴私通。后归，奴与妇谋然；狗注睛舐唇视奴。然曰："乌龙与手！"应声荡奴，奴失刀仆，然取刀杀奴也。《六帖》九十八。

幽明录

庙方四丈，不作墉壁；道广五尺《初学记》引作四尺，夹树兰香。斋者煮以沐浴，然后亲祭，所谓"浴兰汤"。《类聚》三十八。《初学记》十三。

海中有金台，出水百丈；结构巧丽，穷尽神工，横光岩渚，竦曜星汉二句见《类聚》六十二。《御览》一百七十七引，台内有金几，雕文备置，上有百味之食，四大力神常立守护已上略见《书钞》一百三十三，又一百四十二两引。《御览》七百十，又八百十一。有一五通仙人，来欲甘膳，四神排击，迁延而退。《御览》八百四十九。

邺城凤阳门五层楼，去地二十丈，长四十丈，广二十丈，安金凤凰二头于其上。石季龙将衰《初学记》二十四引有此句，一头飞入漳河，清朗见在水底；一头今犹存。《类聚》六十三。《御览》一百七十八。

始兴县有皋天子国；因山崎岖，十有余里；坑堑数重，阡陌交通；城内堂基，碎瓦柱穿犹存。东有皋天子冢。皋天子，未之闻也。《御览》一百九十三。

始兴县有罩天子城，城东有冢。昔有发之者，垂陷，而冢里有角声震于外，惧而塞之。《书钞》一百二十一。

始兴灵一引作云水，源有汤泉；每至霜雪，见其上蒸气高数十丈，生物投之，须臾便熟《御览》七十一。泉中常有细赤鱼出游，莫有获者。《御览》九百四十。

艾县辅山有温冷二泉，同出一山之足《御览》引有此句。两泉发源，相去数尺。热泉可煮鸡豚《御览》引作可以瀹鸡，冰泉常若冰生已上亦见《御览》七十一，生字据补。双流数丈而合，俱会于一溪。《初学记》七。

襄邑县南濑乡，老子之旧乡也。有老子庙，庙中有九井；能洁斋入祠者，水温清随人意念。《初学记》七。《御览》一百八十九。

始安熙平县东南有山，山西其形长狭，水从下注塘，一日再减盈缩，因名为"朝夕塘"。《御览》七十四引盛弘之《荆州记》，注云《幽明录》又载。

耒阳县东北有芦塘，淹地八顷，其深不可测。中有大鱼，常至五日，一跃奋出水，大可三围，其状异常。每跃出水，则小鱼奔迸，随水上岸，不可胜计。《御览》七十四。《寰宇记》一百十五。

宜都建平二郡之界，有五六峰，参差互出。上有倚石，如二人像，攘袂相对。俗谓二郡督邮争界于此。《初学记》五。《类聚》六。《御览》五十二。《事类赋注》七。案《水经注》三十四云，宜都督邮，厥势小东倾，议者以为不如也。

武昌阳新县三字《御览》引有北山上有望夫石，状若人立。相传：昔有贞妇，其夫从役，远赴国难，妇携弱子，饯送此山，立望夫而化为立石《御览》四百四十引作立望而死，形化为石，因以为名焉。《初学记》五。《事类赋注》七。

巴丘县自《御览》一引作百金冈以上二十里，名黄金潭，莫测其深；上有濑，亦名黄金濑。古有钓于此潭，获一金镙，引之，遂满一船。有金牛出，声貌奔《御览》一引作莽壮，钓人被骇，牛因奋勇跃而还潭，镙乃将尽，钓人以刀斫得数尺。潭濑因此取名。《类聚》八十三。《御览》八百十一，又九百。《事类赋注》九。

淮牛渚津水极深，无可算计，人见一金牛，形甚瑰壮，以金为镙绊。《类聚》八十三。《御览》七十一，又八百十一。

庐山自南行十余里，有鸡山，山有石鸡，冠距如生。道士李镇于此下住，常宝玩之。鸡一日忽摧毁，镇告人曰："鸡忽如此，吾其终乎？"因与知故诀别，后月余遂卒。《广记》一百四十二。

三峰最为竦桀，自非清霁素朝，不可望见。峰下有泉，飞流如舒一匹绢，分映青林，直注山下；虽纤罗不动，其上翛翛，恒凄清风也。《御览》七十一。

宫亭湖边傍山间，有石数枚，形圆若镜，明可以鉴人，谓之石镜。已上亦见《类聚》六后有行人过，以火燎一枚，至不复明；其人眼乃失明。《御览》七百十七。

山阴县九侯神山上有灵坛，坛前有古井，常无水，及请告神，水即涌出，供用足，乃复渐止。《御览》一百八十九。

谯县城东，因城为台，方二十丈，高八尺，一曰：古之葬也。魏武帝即筑以为台，东面墙崩，金玉流出，取者多死，因复筑之。《御览》八百十一。

乐安县故市经荒乱，人民饿死，枯骸填地。每至天阴将雨，辄闻吟啸呻叹，声聒于耳。《御览》四百八十六。

平都县南陂上有冢，行人于陂取得鲤，道逢冢中人来云："何敢取吾鱼？"夺著车上而去。《御览》九百三十六。

广陵有冢，相传是汉江都王建之墓也。常有村人行过，见地有数十具磨，取一具持归。暮即叩门求磨甚急，明旦送著故处。《御览》七百六十二。

广陵露白村人，每夜辄见鬼怪，咸有异形丑恶，怯弱者莫敢过。村人怪如此，疑必有故，相率得十人，一时发掘，入地尺许，得一朽烂方相头；访之故老，咸云："尝有人冒雨送葬，至此遇劫，一时散走，方相头陷没泥中。"《御览》五百五十二。

硕县下有眩潭，以视之眩人眼，因以为名。傍有田陂，昔有人船行过此陂，见一死蛟在陂上，不得下；无何，见一人，长壮乌衣，立于岸侧，语行人云："吾昨下陂，不过而死，可为报眩潭。"行人曰："眩潭无人，云何可报？"乌衣人云："但至潭，便大言之。"行人如其旨，须臾，潭中有号泣声。《御览》六十六。

东莱人性灵，作酒多醇，浊而更清，二人曰以是醇□。《书钞》一百四十八。

楚文王少时好猎，有一人献一鹰，文王见之，爪距神爽，殊绝常鹰。故为猎于云梦，置网云布，烟烧张天，毛群羽族，争噬竞搏，此鹰轩颈瞪目，无搏噬之志。王曰："吾鹰所获以百数，汝鹰曾无奋意，将欺余耶？"献者曰："若效于雉兔，臣岂敢献？"俄而，云际有一物凝翔，鲜白不辨其形，鹰便竦翮而升，蠢若飞电；须臾，羽堕如雪，血下如雨，有大鸟堕地，度其两翅，广数十里，众莫能识。时有博物君子曰："此大鹏雏也。"文王乃厚赏之。《御览》九百二十六，又九百二十七。《类聚》九十一，又九十二。《广记》四百六十。

汉武帝常微行过人家，家有婢国色，帝悦之，因留宿，夜与婢□。有书生亦家宿，善天文，忽见客星移掩帝座甚逼，书生大惊跃，连呼咄咄，不觉声高；乃见一男子，操刀将欲入户，闻书生声急，谓为己故，遂蹙缩走，客星应时即退。帝闻其声，异而召问之，书生具说所见，乃悟曰："此人是婢婿，将欲肆其凶于朕。"乃召羽林，语主人曰："朕，天子也。"于是擒奴伏诛，厚赐书生。《开元占经》八十三。

汉武见物如牛肝，入地不动，问东方朔，朔曰："此积愁之气，惟酒可以忘愁，今即以酒灌之，即消。"《书钞》一百四十八。

汉武帝在甘泉宫，有玉女降，常与帝围棋相娱。女风姿端正，帝密悦，乃欲逼之，女因唾帝面而去，遂病疮经年《御览》七百四十二引作女因唾帝面，遂成疮，帝避跪谢，神女为出温水洗之。故《汉书》云："避暑甘泉宫，正其时也。"《御览》八十八，又三百八十七。

甘泉王母降。《书钞》十二。

汉武帝与群臣宴于未央，方啖黍臛《书钞》一百四十四，《御览》八百五十，引此二句，与群臣三字，据补，忽闻人语云："老臣冒死自诉。"不见其形，寻觅良久，梁上见一老翁，长八九寸，面目颓皱，须发皓白，拄杖偻步，笃老之极。帝问曰："叟姓字何？居在何处？何所病苦，而来诉朕？"翁缘柱而下，放杖稽首，默而不言；因仰头视屋，俯指帝脚，忽然不见。帝骇愕不知何等，乃曰："东方朔必识之。"于是召方朔以告，朔曰："其名为'藻兼'《御览》引有兼字，水木之精也。夏巢幽林，冬潜深河；陛下顷日频兴造宫室，斩伐其居，故来诉耳！仰头看屋，而复俯指陛下脚者，足也《御览》一引作仰视屋者，殿名未央也；俯视脚者，脚，足也；愿陛下宫室足于此也。"帝感之。既而息役。幸瓠子河《类聚》《御览》引，并作幸河渚，闻水底有弦歌之声，前梁上翁及年少数人，绛衣素带《御览》引作裳，缨佩甚鲜，皆长八九寸，有一人，长尺余，凌波而出，衣不沾濡，或有挟乐器者。帝方食，为之辍膳，命列坐于食案前《御览》引作上。帝问曰："闻水底奏乐，为是君耶？"老翁对曰："老臣前昧死归诉，幸蒙陛下天地之施，即息斧斤，得全其居，不胜欢喜《御览》引作欣跃，故私相庆乐耳！"帝曰："可得奏乐否？"曰："故赍乐来，安敢不奏？"其最长人便治弦而歌，歌曰："天地德兮垂至仁，愍幽魄兮停斧斤；保窟宅兮庇微身，愿天子兮寿万春！"歌声小大，无异于人，清彻绕越梁栋。又二人鸣管抚节，调契声谐。帝欢悦，举觞并劝曰："不德不足当雅贶。"老翁等并起拜爵，各饮数升不醉。献帝一紫螺壳，中有物状如牛脂。帝问曰："朕暗无以识此物。"曰："东方生知之耳！"帝曰："可更以珍异见贻。"老翁顾命，取洞穴之宝。一人受命，下没渊底，倏忽还到，得一大珠，径数寸，明耀绝世，帝甚爱玩；翁等忽然而隐。帝问朔："紫螺壳中何物？"朔曰："是蛟龙髓，以傅面，令人好颜色；又女子在孕，产之必易。"会后宫难产者试之，殊有神效。帝以脂涂面，便悦泽。又曰："何以此珠名洞穴珠？"朔曰："河底有一穴，深数百丈，中有赤蚌，蚌生珠，故以名焉。"帝既深叹此事，又服朔之奇识。《广记》一百十八。《御览》八百八十六，又二十二。《类聚》八十四。《事类赋注》九。

汉武帝以玄豹白凤膏磨青锡屑，以酥油和之为灯，虽雨中灯不灭。《类林杂说》十三。

董仲舒尝下帷独咏，忽有客来，风姿音气，殊为不凡，与论五经，究其微奥。仲舒素不闻有此人，而疑其非常。客又曰："欲雨。"五字《广记》引无因此戏之曰:"巢居知风,穴居知雨;卿非狐狸,即是鼷鼠!"客闻此言,色动形坏,化成老狸,蹶然而走。《广记》四百四十二。《御览》九百十二。

文翁常欲断大树,砍断处去地一丈八尺,翁先祝曰:"吾若得二千石,斧当著此处。"因掷之,中所砍一丈八尺处。后果为郡。《御览》七百六十三。

长安有张氏者,昼独处室,有鸠自入,止于对床。张恶之,披怀祝曰:"鸠,尔来为我祸耶?止承尘;为我福耶?入我怀。"鸠翻飞入怀,以手探之,不知所在,而得一金带钩焉。遂宝之。自是之后,子孙昌盛。《初学记》二十七。《御览》八百十一。《事类赋注》九。

汉何比干梦有贵客,车骑满门,觉以语妻子《古今类事》十五亦引,作其家人,未已,门首有老姥,年可八十余,求避雨,雨甚盛而衣不沾濡。比干延入,礼待之,乃曰:"君先出自后稷,佐尧,至晋有阴功,今天赐君策。"如简,长九寸,凡九百九十枚,以授之,曰:"子孙能佩者富贵。"言讫出门,不复见。《广记》一百三十七。

汉建武元年,东莱人姓也,家尝作酒卢,入内,政见三奇客,共持曲饭至,抒其酒饮,异以饭曲代处,而三鬼相与醉于林中。《书钞》一百四十八。

汉明帝二字依《类聚》《御览》引补永平五年,剡县刘晨《御览》九百六十七引作晟,注云音成阮肇共入天台山取谷皮三字《御览》引有,迷不得返,经十三日,粮食乏尽,饥馁殆死。遥望山上有一桃树,大有子实,而绝岩邃涧五字依《御览》引补,永无登路。攀援藤葛,乃得至上。各啖数枚,而饥止体充。复下山,持杯取水,欲盥漱,见芜菁叶从山腹流出,甚鲜新,复一杯流出,有胡麻饭糁,相谓曰:"此知去人径不远二句依《御览》引补。"便共没水,逆流二三里,得度山,出一大溪,溪边有二女子,姿质妙绝,见二人持杯出,便笑曰:"刘阮二郎,捉向所失流杯来。"晨肇既不识之,缘二女便呼其姓,如似有旧,乃相见忻喜《珠林》

引作而悉，今从《御览》。问："来何晚邪？"因邀还家。其家铜《御览》引作铜瓦屋，南壁及东壁下各有一大床，皆施绛罗帐，帐角悬铃，金银交错，床头各有十侍婢，敕云："刘阮二郎，经涉山岨，向虽得琼实，犹尚虚弊，可速作食。"食胡麻饭、山羊脯、牛肉，甚甘美。食毕行酒，有一群女来，各持五三桃子，笑而言："贺汝婿来。"酒酣作乐，刘阮忻怖交并《御览》引有此句。至暮，令各就一帐宿，女往就之，言声清婉，令人忘忧。至十日后欲求还去，女云："君已来是，宿福所牵，何复欲还邪？"至十日后至此已上，并依《御览》引补遂停半年。气候草木是春时，百鸟啼鸣，更怀悲思，求归甚苦。女曰："罪牵君，当可如何？"遂呼前来女子，有三四十人，集会奏乐。共送刘阮，指示还路。既出，亲旧零落，邑屋改异，无复相识。问讯得七世孙，传闻上世入山，迷不得归。至晋太元八年，忽复去，不知何所。《珠林》三十一。《御览》四十一，又九百六十七。《类聚》七。《六帖》五。《事类赋注》二十六。

曹娥父溺死，娥见瓜浮，得尸。《类聚》八十七。

汉袁安父亡，母使安以鸡酒诣卜工，问葬地。道逢三书生，问安何之，具以告。书生曰："吾知好葬地。"安以鸡酒礼之，毕，告安地处云："当葬此地一引无此句，世世为贵公。"便与别，数步顾视，皆不见。安疑是神人，因葬其地，遂登司徒，子孙昌盛，四世五公焉。《广记》一百三十七，又三百八十九。《续谈助》四。亦见《古今类事》十七。

陈仲举一引作陈蕃微时，常行宿主人黄申《类事》作甲家。申妇夜产，仲举不知。夜三更，有扣门者，久许，闻里有人应云："门里有贵人，不可前，宜从后门往。"俄闻往者还，门内者问之："见何儿？名何？当几岁？"还者云："是男儿，名阿奴，当十五岁。"又问曰："后当若为死？"答曰："为人作屋，落地死。"仲举闻此，默志之一引作闻而不信。后十五年，为豫章太守，遣吏往问昔儿阿奴所在，家云："助东家作屋，落地而死矣。"仲举后果大贵。《广记》一百三十七，又三百十六。案《御览》

三百六十一引《搜神记》云，陈仲举微时，尝宿黄申家，而申妇方产，有扣申门者，家人咸不知，久久方闻屋里有言，宾堂下有人，不可进。扣门者相告曰，今当从后门往。其一人便往，有顷还，留者问之，是何等，名为何，当与几岁？往者曰，男也，名为奴。当与十五岁。后应以何死？答曰，应以兵死。仲举告其家曰，吾能相，此儿当以兵死。父母惊之，寸刃不使得执也。至年十五，有置凿于梁上者，其末出，奴以为木也，自下钩之。凿从梁落，陷脑而死。后仲举为豫章太守，故遣吏往饷之申家，并问奴所在，其家以此具告仲举，仲举叹曰，此谓命也。注云《幽明录》同，与《广记》所引者小异，亦见《古今类事》三。

陇西秦嘉，字士会，俊秀之士。妇曰徐淑，亦以才美流誉。桓帝时，嘉为曹掾赴洛。淑归宁于家，昼卧，流涕覆面，婢怪问之，云："适见嘉自说：往津乡亭病亡，二客俱留，一客守丧，一客赍书还，日中当至。"举家大惊，书至，事事如梦。《御览》四百。

常山《初学记》引作南川张颢为梁相。天新雨后，有鸟如山鹊《初学记》引有山字，飞翔稍下，坠地。民争取，即化为一圆石。颢椎破之，得金印，文曰："忠孝侯印。"已上《初学记》二十七亦引颢表上闻，藏之秘府。颢汉灵帝时至太尉。《类聚》四十六。

冯贵，前汉汉桓帝贵人也，美艳绝双。死后卅余年，群贼发其冢，见贵人颜色如故。贼遂竞奸之，斗争相煞而死。《珊玉集》十四。

句章人至东野还，暮不至门，见路旁有小屋灯火，因投寄宿。有一小女，不欲与丈夫共处，呼邻家止宿女自伴，夜，共弹琴箜篌。至晓，此人谢去，问其姓字，女不答，弹弦而歌曰："连绵葛上藤，一援复一绬；欲知《书钞》引作问我姓名，姓陈名阿登。"《御览》五百七十三。《书钞》一百六。案《广记》三百十六引《灵怪集》与此同，末有云，明至东郭外，有卖食母在肆中，此人寄坐，因说昨所见。母惊曰："此是我女，近亡，葬于郭外尔。"

汉时太山黄原，平旦开门，忽有一青犬在门外伏，守备如家养。原绁犬，随邻里猎，日垂夕，见一鹿，便放犬，犬行甚迟，原绝力逐，终不及。行数里，至一穴，入百余步，忽有平衢，槐柳列植，行墙回匝。原随犬入门，列房椸户可有数十间，皆女子，姿容妍媚，衣裳鲜丽；或抚琴瑟，或执博棋。至北阁，有三间屋，二人侍直，若有所伺。见原，相视而笑："此青犬所致妙音婿也！"一人留，一人入阁。须臾，有四婢出，称太真夫人白黄郎："有一女年已弱笄，冥数应为君妇。"既暮，引原入内。内有南向堂，堂前有池，池中有台，台四角有径尺穴，穴中有光映帷席，妙音容色婉妙，侍婢亦美。交礼即毕，宴寝如旧。经数日，原欲暂还报家，妙音曰："人神异道，本非久势。"至明日，解珮分袂，临阶涕泗，后会无期，深加爱敬，"若能相思，至三月旦，可修斋洁。"四婢送出门，半日至家。情念恍忽。每至其期，常见空中有轺车，仿佛若飞。《珠林》三十一。

汉末大乱，颍川有人将避地他郡。有女七八岁，不能涉远，势不两全。道边有古冢穿败，以绳系女下之。经年余还，于冢寻觅，欲更殡葬。忽见女尚存，父大惊，问女得活意，女云："冢中有一物，于晨暮际辄伸头呴气，为试效之，果觉不复饥渴。"家人于冢寻索此物，乃是大龟。《御览》五百五十九。

孙钟，吴郡富春人，坚之父也。二句依《御览》引补少时家贫，与母居，至孝笃信《蒙求》注无此句，种瓜为业二字《御览》引有。瓜熟，有三少年容服妍丽，诣钟《蒙求》注引作有三人来，今依《御览》乞瓜。钟引入庵中，设瓜及饭，礼敬殷勤四字依《御览》引补，三人临去，谓钟曰："蒙君厚惠，今示子葬地，欲得世世封侯乎？欲为数代天子乎？"钟跪曰："数代天子，故当所乐。"便为定墓已上四句依《御览》引补。又曰："我司命也，君下山，百步勿反顾。"《御览》引作君可下山，百步后顾见我去处，便是坟所也钟下山六十步敦煌石室《类书》残卷引作钟行可八十步，《御览》引作百步，回看，并为白鹤《御览》一引作鹤飞去已上亦见《御览》五百五十九，又九百七十八。《事类赋注》二十七。《初学记》八。《类聚》八十六。敦煌石室所出唐写本《类书》残卷。钟遂于此葬母，冢上有气触天。钟后生坚，坚生权，权生亮，亮生休，休生和，和生皓，为晋所伐，降为归命侯。李瀚《蒙求》注中《类林杂说》七引《幽明录》云，孙钟，吴郡富春人也。孙武之后。钟种瓜为业，瓜初熟，有三人来就乞瓜，钟遂引三人入草庵，设饭摘瓜以食之。三人食讫，谓钟曰："蒙君厚恩，无报也，请视君葬地。"遂将之上山谓曰："欲得世世封侯，数世天子？"钟曰："诺。"遂指一处，可葬之。三人曰："我等是司命，君下山，百步勿反顾。"钟行三十步，回首，见三人化作白鹤飞去。钟于指地葬父母，冢上常有紫气属天，漫延于地。父老曰，孙氏兴矣。钟生坚，字文台，仕灵帝为破虏将军，长沙太守。坚生权，字仲谋，汉末据江东，建立为吴天子，都扬州，号建业。后都武昌。权生亮，亮生休，休生皓，皓为晋所伐。皓降晋。武帝封为归命侯。果四世天子为王，孙权号太皇。亮被废，休为景皇帝，皓为后主皇帝，相继六十八年。

董卓信巫，军中常有，言祷祀求福《御览》引作军中常有巫，都言祷求福利。一日，从卓求布，仓卒与新布手巾；又求取笔，便捉以书手巾上；如作两口，一口大，一口小，相累于巾上。授卓曰："慎此也！"《书钞》一百三十六后卓为吕布所杀，后人乃知况吕布也。《御览》七百三十五。

魏武帝猜忌晋宣帝子非曹氏纯臣，又尝梦三匹马，在一槽中共食，意尤憎之。因召文明二帝，告以所见，并云："防理自多，无为横虑。"帝然之。后果害族移器，悉如梦焉。《御览》四百。

钟繇忽不复朝会，意性有异于常。寮友问其故，云："常有妇人来，美丽非凡。"问者曰："必是鬼物，可杀之。"后来，止户外，曰："何以有相杀意？"元常曰："无此。"殷勤呼入，意亦有不忍，乃微伤之。便出去，以新绵拭血，竟路。明日，使人寻迹，至一大冢，棺中一妇人形体如生；白练衫，丹绣裲裆，伤一髀，以裲裆中绵拭血。自此便绝。《广记》三百十七。

魏齐王芳时，中山有王周南者，为襄邑长，忽有鼠从穴出，语曰："周南，尔以某日死。"周南不应。至期，更冠帻皂衣而出，曰："周南！尔以日中死。"亦不应，鼠复入穴。日适中，鼠又冠帻而出，曰："周南，汝不应，我何道？"言绝，颠蹶而死，即失衣冠所在。就视之，与常鼠无异。《广记》四百四十。

孙权时，南方遣吏献犀簪。吏过宫亭湖庐山君庙请福，神下教求簪，而盛簪器便在神前。吏叩曰："簪献天子，必乞哀念。"神云："临入石头，当相还。"吏遂去，达石头，有三尺鲤鱼跳入船，吏破腹得之。《御览》六百八十八，又九百三十六。

孙权病，巫启云："有鬼著绢巾，似是故将相，呵叱初不顾，径进入宫。"其夜，权见鲁肃来，衣巾悉如其言。《广记》三百十七。

吴兴钱乘，孙权时，曾昼卧，久不觉，两胁沫出数升。其母怖而呼之，曰："适见一老公，食以熇筋，恨未尽而呼之。"乘本尪瘠，既尔之后，遂以力闻。官至无难监。《御览》三百九十八。

葛祚，吴时衡阳太守，郡境有大槎横水，能为妖怪。百姓为立庙，行旅祷祀，槎乃沈没，不者槎浮，则船为之破坏。祚将去官，乃大具斤斧，将去民累。明日当至，其夜，闻江中嗃嗃有人声；往视，槎移去，沿流下数里，驻湾中，自此行者无复沈覆之患。衡阳人为祚立碑曰"正德祈禳，神木为移"也。《广记》二百九十三。

吴时，有王姥，年九岁病死，自朝至暮复苏。云见一老妪，挟将飞见北斗君；有狗如狮子大，深目，伏井栏中，云此天公狗也。《事类赋注》八。

吴时，陈仙以商贾为事，驱驴行。忽过一空宅，广厦朱门，都不见人；仙牵驴入宿。至夜，闻有语声："小人无畏，敢见行灾？"便有一人径到仙前，叱之曰："汝敢辄入官舍！"时笼月暧昧，见其面上黡深，目无瞳子，唇褰齿露，手执黄丝。仙即奔走后村，具说事状。父老云："旧有恶鬼。"明日，看所见屋宅处，并高坟深燧。《广记》三百十七。

吴末，中书郎失其姓名，夜读书。家有重门，忽闻外面门皆开，恐有急诏；户复开，一人有八尺许，乌衣帽，持杖坐床下，与之熟相视，吐舌至膝。于是大怖，裂书为火，至晓鸡鸣，便去。门户闭如故，其人平安。《御览》四百六十九。

邓艾庙在京口，上有一草屋。晋安北将军司马恬于病中，梦见一老翁曰："我邓公，屋舍倾坏，君为治之。"后访之，乃知艾庙，为立瓦屋。隆安中，有人与女子会于神座上，有一蛇来，绕之数四匝；女家追寻，见之，以酒脯祷祠，然后得解。《广记》三百十八。

有人相羊叔子父墓，有帝王之气，叔子于是乃自掘断墓。后相者又云《六帖》三十引作相者再至云："此墓尚当出折臂三公。"《御览》三百六十九祜工骑乘，有一儿五六岁，端明可喜；掘墓之后，儿即亡，羊时为襄阳都督，因盘马落地，遂折臂。于时士林咸叹其忠诚。《世说·术解篇》注。

汉时当误，洛下有一洞穴，其深不测。有一妇人欲杀夫，谓夫曰："未尝见此穴。"夫自逆视之，至穴三字依《广记》引补，妇遂推下，经多时至底。妇于后掷饭物，如欲祭之。此人二字《广记》引有当时颠坠恍忽，良久乃苏，得饭食之，气力小强。周皇觅路，仍得一穴，便匍匐从就，崎岖反侧，行数十里，穴宽，亦有微明，遂得宽平广远之地《珠林》引作遂得平，此依《御览》。步行百余里，觉所践如尘，而闻粳米香，啖之，芬美，过于充饥四字《广记》引有，即裹以为粮，缘穴行而食此物，既尽，复遇如泥者，味似向尘缘穴行至此已上，依《广记》引补，复赍以去。所历幽远，里数难详，就明广，食所赍尽，便入一都，郛郭修整，宫馆壮丽，台榭房宇，悉以金魄《赋注》引作宝为饰，虽无日月而明逾三光；人皆长三丈，被羽衣，奏奇乐，非世间所闻；便告求哀，长人语令前去，从命前进《广记》引有此句。凡过如此者九处。最后所至，苦饥馁，长人指中庭一大柏树，近百围，下有一羊，令跪捋羊须；初得一珠，长人取之，次捋亦取，后捋令啖，即得疗饥《赋注》引作三捋得三珠，初得两珠，长人取之，令啖后所得者，遂不饥。请问九处之名，求停不去。答曰："君命不得停，还问张华，当悉此间。"人便随穴而行，遂得出交郡。往还六七年间，即归洛，问华，以所得二物视之<small>《珠林》引作人便随穴出交州，还洛。问华，以所得物示之。此依《广记》。</small>华云："如尘者是黄河下龙涎，泥是昆山下泥，九处地仙名九馆大夫，羊为痴龙，其初一珠，食之与天地等寿，次者延年。后者充饥而已。"<small>《珠林》三十一。《初学记》二十九。《六帖》九十六。《类聚》九十四。《御览》八百三，又九百二。《广记》一百九十七。《寰宇记》五。《事类赋注》九又二十二。</small>

嵩高山北有大穴，晋时有人误堕穴中，见二人围棋，下有一杯白饮，与堕者饮，气力十倍。棋者曰："汝欲停此否？"堕者曰："不愿停。"棋者曰："从此西行，有大井，其中有蛟龙，但投身入井，自当出；若饿，取井中物食之。"堕者如言，可半年，乃出蜀中。归洛下，问张华。华曰："此仙馆，夫所饮者玉浆，所食者龙穴石髓。"<small>《初学记》五引刘义庆《世说》，《御览》三十九同。案今本《世说》无此文，唐宋《类书》引《幽明录》时亦题《世说》也。</small>

张华将败，有飘风吹衣轴六七，倚壁。<small>《御览》八百三十引《世说》。</small>

陈郡谢鲲，尝在一亭中宿。此亭从来杀人，夜四更末，有一人黄衣，呼："幼舆可开户。"<small>《六帖》引作呼于门外</small>鲲令申臂于窗中，于是授腕，鲲即极力而牵之，臂便脱，乃还去。明日看，乃鹿臂，寻血，遂取获焉。<small>《初学记》二十九。《六帖》九十七。</small>

阮德如尝于厕见一鬼，长丈余，色黑而眼大，著皂单衣，平上帻，去之咫尺。德如心安气定，徐笑语之曰："人言鬼可憎，果然！"鬼即赧愧而退。<small>《御览》一百八十六，又八百八十三。《广记》三百十八。《续谈助》四。</small>

阮瞻素秉<small>《御览》八百八十三引作常著</small>无鬼论，世莫能难；每自谓理足可以辨正幽明。忽有一鬼，通姓名，作客诣阮，寒温毕，即谈名理；客甚有才情，末及鬼神事，反复甚苦，遂屈。乃作色曰："鬼神古今圣贤所共传，君何独言无耶？仆便是鬼！"于是忽变为异形，须臾消灭。阮嘿然，意色大恶。后年余病死。<small>《御览》六百十七，又</small>

五百九十五。《广记》三百十九。

永嘉《广记》引作元嘉中，泰山巢氏先为相县令，居在晋陵，家婢采薪，忽有一人追之，如相问讯，遂共通情二句《广记》引有，随婢还家，仍住不复去。巢恐为祸，夜辄出婢；闻与婢讴歌言语，大小悉闻已上五句《广记》引有，不使人见，见形者唯婢而已《类聚》引无此句。每与婢宴饮，辄吹笛而歌，歌云："闲夜寂已清，长笛亮且鸣；若欲知我者，姓郭字长生。"《类聚》十四。《御览》五百八十。《广记》三百二十四。《事类赋注》十一。

晋永嘉之乱，郡县无定主，强弱相暴。宜阳县有女子，姓彭名娥，父母昆弟十余口，为长沙贼所攻。时娥负器出汲于溪，闻贼至，走还，正见坞壁已破，不胜其哀，与贼相格，贼缚娥驱出溪边，将杀之。溪际有大山，石壁高数十丈，娥仰天呼曰："皇天宁有神不？我为何罪，而当如此。"因奔走向山，山立开，广数丈，平路如砥，群贼亦逐娥入山，山遂隐《御览》作崩合，泯然如初，贼皆压死山里，头出山外，娥遂隐不复出《珠林》引无此句。娥所舍汲器化为石，形似鸡；土人因号曰石鸡山，其水二字《御览》引有为娥潭。《珠林》三十二。《御览》八百八十八。《广记》一百六十一，又三百九十七。

晋元帝世，有甲者，衣冠族姓，暴病亡。见人将上天诣司命，司命更推校，算历未尽，不应枉召，主者发遣令还。甲尤脚痛，不能行，无缘得归，主者数人共愁，相谓曰："甲若卒以脚痛不能归，我等坐枉人之罪。"遂相率具白司命，司命思之良久，曰："适新召胡人康乙者，在西门外，此人当遂死，其脚甚健，易之，彼此无损。"主者承敕出，将易之；胡形体甚丑，脚殊可恶，甲终不肯。主者曰："君若不易，便长决留此耳！"不获已，遂听之。主者令二人并闭目，倏忽，二人脚已各易矣。仍即遣之，豁然复生。具为家人说，发视果是胡脚，丛毛连结，且胡臭。甲本士，爱玩手足，而忽得此，了不欲见，虽获更活，每惆怅殆欲如死。旁人见识此胡者，死犹未殡，家近在茄子浦，甲亲往视胡尸，果见其脚著胡体，正当殡敛，对之泣。胡儿并有至性，每节朔，儿并悲思，驰往抱甲脚号咷；忽行路相遇，便攀援啼哭。为此每出入时，恒令人守门，以防胡子。终身憎秽，未尝误视；虽三伏盛暑，必复重衣，无暂露也。《广记》三百七十六。

王敦召吴猛，猛至江口，入水中，命船人并进。船至大雷，见猛行水上，从东北还逆船。弟子问其故，猛云："水神数兴波浪，贼害行旅，暂过约敕。"以真珠一握为信。《类聚》八十四。《御览》八百三。

王敦近吴猛，恶之于坐，欻然失去；乃附载还南，一宿行千里，同行客视船下有两龙载船，皆不著水。《书钞》一百三十七。

晋有干《御览》引作于庆者，无疾而终，时有术士吴猛语庆之子曰："干侯算未穷，方为请命《广记》引作我为试其命，未可殡殓。"尸卧静舍，惟心下稍暖。居七日，时盛暑，庆形体向坏二句《御览》引有，猛凌晨至，教令属候气续，为作水，令以洗，并饮漱，如此便退教令至此，《广记》引作以水激之，今据《御览》引补。日中许，庆苏焉，旋遂张目开口，尚未发声，阖门皆悲喜。猛又令以水含洒，遂起，吐腐血数升，稍能言语，三日，平复如常。说："初见十数人来，执缚桎梏到狱，同辈十余人，以次语对，次未至，俄而见吴君北面陈释断之，王遂敕脱械令归。所经官府，莫不迎接，请谒吴君，而吴君皆与之抗礼，即不知悉何神也。"《广记》三百七十八。《御览》八百八十七。

王丞相见郭景纯，请为一卦，封成，郭意甚恶，云："有震厄，公能命驾西出，数里，得一柏树，截如公长，置常寝处，灾可消也。"王从之，数日果震，柏木粉碎。《御览》九百五十四。

王丞相茂弘梦人欲以百万钱买大儿长豫，丞相甚恶之，潜为祈祷者备材作屋，得一窖钱，料之《六帖》引作其数百万亿，大惧，一皆藏闭，俄而长豫亡。《御览》四百。《六帖》二十三。

中书郎王长豫有美名，父丞相导，至所珍爱。遇疾转笃，导忧念特至；正在北床上坐，不食已积日。忽见一人，形状甚壮，著铠持刀，王问："君是何人？"答曰："仆是蒋侯也，公儿不佳，欲为请命，故来耳！勿复忧。"王欣喜动容，即求食，食至数升，内外咸未达所以。食毕，忽复惨然，谓王曰："中书命尽，非可救者。"言终不见也。《广记》二百九十三。《珠林》九十五。

蔡谟在厅事上坐，忽闻邻左复魄声，乃出庭前望；正见新死之家，有一老妪，上著黄罗半袖，下著缥裙，飘然升天；闻一唤声，辄回顾，三唤三顾，徘徊良久，声既绝，亦不复见。问丧家，云：亡者衣服如此。《广记》三百二十。

某郡张甲者，与司徒蔡谟上有亲，侨住谟家；暂数宿行，过期不反。谟昼眠，梦甲云："暂行忽暴病，患心腹胀满，不得吐痢，某时死，主人殡殓。"谟悲涕相对，又云："我病名干霍乱，自可治也；但人莫知其药，故今死耳。"谟曰："何以治之？"甲曰："取蜘蛛，生断取《御览》一引作去脚而吞之，则愈。"谟觉，使人往甲行所验之，果死，问主人病与时日，皆与梦符。后有患干霍乱者，谟试用，辄差。《御览》七百四十三，又九百四十八。《广记》二百七十六。

晋建武中，剡县冯法作贾，夕宿荻塘，见一女子，著缥服，白晰，形状短小，求寄载。明旦，船欲发，云："暂上，取行资。"既去，法失绢一匹，女抱二束刍置船中。如此十上，失十绢。法疑非人，乃缚两足，女云："君绢在前草中。"化形作大白鹭，烹食之，肉不甚美。《广记》四百六十二。

晋司空郗方回葬妇于离山，使会稽郡吏史泽治墓，多已上九字据《御览》引补后坏一家，构制甚伟，器物殊盛二句依《御览》引补；冢发，内闻鼓角声，时郗公自来观墓，俄而罕然，自是多如此。《书钞》一百二十一。《御览》三百三十八。

晋南顿王平新营一宅，始移，梦见一人云："平舆令王欲以一器金赂暴胜之，为暴所戮，埋金在吾上，见镇连甚；若君复筑室，无复出入涯。"平明旦即凿壁下，入五尺，果得金。《御览》八百十一。

巴丘县有巫师舒礼，晋永昌元年病死，土地神将送诣太山。俗人谓巫师为道人。路过冥司二字《广记》引有福舍前，土地神问吏："此是何等舍？"吏曰："道人舍。"土地神曰："是人亦道人，便以相付。"礼入门，见数千间瓦屋，皆悬竹帘，自然《御览》引作坐无，《广记》作置床榻，男女异处，有诵经者，呗偈者，自然饮食者，快乐不可言。礼文书名已到太山门，而身不至，推问土地神，神云："道见数千间瓦屋，即问吏，言是道人，即以付之。"于是遣神更录取，礼观未遍，见有一人，八手四眼，提金杵，逐欲撞之，便怖走还，出门，神已在门迎，捉送太山。太山府君问礼："卿在世间，皆何所为？"礼曰："事三万六千神，为人解除祠祀，或杀牛犊猪羊鸡鸭。"府君曰："汝佞神杀生，其五字依《广记》引补罪应上热熬。"使吏牵著熬所，见一物，牛头人身，捉铁叉，叉礼著熬上《广记》引作投铁床上，宛转，身体焦烂，求死不得。已经一宿二日，备极冤楚《广记》引有此句。府君问主者："礼寿命应尽？为顿夺其命？"校禄籍，余算八年。府君曰："录来。"牛首人复以铁叉叉著熬边。府君曰："今遣卿归，终毕余算；勿复杀生淫祀。"礼忽还活，遂不复作巫师。《珠林》六十二。《御览》七百三十五。《广记》二百八十三。

晋太宁元年，余杭人姓王失其名，往上舍，过庙乞福，既去疑有脱误，已行五六里，懒复更反取，一白衣人持履后至，云："官使还君。"化为鹄，飞入田中。《御览》六百九十七。

晋太兴二年，吴氏华隆好猎，养一快犬，名曰的尾，常将自随。隆后至江边伐荻，犬暂出渚次，隆为大蛇所围绕周身，犬还，便咋蛇，蛇死。隆僵仆无所知，犬仿佛涕泣《广记》引作彷徨嗥吠，走还船，复反草中。其伴《广记》引作家人怪其所以，随往，见隆闷绝委地二字《广记》引有，将归家。二日，犬为不食，隆复苏，乃始进饭。隆愈爱惜，同于亲戚。后忽失之，二年寻求，见在显山。《御览》九百五。《广记》四百三十七。

晋咸和初，徐精远行，梦与妻寝，有身。明年归，妻果产，后如其言矣。《广记》二百七十六。

牟腾以咸和三年为沛郡太守，出行不节，梦乌衣人告云："何数出不辍？唯当断马足。"腾后出行，马足自断。腾行近郭外，忽然而暗，有一人，长丈余，玄冠白衣，遥叱将车人使避之。俄而长人至，以马鞭击御者，即倒，既明，从人视车空，觅腾所在，行六七十步，见在榛莽中，隐几而坐，云了不自知。腾后五十日被诛。《广记》三百二十一。

晋咸康中，豫州刺史毛宝戍邾城。有一军人于武昌市买得一白龟，长四五寸，置瓮中养之，渐大，放江中。后邾城遭石氏败，赴江者莫不沉溺。所养人被甲入水中，觉如堕一石上，须臾视之，乃是先放白龟。既得至岸，回顾而去。《广记》一百十八。

庾崇者，建元中于江州溺死，尔日即还家；见形一如平生，多在妻乐氏室中。妻初恐惧，每呼诸从女作伴。于是作伴渐疏，时或暂来，辄恚骂云："贪与生者接耳！反致疑恶，岂副我归意邪？"从女在内纺绩，忽见纺绩之具在空中，有物拨乱，或投之于地，从女怖惧皆去。鬼即常见。有一男，才三岁，就母求食，母曰："无钱，食那可得？"鬼乃凄怆抚其儿头曰："我不幸早世，令汝穷乏，愧汝念汝，情何极也？"忽见将二百钱置妻前，云可为儿买食。如此经年，妻转贫苦不立。鬼云："卿既守节，而贫苦若此，直当相迎耳！"未几，妻得疾亡，鬼乃寂然。《广记》三百二十二。

石勒问佛图澄："刘曜可擒，兆可见不？"澄令童子斋七日，取麻油掌中研之，燎旃檀而咒。有顷，举手向童子，掌内晃然有异。澄问："有所见不？"曰："唯见一军人，长大白晰，有异望，以朱丝缚其肘。"澄曰："此即曜也。"其年，果生擒曜。《御览》三百七十。

石虎时，太武殿图贤人之像，头忽悉缩入肩中。《御览》八百八十五。

新城县民陈绪家，晋永和中，旦闻扣门，自通云："陈都尉。"便有车马声，不见形，径进，呼主人共语曰："我应来此，当权住君家，相为致福。"令绪施设床帐于斋中。或人诣之，斋持酒礼求愿，所言皆验。每进酒食，令人跪拜授闱里，不得开视。复有一身，疑是狐狸之类，因跪急把取，此物却还床后，大怒曰："何敢嫌试都尉？"此人心痛欲死，主人为扣头谢，良久意解。自后众不敢犯，而绪举家无恙，每事益利，此外无多损益也。《广记》二百九十四。

晋升平元年，剡县陈素家富，娶妇十年，无儿，夫欲娶妾，妇祷祠神明，忽然有身。邻家小人妇亦同有，因货邻妇云："我生若男，天愿也；若是女，汝是男者，当交易之。"便共将许，邻人生男，此妇后三日生女，便交取之。素忻喜，养至十三，当祠祀，家有老婢，素见鬼，云见府君先入，来至门首，便住；但见一群小人来座所，食啖此祭。父甚疑怪，便迎见鬼人至，祠时转令看，言语皆同。素便入问妇，妇惧，具说言此事。还男本家，唤女归。《广记》三百十九。

晋升平末，故章县老公有一女，居深山，余杭□广求为妇，不许。公后病死，女上县买棺，行半道，逢广，女具道情事。女因曰："穷逼，君能往家守父尸，须吾还者，便为君妻。"广许之。女曰："我栏中有猪，可为杀以饲作儿。"广至女家，但闻屋中有挤掌欣舞之声。广披离，见众鬼在堂，共捧弄公尸。广把杖大呼入门，群鬼尽走。广守尸，取猪杀。至夜，见尸边有老鬼，伸手乞肉，广因捉其臂，鬼不复得去，持之愈坚。但闻户外有诸鬼共呼云："老奴贪食至此，甚快。"广语老鬼："杀公者必是汝，可速还精神，我当放汝；汝若不还者，终不置也。"老鬼曰："我儿等杀公。"比即唤鬼子："可还之。"公渐活，因放老鬼。女载棺至，相见惊悲，因取女为妇。《广记》三百八十三。

苻坚时，有射师经嵩山，望见松柏上有一双白鸟，似鹄而大；至树下，又见一蛇，长五丈许，上树取鸟；未至鸟一丈，鸟便欲飞，蛇张口翕一引作饮之，鸟不得去。缤纷一食顷，鸟转欲困，射师彀一作引弩射三矢，蛇陨而鸟得扬。去树百余步，山边整理毛羽。须臾，云晦雷发，惊耳骇目，射师慑，不得旋踵。见向鸟徘徊其上，毛落纷纷，似如相援。如此数阵，雷息电灭，射师得免，鸟亦高飞。《御览》四百七十九，又九百十四。

晋司空桓豁在荆州，有参军剪五月五日鸜鹆舌，教令学语，遂无所不名，与人相问四字《类聚》引有。顾参军善弹琵琶，鸜鹆每立听移时已上亦见《六帖》四十五。《类聚》四十四。《御览》五百八十三；又善能效人语笑声。司空大会吏佐，令悉效四坐语，无不绝似；有生《广记》引作参佐觑鼻，语难学，学之不似，因内头于瓮中以效焉已上《御览》七百四十亦引，遂与觑者语声不异。主典人于鸜鹆前盗物，参军如厕，鸜鹆伺无人，密白主典人盗某物，参军衔之而未发。后盗牛肉，鸜鹆复白，参军曰："汝云盗肉，应有验。"鸜鹆曰："以新荷裹著屏风后。"检之，果获，痛加治；而盗者患之，以热汤灌杀。参军为之悲伤累日，遂请杀此人，以报其怨。司空教曰："原杀鸜鹆之痛，诚合治杀，不可以禽鸟故，极之于法。"令止五岁刑也。《御览》九百二十三。《广记》四百六十二。《北户录》注一。

桓冲镇江陵，正会夕，当烹牛，牛忽熟视帐下都督甚久，目中泪下。都督咒之曰："汝若能向我跪者，当启活也。"牛应声而拜，众甚异之。都督复谓曰："汝若须活，遍拜众人者真往。"牛涕殒如雨，遂拜不止。值冲醉，不得启，遂杀牛；冲醉止，得启，冲闻之叹息，都督痛加鞭罚。《御览》九百。

晋桓豹奴为江州时，有甘录事者，家在临川郡治下，儿年十三，遇病死，埋著家东群冢之间。旬日，忽闻东路有打鼓倡乐声。可百许人，径到甘家，问："录事在否？故来相诣，贤子亦在此。"只闻人声，亦不见其形也。乃出数瓮酒与之，俄顷失去，两瓮皆空。始闻有鼓声，临川太守谓是人戏，必来诣己，既而寂尔不到，甘说之，大惊。《广记》三百十九。

王辅嗣注《易》，辄笑郑玄为儒，云："老奴甚无意！"于时夜分，忽然闻门外阁有著屐声。须臾进，自云郑玄，责之曰："君年少，何以轻穿文凿句，而妄讥诮老子邪？"极有忿色，言竟便退，辅心生畏恶，经少时，遇厉疾卒。《类聚》七十九。《御览》八百八十三。《广记》三百十七。《续谈助》四。

谢安石当桓温之世，恒惧不全；夜忽梦乘桓舆行十六里，见一白鸡而止，不得复前，莫有解此梦者。温死后，果代居宰相，历十六年，而得疾。安方悟云："乘桓舆者，代居其位也；十六里者，得十六年也；见白鸡住者，今太岁在酉，吾病殆将不起乎？"少日而卒。《御览》三百九十八。又七百七十四。《书钞》一百四十。

陈相子，吴兴乌程人，始见佛家经，遂学升霞之术。及在人间斋，辄闻空中殊音妙香，芬芳清越。《珠林》三十六。

安开者，安城之俗巫也，善于幻术，每至祠神时，击鼓，宰三牲，积薪然火盛炽，束带入火中，章纸烧尽，而开形体衣服犹如初。时王凝之为江州，伺王当行，阳为王刷头，簪荷叶以为帽，与王著；当是亦不觉帽之有异，到坐之后，荷叶乃见，举坐惊骇，王不知。《珠林》六十一。《御览》六百八十七。又七百三十七。

晋左军琅邪王凝之夫人谢氏，顿亡二男，痛惜过甚，衔泪六年。后忽见二儿俱还，并著械，慰其母曰："可自□，儿并有罪谪，宜为作福。"于是得止哀，而勤为求请。《广记》三百二十。

晋世王彪之，年少未官，尝独坐斋中，前有竹；忽闻有叹声，彪之惕然，怪似其母，因往看之，见母衣服如昔。彪之跪拜歔欷，母曰："汝方有奇厄，自今已去，当日见一白狗；若能东行出千里，三年，然后可得免灾。"忽不复见。彪之悲怅达旦。既明，独见一白狗，恒随行止；便经营行装，将往会稽。及出千里外，所见便萧然都尽《广记》引有此句。过三年乃归，斋中复闻前声，往见母如先，谓曰："能用吾言，故来庆汝。汝自今已后，年逾八十，位班台司。"后皆如母言。《御览》八百八十三。《广记》三百二十。

晋海西公时,有一人母终,家贫,无以葬,因移柩深山,于其侧志孝结坟,昼夜不休。将暮,有一妇人抱儿来寄宿,转夜,孝子未作竟,妇人每求眠,而于火边睡,乃是一狸抱一乌鸡;孝子因打杀,掷后坑中。明日,有男子来问:"细小昨行,遇夜寄宿,今为何在?"孝子云:"止有一狸,即已杀之。"男子曰:"君枉杀吾妇,何得言狸?狸今何在?"因共至坑视,狸已成妇人,死在坑中。男子因缚孝子付官,应偿死。孝子乃谓令曰:"此实妖魅,但出猎犬,则可知魅。"令因问猎事:"能别犬否?"答云:"性畏犬,亦不别也。"因放犬,便化为老狸,则射杀,视之,妇人已还成狸。《珠林》三十一。

桓温北征姚襄,在伊水上,许逊曰:"不见得襄,而有大功,见襄走入太玄中。"问曰:"太玄是何等也?"答曰:"南为丹野,北为太玄,必西北走也。"果如其言。《类聚》六。

桓大司马镇赭圻时,有何参军晨出,行于田野中,溺死人髑髅上。还昼寝,梦一妇人语云:"君是佳人,何以见秽污?暮当令知之!"是时有暴虎,人无敢行夜出者,何常穴壁作溺穴;其夜,趋穴欲溺,虎怒溺,断阴茎,即死。《御览》八百九十二。

桓温内怀无君之心,时比丘尼从远来,夏五月,尼在别室浴,温窃窥之;见尼裸身,先以刀自破腹,出五脏,次断两足,及斩头手。有顷浴竟,温问:"向窥见尼,何得自残毁如此?"尼云:"公作天子,亦当如是。"温惘怅不悦。《御览》三百九十五。

陈郡袁真在豫州,送妓女阿薛、阿郭、阿马三人与桓宣武。至经时,三人共出庭前观望,见一流星,直堕盆水中;薛郭二人更以瓢取,皆不得;阿马最后取星,正入瓢中;使饮之,即觉有妊,遂生桓玄。《占经》七十一。

习凿齿为荆州主簿,从桓宣武出猎,见黄物,射之,即死,是老雄狐,臂带绛绫香囊。《御览》七百四。

桓大司马温时,有参军《广记》引作穆帝末年桓温府参军夜坐,忽见屋梁栋间,有一伏兔,张目切齿而向之,甚可畏;兔来转近,遂引刀而斫之,见正中兔,而实反伤其膝,流血滂沱。深怪此意,命家中悉藏刀刃,不以自近。后忽复见如前,意回惑,复索刀重斫,因伤委顿;幸刀不利,故不至死,再过而止。《御览》九百七,又八百八十五。《广记》三百五十九。

顾长康在江陵,爱一女子,还家,长康思之不已,乃画作女形,簪著壁上;簪处正刺心,女行十里,忽心痛如刺,不能进。《御览》七百四十一。

刘琼《书钞》引作综善弹琴,忽得困病,许逊曰:“近见蒋家女鬼相录,在山石间,专使弹琴作乐,恐欲致灾也。”琼曰:“吾常梦见女子将吾宴戏,恐必不免。”逊笑曰:“蒋姑相爱重,恐不能相放耳;已为诔之,今去,当无患也。”琼渐差。《御览》五百七十七。《书钞》一百九。

陶公在寻阳西南一塞取鱼,自谓其池曰鹤门。《世说·贤媛篇》注。

许逊少孤,不识祖墓,倾心所感,忽见祖语曰:“我死三十余年,于今得正葬,是汝孝悌之至。”因举标榜曰:“可以此下求我。”于是迎丧,葬者曰:“此墓中当出一侯及小县长。”《御览》五百十九。

桂阳罗君章,二十许都未有意,不属意学问。常昼寝,梦得一鸟卵,五色杂耀,不似人间物;梦中因取吞之。于是渐有志向。遂勤学,读九经,以清才闻。《御览》九百二十八。

桓玄时,牛大疫,有一人食死牛肉,因得病亡。死时,见人执录,将至天上,有一贵人问云:“此人何罪?”对曰:“此人坐食疫死牛肉。”贵人云:“今须牛以转输,既不能;肉以充百姓食,何故复杀之?”催令还。既更生,具说其言。于是食牛肉者无复有患。《御览》八百八十七,又九百。《广记》三百八十三。

吴北寺终祚道人卧斋中,鼠从坎出,言终祚后数日必当死。终

祚呼奴令买犬，鼠云："亦不畏此也。但令犬入此户，必死。"犬
至，果然。终祚乃下声语其奴曰："明日市雇十檐水《御览》一引作水
檐儿来。"鼠已逆知之，云："止！欲水浇取我？我穴周流，无所不
至。"竟日浇灌，了无所获。密令奴更借三十余人，鼠云："吾上屋
居，奈我何？"至时，处在屋上，奴名周《御览》引作同，鼠云："阿周盗
二十万钱叛。"后试开库，实如所言也。奴亦叛去。终祚当为商贾，
闭其户而谓鼠曰："汝正欲使我富耳！今有远行，勤守吾房中，勿令
有所零失也。"时桓温一作玄在南州，禁杀牛甚急，终祚载数万，窃买
牛皮还东，货之得二十万。还，室犹闭，一无所失，其怪亦绝，遂大
富。《类聚》九十五。《御览》八百八十五，又九百十一。《广记》四百四十。

桓玄既肆无君之心，使御史害太傅道子于安城。玄在南州坐，
忽见一平上帻人，持马鞭，通云："蒋侯来。"玄惊愕然，便见阶下
奴子御幰车，见一士大夫，自云是蒋子文："君何以害太傅与为伯
仲？"顾视之间，便不复见。《御览》三百五十九。

桓玄在南郡国第居时，出诣殷荆州《广记》引作晋商仲堪曾从桓玄行，
于鹄穴逢一老公，驱一青牛，形色瑰异，桓即以所乘马易牛《广记》引作
堪即以所乘牛易而取之。乘至零陵溪，牛忽骏四字《广记》引有驶非常，因息
驾饮牛，牛径入水不出；桓遣人觇守，经日绝迹也。《御览》九百。《广记》
三百六十引末作牛乃径走入江，伺之终日不出，堪心以为怪，未几玄败。堪亦被诛戮焉。

索元在历阳，疾病，西界一年少女子姓某，自言为神所降，来
与元相闻，许为治护。元性刚直，以为妖惑，收以付狱，戮之于市
中。女临死曰："却后十七日，当今索元知其罪。"如期，元果亡。
《世说·伤逝篇》注。

晋孝武帝母李太后本贱人，简文无子，曾遍令善相者相宫人，
李太后给卑役，不豫焉；相者指之："此当生贵子，而有虎厄。"帝因
幸之，生孝武帝，会稽王道子。既登尊位，服相者之见，而怪有虎

厄，且生所未见，乃令人画作虎像，因以手抚，欲打虎戏，患手肿痛，遂以疾崩。《御览》八百九十二。

晋太元初，苻坚遣将杨安侵襄阳，其一人于军中亡，有同乡人扶丧归。明日应到家，死者夜与妇梦云："所送者非我尸，仓乐面下者是也。汝昔为吾作结发犹存，可解看便知。"迄明日，送丧者果至，妇语母如此，母不然之。妇自至南丰，细检他家尸，发如先，分明是其手迹。《广记》三百二十二。

北府索卢贞者，本中郎荀羡之吏也，以晋太元五年六月中病亡，经一宿而苏。云见羡之子粹，惊喜曰："君算未尽，然官须得三将，故不得便尔相放；君若知有干捷如君者，当以相代。"卢贞即举龚颖，粹曰："颖堪事否？"卢贞曰："颖不复下已。"粹初令卢贞疏其名，缘书非鬼用，粹乃索笔自书之。卢贞遂得出。忽见一曾邻居者，死亡七八年矣，为太山门主，谓卢贞曰："索都督独得归邪？"因嘱卢贞曰："卿归，为谢我妇，我未死时，埋万五千钱于宅中大床下，我乃本欲与女市钏，不意奄终，不得言于女妻也。"卢贞许之。及苏，遂使人报其妻，已卖宅移居武进矣；固往语之，仍告买宅主，令掘之，果得钱如其数焉。即遣其妻与女市钏。寻而龚颖亦亡，时果共奇其事。《广记》三百八十三。

琅邪人姓王忘名，居钱塘，妻朱氏，以太元九年病亡，有二孤儿。王复以其年四月暴死，三日而心下犹暖，经七日方苏。说：初死时，有二十余人，皆乌衣见录，录去，到朱门白壁，状如宫殿，吏朱衣紫带，玄冠介帻，或所被著，悉珠玉相连结，非世中仪服；复前，见一人长大，所著衣状如云气。王向叩头，自说："妇已亡，余孤儿，尚小，无奈何？"便流涕，此人为之动容，云："汝命自应来，以汝孤儿，特与三年之期。"王又曰："三年不足活儿。"左右有一人语云："俗尸何痴？此间三年，世中是三十年。"因便送出。又三十年，王果卒。《御览》八百八十七。《广记》三百八十三。

晋太元十年，阮瑜之居在始兴佛图前，少孤贫不立，哭泣无时。忽见一鬼，书搏著前云："父死归玄冥，何为久哭泣？即后三年中，君家可得立。仆当寄君家，不使有损失，勿畏我为凶，要为君作吉。"后鬼恒在家，家须用者，鬼与之。二三年□小差，为鬼作食，共谈笑语议。阮问姓，答云："姓李名留之，是君姊夫耳。"阮问："君那得来？"鬼云："仆受罪已毕，今暂生鬼道，权寄君家，后四五年当去。"曰："复何处去？"答云："当生世间。"至期，果别而去。《广记》三百二十。

晋太元中，瓦官寺佛图前淳于矜，年少洁白，送客至石头城南，逢一女子，美姿容，矜悦之，因访问；二情既和，将入城北角，共尽欣好，便各分别。期更克集，便欲结为伉俪。女曰："得婿如君，死何恨？我兄弟多，父母并在，当问我父母。"矜便令女婢问其父母，父母亦悬许之。女因敕婢取银百斤，绢百匹，助矜成婚。经久，养两儿，当作秘书监；明果驺卒来召，车马导从，前后部鼓吹。经少日，有猎者过，觅矜，将数十狗，径突入，齰妇及儿，并成狸；绢帛金银，并是草及死人骨蛇魅等。《珠林》三十一。

晋太元中，高衡为魏郡太守，戍石头。□孙雅之在厕中，云有神来降，自称白头公，拄杖光耀照屋；与雅之轻举宵行，暮至京口，晨已来还。后雅之父子为桓玄所灭。《广记》二百九十四。

太元中，临海有李巫，不知所由来，能卜相，作水符，治病多愈，亦礼佛读经。语人云："明年天下当大疫，此境尤剧，又二纪之后，此邦之西北大郡，僵尸横路。"时汝南周叔道罢临海令，权停家，巫云："周令今去不宜南行，必当暴死。"便指北山曰："后二十日，此应有异事彰也。"后十日余，大石夜颓落百丈，砰磕若雷。庾楷为临海太守，过诣周，设馔作伎；至夜，庾还航中，天晓，庾自披屏风，呼："叔道何痴不起？"左右抚看，气绝久矣。到明年，县内病死者数千人。《御览》七百三十五。

泰元中，有一师从远来，莫知所出，云："人命应终，有生乐代死者，则死者可生；若逼人求代，亦复不过少时。"人闻此，咸怪其虚诞。王子猷，子敬兄弟特相和睦，子敬疾，属纩，子猷谓之曰："吾才不如弟，位亦通塞，请以余年代弟。"师曰："夫生代死者，以己年限有余，得以足亡者耳！今贤弟命既应终，君侯算亦当尽，复何所代？"子猷先有背疾，子敬疾笃，恒禁来往，闻亡，便抚心悲恼，都不得一声，背即溃裂。已上七句亦见《御览》三百七十一引推师之言，信而有实。《世说·伤逝篇》注。

王胤祖、安国、张显等，以太元中乘船，见仙人赐糖饴三饼，大如比轮钱，厚二分。《御览》八百五十二。

太元中，北地人陈良，与沛国刘舒友善，又与同邻李焉共为商贾。曾获厚利，共致酒相庆，焉遂害良，以苇裹之，弃之荒草，经十许日，良复生归家。说：死时，见一人著赤帻引良去，造一城门，门下有一床，见一老人执朱笔点按。赤帻人言曰："向下土有一人，姓陈名良，游魂而已，未有统摄，是以将来。"按籍者曰："可令便去。"良既出，忽见友人刘舒，谓曰："不图于此相见！卿今幸蒙尊神所遣，然我家厕屋后桑树中有一狸，常作妖怪，我家数数横受苦恼，卿归，岂能为我说邪？"良然之。既苏，乃诣官疏李焉而伏罪。仍特报舒家，家人涕泣，云悉如言。因伐树得狸，杀之，其怪遂绝。《广记》三百七十八。

晋太元末，长星见，孝武甚恶之。是夕，华林园中饮，帝因举杯属星曰："长星，劝尔一杯酒，自古亦何时有万岁天子！"取杯酬之。帝亦寻崩也。《占经》八十八。

南康宫亭庙，殊有神验，晋孝武世，有一沙门至庙，神像见之，泪出交流，因标姓字，则是昔友也。自说："我罪深，能见济脱不？"沙门即为斋戒诵经，语曰："我欲见卿真形。"神云："禀形甚丑，不可出也。"沙门苦请，遂化为蛇，身长数丈，垂头梁上，一心听经，目中血出。至七日七夜，蛇死，庙亦歇绝。《广记》二百九十五。

晋孝武帝《占经》引作武帝于殿中北窗下清暑，忽见一人，著白夹《广记》引作帢黄练《占经》引作绢。《广记》引作疏单衣，举身沾濡，自称华林园中池水神，名曰淋涔君也，若善见待，当相福祐。时帝饮已醉，取常所佩刀掷之。刀空过无碍，神忿曰："不以佳事《续谈助》四引作佳士垂接，当令知所以。"居少时而帝暴崩。皆呼此灵为祸也。《御览》八百八十二。《占经》一百十三。《广记》二百九十四。

义熙三年，山阴徐琦每出门，见一女子，貌极艳丽，琦便解臂上二字《御览》引有银钤《御览》引作帢赠之。女曰："感君来贶。"以青铜镜与琦，便尔结为伉俪。《书钞》一百三十五，又一百三十六。《御览》八百十二。

晋义熙五年，彭城刘澄常见鬼。及为左卫司马，与将军巢营廨宇相接。澄夜相就坐语，见一小儿，赭衣，手把赤帜，团团似芙蓉花。数日，巢大遭火。《广记》三百二十。

义熙七年，东阳费道斯新娶得妇，相爱，妇梳头，道思戏以一引作拔银钗著户阁头。《书钞》一百三十六两引一末有云：遂志还六国入行入湖矣。当有误。

晋义熙中，范寅为南康郡时，赣县吏说："先入山采薪，得二龟，皆如二尺盘大。薪未足，遇有两树骈生，吏以龟侧置树间，复行采伐。去龟处稍远，天雨，懒复取。后经十二年，复入山，见先龟，一者甲已枯，一者尚生，极长，树木所□处，可厚四寸许，两头厚尺余，如马鞍状。"《广记》四百七十二。

义熙中，江乘聂湖忽有一板，广数尺，长二丈余，恒停在此川溪，采菱及捕鱼者资以自济。后有数人共乘板入湖，试以刀斫，即有血出，板仍没，数人溺死。《御览》七百六十七。

河东贾弼之，小名鬻儿，具谱究世谱二句《御览》引有。义熙中，为琅邪府参军。夜梦有一人，面髒皰防老反甚多须，大鼻瞑目，请之曰："爱君之貌，欲易头，可乎？"《海录碎事》九略引作爱君美貌，欲易君头，遂许之弼曰：

"人各有头面，岂容此理？"明夜又梦，意甚恶之。_{弼日至此已上据《广记》}
_{引补。}乃于梦中许易。明朝起，自不觉，而人悉惊走藏。云："那汉何
处来？"琅邪王大惊，遣传教呼视，弼到，琅邪遥见，起还内_{已上五句《御}
_{览》引有。}弼取镜自看，方知怪异。因还家，家人悉惊入内，妇女走藏，
云："那得异男子？"弼坐，自陈说良久，并遣人至府检问，方信_{已上十一}
_{字依《御览》引补。}后能半面啼_{三字依《御览》引补，}半面笑_{《海录》亦有半面啼三}
_{字，在半面笑下，}两足、手、口，各捉一笔，俱书，辞意皆美_{《六帖》二十三引}
_{作文词各异，《海录》亦作文词各异，}此为异也，余并如先。俄而安帝崩，恭帝
立。_{《类聚》十七。《御览》三百六十四。《广记》二百七十六，又三百六十有末二句。}

晋义熙中，羌主姚略_{《广记》《御览》引并作略}坏洛阳阴沟取砖，得一
双雄鹅，并金色，交颈长鸣，声闻九皋，养之此沟。_{《类聚》九十一。《广}
_{记》四百六十二。《御览》九百十九。}

隆安初，陈郡殷氏为临湘令，县中一鬼，长三丈余，跂上屋，犹
垂脚至地。殷人，便来命之。每摇屏风，动窗户，病转甚。其弟观
亦见，恒拔刀在侧，与言争。鬼语云："勿为骂我！当打汝口破。"
鬼忽隐形，打口流血，后遂祸偏，成残废人。_{《广记》三百十九。}

安帝隆安初，雍州刺史高平郗恢家内，忽有一物如蜥蜴，每来
辄先扣户，则便有数枚，便灭灯火，儿女大小，莫不惊惧；以白郗，
不信，须臾即来。至龙安二年，郗恢与殷仲堪谋议不同，下奔京师，
道路遇害，并及诸子。_{《广记》三百六十。}

晋安帝隆安初，曲阿民谢盛乘船，入湖采菱，见一蛟来向船，
船回避，蛟又从其后，盛便以叉杀之，惧而还家，经年无患。至元
兴_{《广记》引作兴宁}中，普天亢旱，盛与同旅数人，步至湖中，见先叉在
地，拾取之，云："是我叉。"人问其故，具以实对。行数步，乃得心
痛，还家一宿便死。_{《御览》九百三十。《广记》一百三十一。}

殷仲宗以隆安初入蜀，为毛璩参军，至涪陵郡，暮宿在亭屋中。

忽有一鬼，体上皆毛，于窗棂中执仲宗臂，牵仲宗；大呼，左右来救之，鬼乃去。《御览》八百八十三。

晋隆安年中，颜从尝起新屋，夜梦人语云："君何坏我家？"明日，床前掘除之，遂见一棺材，从便为设祭，云："今当移好处，别作小冢。"明朝，一人诣门求通，姓朱名护，别坐生列《唐类函》引《书钞》作列坐来言云："我居四十年，昨厚贶，相感何已！今是吉日，便可出棺矣。仆以寒暑衣手《唐类函》引《书钞》无此五字巾箱中有金镜，以相助。"遂以棺头举巾箱，出金镜三双赠从。《书钞》一百三十五。

晋安帝元兴中，一人年出二十，未婚对，然目不干色，曾无秽行。尝行田，见一女甚丽，谓少年曰："闻君自以柳季之俦，亦复有桑中之欢邪？"女便歌，少年微有动色，后复重见之，少年问姓，云："姓苏，名琼，家在途中。"遂要还，尽欢。从弟便突入，以杖打女，即化成雌白鹄。《广记》四百六十。

晋元熙中，桂阳郡有一老翁，常以钓为业。后清晨出钓，遇大鱼食饵，掣纶甚急，船人奄然俱没。家人寻丧于钓所，见老翁及鱼并死，为钓纶所缠。鱼腹下有丹字，文曰："我闻曾潭乐，故从檐潭来。磔死弊老翁，持钓数见欺，好食赤鲤脍，今日得汝为。"《御览》六十六。

孙恩作逆时，吴兴纷乱，一男子避急，突入蒋侯庙。始入门，木像弯弓射之，即死。行人及守庙者无不必见。《珠林》六。《广记》二百九十三。

诸葛长民富贵后，尝一月，或数十日，辄于夜眠中惊起，跳踉，如与人相打状。毛修之尝与同宿，骇愕不达此意，视之良久，民告毛："此物奇健，非我无以制之。"毛曰："是何物？"长民曰："我正见一物甚黑，而手脚不分明，少日中多夕来，辄共斗，深自惊惧焉。"屋中柱及椽角间，悉见有蛇头，令人以刀悬斫，应刀隐灭，去辄复出，悉以纸裹柱桷，纸内蔌蔌如有行声。《御览》八百八十五。

司马休之遣文武千余人迎家，达南郡，值风泊舡。上岸伐薪，见聚肉有数百斤，乃割取之。还以镬煮之，汤始欲热，皆变成数千虾蟆也。《书钞》一百四十五。

姚泓叔父大将军绍总司戎政，召胡僧问以休咎。僧乃以面为大胡饼形，径一丈，僧坐在上，先食正西，次食正北，《书钞》引作东南次食正南，所余卷而吞之，讫便起去，了无所言已上亦见《书钞》一百四十四。是岁五月，杨盛大破姚军于清水，九月，晋师北讨，扫定颍洛，遂席卷丰镐，生禽泓焉。《御览》八百六十。

安定人姓韦，北伐姚泓之时，归国至都，住亲知家。时□□扰乱，齐有客来问之，韦云："今虽免虑，而体气惙然，未有气力，思作一羹，尤莫能得，至凄苦。"夜中眠熟，忽有扣床而来告者云："官与君钱。"便惊，出户，见一千钱在外；又见一乌纱冠帻子执板背户而立，呼主人共视，比来已不复见，而取钱用之。《广记》三百二十一。

晋朱一引作未黄祖奉亲至孝，母病笃，庭中稽颡。俄顷，天汉开明，有一老公，将小儿，持箱自通，即以两丸药赐母服之，众患顿消。因停宿。夜中厅事上有五色气际天，琴歌清好。祖往视之：坐斗帐里，四角及顶上各有一大珠，形如鹅子，明彩炫耀《御览》六百九十六。翁曰："汝入三月，可泛河而来。"依期行，见门题曰"善福门"，内有水曰"湎源池"，有芙蕖如车轮。《御览》九百九十九。

晋临川太守谢摛，夜中闻鼓吹声，兄藻曰："夜者阴间，不及存，将在身后。"及死，赠长水校尉，加鼓吹。《御览》五百六十七。《书钞》一百八引末有一部二字。

晋兖州刺史沛国宋处宗，尝买一长鸣鸡，爱养甚至，恒笼著窗间；鸡遂作人语，与处宗谈论，极有言致《赋注》引作玄致，终日不辍。处宗因此言功李瀚《蒙求》注下引作功业大进。《类聚》九十一。《御览》九百十八。《事类赋注》十八。

晋王文度镇广陵，忽见二骑，持鹄头板来召之，王大惊，问骑：

"我作何官？"驵云："召作平北《珠林》引作平地将军，徐兖二州刺史。"
王曰："我已作此官，何故复召邪？"鬼云："此人间耳，今所作是天
上官也。"王大惧之，寻见迎官玄衣人及鹄《御览》作鹊衣小吏甚多。
王寻病薨。《珠林》五十六。《御览》六百六。

晋庐陵太守庞企，字子及，上祖坐事系狱，而非其罪。见蝼
蛄行其左右，相谓曰："使尔有神，能活我死，不当生《御览》引作亦善
乎？"因投饭与蝼蛄，食尽去，有顷复来，形体稍大，意异之；复与
食数日间，其大如豚。及意报二字《御览》引无当行刑，蝼蛄掘壁根为
大孔破，得从此孔出亡。后遇赦得活。《初学记》二十。《御览》六百四十三。

晋秘书监太原温敬林亡一年，妇柏氏，忽见林还，共寝处，不
肯见子弟。兄子来见林，林小开窗出面见之，后酒醉形露，是邻家
老黄狗，乃打杀之。《广记》四百三十八。

王仲文为河南主簿，居缑氏县，夜归，道经大泽中。顾车后有
一白狗，甚可爱，便欲呼取；忽变为人形，长五六尺，状似方相，或
前或却，如欲上车。仲文大怖，走至舍，捉火来视，便失所在。月余
日，仲文将奴共在路，忽复见，与奴并顿伏，俱死。《广记》一百四十一。

颍川陈庆孙家后有神树，多就求福，遂起庙，名天神庙。庆孙有
乌牛，神于空中言："我是天神，乐卿此牛，若不与我，来月二十日，当
杀尔儿。"庆孙曰："人生有命，命不由汝。"至日，儿果死。复言："汝
不与我，至五月杀汝妇。"又不与。至时妇果死。又来言："汝不与我，
秋当杀汝。"又不与。至秋遂不死。鬼乃来谢曰："君为人心正，方受
大福，愿莫道此事，天地闻之，我罪不细。实见小鬼，得作司命度事
干，见君妇儿终期，为此欺君索食耳，愿深恕亮。君禄籍年八十三，家
方如意，鬼神祐助，吾亦当奴仆相事。"遂闻稽颡声。《广记》三百十八。

毕修之外祖母郭氏，尝夜独寝，唤婢，应而不至，郭屡唤犹尔；
后闻塌床声甚重，郭厉声呵婢，又应诺诺，不至。俄见屏风上有一

面如方相。两目如升，光明一屋，手掌如簸箕，指长数寸，又挺动其耳目。郭氏□道精进，一心至念，此物乃去。久之，婢辈悉来，云："向欲应，如有物镇压之者，体轻便来。"《广记》三百五十九。

桓邈为汝南郡，人赍四乌鸭作礼。大儿梦四乌衣人请命，觉，忽见鸭将杀，遂救之，买肉以代；还梦四人来谢而去。《广记》二百七十六。

桓恭为桓安民参军，在丹徒所住廨，床前一小陷穴，详视是古墓，棺已朽坏。桓食，常先以鲑饭投穴中，如此经年。后眠始觉，见一人在床前，云："我终没以来，七百余年，后绝嗣灭，烝尝莫继。君恒食见播及，感德无已，依君籍，当应为宁州刺史。"后果如言。《广记》三百二十。

庾宏为竟陵王府佐，家在江陵。宏令奴无患者，载米饷家，未达三里，遭劫被杀，尸流泊查口村。时岸傍有文欣者，母病，医云："须得髑髅屑，服之即差。"欣重赏募索。有邻妇杨氏，见无患尸，因断头与欣。欣烧之，欲去皮肉，经三日夜不焦，眼角张转。欣虽异之，犹惜不弃，因刮耳颊骨与母服之，即觉骨停喉中，经七日而卒。寻而杨氏得疾，通身洪肿，形如牛马，见无患头来骂云："善恶之报，其能免乎？"杨氏以语儿，言终而卒。《广记》一百十九。

阳羡县小吏吴龛，有主人在溪南。尝以一日乘掘头舟过水，溪内忽见一五色浮石，取内床头，至夜化成一女子《初学记》五。《御览》五十二。《事类赋注》七，自称是河伯女。《书钞》一百三十七。

河南人赵良，与其乡人诸生至长安，及新安三字依《书钞》一百四十二引补界，遭霖雨，粮乏，相谓曰："尔当正饥，那得美食邪？"在后堂三字依《书钞》引补，应时羹饭备具，两人惊愕，不敢食，有人声曰："但食无嫌也。"《御览》十引作有人声语云进疏食明日早，两人复曰："那复得美食？"即复在前。遂至长安，无他祸福。《御览》八百四十九。

成彪兄丧，哀悼结气，昼夜哭泣。兄提二升酒一盘梨就之，引酌相欢已上亦见《御览》九百六十九，欢作劝，彪问略答，彪悲咽问："兄今在天上，福多苦多？"久弗应，肃然无言。泻余酒著瓯中，挈罂而去《类聚》八十六。后钓于湖，经所共饮处，释绖悲感。有大鱼跳入船中，俯视诸小鱼；彪仰天号恸，俯而见之，悉放诸小鱼，大者便自出船去。《御览》九百三十六。

东平吕球，丰财美貌，乘船至曲阿湖，值风不得行，泊菰际。见一少女，乘船采菱，举体皆衣荷叶。因问："姑非鬼邪，衣服何至如此？"女则有惧色，答云："子不闻荷衣兮蕙带，倏而来兮忽而逝乎？"然有惧容，回舟理棹，逡巡而去。球遥射之，即获一獭，向者之船，皆是苹蘩蕰藻之叶。见老母立岸侧，如有所候，望见船过，因问云："君向来，不见湖中采菱女子邪？"球云："近在后。"寻射，复获老獭。居湖次者咸云：湖中常有采菱女，容色过人，有时至人家，结好者甚众。《类聚》八十二。

河东常丑奴寓居章安县，以采蒲为业。将一小儿，湖边拔蒲，暮恒宿空田舍中。时日向暝二句依《类聚》引补，见一女子，容姿殊美，乘一小船，载莼径前，投丑奴舍寄住；丑奴嘲之，灭火共卧，觉有腥气，又指甚短，惕然疑是魅。女已知人意，便求出户，变而为獭。《御览》九百九十九，又九百八十。《类聚》八十二。

人有山行坠涧者，无出路，饥饿欲死；见龟蛇甚多，朝暮引颈向四方，人因学之，遂不饥。体殊轻便，能登岩岸。经数年后，竦身举臂，遂超出涧上，即得还家。颜色悦泽，颇更聪慧。洎食谷、啖滋味，百日复其本质。《御览》六十九。

建德民虞敬上厕，辄有一人授手内草与之，不睹其形，如此非一过。后至厕，久无送者，但闻户外斗声，窥之，正见死奴与死婢争先进草，奴适在前，婢便因后挝，由此辄两相击。食顷，敬欲出，婢奴阵势方未已，乃厉声叱之，奄如火灭，自是遂绝。《御览》一百八十六。

广陵韩咎一引作略字兴彦，陈敏反时，与敏弟恢战于寻阳。还营下马，觉鞭重，见有绿锦囊，中有短卷书，著鞭鞘，皆不知所从来；开视之，故谷纸佛神咒经，故世之常闻也。《御览》三百五十九，又七百四有末句。

武宣程羁，偏生未被举，家常使种葱，后连理树生于园圃。《御览》八百二十四。

谯郡胡馥之娶妇李氏，十余年无子，而妇卒，哭恸，云："竟无遗体，遂丧，此酷何深！"妇忽起坐曰："感君痛悼，我不即朽，君可瞑后见就，依平生时阴阳，当为君生一男。"语毕还卧。馥之如言，不取灯烛，暗而就之交接，后叹曰："亡人亦无生理，可别作屋见置，瞻视满十月，然后殡。"尔来觉妇身微暖，如未亡，既及十月，果生一男，男名灵产。《御览》三百六十。《广记》三百二十一。

王伯阳亡。其子营墓，得三漆棺，移置南冈。夜梦鲁肃嗔云："当杀汝父！"寻复梦见伯阳云："鲁肃与弟争墓。"后于坐褥上见数升血，疑鲁肃杀之故也。墓今在长广桥东一里。《御览》三百七十五。

海陵民黄寻先杨绾《山居新语略》引寻作郇居家单贫，尝因大风雨，散钱飞至其家，来触篱援，误落在余处李瀚《蒙求》注下引作触藩落者无数，皆拾而得之。寻后巨富，钱至数千万杨绾《山居新语略》引数千作十，遂擅名于江表。《御览》八百三十六，又四百七十二。杨绾《山居新语略》引作江北。《类林杂说》十四略引亦作江北。

余杭《广记》引作姚人沈纵，家素贫，与父同入山。还，未至家，见一人左右导从四百许，前车辎重，马鞭夹道，卤簿如二千石；遥见纵父子，便唤住，就纵手中然火，纵因问："是何贵人？"答曰："是斗山王，在余杭南。"纵知是神，叩头云："愿见祐助！"后入山得一玉狈《广记》引作枕。从此所向如意，田蚕并收，家遂富。《御览》三百五十九，又四百七十二。《广记》二百九十四。

项县民姚牛，年十余岁，父为乡人所杀，牛常卖衣物，市刀戟，图欲报仇。后在县署前相遇，手刃之于众中。吏捕得，官长深矜孝节，为推迁其事，会赦得免。又为州郡论救，遂得无他二句《广记》引有。令后出猎，逐鹿入草中，有古深阱数处，马将趣之。忽见一公，举杖击马，马惊避，不得及鹿。令怒，引弓将射之。公曰："此中有阱，恐君堕耳！"令曰："汝为何人？"翁跪曰："民姚牛父也，感君活牛，故来谢恩。"因灭不见，令身感冥事，在官数年，多惠于民。《御览》四百八十二，又四百七十九，又三百五十三。《广记》三百二十。

吴县费升为九里亭吏，向暮，见一女从郭中来，素衣哭入埭，向一新冢哭，日暮，不得入门，便寄亭宿。升作酒食，至夜，升弹琵琶令歌，女云："有丧仪，勿笑人也。"歌音甚媚，云："精气感冥昧，所降若有缘；嗟我遘良契，寄忻霄梦间。"中曲云："成公从义起，兰香降张硕；苟云冥分结，缠绵在今夕。"下曲云："伫我风云会，正俟今夕游；神交虽未久，中心已绸缪。"寝处向明，升去，顾谓曰："且至御亭。"女便惊怖。猎人至，群狗入屋，于床咬死，成大狸。《御览》五百七十三。

代郡界，有一亭，常有怪，不可诣止。有诸生壮勇，行歌止宿《广记》引作暮行欲止亭宿，亭吏止之。诸生曰："我自能消此。"乃住宿食已上四句依《广记》引补，至夜二字《赋注》引有，鬼吹五孔笛，有一手，都不能得摄笛，诸生不耐，忽便笑谓："汝止有一手，那得遍笛？我为汝吹来。"鬼云："卿为我少指邪？"乃引手，即有数十指出。诸生知其可击，拔剑斫之，得一老雄鸡，从者并鸡雏耳。《御览》五百八十。《事类赋注》十一。《广记》四百六十一。

一士人姓王，坐斋中，有一人通刺诣之，题刺云"舒甄仲"。既去，疑非人，寻刺曰："是予舍西土瓦中人。"令掘之，果于瓦器中得一铜人，长尺余。《御览》六百六。

襄阳城南有秦民，为性至孝，亲没，泣血三年。人有为其咏《蓼莪》诗者，民闻其义，涕泗不自胜。《御览》六百十六。

寻阳参军梦一妇人前跪，自称："先葬近水潊没，诚能见救，虽不能富贵,可令君薄免祸。"参军答曰:"何以为志?"妇人曰:"君见渚边上有鱼钗,即我也。"参军明旦觅,果见一毁坟,其上有钗,移置高燥处。却十余日,参军行至东桥,牛奔直趣水,垂堕,忽转,正得无恙也。《御览》七百十八。

清河崔茂伯女,结婚裴氏,克期未至,女暴亡。提一金罂,受二升许,径到裴床前立,以罂赠裴。《御览》七百五十八。

宏农徐俭家,有一远来客,寄宿。有马一匹,中夜惊跳。客不安,骑马而去。一物长丈余,来逐马后,客射之,闻如中木声。明日寻昨路,见箭著一碓栅。《御览》七百六十二。

刘松在家,忽见一鬼,拔剑斫之。鬼走,松起逐,见鬼在高山岩石上卧,乃往逼突,群鬼争走,遗置药杵臼及所余药,因将还家。松为人合药时,临熟,取一撮经此臼者,无不效验。《御览》七百六十二。

曲阿有一人,忘姓名,从京还,逼暮不得至家。遇雨,宿广屋中。雨止月朗,遥见一女子,来至屋檐下。便有悲叹之音,乃解腰中绻去远切绳,悬屋角自绞,又觉屋檐上如有人牵绳绞。此人密以刀斫绻绳,又斫屋上,见一鬼西走。向曙,女气方苏,能语,家在前,持此人将归,向女父母说其事。或是天运使然,因以女嫁与为妻。《御览》七百六十六。

爰琼为新安太守,郡南界有刻石,爰至其下宴。忽有人得剪刀于石下者,众咸异之。综问主簿,主簿对曰:"昔吴长沙桓王尝饮饯孙洲,父老云:'此洲狭而长,君尝为长沙乎?'果应。夫三刀为州,得交刀,君亦当交州。"后果交州。《御览》八百三十引《世说》注云《幽明录》同。

有一伧土行反小儿,放牛野中,伴辈数人;见一鬼,依诸丛草间,处处设网,欲以捕人。设网后未竟,伧小儿窃取前网,仍以罥之,即缚得鬼。《御览》八百三十二。

琅邪诸葛氏兄弟二人,寓居晋陵,家甚贫耗,常假乞自给。谷在圜中，计日月未应尽，而早以空罄。始者故谓是家中相窃盗，故复封检题识，而耗如初。后有宿客远来，际夕，至巷口，见数人檐谷从门出，客借问："诸葛在不？"答云："悉在。"客进语讫，因问："卿何得大枭谷？"主人云："告乞少谷，欲三字《御览》引有充口，云何复得二字《御览》引有枭之？"客云："我向来逢见数人，檐谷从门出；若不枭者《御览》引有此句及从门二字，为是何事？"主人兄弟相视，窃自疑怪，试入看，封题俨然如故，试开圜量视，即无十许斛，知前后所失，非人为之也。《类聚》八十五。《御览》八百三十七。

河南阳起字圣卿，少时病痎，逃于社中，得素书一卷，遣劾百鬼法，所劾辄效《御览》引有此句。为日南太守，母《御览》作每至厕上，见鬼头长数尺，以告圣卿，圣卿《御览》引二字不重曰："此肃霜之神。"劾之出来，变形如奴，送书京师，朝发暮反，作使当千人之力。已上亦见《御览》八百八十三有与忿患者，圣卿遣神夜往，趣其床头，持两手，张目正赤，吐舌柱地，其人怖几死。《广记》二百九十二。

刘斌在吴郡时，娄县有一女，忽夜乘风雨，恍忽至郡城内，自觉去家止一炊顷，衣不沾濡。晓在门上，求通，言："我天使也，府君宜起迎我，当大富贵，不尔，必有凶祸。"刘问所来，亦不知。自后二十许日，刘果诛。《御览》八百八十五。《广记》三百六十。

护军琅邪王华有一牛，甚快，常乘之，齿已长。华后梦牛语之曰："衰老不复堪苦载，载二人尚可，过此必死。"华谓偶尔梦。与三人同载还府，此牛果死。《御览》九百。

吴兴戴眇家僮客姓王，有少妇美色，而眇中弟恒往就之。客私怀忿怒，具以白眇："中郎作此，甚为无礼，愿遵敕语。"眇以问弟，弟大骂曰："何缘有此？必是妖鬼。"敕令扑杀，客初犹不敢，约历分明；后来闭户欲缚，便变成大狸，从窗中出。《御览》九百十二。

巴东有道士，忘其姓名，事道精进，入屋烧香；忽有风雨至，家人见一白鹭从屋中飞出，雨住，遂失道士所在。《御览》九百二十五。

会稽谢祖之妇，初育一男，又生一蛇，长二尺许，便径出门去。后数十年，妇以老终；祖忽闻西北有风雨之声，顷之，见一蛇，长十数丈，腹可十余围，入户造灵座，因至柩所，绕数匝，以头打柩，目血泪俱出，良久而去。《御览》九百三十四。

会稽郡吏鄮县薛重得假还家，夜，户闭，闻妻床上有丈夫鼾声，唤妻，妻从床上出，未及开户，重持刀便逆问妻曰："醉人是谁？"妻大惊愕，因苦自申明，实无人意。重家唯有一户，搜索了无所见，见一大蛇，隐在床脚，酒臭，重便斩蛇寸断，掷于后沟。经数日，而妇死，又数日，而重卒。经三日复生，说始死时，有神人将重到一官府，见官寮，问："何以杀人？"重曰："实不曾行凶。"曰："寸断掷在后沟，此是何物？"重曰："此是蛇，非人。"府君愕然而悟曰："我常用为神，而敢淫人妇，又妄讼人；敕左右召来！"吏卒乃领一人来，著平巾帻，具诘其淫妻之过，将付狱。重乃令人送还。《御览》九百三十四。

曲阿虞晚所居宅内，有一皂荚树，大十余围，高十余丈，枝条扶疏，阴覆数家，诸鸟依其上。晚令奴斫上枝，因坠殆死。空中有骂者曰："虞晚汝何意，伐我家居？"便以瓦石掷之，大小并委顿。如此二年，渐消灭。《御览》九百六十。

虎晚家有皂荚树，有神；隔路有大榆树，古传曰，是雌雄。晚被斫，此树枯死。《类聚》八十八。

太原王仲德年少时，遭乱避胡贼，绝粒三日，草中卧，忽有人扶其头呼云："可起啖枣。"王便瘱，瞥见一小儿，长四尺，即隐，乃有一囊干枣在前，啖之小有气力，便起。《御览》九百六十五。

安定人周敬，种瓜，时亢旱，鬼为口音葎水浇瓜，瓜大滋繁，问姓名，不答。还白父："尝有惠于人否？"父曰："西郭樊营先作郡吏，偿官数百斛米，我时以百斛助之，其人已死。"《御览》九百七十八。

有人家甚富，止有一男，宠恣过常。游市，见一女子美丽，卖胡粉，爱之，无由自达，乃托买粉，日往市，得粉便去，初无所言。积渐久，女深疑之，明日复来，问曰："君买此粉，将欲何施？"答曰："意相爱乐，不敢自达，然恒欲相见，故假此以观姿耳！"女怅然有感，遂相许以私，克以明夕。其夜，安寝堂屋，以俟女来，薄暮果到，男不胜其悦，把臂曰："宿愿始伸于此！"欢踊遂死。女惶惧。不知所以，因遁去，明还粉店。至食时，父母怪男不起，往视已死矣。当就殡敛。发箧笥中，见百余裹胡粉，大小一积。其母曰："杀吾儿者，必此粉也。"入市遍买胡粉，次此女，比之，手迹如先，遂执问女曰："何杀我儿？"女闻呜咽，具以实陈。父母不信，遂以诉官。女曰："妾岂复吝死？乞一临尸尽哀！"县令许焉。径往抚之恸哭，曰："不幸致此，若死魂而灵，复何恨哉？"男豁然更生，具说情状，遂为夫妇，子孙繁茂。《广记》二百七十四。

许攸梦乌衣吏奉漆案，案上有六封文书。拜跪曰："府君当为北斗君，明年七月。"复有一案，四封文书，云："陈康为主簿。"觉后，□康至，曰："今来当谒。"攸闻益惧，问康曰："我作道师，死不过作社公，今日得北斗；主簿，余为忝矣！"明年七月，二人同日而死。《广记》二百七十六。

广平太守冯孝将男马子，梦一女人，年十八九岁，言："我乃前太守徐玄方之女，不幸早亡，亡来四年，为鬼所枉杀；按生箓乃寿至八十余，今听我更生，还为君妻，能见聘否？"马子掘开棺视之，其女已活，遂为夫妇。《广记》二百七十六。

京口有徐郎者，家甚缱绻，常于江边拾流柴。忽见江中连船盖川而来，径回入浦，对徐而泊，遣使往云："天女今当为徐郎妻。"徐入屋角，隐藏不出，母兄妹劝励强出。未至舫，先令于别室为徐郎浴，水芬香非世常有，赠以缯绛之衣。徐唯恐惧，累膝床端，夜无酬接之礼。女然后发遣，以所赠衣物乞之而退。家大小怨情煎骂，遂懊叹卒。《广记》二百九十二。

侯官县常有阁下神，岁终，诸吏杀牛祀之。沛郡武曾作令，断之，经一年，曾迁作建威参军，神夜来问曾："何以不还食？"声色极恶，甚相遣责。诸吏便于道中买牛共谢之，此神乃去。《广记》二百九十四。

甄冲字叔让，中山人，为云社令，未至惠怀县，忽有一人来通云："社郎须臾便至。"年少，容貌美净，既坐寒温，云："大人见使，贪慕高援，欲以妹与君婚，故来宣此意。"甄愕然曰："仆长大，且已有家，何缘此理？"社郎复云："仆妹年少，且令色少双，必欲得佳对，云何见拒？"甄曰："仆老翁，见有妇，岂容违越？"相与反复数过，甄殊无动意。社郎有恚色，云："大人当自来，恐不得违尔。"既去，便见两岸上有人，著帻，捉马鞭，罗列相随，行从甚多。社公寻至，卤簿导从如方伯，乘马舆，青幢赤络，覆车数乘；女郎乘四望车，锦步障数十张，婢十八人来车前，衣服文彩，所未尝见。便于甄傍边岸上张幔屋，舒荐席。社公下，隐膝几，坐白旃坐褥，玉唾壶，以玟瑁为手巾笼，捉白麈尾。女郎却在东岸，黄门白拂夹车立，婢子在前。社公引佐吏令前坐，当六十人，命作乐，哭悉如琉璃。社公谓甄曰："仆有陋女，情所钟爱，以君体德令茂，贪结亲援，因遣小儿已具宣此旨。"甄曰："仆既老悴，已有家室，儿子且大，虽贪贵聘，不敢闻命。"社公复云："仆女年始二十，姿色淑令，四德克备，今在岸上，勿复为烦，但当成礼耳！"甄拒之，转苦，谓是邪魅，便拔刀横膝上，以死拒之，不复与语。社公大怒，便令呼三斑两虎来，张口正赤，号呼裂地，径跳上，如此者数十次，相守至天明，无如之何。便去。留一牵车，将从数十人，欲以迎甄。甄便移惠怀上县中住所。迎车及人至门，中有一人，著单衣帻，向之揖，于此便住，不得前。甄停十余日方敢去，故见二人著帻，捉马鞭，随至家，至家少日而妇病，遂亡。《广记》三百十八。

秣陵人赵伯伦曾往襄阳，船人以猪冢为祷，及祭，但独肩而已。尔夕，伦等梦见一翁一姥，鬓首苍素，皆著布衣，手持桡楫，怒之。明发，辄触沙冲石，皆非人力所禁；更施厚馔，即获流通。《广记》三百十八。

桂阳人李经与朱平当有脱文带戟逐焉。行百余步，忽见一鬼，长丈余，止之曰："李经有命，岂可杀之？无为，必伤汝手！"平乘醉直往经家，鬼亦随之。平既见经，方欲奋刃，忽屹然不动，如被执缚，果伤左手指焉，遂立庭间，至暮乃醒，而去。鬼曰："我先语汝，云何不从？"言终而灭。《广记》三百十八。

剡县胡章与上虞管双喜好干戈，双死后，章梦见之，跃刃戏其前，觉，甚不乐，明日以符帖壁。章欲近行，已泛舟理楫，忽见双来，攀留之云："夫人相知，情贯千载。昨夜就卿戏，值眠，吾即去，今何故以符相厌？大丈夫不体天下之理，我畏符乎！"《广记》三百十九。

吴中人姓顾，往田舍，昼行，去舍十余里，但闻西北隐隐，因举首，见四五百人，皆赤衣，长二丈，倏忽而至，三重围之，顾气奄奄不通，辗转不得，且至晡，围不解，口不得语，心呼北斗。又食顷，鬼相谓曰："彼正心在神，可舍去。"翕如雾除。顾归舍，疲极卧。其夕，户前一处，火甚盛而不然，鬼纷纭相就，或往或来，呼顾谈，或入去其被，或上头而轻如鸿毛，开晨失。《广记》三百十九。

刘道锡与从弟康祖少不信有鬼，从兄兴伯少来见鬼，但辞论不能相屈。尝于京口长广桥宅东，云有杀鬼在东篱上，道锡便笑问其处，牵兴伯俱去，捉大刀欲斫之。兴伯在后唤云："鬼击汝！"道锡未及鬼处，便闻如有大仗声，道锡因倒地，经宿乃醒。一月日都差。兴伯复云："厅事东头桑树上，有鬼形尚孺，长必害人。"康祖不信，问在树高下，指处分明。经十余日，是月晦夕，道锡逃暗中，以戟刺鬼所住，便还，人无知者。明日，兴伯早来，忽惊曰："此鬼昨夜那得人刺之？殆死，都不能复动，死亦当不久。"康大笑。《广记》三百二十。

郜县故尉赵吉常在田陌间。昔日有一蹇人死，埋在陌边。后二十余年，有一远方人过赵所门外，远方人行十余步，忽作蹇，赵怪问其故，远人笑曰："前有一蹇鬼，故效以戏耳！"《广记》三百二十。

东莱王明儿居在江西，死经一年，忽形见还家，经日，命招亲好叙平生，云天曹许以暂归，言及将离，语便流涕，问讯乡里，备有情焉。敕儿曰："吾去人间，便已一周，思睹桑梓。"命儿同观乡闾。行经邓艾庙，令烧之，儿大惊曰："艾生时为征东将军，没而有灵，百姓祠以祈福，奈何焚之？"怒曰："艾今在尚方摩铠，十指垂掘，岂其有神？"因云："王大将军亦作牛，驱驰殆毙，桓温为卒，同在地狱。此等并困剧理尽，安能为人损益？汝欲求多福者，正当恭顺，尽忠孝，无恚怒，便善流无极。"又令可录指爪甲，死后可以赎罪。又使高作户限，鬼来入人室，记人罪过，越限拨脚，则忘事矣。《广记》三百二十。

广陵刘青松晨起，见一人著公服，赍板云："召为鲁郡太守。"言讫便去。去后亦不复见。至来日，复至曰："君便应到职。"青松知必死，告妻子处分家事，沐浴。至晡，见车马，吏侍左右。青松奄忽而绝。家人咸见其升车，南出，百余步渐高而没。《广记》三百二十一。

豫章太守贾雍有神术，出界讨贼，为贼所杀，失头，上马回营，胸中语曰："战不利，为贼所伤；诸君视有头佳乎，无头佳乎？"吏涕泣曰："有头佳。"雍云："不然，无头亦佳。"言毕遂死。《广记》三百二十一。

吕顺丧妇，更娶妻之从妹，因作三墓，构累垂就，辄无成。一日，顺昼卧，见其妇来，就同衾，体冷如冰，顺以死生之隔，语使去。后妇又见其妹，怒曰："天下男子独何限，汝乃与我共一婿！作冢不成，我使然也。"俄而夫妇俱殪。《广记》三百二十二。

衡阳太守王矩为广州。矩至长沙，见一人长丈余，著白布单衣，将奏在岸上，呼矩奴子："过我！"矩省奏为杜灵之，入船共语，称叙希阔，矩问："君京兆人，何时发来？"答矩："朝发。"矩怪问之，杜曰："天上京兆，身是鬼，见使来诣君耳！"矩大惧，因求纸笔曰："君必不解天上书。"乃更作折卷之，从矩求一小箱盛之，封付矩曰："君今无开，比到广州，可视耳。"矩到数月，悁悒，乃开视，书云："令召王矩为左司命主簿。"矩意大恶，因疾卒。《广记》三百二十二。

马仲叔，王志都并辽东人也，相知至厚。叔先亡，后年，忽形见，谓曰："吾不幸早亡，心恒相念。念卿无妇，当为卿得妇，期至十一月二十日送诣卿家，但扫除设床席待之。"至日，都密扫除施设，天忽大风，白日昼昏。向暮风止，寝室中忽有红帐自施，发视其中，床上有一妇，花媚庄严，卧床上，才能气息。中表内外惊怖，无敢近者。唯都得往，须臾便苏，起坐，都问："卿是谁？"妇曰："我河南人，父为清河太守，临当见嫁，不知何由，忽然在此。"都具语其意。妇曰："天应令我为君妻。"遂成夫妇。往诣其家，大喜，亦以为天相与也。遂与之，生一男，后为南郡太守。《广记》三百二十二。

会稽贺思令善弹琴，尝夜在月中坐，临风抚奏。忽有一人，形器甚伟，著械有惨色。至其中庭，称善，便与共语，自云是嵇中散，谓贺云："卿下手极快，但于古法未合。"因授以《广陵散》。贺因得之，于今不绝。《广记》三百二十四。

巨鹿有庞阿者，美容仪。同郡石氏有女，曾内睹阿，心悦之。未几，阿见此女来诣，阿妻极妒，闻之，使婢缚之，送还石家，中路遂化为烟气而灭。婢乃直诣石家，说此事。石氏之父大惊曰："我女都不出，岂可毁谤如此？"阿妇自是常加意伺察之，居一夜，方值女在斋中，乃自拘执以诣石氏，石氏父见之愕眙，曰："我适从内来，见女与母共作，何得在此？"即令婢仆于内唤女出，向所缚者奄然灭焉。父疑有异，故遣其母诘之。女曰："昔年庞阿来厅中，曾窃视之。自尔仿佛即梦诣阿，及入户，即为妻所缚。"石曰："天下遂有如此奇事！夫精情所感，灵神为之冥著，灭者盖其魂神也。"既而女誓心不嫁。经年，阿妻忽得邪病，医药无征，阿乃授币石氏女为妻。《广记》三百五十八。

会稽国司理令朱宗之，常见亡人殡，去头三尺许，有一青物，状如覆瓮，人或当其处则灭，人去随复见，凡尸头无不有此青物者。又云，人殡时，鬼无不暂还临之。《广记》三百六十。

新野庾谨母病，兄弟三人，悉在侍疾。忽闻床前狗斗，声非常。举家共视，了不见狗，只见一死人头在地，犹有血，两眼尚动，其家怖惧，夜持出，于后园中埋之。明旦视之，出在土上，两眼犹尔。即又埋之，后旦已复出，乃以砖著头，令埋之，不复出。后数日，其母遂亡。《广记》三百六十。

东阳丁诨出郭，于方山亭宿，亭渚有刘散骑遭母丧于京葬还。夜中忽有一妇自通云："刘郎患疮，闻参军能治，故来耳。"诨使前，姿形端媚，从婢数人。命仆具肴馔，酒酣叹曰："今夕之会，令人无复贞白之操。"丁云："女郎盛德，岂顾老夫？"便令婢取琵琶弹之，歌曰："久闻忻重名，今遇方山亭；肌体虽朽老，故是悦人情。"放琵琶上膝抱头又歌曰："女形虽薄贱，愿得忻作婿；缱绻观良觌，千载结同契。"声气婉媚，令人绝倒。便令灭火，共展好情。比晓忽不见。吏云："此亭旧有妖魅。"《广记》三百六十。

京兆董奇庭前有大树，阴暎甚佳，后霖雨，奇独在家乡，有小吏言云："承云府君来。"乃见承云，著通天冠，长八尺，自称为方伯："某第三子有隽才，方当与君周旋。"明日，觉树下有异，每晡后无人，辄有一少年，就奇语戏，或命取饮食。如是半年，奇气强壮，一门无疾。奇后适下墅，其仆客三人送护，言："树材可用，欲货之，郎常不听，今试共斩斫之。"奇遂许之。神亦自尔绝矣。《广记》四百十五。

清河郡太守至，前后辄死。新太守到，如厕，有人长三尺，冠帻皂服，云："府君某日死。"太守不应，意甚不乐，催使吏为作主人，外颇怪。其日日中，如厕，复见前所见人，言："府君今日中当死。"三言亦不应。乃言:"府君当道而不道,鼠为死。"乃顿仆地,大如豚。郡内遂安。《广记》四百四十。

上虞魏虔祖婢,名皮纳,有色,徐密乐之。鼠乃托为其形而就密宿,密心疑之,以手摩其四体,便觉缩小,因化为鼠而走。《广记》四百四十。

晋陵民蔡兴,忽得狂疾,歌吟不恒。常空中与数人言笑,或云:"当再取谁女?"复一人云:"家已多。"后夜,忽闻十余人将物入里人刘余之家,余之拔刀出后户,见一人黑色,大骂曰:"我湖长来诣汝,而欲杀我?"即唤:"群伴何不助余邪?"余之即奋刀乱砍,得一大鼍及狸。《广记》四百六十九。

江淮有妇人,为性多欲,存想不舍日夜。尝醉,且起,见屋后二少童,甚鲜洁,如宫小吏者,妇因欲抱持,忽成扫帚,取而焚之。《广记》三百六十八。

东魏徐忘名,还作本郡,卒,墓在东安灵山。墓先为人所发,棺枢已毁。谢玄在彭城,将有齐郡司马隆、弟进,及安东王箱等,共取坏棺,分以作车。少时三人悉见患,更相注连,凶祸不已。箱母灵语子孙云:"箱昔与司马隆兄弟,取徐府君墓中棺为车,隆等死亡丧破,皆由此也。"《广记》三百二十。

秦高平李羡家奴健至石头冈,忽见一人云:"妇与人通情,遂为所杀,欲报仇,岂能见助?"奴用其言,果见人来,鬼便捉头,奴换与手,即时倒地,还半路便死。鬼以千钱一匹青绞绫袍与奴,嘱云:"此袍是市西门丁与许,君可自著,勿卖也。"《珠林》六十七。

宋初二字《广记》引有义兴周超为谢晦司马,在江陵。妻许氏在家,遥见屋里月光《广记》引作有光,一死人头在地,血流甚多,大惊怪三字《广记》引有,即便失去。后超被法。《御览》八百八十五。《广记》一百四十一。

宋永初三年,吴郡张缝《广记》引作隆家,忽有一鬼,云:"汝分我食，当相祐助。"便与鬼食，舒席著地，以饭布席上，肉酒五肴；如是鬼得，便不复犯暴人。后为作食，因以刀斫其所食处，便闻数十人哭，哭亦甚悲，云："死何由得棺材？"又闻云："主人家有梓船，奴甚爱惜，当取以为棺。"见担船至，有斧锯声，治船既竟《广记》引作日既暝，闻呼唤，举尸著棺中，缝眼不见，唯闻处分，不闻下钉声，便见船渐渐升空，入云霄中，久久灭，从空中落，船破成百片《广记》引无此二句。便闻如有百数人大笑云："汝那能杀我？我当为汝所困者邪？但知恶心，我憎汝状，故破船坏《广记》引作隐没汝船耳。"《珠林》六十七缝本作隆，承上文改，下同便回意奉事此鬼，问吉凶及将来之计，语缝曰："汝可以大瓮著壁角中，我当为觅物也。"十日一倒，有钱及金银铜铁鱼腥之属。《广记》三百二十三。

　　宋高祖永初中，张春为武昌太守时，人有嫁女，未及升车，忽便失性，出外殴击人乘，云："己不乐嫁俗人。"巫《珠林》引作云不乐嫁女家事俗巫云是邪魅，乃将女至江已上亦见《珠林》三十一有，至字据补际，击鼓以术祝治疗。春以为期惑百姓，克期须得妖魅。后有一青蛇来到巫所，即以大钉钉头。至日中，复见大龟从江来，伏前，更以赤朱书背作符，更遣去入江。至暮，有大白鼍从江中出，乍沉乍浮，向龟随后催逼，鼍自分死，冒来，先入幔与女辞诀，女恸哭，云失其姻好。自此渐差。或问巫曰："魅者归于何物？"巫云："蛇是传通，龟是媒人，鼍是其对；所获三物，悉是魅。"春始知灵验。《御览》九百三十二。

　　宋初二字《广记》引有淮南郡有物髡人发《广记》引作取人头髻，太守朱诞曰："吾知之矣。"多置黐音离以涂壁。夕有数《广记》引作一蝙蝠，大如鸡，集其上；不得去，杀之乃绝。屋檐下《广记》引作观之钩帘下已有数百人头髻。《御览》九百四十六。《广记》四百七十三。

　　有贵人亡后，永兴令王奉先梦与之相对如平生。奉先问："还有情色乎？"答云，某日至其家问婢。后觉，问其婢，云："此日魇，梦郎君来。"《广记》二百七十六。

徐羡之为王雄少傅主簿，梦父作谓曰："汝从今已后，勿渡朱雀桁，当贵。"羡之后行半桁，忆先人梦，回马，而以此除主簿，后果为宰相。《广记》二百七十六。

吴郡张茂度在益州时，忽有人道朝廷诛徐羡之，傅亮，谢晦三人，遂传之纷纭。张推问道："造言之主，何由言此？"答曰："实无所承，恍忽不知言之耳！"张鞭之，传者遂息，后乃验。《占经》一百十三。

景平元年，曲阿有一人病死，见父于天上，父谓曰："汝算录正余八年，若此限竟，死便入罪谪中。吾比欲安处汝，职局无缺者，惟有雷公缺，当启以补其职。"即奏按入内，便得充此任。令至辽东行雨，乘露车牛，以水东西灌洒，未至于中路复被符至辽西。事毕还，见父苦求还，云不乐处职。父遣去，遂得苏活。《广记》三百八十三。

元嘉初，散骑常侍刘俊家在丹阳郡。后尝闲居，而天大骤雨；见门前有三小儿，皆可六七岁，相牵狡狯，而并不沾濡。俊疑非人。俄见共争一瓠壶子，俊引弹弹之，正中壶，霍然不见。俊得壶，因挂阁边。明日，有一妇人入门，执壶而泣，俊问之，对曰："此是小儿物，不知何由在此？"俊具语所以，妇持壶埋儿墓前。间一日，又见向小儿持来门侧，举之，笑语俊曰："阿侬已复得壶矣。"言终而隐。《广记》三百二十四。《御览》三百五十。

元嘉九年，征北参军明襄之有一从者，夜眠大魇，襄之自往唤之，顷间不能应，又失其头髻，三日乃寤，说云："被三人捉足，一人髻之。忽梦见一道人，以丸药与之，如桐子。令以水服之。"及寤，手中有药，服之遂瘥。《广记》二百七十六。

元嘉九年，南阳乐遐尝在内坐，忽闻空中有人呼其夫妇名，甚急，半夜乃止，殊自惊惧，后数日，妇屋后还，忽举体衣服总是血，未一月，而夫妇相继病卒。《御览》八百八十五。《广记》三百六十。

元嘉中，交州刺史太原王征始拜，乘车出行，闻其前铮铮有声，见一辆车当路，而余人不见，至州遂亡。《广记》三百六十。

元嘉中，益州刺史吉翰迁为南徐州。先于蜀中载一青牛下，常自乘，恒于目前养视。翰遘疾多日，牛亦不肯食，及亡，牛流涕滂沱。吉氏丧未还都，先遣驱牛向宅，牛不肯行，知其异，即待丧，丧既下船，便随去。《御览》九百。

吉未翰从弟名礜石，先作檀道济参军。尝病，因见人著朱衣前来揖云："特来将迎。"礜石厚为施设，求免，鬼曰："感君延接，当为少停。"乃不复见。礜石渐差。后丁艰，还寿阳，复见鬼，曰："迎使寻至，君便可束装。"礜石曰："君前已留怀，今复得见愍否？"鬼曰："前召欲相使役，故停耳。今泰山屈君为主簿，又使随至，不可辞也。"便见车马传教，油载罗列于前，指示家人，人莫见也。礜石介书呼亲友告别，语笑之中，便奄然而尽。《广记》三百二十三。

赵泰字文和，清河贝邱人，公府辟不就，精进亦见《辨正论》八注引邱作丘，进作思典籍，乡党称名。年三十五，宋太始五年七月十三日夜半，忽心痛而死，心上微暖，宋《论注》作晋，误。又无十字作七月三日。又，忽作卒，微作故身体屈伸。停尸十日，气从咽喉如雷鸣，眼开，索水饮，饮讫便起《论注》作索饮食便起。说：初死时，有二人乘黄马，从兵二人，但言捉将去，二人扶两腋东行，不知几里，便见大城如锡铁《论注》铁下有端正二字崔嵬，从城西门入，见官府舍，有二重黑门；数十梁瓦屋，男女当五六十，主吏著皂单衫五六十下《论注》作五六十人住立，吏者著皂单衣，将五六人主疏姓字，男女有别，言：莫动，当入科呈府君泰名云云将泰名在第三十，须臾将入，府君西坐断勘姓名《论注》断勘句作科出案名，复将南入黑门。一人绛衣，坐大屋下，以次呼名前，问生时所行事，有何罪故，行何功德，作何善行，言者各各不同。主者言："许汝等辞，恒遣六师督《论注》师作部，督作都录使者，常在人间，疏记人所作善恶，以相检校。人死有三恶道，杀生祷祠最重，奉佛持五戒十善，慈心布施，生在福舍，安稳《论注》祠作祀，佛下有法字，生作死，稳作隐无为。"泰答："一无所为，上《论注》所为作所事，上作亦不犯恶。"断问都竟，使为水官监作吏，将千余人接沙著岸上，昼夜勤苦，啼泣悔言："生时不作善，今堕在此处。"后转水官都督，总知诸狱事，给马，东到地狱按行，复到泥犁地狱，男子六千人，有火树，纵《论注》此处下有当归索代四字，马下有兵字，男子作男女，火作大，下同，纵作横广五十余步，高千丈，四边皆有剑，树上然火《论注》剑下有上人著三字，火仍有作大，其下十十五五，堕火剑上，贯其身体，云："此人咒咀¹骂詈，夺人财物，假伤良善。"泰见父母及一弟《论注》假作毁，泰见二字到，一弟作二弟在此狱中涕泣，见二人赍文书来，敕狱吏，言有三人，其《论注》无其字家事佛，为有《论注》为有二字作为其于三字寺中悬幡盖烧香，转《法华经》《论注》幡下无盖字，又无转《法华经》四字，咒愿救解生时罪过，出就福舍。已见自然衣服，往诣一门，云《论注》云下有名字"开光大舍"，有三重《论注》重下有黑字门，皆白壁赤柱，此三人即入门。见大殿珍宝耀日，堂前有二师子²并伏象《论注》象作顾负二字，又日作目，一金玉床，云名"师子之座"。见一大《论注》无大字人，身可长丈余余作六，姿颜金色，项有日日作白光，坐此床床作座上，沙门立侍甚众，四座名真人菩萨，见泰山府君来作礼，泰问吏："何人？"吏曰："此名佛，天上天下，度人之师。"便闻佛言："今欲《论注》名字作四坐并三字，萨下有又字，吏下有人是二字，言作云，欲下有慈字度此恶道中及诸地狱《论注》狱下有中字人。"皆令出应，时云有《论注》下有百字万九千人，一时得出地狱，即时《论注》即时起作：即空徙苦百里城中，其在此中云：皆奉佛法弟子，当过福舍七日，随行所作功德有少有无者，又见呼云云见呼十人，当上生天，有车马《论注》车马下有侍从二字迎之，升虚空而去。复见一城，云《论注》去下有出字，无云字纵广二百里，名

为"受变《论注》变上有吏字，当衍形城"，云生来不《论注》作时未闻道法，而地狱考治已毕者，当于此城受更《论注》二字到变报。入北《论注》作此门，见《论注》见下有当二字数千百土《论注》土作上屋《论注》屋下有有坊巷三字，百作万，中央有瓦屋，广五十《论注》广上有当字，十作千余步，下有五百余吏，对录人名作善恶事状，受是变身形之路《论注》事作者行二字，是作所，路下有各字，从其所趋《论注》趋作趣，下有而字去。杀者云杀下有生字当作蜉蝣虫，朝生夕死，若若下有出字为人，常常下有当字短命；偷盗者作猪羊身，屠肉偿人；淫逸逸作侠者作鹄鹜蛇身；恶恶两舌者作鸱鸮鵩鹍，恶鸱下四字作鸱鸮鵩鹍声人闻，皆咒令死；抵债者为驴驴下有骡字马牛鱼鳖之属。大屋下有地房房作户北向，一户南向，呼从北户，又出南户者，皆变身形作鸟兽。又见一城，纵广百里，其《论注》其下有中字瓦屋，安居快乐。云生时不作恶，亦不为善，当在鬼趣，千岁《论注》生时起作生时不作恶行，不见大道，亦不受罪，名为鬼城千岁云得出为人。又见一城，广有《论注》无有字五千余步，名为地中罚谪者，不堪苦痛《论注》苦痛下有还家索，代家为解谪，皆在此城中三句，男女五六万，皆裸形无服，饥困相扶，见泰叩头啼哭《论注》啼哭下有泰问吏："天道地狱道门相去几里？"曰："天道地狱道门相对。"四句。泰按行毕毕作还，主者问："地狱如法否？否作不卿无罪，故相浣浣作使为水官都督；不尔，与狱中人无异。"泰问："人生生作死何以以作者为乐？"主者言："唯奉佛弟子，精进，不犯禁戒为乐耳？"又问："未奉佛时，罪过山积，今奉佛《论注》今奉下无佛字法，其过得除否？"否作不曰："皆除。"主者又召都录使者，问："赵泰泰作文和二字何故死？"来使开縢检年纪之籍，云："有《论注》无云字，有下有余字算三十年，横为恶鬼所取，今遣还家。"由是大小发意奉佛，为祖《论注》祖下有父母二字及《论注》及下有二字弟悬幡盖，诵《法华经》作福也。《广记》一百九。《论注》末作悬幡盖作福会也。

蔡廓作豫章郡，未发，大儿始迎妇在渚次，儿欲渡妇船，衣挂船头，遂堕水，即没。徐羡之作扬州，登敕两岸，厚赏渔人及昆仑，共寻觅，至二更不得；妇哀泣之间，仿佛如梦，闻謦告之曰："吾今在卿船下。"以告婢，婢白之，令水工没觅，果见坐在船下，初出水，颜色如平生。《御览》三百九十六。

宋永兴县吏钟道得重病初差，情欲倍常。先乐白鹤墟中女子，至是犹存想焉，忽见此女子，振衣而来，即与燕好。是后数至。道曰："吾甚欲鸡舌香。"女曰："何难。"乃掏香满手以授道，道邀女同含咀之，女曰："我气素芳，不假此。"女子出户，狗忽见随，咋杀之，乃是老獭，口香即獭粪，顿觉臭秽。《广记》四百六十九。

近世有人，得一小给使，频求还家，未遂。后日久，此吏在南窗下眠；此人见门中有一妇人，年五六十，肥大，行步艰难，吏眠失覆，妇人至床边取被以覆之，回复出门去；吏转侧衣落，妇人复如初。此人心怪，明问吏以何事求归。吏云："母病。"次问状貌及年，皆如所见，唯云形瘦不同；又问："母何患？"答云："病肿。"而即与吏假，使出，便得家信，云母丧。追计所见之肥，乃是其肿状也。《广记》三百二十三。

焦湖庙祝有柏枕，三十余年，枕后一小坼孔。县民汤林行贾，经庙祈福，祝曰："君婚姻未？可就枕坼边。"令林入坼内，见朱门，琼宫瑶台胜于世，见赵太尉，为林婚，育子六人，四男二女，选林秘书郎，俄迁黄门郎。林在枕中，永无思归之怀，遂遭违忤之事。祝令林出外间，遂见向枕，谓枕内历年载，而实俄忽之间矣。《书钞》一百三十四。案《广记》二百八十三引《幽明录》又《寰宇记》一百二十六引《搜神记》《幽明录》云：宋世焦湖庙有一柏枕，或云玉枕。枕有小坼。时单父县人杨林为贾客至庙祈求，庙巫谓曰：君欲好婚否？林曰：幸甚。巫即遣林近枕边。因入坼中，遂见朱楼琼室，有赵太尉在其中，即嫁女与林。生六子，皆为秘书郎。历数十年，并无思归之志。忽如梦觉，犹在枕傍。林怆然久之。皆与《书钞》文异，云玉枕者，《搜神记》说也。

宋时，余杭县南有上湘湖，中央作塘。有一人乘马看戏，将三四人至岑村饮酒，小醉，暮还。时炎热，因下马入水中，枕石眠，马断走归，从人悉追马，至暮不返。眠觉，日已向晡，不见人马，见一妇来，年可十六七，云："女郎再拜，日既向暮，此间大可畏，君作何计？"问："女郎姓何？那得忽相闻？"复有一年少，年可十三四，甚了了，乘新车，车后二十人至，呼上车云："大人暂欲相见。"因回车而去。道中骆驿把火，寻见城郭邑居，至便入城，进厅事上，有信幡，题云"河泊"。俄见一人，年三十许，颜容如画，侍卫繁多，相对欣然。敕行酒炙，云："仆有小女，乃《广记》引作颇聪明，欲以给君箕帚。"此人知神，敬畏不敢拒逆。便敕备办，令就郎中婚，承白已办。送丝布单衣及纱夹绢裙纱衫挥履屐，皆精好，又给十小吏，青衣数十人。妇年可十八九，姿容婉媚，便成。三日后，大会客，拜阁，四日云："礼既有限，当发遣去。"妇以金瓯麝香囊与婿别，涕泣而分，又与钱十万，药方三卷，云："可以施功布德。"复云："十年当相迎。"此人归家，遂不肯别婚，辞亲出家，作道人。所得三卷方者，一卷脉经，一卷汤方，一卷丸方，周行救疗，皆致神验。后母老迈，兄丧，因还婚宦。《珠林》七十五。《广记》二百九十五。

宋有一国，与罗刹相近，罗刹数入境，食人无度，王与罗刹约言：自今以后，国中家各专一日，当各送往，勿复枉杀。有奉佛家，唯有一子，始年十岁，次当充行《广记》引此下有云舍别之际，父母哀号，使至心念佛，爰及宗亲，助子属想。便送此鬼，辞别舍之已上四句《广记》引无，以佛威神力，大鬼不得近。明日见子尚在，双喜同归，于兹遂绝。国人嘉庆慕焉。《珠林》五十。《广记》一百十二。

安侯世高者，安息国王子，与大长者共出家，学道舍卫城。值王不称，大长者子辄恚，世高恒呵戒之。周旋二十八年，云当至广州，值乱，有一人逢高，唾手拔刀曰："真得汝矣！"高大笑曰："我夙命负对，故远来相偿。"遂杀之。有一少年云："此远国异人而能作吾国言，受害无难色，将是神人乎？"众皆骇笑。世高神识还生安息国，复为王作子，名高安侯。年二十，复辞王学道，十数年，语同学云："当诣会稽毕对。"过庐山，访知识，遂过广州，见年少尚在，径投其家，与说昔事，大欣喜，便随至会稽。过稽山庙，呼神共语，庙神蟒形，身长数丈，泪出，世高向之语，蟒便去，世高亦还船。有一少年上船，长跪前受咒愿，因遂不见。广州客曰："向少年即庙神，得离恶形矣。"云庙神即是宿长者子。后庙祝闻有臭气，见大蟒死，庙从此神歇。前至会稽，入市门，值有相打者，误中世高头，即卒。广州客遂事佛精进。《广记》二百九十五。

有新死鬼，形疲瘦顿，忽见生时友人，死及二十年，肥健，相问讯曰："卿那尔？"曰："吾饥饿殆不自任，卿知诸方便，故当以法见教。"友鬼云："此甚易耳，但为人作怪，人必大怖，当与卿食。"新鬼往入大墟东头，有一家奉佛精进，屋西厢有磨，鬼就捱此磨，如人推法，此家主语子弟曰："佛怜我家贫，令鬼推磨。"乃辇麦与之，至夕磨数斛，疲顿乃去。遂骂友鬼："卿那诳我？"又曰："但复去，自当得也。"复从墟西头入一家，家奉道，门傍有碓，此鬼便上碓，如人舂状。此人言："昨日鬼助某甲，今复来助吾，可辇谷与之。"又给婢簸筛，至夕力疲甚，不与鬼食，鬼暮归，大怒曰："吾自与卿为婚姻，非他比，如何见欺？二日助人，不得一瓯饮食。"友鬼曰："卿自不偶耳！此二家奉佛事道，情自难动，今去可觅百姓家作怪，则无不得。"鬼复去，得一家，门首有竹竿，从门入，见有一群女子，窗前共食，至庭中，有一白狗，便抱令空中行，其家见之大惊，言自来未有此怪，占云："有客索食，可杀狗并甘果酒饭于庭中祀之，可得无他。"其家如师言，鬼果大得食。此后恒作怪，友鬼之教也。《广记》三百二十一。

东昌县山有物，形如人，长四五尺，裸身被发，发长五六寸，常在高山岩石间住；暗哑作声而不成语，能啸相呼，常隐于幽昧之间，不可恒见。有人伐木，宿于山中，至夜眠后，此物抱子，从涧中发石取虾蟹，就人火边，烧炙以食儿。时人有未眠者，密相觉语，齐起共突击，便走，而遗其子，声如人啼也。此物使男女群共引石击人，辄得然后止。《御览》八百八十三。

会稽施子然曰，有一人身著练单衣帢，直造席，捧手与子然语，子然问其姓名，即答曰："仆姓卢，名钩，家在坛溪边，临水。"复经半旬中，其作人掘田塍西沟边故堰，忽见大坎，满中蝼蛄，将近斗许，而有数头极壮，一个弥大，子然至是始悟曰："近日客称'卢钩'，反音则'蝼蛄'，家在坛溪，即西坎也。"悉灌以沸汤，自是遂绝。《御览》九百四十八引，佚书名。

吴兴徐长夙与鲍南海神有神明之交，欲授以秘术，先谓徐宜有纳誓，徐誓以不仕。于是受箓，常见八大神在侧，能知来见往，才识日异，县乡翕然有美谈，欲用为县主簿，徐心悦之，八神一朝不见其七，余一人倨傲不如常。徐问其故，答云："君违誓，不复相为，使身一人留卫箓耳！"徐仍还箓，遂退。《御览》八百八十二引《世说》。《广记》二百九十四同。

彭虎子少壮有膂力，常谓无鬼神。母死，俗巫戒之云："某日决杀当还，重有所杀，宜出避之。"合家细弱，悉出逃隐，虎子独留不去。夜中，有人排门入，至东西屋，觅人不得，次入屋间庐室中；虎子遑遽无计，床头先有一瓮，便入其中，以板盖头，觉母在板上，有人问："板下无人邪？"母云："无。"相率而去。《广记》三百十八。

晋升平元年，任怀仁年十三，为台书佐，乡里有王祖复为令史，恒宠之。怀仁已十五六矣，颇有异意；祖衔恨，至嘉兴，杀怀仁，以棺殡埋于徐祚后田头。祚夜宿息田上，忽见有冢，至朝中暮三时食，辄分以祭之，呼云："田头鬼来就我食。"至瞑眠时，亦云："来伴我宿。"如此积时，后夜忽见形云："我家明当除服作祭，祭甚丰厚，君明随去。"祚云："我是生人，不当相见。"鬼云："我自隐君形。"祚便随鬼去，计行食顷，便到其家，家大有客，鬼将祚上灵座，大食减，合家号泣，不能自胜，谓其儿还。见王祖来，便曰："此是杀我人。"犹畏之，便走出；祚即形露，家中大惊，因问祚，因叙本末，遂随祚迎丧。既去，鬼便断绝。《广记》三百二十。

临淮朱综遭母难，恒外处住，内有病，因前见，妇曰："丧礼之重，不烦数还。"综曰："自荼毒以来，何时至内？"妇曰："君来多矣。"综知是魅，敕妇婢，候来，便即闭户执之。及来登床，往赴视，此物不得去，遽变老白雄鸡。推问是家鸡，杀之，遂绝。《广记》四百六十一。

汉武凿昆明极深，悉是灰墨，无复土，举朝不解，以问东方朔，朔曰："臣愚不足以知之，可试问西域胡僧。"帝以朔不知，难以核问。后汉帝时，外国道人来，入洛阳，时有忆方朔言者，乃试问之，胡人云："经云：'天地大劫将尽，则劫烧'，此烧之余。"乃知朔言有旨。苏易简《文房四谱》五引《曹毗志怪》，又云出《幽明录》。

蒲城李通，死来云：见沙门法祖为阎罗王讲《首楞严经》；又见道士王浮身被锁械，求祖忏悔，祖不肯赴。孤负圣人，死方思悔。《辨正论》六注。案末二句或是陈氏案语。

康阿得死三日，还苏，说：初死时，两人扶腋，有白马吏驱之，不知行几里，见北向黑暗门，南入，见东向黑门，西入，见南向黑门，北入，见有十余梁间瓦屋，有人皂服笼冠，边有三十余吏，皆言府君，西南复有四五十吏，阿得便前拜府君，府君问："何所奉事？"得曰："家起佛图塔寺，供养道人。"府君曰："卿大福德。"问都录使者："此人命尽耶？"见持一卷书伏地案之，其字甚细，曰："余算三十五年。"府君大怒曰："小吏何敢顿夺人命？"便缚白马吏著柱，处罚一百，血出流漫，问得："欲归不？"得曰："尔。"府君曰："今当送卿归，欲便遣卿案行地狱。"即给马一匹，及一从人，东北出，不知几里，见一城，方数十里，有满城上屋，因见未事佛时亡伯，伯母，亡叔，叔母，皆著杻械，衣裳破坏，身体脓血。复前行，见一城，其中有卧铁床上者，烧床正赤。凡见十狱，各有楚毒，狱名"赤沙"，"黄沙"，"白沙"，如此"七沙"，有刀山剑树，抱赤铜柱，于是便还。复见七八十梁间瓦屋，夹道种槐，云名"福舍"，诸佛弟子住中，福多者上生天，福少者住此舍。遥见大殿，二十余梁，有一男子二妇人从殿上来下，是得事佛后亡伯，伯母，亡叔，叔母。须臾有一道人来，问得："识我不？"得曰："不识。"曰："汝何以不识我？我共汝作佛图主。"于是遂而忆之，还至府君所，即遣前二人送归，忽便苏活也。《辩正论》八注。

石长和死，四日苏，说初死时，东南行，见二人治道，恒去和五十步，长和疾行亦尔。道两边棘刺皆如鹰爪，见人大小群走棘中，如被驱逐，身体破坏，地有凝血。棘中人见长和独行平道，叹息曰："佛弟子独乐得行大道中。"前行，见七八十梁瓦屋，中有阁十余，梁上有窗向，有人面辟方三尺，著皂袍，四缝掖，凭向坐，唯衣襟以上见。长和即向拜。人曰："石贤者来也，一别二十余年。"和曰："尔。"意中便若忆此时也。有冯翊牧孟承夫妻先死。阁上人曰："贤者识承不？"长和曰："识。"阁上人曰："孟承生时不精进，今恒为我扫地；承妻精进，晏然与官家事。"举手指西南一房，曰："孟承妻今在中。"妻即开窗向，见长和问："石贤者何时来？"遍问其家中儿女大小名字平安不，"还时过此，当因一封书。"斯须见承阁西头来，一手捉帚粪箕，一手捉把籍，亦问家消息。阁上人曰："闻鱼龙超修精进，为信尔不？何所修行？"长和曰："不食鱼肉，酒不经口，恒转尊经，救诸疾痛。"阁上人曰："所传莫妄。"阁上问都录主者："石贤者命尽耶？枉夺其命耶？"主者报："按录余四十年。"阁上人敕主者：轺车一乘，两辟车骑，两吏，送石贤者。须臾，东向便有车骑人从如所差之数，长和拜辞，上车而归。前所行道边，所在有亭传吏民床坐饮食之具。倏然归家，前见父母坐其尸边，见尸大如牛，闻尸臭，不欲入其中。绕尸三匝，长和叹息，当尸头前，见其亡姊于后推之，便踏尸面上，因即苏。《辩正论》八注。

谢氏鬼神列传

下邳陈超为鬼君弼所逐，改名何规，从余杭步道还，求福，绝不敢出入。五年后，意渐替解，与亲旧临水戏，酒酣，共说往事，超云："不复畏此鬼也。"小俯首，乃见鬼影在水中，超惊怖，时亦有乘马者，超借马骑之，下鞭奔驱，此鬼与超远近常如初，微闻鬼云："汝何规耶？急急就死！"《御览》三百五十九。

殖氏志怪记

宗正卿会稽谢谟夜独坐，碗饮室中，忽见人椎发袒臂来饮，倾瓮不去，谟以为盗，援剑逐之。《书钞》一百四十四。

客星通坐。《书钞》二十。

集灵记

王谌，琅邪人也，仕梁为南康王记室。亡后数年，妻子困于衣食，岁暮，谌见形谓妇曰："卿困乏衣食？"妻因与之酒，别而去。谌曰："我若得财物，当以相寄。"后月，小女探得金指环一双。《御览》七百十八。

汉武故事

汉景皇帝王皇后内太子宫，得幸六字依《初学记》九引补有娠《御览》八十八引作妊身，梦日入其怀。帝又梦高祖谓己二字《御览》八十八引有曰："王夫《御览》八十八引作美人生子，可名为彘。"及生男，因名焉。是为武帝。帝以乙酉年七月七日旦生于猗兰殿巳上亦散见《史记·外戚世家索隐》《文选》、颜延之《宋文皇帝元皇后哀册文》注。《初学记》九又十。《御览》三十一，又一百四十七。《事类赋注》五。年四岁，立为胶东王。二句《御览》八十八，又一百四十七引并有数岁，长公主嫖抱置膝上，问曰："儿欲得妇不？"胶东王曰："欲得妇。"长主指左右长御百余人，皆云不用。末指其女问曰："阿娇好不？"于是乃笑对曰："好！若得阿娇作妇，当作金屋贮之也。"巳上九句依《御览》八十八引长主大悦；乃苦要上，遂成婚焉数岁至此巳上亦散见《史记·外戚世家》《正义》《类聚》八十三、《初学记》十、《御览》一百八十一，又八百十一。《猗觉寮杂记》上婚作昏。是时皇后无子，立栗姬子为太子。皇后既废，栗姬次应立；而长伺其短，辄微白之。上尝与栗姬语，栗姬怒，弗肯应；又骂上"老狗"；上心衔之。长主日谮之，因誉王夫人男之美，上亦贤之，废太子为王，栗姬自杀，遂立王夫人为后是时至此巳上《续谈助》引有。胶东王为皇太子，时年七岁；上曰："彘者彻也。"因改曰彻。《御览》八十八。《续谈助》三。

丞相周亚夫侍宴《续谈助》引作宴见，时太子在侧；亚夫失意，有怨色，太子视之不辍；亚夫于是起。帝问曰："尔何故视此人邪？"对曰："此人可畏，必能作贼。"帝笑；因曰："此怏怏非少主《御览》引有之字臣也。"《御览》八十八。《续谈助》三。

廷尉上因。防年继母陈杀父，因杀陈。依律，年杀母，大逆论。

帝疑之，诏问太子。太子对曰："夫继母如母，明其不及母也，缘父之爱，故比之于母耳；今继母无状，手杀其父，则下手之日，母恩绝矣；宜与杀人者同，不宜大逆论。"帝从之，年弃市。议者称善。时太子年十四，帝益奇之。《御览》八十八。

及即位，常晨往夜还。与霍去病等十余人，皆轻服为微行；且以观戏市里，察民风俗。尝至莲勺通道中行，行者皆奔避路；上怪之，使左右问之，云有持戟前呵者数十人。时微行率不过二十人，马七八匹，更步更骑，衣如凡庶，不可别也，亦了无骑御，而百姓咸见之。《御览》八十八。

元光元年，天星大动；光耀焕焕竟天，数夜乃止。上以问董仲舒，对曰："是谓星摇，人民劳之妖也。"是时谋伐匈奴，天下始不安，上谓仲舒妄言，意欲诛之；仲舒惧，乞补刺史以自效；乃用为军侯，属程不识，屯雁门。《续谈助》三。

太后弟田蚡欲夺太后兄子窦婴田，婴不与案此下当有后婴所厚灌夫因酒忤蚡，蚡乃奏案，灌夫家属横皆得弃市罪，婴上书论救事，今未见诸书征引，上召大臣议之。群臣多是窦婴，上亦不复穷问，两罢之。田蚡大恨，欲自杀；先与太后诀，兄弟共号哭诉太后，太后亦哭弗食；上不得已，遂乃杀婴《资治通鉴考异》一。案上召大臣至此上《续谈助》作乃构婴于太后，上不得已杀婴，盖已多所删节。后月余日，蚡病，一身尽痛，若击者。叩头复罪。上使视鬼者察之，见窦婴笞之；上又梦窦婴谢上属之；上于是颇信鬼神事。《续谈助》三。

陈皇后废处长门宫，窦太主以宿恩，犹自亲近。后置酒主家，主见所幸董偃。《通鉴考异》一。

陈皇后废，立卫子夫为皇后。初，上行幸平阳主家，子夫为讴者，善歌，能造曲，每歌挑上《书钞》一百六引作怨上，当误，上意动，起更衣，子夫因侍衣得幸，头解，上见其美发悦之二句亦见《文选》张衡《西京赋注》又潘岳《西征赋注》，欢乐。主遂内子夫于宫。上好容成道，信阴阳书。时宫女数千人，皆以次幸；子夫新人，独在籍末，岁余不得见。上释宫人不中用者出之，子夫因涕泣请出；上曰："吾昨梦子夫庭中生梓树数株，岂非天意乎？"是日幸之，有娠已上五句亦见《御览》九百五十八，生女。凡三幸，生三女，后生男，即戾太子也。《续谈助》三。

淮南王安好学多才艺；集天下遗书，招方术之士《书钞》一百一引作招天下之术士，皆为神仙，能为云雨。百姓传云："淮南王，得天子，寿无极。"上心恶之，征之。使觇淮南王，云王能致仙人，又能隐形升行，服气不食。上闻而喜其事，欲受其道。王不肯传，云无其事。上怒，将诛，淮南王知之，出令与群臣，因不知所之。国人皆云神仙或有见王者。常恐动人情，乃令斩王家人首，以安百姓为名。收其方书，亦颇得神仙黄白之事，然试之不验。上既感淮南道术，乃征四方有术之士；于是方士自燕齐而出者数千人。齐人李少翁，年二百岁，色如童子二句见《史记·孝武本纪》《正义》引，今补于此，上甚信之，拜为文成将军，以客礼之。于甘泉宫中画太一诸神像，祭祀之。少翁云："先致太一，然后升天，升天然后可至蓬莱。"岁余而术未验。会上所幸三字据《初学记》二十五引补李夫人死，少翁云能致其神；乃夜张帐，明烛，令上居他帐中，遥见李夫人，不得就视也。《续谈助》三。

李少君言冥海之枣大如瓜，种山之李大如瓶也。《海录碎事》二十二。

文成诛月余日，使者籍货关东还，逢之于漕亭。还言见之，上乃疑；发其棺，无所见，唯有竹筒一枚。捕验间无纵迹也。《史记·孝武本纪》《正义》。

上微行，至于柏谷《初学记》八。《御览》五十四，夜投亭长宿，亭长不内，乃宿于逆旅。逆旅翁谓上曰："汝长大多力，当勤稼穑；何忽带剑群聚，夜行动众，此不欲为盗则淫耳。"上默然不应，因乞浆饮，

翁答曰："吾止有溺，无浆也。"已上亦略见《类聚》九。《御览》五十四有顷，
还内。上使人觇之，见翁方《选注》引无谓上至此要少年十余人，皆持
弓矢刀剑，令主人妪出安过客。妪归，谓其翁曰："吾观此丈夫，乃
非常人也；且亦有备，不可图也。不如因礼之。"其夫曰："此易与
耳！鸣鼓会众，讨此群盗，何忧不克。"妪曰："且安之，令其眠，乃
可图也。"翁从之。时上从者十余人，既闻其谋，皆惧，劝上夜去。
上曰："去必致祸，不如且止以安之。"有顷，妪出，谓上曰："诸公
子不闻主人翁言乎？此翁好饮酒，狂悖不足计也。今日具令公子安
眠无他。"妪自还内。时不如因礼之至此已上《选注》及《御览》八十八引并无天
寒，妪酌酒，多与其夫及诸少年，皆醉。妪自缚其夫，诸少年皆走。
妪出谢客，杀鸡作食。平明《御览》引或作旦，上去。是日还宫，乃召
逆旅夫妻见之，赐姬金千斤《书钞》二十引作十斤，擢其夫为羽林郎。自
是惩戒，希复微行《御览》八十八，又一百九十五。《文选》潘岳《西征赋注》无末
二句。时丞相公孙雄数谏，上弗从，因自杀，上闻而悲之，后二十
余日有柏谷之逼；乃改殡雄，为起坟冢在茂陵旁，上自为诔曰："公
孙之生，污渎降灵。元老克壮，为汉之贞旧注一作祯。弗旧注一作拂予
一人，迄用有成。去矣游矣，永归冥冥。呜呼夫子！曷其能刑。载
曰：万物有终，人生安长；幸不为夭，夫复何伤。"《书钞》一百二引云公
孙宏薨，上闻而悲之，乃改殡之，上自诔之雄尝谏伐匈奴，为之小止。雄卒，
乃大发卒数十万，遣霍去病讨胡，杀休屠王；获天祭金人，上以为
大神，列于甘泉宫。人率长丈余，不祭祝，但烧香礼拜。天祭长八
尺，擎日月，祭以牛。上令依其方俗礼之，方士皆以为夷狄鬼神，
不宜在中国，乃止。时丞相公孙雄数谏至此已上见《续谈助》三。

凿昆池，积其土为山，高三十余丈。又起柏梁台，高二十丈，
悉以香柏，香闻数十里五字依《御览》九百八十一，又九百五十四引补，以处
神君。神君者，长陵女子也，死而有灵；霍去病微时，数自祷神君，

乃见其形，自修饰三字《御览》引有，欲与去病交接，去病不肯，神君亦惭《御览》引有此句。及去病疾笃，上令为祷神君，神君曰："霍将军精气少，寿命不长《御览》引有此句；吾尝欲以太一精补之，可得延年，霍将军不晓此意，遂见断绝；今疾必死，非可救也。"去病竟死。霍去病微时至此已上亦见《御览》七百三十九上乃造神君请术，行之有效，大抵不异容成也。自柏梁烧后，神稍衰。东方朔取宛若旧注：神君之姒为小妻，生三人，与朔同日死。时人疑化去，弗死也。《续谈助》三。

蒲忌奏："祠太一用一太牢，为坛，开八通鬼道，令太祝立其祠长安东南。"《续谈助》三上祀大畤，祭常有光明，照长安城如月光。上以问东方朔曰："此何神也？"朔曰："此司命之神，总鬼神者也。"《续谈助》三引上问五句接长安东南下，鬼神作鬼录上曰："祠之能令益寿乎？"对曰："皇者寿命悬于天，司命无能为也。"《御览》八百八十二。

上少好学，招求天下遗书，上亲自省挍；使庄助、司马相如等以类分别之已上《御览》引有。尤好辞赋，每所行幸及奇兽异物，辄命相如等赋之上四句亦见《书钞》一百二。上亦自作诗赋数百篇，下笔即成，初不留意。相如作文迟，弥时而后成《绀珠集》九引作累日方成；上每叹其工妙，谓相如曰："以吾之速，易子之迟，可乎？"相如曰："于臣则可，未知陛下何如耳？"《绀珠集》引作尔上大笑而不责也。《御览》八十八。《续谈助》三。

上喜接士大夫，拔奇取异，不问仆隶，故能得天下奇士已上《续谈助》引有；然性严急，不贷小过，刑杀法令，殊为峻刻。汲黯每谏上曰："陛下爱才乐士，求之无倦，比得一人，劳心苦神；未尽其用，辄已杀之。以有限之士，资《御览》引作恣无已之诛；臣恐天下贤才将尽于陛下，欲谁与为治乎。"汲黯每谏至此已上亦见《类聚》二十四黯言之甚怒，上笑而喻之性严急至此已上据《御览》八十八曰："夫才为世出，何时无才！且所谓才者，犹可用之器也；才不应务，是器不中用也；不能尽才以处事，与无才同也；不杀何施！”黯曰：“臣虽不能以言屈陛下，而心犹以为非。愿陛下自今改之，无以臣愚为不知理也。”已上三句《御览》四百五十四引之上顾谓群臣曰：“黯自言便辞，则不然矣；自言其愚，岂非然乎。”时北伐匈奴，南诛两越，天下骚动。黯数谏争，上弗从；乃发愤谓上曰：“陛下耻为守文之士君，欲希奇功于事表；臣恐欲益反损，取累于千载也。”上怒，乃出黯为郡吏。黯忿愤，疽发背死。谥刚侯。《续谈助》三。

上尝辇至郎署，见一老翁，须鬓《御览》引或作眉皓白，衣服不整《御览》引或作完，今依《书钞》一百四十。上问曰：“公何时为郎，何其老也？”对曰：“臣姓颜名驷，江都人也，以文帝时为郎。”《选注》引云颜驷不知何许人，汉文帝时为郎，至武帝，尝辇过郎署，见驷尨眉皓发，上问曰：“叟何时为郎？何其老也？”答曰：“臣文帝时为郎。”与《后汉书》注及《御览》颇不同，盖出别一本上问曰：“何其老而不遇也？”驷曰三句《御览》引有：“文帝好文而臣好武；景帝好老而臣尚少《诗笺》少下有今字；陛下好少而臣已老《选注》引作至景帝好美而臣貌丑，陛下即位，好少，而臣已老；是以三世不遇。故老于郎署。”《选注》引有此句上感其言，擢拜会稽都尉。《御览》三百八十三，又七百七十四。《文选》张衡《思玄赋注》。《后汉书·张衡传》注。《绀珠集》九。《草堂诗笺》二十九。

天子至鼎湖，病甚，游水发根言于上曰：“上郡有神，能治百病。”上乃令发根祷之，即有应。上体平，遂迎神君会于甘泉，置之寿宫。神君最贵者大夫，次大禁司命之属，皆从之。非可得见，闻者音与人等。来则肃然风生，帷幄皆动。于北宫设钟簴羽旗，以礼神君。神君所言，上辄令记之，命曰画法。率言人事多，鬼事少。其说鬼事与浮屠相类：欲人为善，责施与，不杀生。《续谈助》三。

齐人公孙卿谓所忠曰：“吾有师说秘书，言鼎事，欲因公奏之。如得引见，以玉羊一为寿。”所忠许之。视其书而有疑，因谢曰：“宝鼎事已决矣，无所复言。”公孙卿乃因嬖人平时奏之。有札书言已上据《汉孝武内传》补："宛旧注作究侯问于鬼区臾，区曰：帝得宝鼎，神策延年，是岁乙旧注一作己酉，朔旦冬至，得天之纪，终而复始宛侯至此已上《续谈助》四所录《汉武内传》注引故事。于是迎日推算，乃登仙于天。今年得朔旦冬至，与黄帝时协。臣昧死奏。"帝大悦，召卿问。卿曰："臣受此书于申公，已死，尸解去。"帝曰："申公何人？"卿曰："齐人安期生同受黄帝言，有此鼎书。申公尝告臣：言汉之圣者，在高祖之曾孙焉；宝鼎出，与神通，封禅得上太山，则能登天矣；黄帝郊雍祠上帝，宿斋三月，鬼区臾尸解而去，因葬雍，今大鸿冢是也。其后黄帝接万灵于明庭，甘泉是也；升仙于寒门，谷口是也。"于是迎日推算至此已上并依《内传》补。晁氏云：《内传》什有五六皆增赘，《汉武故事》与《十洲记》也。

上为伐南越，告祷泰一。为泰一缝旗，命曰已上依《汉书·郊祀志》补"灵旗"，画日月斗，大吏《汉书》作太史，此当误奉以指所伐国。《绀珠集》九。

拜公孙卿为郎，持节候神；自太室至东莱，云见一人，长五丈，自称巨公《御览》引有此句，巨一作神，牵一黄犬，把一黄雀，欲谒天子，因忽不见《类聚》九十二。《御览》三百七十七，又九百四，又九百二十二。《事类赋注》十九。上于是幸缑氏，登东莱，留数日，无所见，惟见大人迹。上怒公孙卿之无应，卿惧诛，乃因卫青白上云："仙人可见，而上往遽，以故不相值。今陛下可为观于缑氏，则神人可致。且仙人好楼居，不极高显，神终不降也。"于是上于长安作飞廉观，高四十丈；于甘泉作延寿观，亦如之。《三辅黄图》五。

上巡边至朔方，还祭黄帝冢桥山，上曰："吾闻黄帝不死，今有冢，何也？"公孙卿曰："黄帝已仙上天，群臣思慕，葬其衣冠。"上叹曰："吾后升天，群臣亦当葬吾衣冠于东陵乎？"乃还甘泉，类祠太一。《通鉴考异》一云，《史记》《汉书》皆云或对，《汉武故事》云公孙卿对，今取之，案故事逸文未见他书称引，今即以《通鉴》补之。

上于未央宫四字依《绀珠集》九引补以铜二字依《事类赋注》三引补作承露盘，仙人掌擎玉杯，以取云表之露。已上见《初学记》二《御览》七百五十九拟和玉屑，服以求仙。《御览》十二。

栾大有方术《御览》引有此句，尝于殿前树旃《御览》引作旌数百枚，大令旃自相击，翻翻竟庭中，去地十余丈，观者皆骇。《通鉴考异》一。《御览》三百四十。

帝拜栾大为天道将军，使著羽衣，立白茅上，授玉印；大亦羽衣，立白茅上受印：示不臣也。《御览》九百九十六。

栾大曰："神尚清净。"上于是于宫外《黄图》二引《故事》云神明殿在未央宫起神明殿三字据《御览》九百六十七引补九间。神室铸铜为柱，黄金涂之二句见《类聚》六十一，丈五围三字见《六帖》十，基高九尺，以赤玉为陛，基上及户，悉以碧石《御览》八百九引作玉，椽亦以金，刻玳瑁为龙虎禽兽，以薄其上，状如隐起，椽首皆作龙形，每龙首衔铃，流苏悬之。已上六句亦见《御览》一百八十八铸金如竹收状以为壁，白石脂为泥，渍椒汁以和之，白密如脂，以火齐薄其上《御览》八百九引作缀以火齐，扇屏《书钞》一百三十二引作扉牖，《御览》七百一引作扉风，又八百八引作扉悉以白琉璃作之，光照洞彻《六帖》十。《御览》一百八十八引《汉武故事》云：帝起神屋，有云母窗，有珊瑚窗，似亦此处逸文，以白珠为帘，玳瑁押《海录碎事》五引云：上起神屋，以真珠为帘，玳瑁为押之；以象牙《御览》七百引有牙字，据补为蒨《类聚》六十一引作床，帷幕垂流苏；以琉璃珠玉，明月夜光，杂错天下珍宝为甲帐，其次为乙帐，甲以居神，乙以自御。已上四句亦见《书钞》一百三十二。《初学记》九。《类聚》六十九。《六帖》十四。《御览》六百九十九。《绀珠集》九引御并作居。《海录碎事》五引以琉璃至此，御亦作居俎案器服，皆以玉为之，前庭植玉树，植玉树之法，茸珊瑚为枝《类聚》八十三。《御览》八百五，又八百七引枝下有柯字，《后汉书·班固传》注引无，以碧玉为叶，花子或青或赤，悉以珠玉为之，子皆空其中，小铃枪枪有声。薨标《御览》一百八十七引作附作金凤凰，轩翥若飞状。已上亦见《类聚》六十一口衔流苏，长十余丈，下悬大铃，庭中皆壁《御览》八百二引作砌以文石，率以铜为瓦《御览》一百八十八引此句，而淳漆其外，四门并如之，虽昆仑玄圃，不是过也《御览》一百八十八引已上二句。上恒斋其中，而神犹不至，于是设诸伪，使鬼语作神命云："应迎神，严装入海。"上不敢去，东方朔乃言大之无状，上亦发怒，收大，腰斩之。《续谈助》三。《史记·孝武本纪》引末三句。

东方朔生三日，而父母俱亡，或得之而不知其始；以见时东方始明，因以为姓。既长，常望空中独语。后游鸿濛之泽，有老母采桑，自言朔母。一黄眉翁至，指朔曰："此吾儿。吾却食服气，三千年一洗髓，三千年一伐毛；吾生已三洗髓三伐毛矣。"《绀珠集》九。

朔告帝曰："东极有五云之泽，其国有吉庆之事，则云五色，著草木屋，色皆如其色。"《绀珠集》九。

帝斋七日，遣栾宾将男女数十人至君山，得酒，欲饮之。东方朔曰："臣识此酒，请视之。"因即便饮。帝欲杀之，朔曰："杀朔若死，此为不验；如其有验，杀亦不死。"帝赦之。《御览》四十九。《寰宇记》一百十三。

东郡送一短人，长七寸《类聚》引作五寸，衣冠具足。上疑其山精，常令在案上行，召东方朔问。朔至，呼短人曰："巨灵，汝何忽叛来，阿母还未？"已上亦见《类聚》六十九。《御览》七百十，还未并作健不，《六帖》十四，又二十一引作安不短人不对，因指朔谓上曰："王母种桃，三千年一作子，此儿不良，已三过偷之矣王母至此已上，亦见《齐民要术》十。《类聚》八十六。《初学记》十九。《六帖》九十九。《御览》九百六十七。《事类赋注》二十六。《埤雅》十三。指朔至此亦见《草堂诗笺》十二，此儿作此子遂失王母意，故被谪来此。"上大惊，始知朔非世中人。短人谓上曰："王母使臣来，陛下求道之法《书钞》十二引云巨灵告求道之法：唯有清净，不宜躁扰。复五年，与帝会。"言终不见。《御览》三百七十八。

帝斋于寻真台，设紫罗荐。《类聚》六十九。

王母遣使谓帝曰："七月七日我当暂来。"帝至日，扫宫内，然九华灯《御览》三十一。七月七日，上于承华殿斋，日正中，忽见有青鸟从西方来，集殿前三字据《书钞》一百五十五所引补，又十二引云青鸾集殿。上问东方朔《草堂诗笺》四卷六卷三十六卷引，并有何鸟也三字，朔对曰："西王母暮必降尊像，上宜洒扫以待之。"六字依《绀珠集》九引补上乃施帷帐，烧兜末香《大观本草》六引作兜木香末，香，兜渠《法苑珠林》三十六引作末国所献也，香如大豆，涂宫门，闻数百里；关中尝大疫，死者相系《本草》引作枕，烧此香，死者止关中四句据《珠林》引补，《御览》九百八十三引作关中常大疾疫，死者因生，《本草》作疫则止。是夜漏七刻，空中无云，隐如雷声，竟天紫色。有顷，王母至《书钞》一百五十一引云紫气乃从西王母，乘紫车《诗笺》六引作紫云车，玉女夹驭，载七胜，履玄琼凤文之舄《绀珠集》引此句，今补于此，亦见《海录碎事》五，青气如云，有二青鸟如乌，夹侍母旁。已上亦散见《类聚》四，又九十一。《初学记》四。《六帖》四。《御览》三十一，又九百二十七。《事类赋注》五。《绀珠集》九下车，上迎拜，延母坐，请不死之药。母曰："太上之药，有中华紫蜜，云山朱蜜，玉液金浆，其次药有五云之浆五句见《御览》八百五十七，又八百六十一，今补于此，风实云子，玄霜绛雪二句见《绀珠集》九，注云仙家上药帝得之，今据《内传》正，并补于此，上握兰园之金精，下摘圆丘之紫奈二句见《初学记》二十八。《御览》九百七十，并夺下字，今据《内传》补，帝滞情不遣，欲心尚多，不死之药，未可致也。"因出桃七枚，母自啖二枚，与帝五枚《草堂诗笺》三十八引作以五枚与帝。帝留核着前。王母问曰："用此何为？"上曰："此桃美，欲种之。"母笑曰："此桃三千年一著子，非下土所植也。"帝留核至此已上依《御览》九百六十七。《类聚》八十六。《初学记》二十八。《事类赋注》二十六引补。《六

帖》九十九引作一千年生华,一千年结实,人寿几何,遂止。盖出别本留至五更,谈
语世事,而不肯言鬼神,肃然便去。东方朔于朱鸟牖中窥母,母谓
帝二字《御览》一百八十八引有曰:"此儿好作罪过,疏妄无赖,久被斥退,
不得还天;然原心无恶,寻当得还东方朔至此已上亦见《六帖》十,《绀珠集》
九也。帝善遇之。"母既去,上惆怅良久。《续谈助》三。

后上杀诸道士妖妄者百余人《御览》引有此句。西王母遣使谓上曰:
"求仙信邪? 欲见神人《御览》引有已上六字,而先杀戮,吾与帝绝矣。"又
致三桃曰:"食此可得极寿。"已上亦见《御览》九百六十七使至之日,东方
朔死。上疑之,问使者。曰:"朔是木帝精,为岁星《占经》四十六引云朔
是岁星精,下游人中,以观天下,非陛下臣也。"使至至此已上亦见《御览》五。
《事类赋注》二。《绀珠集》九。《海录碎事》七上厚葬之。《开元占经》二十三次又云一本
云:朔死,乘飞云去,仰望大寡,望之不知所在,朔在汉朝,天上无岁星。

上幸梁父,祠地主,上亲拜,用乐焉;庶羞,以远方奇禽异兽
及白雉白鸟之属二句据《类聚》九十引补。其日,上有白云,又有呼万岁
者。禅肃然,白云为盖。《书钞》九十一。《御览》八又八百七十二。

上自封禅后,梦高祖坐明堂,群臣亦梦,于是祀高祖于明堂已上
亦见《御览》三百九十九,以配天。还作高陵馆。《御览》一百九十四。

上于长安作蜚帘观,于甘泉作延寿观,高二十丈四字据《史记·封
禅书》《索隐》引补。又筑通天台于甘泉,去地百余丈,望云雨,悉在其
下《黄图》五亦引上三句,又云:望见长安城,武帝时祭泰乙,上通天台舞,八岁童女
三百人祠祀泰乙,云:令人升通天台以候天神,天神既下祭所,若大流星,乃举烽火而就
竹宫望拜。上有承露盘,仙人掌擎玉杯以承云表之露,元凤间自毁椽楠,皆化为龙凤,从
风雨飞去,疑亦出《汉武故事》,而作者变其本文。春至泰山,还作道山宫,以
为高灵馆。又起建章宫,为千门万户五字《御览》引有,其东凤阙,高
二十丈六字亦见《水经·渭水篇》注引,其西唐中,广数十里,其北太液池,
池中有渐台,高三十丈《水经注》《初学记》二十四引并有此句,《御览》引三作二。

池中又作三山，以象蓬莱、方丈、瀛洲《御览》引有此句，刻金石为鱼龙禽兽之属，其南方有玉堂璧门大鸟之属《御览》引作其南有玉台玉堂，玉堂基与未央前殿等，去地十二丈《史记·孝武本纪》《正义》《类聚》六十五。《初学记》十四。《御览》一百七十六，又四百九十三引，并有此句，阶陛咸以玉为之，铸铜凤凰，高五丈，饰以黄金，栖屋上五句《初学记》二十四引有，据补，又《水经注》引云：南有璧门，三层高三十余丈，中殿十二间，阶陛咸以玉为之，铸铜凤五丈，饰以黄金，楼屋上椽首薄以玉璧，因曰璧玉门也。与他所引少异，又作神明台井干楼，高五十余丈，皆作悬阁，辇道相属焉。其后又为酒池肉林，聚天下四方二字《御览》引有奇异鸟兽于其中，鸟兽能言能歌舞，或奇形异态，不可称载三句据《御览》引补。其旁别造奇华殿，四海夷狄器服珍宝充之，琉璃珠玉火浣布切玉刀，不可称数，巨象大雀，师子骏马，充塞苑厩，自古已来所未见者必备起建章宫至此已上亦见《御览》四百九十三，又有琉璃云云，据补。又起明光宫，发燕赵美女二千人充之。率取年十五已上，二十已下，满四十者出嫁，掖庭令总其籍，时有死出者补之。凡诸宫美人可有七八千。建章、未央、长乐三宫，皆辇道相属，悬栋飞阁，不由径路起明光宫至此已上亦见《御览》一百七十三，《类聚》六十二，率取已下五句据补。常从行郡国，载之后车二句据《御览》三百八十引补，《书钞》一百四十、《御览》七百七十四引作常从行之徒。与上同辇者十六人，员数恒使满；皆自然美丽，不假粉白黛黑。侍衣轩者亦如之起明光宫至此已上又略见《御览》三百八十。上能三日不食，不能一时无妇人；善行导养术，故体常壮悦。其有孕者，拜爵为容华，充侍衣之属。《续谈助》三。

宫中皆画八字眉。《绀珠集》九。

甘泉宫南有昆明，中有灵波殿，皆以桂为柱，风来自香。《类聚》八十九。

未央庭中设角抵戏，享外国，三百里内皆观。角抵十一字据《书钞》一百十二。《类聚》四十一引补者，六国所造也；秦并天下，兼而增广之；汉兴虽罢，然犹不都绝，至上复采用之。并四夷之乐，杂以奇幻，有若鬼神。角抵者，使角力相抵触者也已上见《御览》七百五十五。其云雨雷电，无异于真，画地为川，聚石成山，倏忽变化，无所不为。《类聚》四十一。

骊山汤，初始皇砌石起宇，至汉武又加修饰焉。《初学记》七。《草堂诗笺》十三引始上有秦字，武又止作一甚字。

大将军案卫青也四子皆不才，皇后每因太子涕泣，请上削其封。上曰："吾自知之，不令皇后忧也。"少子竟坐奢淫诛。上遣谢后，通削诸子封爵，各留千户焉。《通鉴考异》一。

上巡狩过河间，见有青紫气自地属天。望气者以为其下有奇女，必天子之祥。求之，见一女子在空馆中，姿貌殊绝，两手一拳。上令开其手，数百人擘莫能开；上自披，手即申。由是得幸，为"拳夫人"。进为婕妤，居钩弋宫《黄图》三引《故事》云：钩弋宫在直门之南，解皇帝素女之术《书钞》六十二引此句，大有宠。有身，十四月产昭帝。上曰："尧十四月而生，钩弋亦然。"乃命其门曰尧母门。已上见《类聚》七十八从上至甘泉，因幸，告上曰："妾相运正应为陛下生一男，七岁妾当死，今年必死。宫中多蛊气，必伤圣体。"言终而卧，遂卒。既殡，香闻十里余，因葬云陵。上哀悼，又疑非常人，发冢，空棺无尸，唯衣《史记·封禅书》《索隐》引有衣字，据补履存焉。起通灵台于甘泉《续谈助》三引云拳夫人葬云陵，上为起通灵台于甘泉，常有一青鸟集台上往来，至宣帝时乃止。《御览》一百三十六。《类聚》九十一。《初学记》十。

望气者言宫中有蛊气。上又见一男子带剑入中龙华门，逐之弗获。上怒，闭长安城诸宫门，索十二日，不得，乃止。《续谈助》三。

治随太子反者，外连郡国数十万人。壶关三老郑茂上书，上感悟，赦反者。拜郑茂为宣慈校尉，持节徇三辅，赦太子。太子欲出，疑弗实。吏捕太子急，太子自杀。《通鉴考异》一。

上幸河东四字《御览》引作行幸，欣言中流，与群臣饮宴二句《御览》引有。顾视帝京，乃自二字《御览》引有作《秋风辞》曰："泛楼舡兮济汾河，横中流兮扬素波。箫鼓吹兮发棹歌，极欢乐兮哀情多。"《书钞》一百六顾谓群臣曰："汉有六七之厄，法应再受命。宗室子孙，谁当应此者？六七四十二，代汉者当涂高也。"群臣进曰："汉应天受命，祚逾周殷，子子孙孙，万世不绝。陛下安得亡国之言，过听于臣妾乎？"上曰："吾醉言耳！然自古以来，不闻一姓遂长王天下者；但使失之非吾父子可矣。"《御览》八十八。

上欲浮海求神仙，海水暴沸涌，大风晦冥，不得御楼船，乃还。上乃言曰："朕即位已来，天下愁苦，所为狂教，不可追悔；自今有妨害百姓，费耗天下者，罢之。"田千秋奏请罢诸方士，斥遣之。上曰："大鸿胪奏是也。其海上诸侯及西王母驿，悉罢之。"拜千秋为丞相。《续谈助》三。

行幸五柞宫，谓霍光曰："朕去死矣！可立钩弋子，公善辅之。"时上年六十余，发不白，更有少容，服食辟谷，希复幸女子矣。每见群臣，自叹愚惑："天下岂有仙人，尽妖妄耳！节食服药，故差可少病。"自是亦不服药，而身体皆瘠瘦。一二年中，惨惨不乐时上年六十余至此已上并据《续谈助》三引补。三月丙寅，上昼卧不觉；颜色不异，而身冷无气，明日色渐变，闭目。乃发哀告丧。未央前殿朝晡上祭，若有食之者。葬茂陵，芳香之气异常，积于坟埏之间，如大雾。已上十八字据《初学记》二。《御览》十五。《事类赋注》三引补常所幸御，葬毕，悉居茂陵园。上自婕好以下二百余人，上幸之如平生，而傍人不见也。光闻之，乃更出宫人，增为五百人，因是遂绝。《御览》八十八。

始元二年，吏告民盗用乘舆御物，案其题，乃茂陵中明器也，民别买得。光疑葬日监官不谨，容致盗窃，乃收将作以下系长安狱，考讯。居岁余，鄠县又有一人于市货玉杯，吏疑其御物，欲捕之，因忽不见；县送其器，又茂陵中物也二句《绀珠集》九引作而得其杯，乃随葬具也。

光自呼吏问之，说市人形貌如先帝鄠县至此已上亦见《御览》七百五十九。光于是嘿然，乃赦前所系者。岁余，上又见形谓陵令薛平曰："吾虽失世《书钞》一百六十。《水经·渭水篇》注引并作势，犹为汝君，奈何令吏卒上吾山《书钞》引有陵上磨刀剑乎？自今已后，可禁之。"平顿首谢三句据《水经》注引补，忽然不见。因推问《书钞》引作怪问之，陵旁果《水经》注引有此字有方石，可以为砺，吏卒常盗磨刀剑。霍光闻，欲斩陵下官，张安世谏曰："神道茫昧，不宜为法。"乃止霍光闻至此已上据《书钞》一百六十。《水经·渭水篇》注引补。甘泉宫恒自然有钟鼓声，候者时见从官卤簿，似天子仪卫二字《绀珠集》九引有，自后转稀，至宣帝世乃绝。《御览》八十八。

宣帝即位，尊孝武庙曰世宗。奏乐之日，虚中有唱善者。告祠之日，白鹄群飞集后庭。西河立庙，神光满殿中《书钞》引神上有由是二字，状如月。东莱立庙，有大鸟迹，竟路，白龙夜见。已上亦散见《书钞》八十七河东立庙，告祠之日，白虎衔肉置殿前；又有一人骑白《书钞》引有白字马，马异于常马，持尺《御览》作捉，今依《书钞》一札，赐将作丞。文《书钞》引有曰："闻汝绩克成，赐汝金一斤。"《御览》六百六引作十斤，下同因忽不见，札乃变为金，称之有一斤河东至此已上亦见《书钞》八十七。《御览》五百三十一，又六百六。广川告祠之明日，有钟磬音，房户皆开，夜有光，香气闻二三里。宣帝亲祠甘泉，有顷，紫黄气从西北来，散于殿前。已上三句亦见《书钞》八十九。《类聚》一，又九十八。《御览》八百七十二肃然有风；空中有妓乐声，群鸟翔舞蔽之。宣帝既亲睹光怪，乃疑先帝有神；复招诸方士，冀得仙焉。《御览》八十八。

白云趣宫。《书钞》十二。

汉成帝为赵飞燕造服汤殿，绿琉璃为户。《御览》八百八。

一画连心细长，谓之连头眉，又曰仙蛾妆。《海录碎事》七。

高皇庙中御衣，自箧中出，舞于殿上。冬衣自下在席上。平帝时，哀帝庙衣自在柙外。《草堂诗笺》十一。

妒记

桓大司马平蜀，以李势女为妾。桓妻南郡主凶妒，不即知之；后知，乃拔刀率数十婢往李所，因欲斫之。见李在窗前梳头，发垂委地，姿貌绝丽；乃徐下地结发，敛手向主曰："国破家亡，无心以至今日；若能见杀，实犹生之年。"神色闲正，辞气凄惋。主乃掷刀，前抱之曰："阿姊见汝，不能不怜《世说》注引作阿子我见汝亦怜《六帖》引作我见犹怜，何况老奴。"遂善遇之。《类聚》十八。《世说·贤媛篇》注。《六帖》十七。

王丞相曹夫人，性甚忌，禁制丞相不得有侍御，乃至左右小人，亦被检简，时有妍妙，皆加消责。王公不能久堪，乃密营别馆，众妾罗列，儿女成行。后元会日，夫人于青疏台中望见两三儿骑羊，皆端正可念。夫人遥见，甚怜爱之。语婢云："汝出问此是谁家儿？奇可念。"三字依《类聚》引补给使不达旨，乃答云："是第四五等诸郎。"曹氏闻惊愕，大恚，不能自忍《类聚》引有此句，乃命车驾将黄门及婢二十人，人持食刀，自出寻讨。王公亦遽命驾，飞辔出门。犹患牛迟，乃左手攀车阑，右手捉麈尾，以柄助御者打牛，狼狈奔驰，方得先至。蔡司徒闻而笑之。乃故诣王公，谓曰："朝廷欲加公九锡，公知不？"王谓信然，自叙谦志。蔡曰："不闻余物，唯闻有短辕犊车，长柄麈尾尔。"王大愧。后贬蔡曰："吾昔与安期千里共在洛水集处，不闻天下有蔡充儿。"正忿蔡前戏言耳。《世说·轻诋篇》注。《类聚》三十五。

谢太傅刘夫人，不令公有别房宠。公既深好声乐，不能令节，《御览》引有此句后遂颇欲立妓妾。兄子及外生等微达此旨。共问讯刘夫人；因方便称《关雎》《螽斯》有不忌之德。夫人知以讽己，乃问："谁撰此诗？"答云："周公。"夫人曰："周公是男子，乃相为尔；若使周姥撰诗，当无此语也。"《类聚》三十五。《御览》五百二十一。

武历阳女嫁阮宣子，无道妒忌，禁婢：瓯覆槃盖，不得相合《御览》七百五十八。家有一株桃树，华叶灼耀，宣叹美之；即便大怒，使婢取刀斫树，摧折其华。《类聚》八十六。《御览》九百六十七。《事类赋注》二十六。

京邑有士人妇，大妒忌；于夫小则骂詈，大必捶打。常以长绳系夫脚，且唤，便牵绳。士人密与巫妪为计：因妇眠，士人入厕，以绳系羊，士人缘墙走避。妇觉，牵绳而羊至，大惊怪，召问巫。巫曰："娘积恶，先人怪责，故郎君变成羊。若能改悔，乃可祈请。"妇因悲号，抱羊恸哭，自咎悔誓。师妪乃令七日斋，举家大小悉避于室中，祭鬼神，师祝羊还复本形，婿徐徐还，妇见聋啼问曰："多日作羊，不乃辛苦耶？"聋曰："犹忆啖草不美，腹中痛尔。"妇愈悲哀。后复妒忌，婿因伏地作羊鸣；妇惊起，徒跣，呼先人为誓，不复敢尔。于此不复妒忌。《类聚》三十五。

泰元中，有人姓荀，妇庾氏，大妒忌。荀尝宿行，遂杀二儿。为屋不立斋室，唯有厅事，不作后壁，令在堂上冷然望见外事。凡无须人不得入门；送书之人，若以手近荀手，无不痛打；客若共床坐，亦宾主俱败。邻近有年少径突前指荀，接膝共坐，便闻大骂，推求刀杖。荀谓客曰："仆狂妇行，君之所闻；君不去，必误君事。"客曰："仆不畏此。"乃前捉荀手，妇便持杖直前向客，客既大健，又有短杖在衣里，便与手，老姬无力，即倒地，客打垂死。荀走叛不敢还。妇密令觅荀云："近曹狂人，非君之过，君便可还。"荀然后敢出。妇兄来就荀，共方床卧，而妇不知，便来捉兄头，曳著地欲杀，方知是兄，惭惧入内。兄称父命，与杖数百，亦无改悔。《类聚》三十五。

诸葛元直妻刘氏，大妒忌；恒与元直杖。不胜痛，才得一两，仍以手摸，妇误打指节肿。从此作制：每与杖，辄令两手各捉绲蹴。元直遇见妇捉绲蹴，欲成衣，谓当与己杖，失色怖。妇曰："不也，捉此自欲成衣耳。"乃欣然。《类聚》三十五。

异闻记

郡人张广定者《意林》引作同郡人张广，遭乱避地。有女年四岁，不能步涉，又不可担负。计弃之固当饿死，不欲令其骸骨之露；村口有古大冢，上颠先有穿穴，乃以器盛缒之，下此女于冢中，以数月许干饭及水浆与之，而舍去。候世平定，其间三年，广定得还乡里，欲收冢中所弃女骨，更殡埋之。广定往视，女故坐冢中，见其父母，犹识之，喜甚。而父母初疑其鬼也，入就之，乃知其不死。问从何得食。女言，粮初尽时甚饥，见冢角有一物，伸颈吞气，试效之，转不复饥；日月为之，以至于今。父母去时所留衣被，自在冢中，不往来，衣服不败，故不寒冻。广定索女所言物，乃是一大龟耳。女出食谷，初小腹痛，呕逆，久许乃习。《抱朴子·内篇》三。

东城池有王馀鱼，池决，鱼不得去，将死。或以镜照之，鱼看影，谓其有双，于是比目而去。《北户录》一。

玄中记

伏羲龙身，女娲蛇躯。《文选·鲁灵光殿赋》注。《路史后纪》二注。《路史后纪》一又引首句。

颛顼氏三子俱亡，处人宫室，善惊小儿。汉世以五营千骑，自端门传炬送疫，弃洛水中。《荆楚岁时记》注。《玉烛宝典》十二引作自端门送至洛水。

刑天与帝争神；帝断其首，葬之常羊山，乃以乳为目，以齐为口。《御览》五百五十引《山海经》注云《玄中记》亦载。

尹寿作镜。《御览》七百十七。《海录碎事》五。

旬始作冠。《通典》五十七。《通志略》引冠作帽。

狗封氏者：高辛氏有美女，未嫁。犬戎为乱，帝曰："有讨之者，妻以美女，封三百户。"帝之狗名槃护《御览》引作槃瓠，三月而杀犬戎，以其首来。帝以为不可训民，乃妻以女，流之会稽东南二万一千里，得海中土，方三千里《御览》引千作百，而封之，生男为狗，生女为美女《类聚》九十四。封为狗民国。《御览》九百五。亦见《路史发挥》二引，帝以二句作帝以女妻之，不可教训，流作浮，美女作美人，末句作是为犬封氏。

丈夫民：殷帝太戊，使王英采药于西王母。至此绝粮，不能进，乃食木实，衣以木皮。终身无妻，产子二人，从背胁间出，其父则死。是为丈夫民。去玉门二万里。《御览》三百六十一。

扶伏民者：黄帝轩辕之臣曰茄丰，有罪，刑而放之，扶伏而去，后是为扶伏民，去玉门关二万五千里。《御览》七百九十七。

化民，食桑，三七年化，能以自裹如蚕绩，九年生翼，十年而死。去琅邪四万里。《御览》八百二十五。

奇肱氏，善奇巧，能为飞车，从风远行。《御览》七百五十二。

君子之国，地方千里，多木槿之华。《类聚》八十九。

伊俗与唐吾同俗，民穴居，去玉门一万里。《书钞》一百五十八。

飞路之民，地寒，穴居，食木根。《书钞》一百五十八。

丁零之民，地寒，穴居，食禽鼠之肉，民号为名裘。《书钞》一百五十八。

朱梧县：其民服役，依海际居。产子，以沙石自拥。不食米，止资鱼以为生气。《御览》三百六十一。

吴国西有具区泽，中有包山，山有洞庭宝室。已上亦见《初学记》八入地下潜行，通琅琊东武。《寰宇记》九十一。《御览》四十六。

蜀郡有青城山，有洞穴一引作青城有穴，潜行，分道为三，道各通一处。已上二句一引作分为三孔西北通昆仑。《御览》五十四，又一百六十六。

彭城北有九里山，有穴潜通琅琊，又通王屋，俗呼为黄池穴。《寰宇记》十五。《书钞》一百五十八。《白帖》六引，并作嘻城北有黄池穴，如洞室，北通王屋山。

天下之多者水也《事类赋注》引作莫水若也，浮天载地；高下无所不至，万物无所不润。《水经注》序。《类聚》八。《初学记》六。《白帖》六。《御览》五十九。《文选·海赋注》引前二句。

天下之强《选注》引作大者，东海之沃焦焉《白帖》引作恶蕉；水灌之而不已。沃焦者，山名也，在东海南，方三万里，海水灌之而即消，故水东南流而不盈也。《御览》五十二，又六十。《寰宇记》二十二。《类聚》八。《白帖》六。《文选》江赋注。《事类赋注》六。

天下之弱者，有昆仑之弱水焉；鸿毛不能起也。《史记·匈奴传》《索隐》。《汉书·外夷传》注。《御览》六十五。《草堂诗笺》十。

天下之大物，北海之蟹；举一螯能加于山，身故在水中。《御览》九百四十二。

东南之大者，巨鳌焉；以背负蓬莱山，周回千里《文选·思玄赋》注。《御览》三十八。巨鳌，巨龟也。《初学记》三十。《文选·吴都赋》注引云巨鳌龟也。

东方之东海，有大鱼焉《广记》引作东方之大者，东海鱼焉。行海者一日逢鱼头，七日逢鱼尾，其产则三百里为血。《御览》九百三十六。《广记》四百六十四。成玄英《庄子·逍遥游》疏引作产三日，碧海为之变红。

天下之高者，有扶桑无枝木焉；上至于天，盘蜿而下屈《事类赋注》二十五引作盘屈而下，通三泉。《齐民要术》十。《御览》九百五十九。

木子之大者，有积石山之桃实焉；大如十斛笼。《齐民要术》十。《类聚》八十六。《初学记》二十六。《御览》九百六十七。

东方有柴都焉，在齐国《御览》一引有此三字，又都作渚。有山，山上有泉，如井状，深不测；春夏常出雨雹《御览》引作至春夏时雹从井中出，败五谷。人以柴木塞之，则不出；不柴塞，则出也已上九字《御览》引有；故曰柴都焉。《书钞》一百五十二。《御览》十四，又七十。《广记》三百九十九。

南方有炎山焉《御览》引有火字。在扶南国之东，加营国之北，诸薄国之西。山从四月而火生；十二月火灭；正月二月三月火不然，山上但出云气，而草木生叶枝条；至四月火然，草木叶落，如中国寒时草木叶落也。行人以正月二月三月行过此山下，取柴以《御览》引作取此木为薪，然之无尽时；取其皮绩之，以为火浣布。《类聚》八十。《御览》八百六十八。《事类赋注》八。

北方有钟山焉，山上有石首如人首：左目为日，右目为月；开左目为昼，开右目为夜；开口为春夏，闭口为秋冬。《御览》三十八。

东南有桃都山，上有大树，名曰桃都，枝相去三千里。上有一天鸡，日初出，光照此木，天鸡则鸣，群鸡皆随之鸣《齐民要术》六。《类聚》九十一。《御览》九百十八。下有二神，左名隆，右名窦《玉烛宝典》一注，并执苇索，伺不祥之鬼，得而煞之。已上三句以《玉烛宝典》引《括地图》补今人正朝作两桃人立门旁，以雄鸡毛置索中，盖遗象也。《御览》

二十九。《玉烛宝典》一。

蓬莱之东，岱舆之山，上有扶桑之树。树高万丈。树巅常有天鸡，为巢于上。每夜至子时，则天鸡鸣，而日中阳乌应之；阳乌鸣，则天下之鸡皆鸣。《古玉图谱》二十四。

昆仑西北有山《御览》引作西南山，周回三万里，巨蛇绕之，得三周。蛇为长九万里。已上《白帖》九十八。《御览》三十八亦引蛇居此山，饮食沧海。《类聚》九十六。《广记》四百五十六。

玉门之西南为霹雳三字《书钞》引有。羌之东，有一国，五六百户，无他事役。国中有山，山上有祠庙。国人每岁出尖一引作石磆，《事类赋注》同，小注云：一作礏，《书钞》引作砺，《闻见记》引作磴数千枚，输于庙中，名霹雳尖，以给霹雳所用。从春雷出而尖日减，至秋尖尽。《御览》七百九十七，又十三，又五十二。《书钞》一百五十二。《封氏闻见记》八。《事类赋注》七。

东海有蛇丘之地险，多渐洳，众蛇居之，无人民。蛇或人头而蛇身。《类聚》九十六。《广记》四百五十六。

员丘之上多大蛇，以雄黄精压之。《御览》九百八十八。

大月氏[1]及西胡三字《书钞》引有，有牛名为日反《书钞》百四十五引作日支牛，《御览》九百引作反牛，《通典》一百九十二引作日及，《事类赋注》二十二引作白皮牛：今日割取其肉三四斤《类聚》引作二三斤，明日其肉已复，创即愈也《类聚》引作明日疮愈，《事类赋注》《通典》引并同，《御览》九百又一百六十六引云割而复生，名曰复牛，《寰宇记》八十同，复作及。汉人入此国，见牛不知以为珍异。汉人曰："吾国有虫，大小如指，名为蚕，食桑叶，为人吐丝。"外国人不复信有蚕也。《类聚》六十五。《御览》八百二十五。

大树之山，西有采华之树，服之则通万国之言。《类聚》八十八。《御览》九百五十二。

玄菟北有山，山有花，人取纺织为布。《御览》八百二十。

---

1 应作"大月氏"。——编者注

东海之东，有树名为白蒙，其汁可为脂，色白如脂，味甘。《书钞》一百四十七。

荆州有树名乌臼，实如胡麻子，其汁如脂，其味亦如猪脂味也。《书钞》一百四十七。《齐民要术》十引作荆阳有乌臼，其实如鸡头，连之如胡麻子。其汁味如猪脂。

凡梓木为楹，居下，则木鸣，谓之争位。《韵府》八庚。

千岁之树，枝中央下，四边高《御览》九百五十二。百岁之树，其汁赤如血。《类聚》八十八。《珠林》二十八。《御览》九百五十二。

千岁树精为青羊，万岁树精为青牛，多出游人间。《类聚》九十四。《御览》九百一引首句。《初学记》二十九。《白帖》九十六引次句。《珠林》二十八。《类聚》八十八引前二句。《御览》八百八十六引全。

汉桓帝时，出游河上，忽有一青牛从河中出，直走荡桓帝边，人皆惊走《御览》引有此句；太尉何公时为殿中将军《御览》一引作中尉将军，为人勇力，走往逆之。牛见公往，乃反走还河。未至河，公及牛，乃以手拔牛左足脱，以右手持斧斫牛头而杀之。此青牛是万年木精也。《书钞》六十四。《御览》二百三十九，又九百。牛见公往已下《书钞》引作手揽其右足，牛见公，乃走还河。案何公进其文颇略，今从《御览》。

秦文公造长安宫，面四百里，南至终南山。山有梓树《御览》一引作秦始皇时终南山有梓树，《珠林》引同，大数百围，荫宫中。公恶而伐之，连日不克《御览》一引作始皇恶之，兴兵伐之，《珠林》同。天辄大风雨，飞沙石，人皆疾走；至夜疮合。有一人，中风雨，伤塞不能去塞《御览》作寒，依《珠林》引改。留宿。夜闻有鬼来问树，言："秦王凶暴相伐，得不困耶？"树曰："来即作风雨击之，其奈吾何？"鬼又曰："秦王若使三百人，被头，以赤丝绕树伐汝，得无败乎？"树默然不应《御览》一引作树淡然无言，《珠林》引淡作寁。明日，人上言；秦王依此言伐之《御览》一引作疾入报秦皇，案言伐，《珠林》引作病入报秦王，案言伐之。树断，中有青牛骇逸；逐之入沣水《书钞》《珠林》引并作有一青牛出，迎之走入河。《御览》一引作中央有一青牛出，逐之入水，今依《事类赋注》。秦王因立旄头骑。《御览》六百八十，又九百五十八。《珠林》六十七。《书钞》一百三十。《事类赋注》二十四。

姑获鸟夜飞昼藏，盖鬼神类。衣毛为飞鸟，脱毛为女人二句《北户录》引在豫章男子句上。一名天帝少女，一名夜行游女《御览》引作名曰帝少女，一名夜游，今依《北户录》引补，一名钩星《御览》一引作钓星，一名隐飞。鸟无子，喜取人子养之，以为子。今时小儿之衣不欲夜露者，为此物爱以血点其衣为志，即取小儿也今时至此已上《荆楚岁时记》注引作：有小儿之家，即以血点其衣为志。《御览》引作：人养小儿，不可露其衣，此鸟度即取儿也。《经史证类·本草》十九引作：今时人小儿衣不欲夜露者为此也，今依《北户录》引补。故世人名为鬼鸟《荆楚岁时记》注引有此句，荆州为多。昔豫章男子，见田中有六七女人，不知是鸟，匍匐往，先得其毛衣，取藏之，即往就诸鸟。诸鸟各去就毛衣，衣之飞去。一鸟独不得去，男子取以为妇。生三女。其母后使女问父，知衣在积稻下，得之，衣而飞去。后以衣迎三女，三女儿得衣亦飞去。今谓之鬼车。《御览》八百八十三，又九百二十七有末句，又十三。《北户录》一。《水经注》三十五引云：阳新男子于水次得之，遂与共居，生二女，悉衣羽而去。豫章间养儿不露其衣，言是鸟落尘于儿衣中，则令儿病，故亦谓之夜飞游女矣。朱翌《猗觉寮杂记》下引与《水经注》同。

狐五十岁，能变化为妇人。百岁为美女二句《初学记》二十九亦引，首句作千岁之狐为淫妇；为神巫三句《御览》九百九十亦引，首句作五十岁之狐为淫妇，末句作又为巫神；或为丈夫，与女人交接；能知千里外事，善蛊魅，使人迷惑失智。千岁即与天通，为天狐。《广记》四百四十七。

百岁鼠化为神。《御览》九百十一。

百岁之鼠，化为蝙蝠。《初学记》二十九。《白帖》九十八。《御览》九百十一。

百岁伏翼，其色赤，止则倒县；得而服之，使人神仙。二句依《水经注》二十七引补。

千岁伏翼，色白；得食之，寿万岁。《类聚》九十七。《御览》九百四十六。

千岁之鹤，随时鸣。敦煌石室所出唐写本《类书》残卷。

千岁之燕，户北向。《类聚》九十二。《酉阳杂俎续》八。

千岁之鼋，能与人语。《春秋左传》文四年《正义》引《玄中要记》。

千岁之龟，能与人语。《初学记》三十。

千岁蟾蜍，头生角；得而食之，寿千岁。已上二句《玉烛宝典》五。《广韵》二十四盐亦引又能食山精。《御览》九百四十九。

山精如人一足，长三四尺，食山蟹，夜出昼藏，人不能见，夜闻其声；千岁蟾蜍食之。《御览》八百十六。《草堂诗笺》三。

蜮长三四寸，蟾蜍，鸳鹭，鸳鸯悉食之。《广韵》二十五德。

水狐者，视其形，虫也，其气，乃鬼也。长三四寸。其色黑。广寸许。背上有甲，厚三分许。其头有物，向前如角状。见人则气射人。去二三步即射；人中，十人六七人死。《御览》九百五十。《广记》四百七十三。《题感应经》引《玄中记》云蜮以气射人，去人三十步即射，中其影中人死十六七。《经史证类本草》二十二引云水狐，虫也，长四寸，其色黑，背上有甲，其口有角，向前如弩，以气射人，江淮间谓之短狐，射工通为溪，病此既其虫，故能相压伏也。

越燕，斑胸，声小；胡燕，红襟，声大。《丹铅总录》。

玉精为白虎。金精为车马。铜精为僮奴《御览》八百十三引作奴婢。铅精为老妇。《御览》八百八十六。《广韵》二十三锡引云铅锡之精为婢，《御览》八百十二引作为老婢，又九百十二引作为狐狸。

松脂沦入地中，千岁为茯苓，伏神。《初学记》二十八。《类聚》八十八。《广韵》。《御览》九百五十三。《事类赋注》二十四有末二字。

枫脂沦入地中，千秋为虎珀。《御览》八百八。《酉阳杂俎》十一引云枫脂入地为琥珀。

珊瑚出大秦国西海中，生水中石上。初生白，一年黄，三年赤，四年虫食败。《御览》八百七。

金钢出天竺大秦国，一名削玉刀。削玉如铁刀削木。大者长尺许，小者如稻米。欲刻玉时，当作大金镮，著手指间，开其背如月，以割玉刀内镮中，以刻玉。《御览》八百十三。

天竺大秦国出金指镮。《书钞》一百三十六。

马瑙出大月氏。《通典》一百九十二。《类聚》八十四。《御览》八百八。

车渠出天竺国。《类聚》八十四。《御览》八百八。

大秦国有五色颇黎，红色最贵。《御览》八百八。

木难出大秦。《御览》八百九。

五肉七菜，胜腌腥臊。《书钞》一百四十五。

陆氏异林

钟繇尝数月不朝会，意性异常。或问其故，云："常有好妇来，美丽非凡。"问者曰："必是鬼物，可杀之。"妇人后往，不即前，止户外。繇问何以。曰："公有相杀意。"繇曰："无此。"乃勤勤呼之；乃入。繇意恨恨，有不忍之心，然犹斫之伤髀《御览》一引作脚。妇人即出，以新绵拭血，竟路。明日，使人寻迹之，至一大冢，木中有好妇人，形体如生人，著白练衫《御览》一引作衣青绢衫，丹绣两当，伤左髀《御览》一引作伤一脚，以两当中绵拭血。叔父清河太守说如此。《魏志·钟繇传》注。《御览》八百十九，又八百八十七。裴氏松之曰：清河，陆云也。

曹毗志怪

汉武凿昆明池，极深，悉是二字《诗笺》一作见灰墨，无复土。举朝不解。以问东方朔。朔曰："臣愚不足以知之，可试问西域胡人。"帝以朔不知，难以移问。至后汉明帝时，外国道《诗笺》一作胡人人来洛阳，时有忆方朔言者，乃试以武帝时灰墨问之。胡人云："天地大劫将尽，则劫烧《诗笺》并作灰，下烧字同；此劫烧之余。"乃知朔言有旨。

《初学记》七。《草堂诗笺》二十六，又三十八有末六字，乃作方，旨作验。

郭季产集异记

兖州人船行，忽见水上有浮锁，牵取得数许丈，乃得一白牛。与常牛无异，而形甚光鲜可爱。知是神物，乃放之。牛于是入水，锁亦随去。《御览》九百。

吴郡二字《类聚》引有吴泰能筮。会稽卢氏《书钞》引作有人失博山香炉，使泰筮之。泰曰："此物质虽为金，其象实山；有树非林，有孔非泉；阊阖兴风，时发青烟：乃香炉也。"语其主处，求即得之矣。《书钞》一百三十五。《类聚》七十。《御览》七百三。

阳平宋谨，善解梦。有孙氏求官，睡得梦，双凤集其两拳。以问谨。谨曰："凤凰非梧桐不栖，非竹实不食。卿当大凶，非苴杖即削杖也。"后孙氏果遭母丧。《御览》四百。《广记》二百七十六。

张天锡在凉州，梦一绿色狗，形甚长，从地东南来，欲啮张，张床上避之，乃堕地。后苻坚遣苟长《广记》引作苌往破张，著绿地锦袍，从东南门入，皆如梦焉。并同上。

宋中山刘玄，居越城三字《广记》引有。日暮，忽见一人著乌裤褶来，取火照之，面首无七孔，面莽傀然。乃请师筮之。师曰："此是君家先世物，久则为魅，杀人；及其未有眼目，可早除之！"已上十二字依《广记》引补刘因执缚，刀斫数下，变为一枕，乃是其先祖时枕也。《御览》七百七。《广记》三百六十八。

广平游先期妄见一人《广记》引作广平游先朝丧其妻，见一人，著赤裤褶，知是魅，乃以刀斫之，乃死。良久方变，是所常著屐也。《御览》六百九十八。《广记》三百六十八。

丹阳张承先家，有鬼，长为其主取物。会有客须莼二斗，鳢鱼二十头；鬼将一小儿，持篮至骠骑街十字路，令小儿睡；觉，看篮中，已有莼鳢。《御览》七百六十四，又九百八十。

丹阳张承先家，有一鬼，为张偷得一箭筒，语之，慎勿至新亭射，此三井陶家物。张以借佗，鬼骂，欲烧物《御览》引作屋，张驰取还，乃止。《书钞》一百二十六。《御览》三百五十。

刘登往经坟冢边，曰我偶□饼。徐即为办置林间，有十余鬼，皆焦头，来摸饼。《书钞》一百四十四。

广陵士甲，市得一宅，但闻中有摇铃声，昼辄止。后遂见其真形，乃是其故人。问曰："何以常摇铃？"答曰："我典使君药物，故夜持时耳。"问白："昼日何以不持时？"曰："白日是使道之夜。"因别而去。《御览》三百三十八。

会稽照诞入海采菜，于山上暴之。夜，忽见群鬼张目切齿，欲来击诞；诞奋刀砍之，见鬼悉披靡。乃就诞乞少紫菜；诞不为与。《御览》九百八十。

王浮神异记

晋冶氏女徒病，弃之。舞嚣之马僮，饮马而见之。病徒曰："吾良梦。"马僮曰："汝奚梦乎？"曰："吾梦乘水如河汾三。"马当以告舞僮，舞嚣自往视之，曰："尚可活。吾买汝。"答曰："弃之矣。犹未死乎？"舞嚣曰："未死。"遂买之。至舞嚣氏而疾有间，而生荀林父。《御览》六百四十二引《璅语》语末注云《神异记》又载之。

陈敏，孙皓之世为江夏太守。自建业赴职，闻宫亭庙验言灵验，过乞在任安稳，当上银杖一枚。年限既满，作杖拟以还庙。抚捶铁以为干，以银涂之。寻征为散骑常侍，往宫亭，送杖于庙中讫，即进路。日晚，降神巫宣教曰："陈敏许我银杖，今以涂杖见与，便投水中，当送以还之。欺蔑之罪，不可容也。"于是取杖看之，剖视，中见铁干，乃置之湖中。杖浮在水上，其疾如飞；遥到敏舫前，敏舟遂覆也。《御览》七百十。

余姚人虞洪，入山采茗，遇一道士，牵三青牛，引洪至瀑布山。已上六字《广记》引作饮瀑布水曰："吾丹丘子也。闻子善具饮，常思见惠。山中有大茗，可以相给，祈子他日有瓯蚁之余，不相遗也。"因立奠祀《广记》引作茶祠。后令家人入山，获大茗焉。《茶经》。《御览》八百六十七。《寰宇记》九十八。《广记》四百十二。

丹丘出大茗，服之生羽翼。《事类赋注》十六。

东方见春山外多柚。《御览》九百七十三。

赤城山，一峰特高，可三百丈，丹壁烁日。《寰宇记》九十八。

琅邪东武山，徙于会稽，压杀百姓。《寰宇记》九十六引《神异志》。

白狄先生，冯翊人。《元和姓纂》。

续异记

　　后汉黄门郎萧士义，和帝永元二年被戮。数日前，家中常所养狗，来向其妇前而语曰："汝极无相禄；汝家寻当破败，当奈何！"其妇默然，亦不骇。狗少时自去。及士义还内，妇仍学说狗语，未毕，收捕便至。《广记》一百四十一。

　　徐邈，晋孝武帝时为中书侍郎，在省直，左右人恒觉邈独在帐内，以与人共语。有旧门生，一夕伺之，无所见。天时微有光，始开窗，瞥睹一物从屏风里飞出，直入铁镬中。仍逐视之，无余物，唯见镬中聚菖蒲根，下有大青蛒蟆；虽疑此为魅，而古来未闻，但摘除其两翼。至夜，遂入邈梦，云："为君门生所困，往来道绝；相去虽近，有若山河。"邈得梦，甚凄惨。门生知其意，乃微发其端。邈初时疑不即道。语之曰："我始来直省，便见一青衣女子从前度，犹作两髻，姿色甚美。聊试挑谑，即来就己。且爱之，仍溺情。亦不知其从何而至此。"兼告梦。门生因具以状白，亦不复追杀蛒蟆。《广记》四百七十三。

　　晋义熙中，零陵施子然，虽出自单门，而神情辨悟。家大作田。至作蜗牛庐于田侧守视，恒宿在中。其夜，独自未眠之顷，见一丈夫来，长短是中形人，著黄练单衣夹，直造席，捧手与子然语。子然问其姓名。即答云："仆姓卢，名钩。家在粽溪边，临水。"复经半旬中，其作人掘田塍西沟边蚁垤，忽见大坎，满中蝼蛄，将近斗许，而有数头极壮，一个弥大。子然自是始悟曰："近日客卢钩，反音则蝼蛄也。家在粽溪，即西坎也。"悉灌以沸汤，于是遂绝。同上。

　　刘穆之梦有人称刘镇军相迎。且占之，曰："吾死矣。今岂有刘镇军邪？"后宋武遣人迎，共定大业。武帝时为镇军将军。《广记》

二百七十六。

吴兴俞亮，以永明八年补护军府使。于常眠处，闻有羊声。疑为神怪。窃于户窥之，见其床下有一羊，高可二尺，毛色若丹，光耀满室。《初学记》二十九。《六帖》九十六。《御览》九百二。

秣陵令中山刘沼；梁天监三年为建康监，与门生作食，于灶里得一龟，长尺许，在灰中，了不以燔炙为弊。刘为设斋会，放之于娄湖。刘俄迁秣陵令。《广记》一百十八。

零陵太守广陵刘兴道，罢郡，住斋中。宋床在西壁下，忽见东壁边有一眼，斯须之间便有四，渐渐见多，遂至满室；久乃消散，不知所在。又见床前有头发，从土中稍稍繁多。见一头而出，乃是方相头，奄忽自灭。刘忧怖。沉疾不起。《广记》一百四十一。

晋陵无锡尉严无欲，贮谷；后开，乃成蛇草，焚之，便贫。《御览》一百九十。

竟陵王诞，《广记》引作刘诞在广陵，左右侍直。眠中梦人告之曰："官须发为稍旄。"觉则已失发矣。如此者数十人。《御览》三百四十一。《广记》二百七十六。

孙氏妻黄氏，忽见一童子在前，以钗掷之，跃入云去。夜闻户外歌曰："昔《御览》引作首填夏家冢，挐泥头欲秃。今居黄氏居，非意伤我目。"寻觅巢中，得一白燕，其左目伤。《事类赋注》十九。《御览》九百二十二。

山阴朱法公者，尝出行，憩于台城东橘树下。忽有女子，年可十六七，形甚端丽。薄晚，遣婢与法公相闻，方夕欲诣宿。至人定后，乃来。自称姓檀，住在城侧。因共眠寝。至晓而去。明日复来。如此数夜。每晓去，婢辄来迎。复有男子可六七岁，端丽可爱；女云是其弟。后晓去，女衣裙开，见龟尾及龟脚。法公方悟是魅，欲执之。向夕复来，即然火照觅，寻失所在。《广记》四百六十九。

录异传

周时尹氏，贵盛，五世不别，会食数千人。遭饥荒，罗鼎作糜，已上亦见《书钞》一百四十四。《初学记》二十六。《困学纪闻》二十啜之，声闻数十里《御览》八百五十九。三人入镬取焦糜，深，故不见也。《书钞》一百四十四。

魏安釐王曰："寡人得如鹄之飞，视天下如莽也。"吴客有隐游者，闻之，作木雕而献之。王曰："此有形无用者也。夫作无用之器，世之奸民也。"召游者加刑焉。游者曰："臣闻大王之好飞也，故敢献雕；安知王之恶此也。可谓知有用之用，未寤无用之用矣。"乃取而骑之，遂翻然而飞去，莫知所之。《御览》九百十六。

秦文公时，雍州南山有大梓树《初学记》引有州字，大作文。文公伐之，辄有大风雨，树生合不断。时有一人病，夜往山中，闻有鬼语树神曰："秦若使人被发，以朱丝绕树伐汝，汝得不困耶？"《御览》引作忧否树神无言。明日，病人语闻。公如其言伐树，树断，有一青牛出，走入沣水中。其后牛复出。使骑击之，不胜；有骑堕地复上，发解，牛畏之，入水不出；故置髦头骑《御览》引有骑字，因此也。《寰宇记》三十。《御览》四十四。《初学记》八。《史记·秦本纪》《正义》引《录异传》：雍州南山（无州字）树断（作断中），走入沣水中（沣作丰），牛复出（作牛出丰水中），入水不出（无水字），故置髦头骑（无骑字），因此也（此三字作汉魏晋因之，武都郡立怒特祠，是大梓牛神也十八字）。

吴王夫差小女曰玉，年十八。童子韩重，年十九。玉悦之，私交信问，许为之妻。重学于齐鲁之间，属其父母使求婚。王怒不与。玉结气死。葬阊门外。三年重归，诘问其父母，父母曰："王

大怒，女结气死，已葬矣。"重哭泣哀恸，具牲币往吊，玉从墓侧形
见，谓重曰："昔尔行之后，令二亲从王相求，谓必克从大愿；不图
别后，遭命奈何。"玉左顾宛颈而歌曰："南山有乌，北山张罗。志
欲从君，谗言孔多。悲结生疾，没命黄垆，命之不造，冤如之何？
羽族之长，名为凤凰。一日失雄，三年感伤。虽有众鸟，不为匹
双。故见鄙姿，逢君辉光。身远心近，何尝暂忘。"歌毕，歔欷涕
流，不能自胜。要重还冢。重曰："死生异道，惧有尤愆，不敢承
命。"玉曰："死生异路，吾亦知之；然一别永无后期，子将畏我为鬼
而祸乎？欲诚所奉，宁不相信！"重感其言，送之还冢。玉与之饮
宴，三日三夜，尽夫妇之礼。临出，取径寸明珠以送重，曰："既毁
其名，又绝其愿，复何言哉！时节自爱！若至吾家，致敬大王。"重
既出，遂诣王自说其事。王大怒曰："吾女既死，而重造讹言，以玷
秽亡灵。此不过发冢取物，托以鬼神。"趣收重。重脱走至玉墓所，
诉玉。玉曰："无忧！今归白王。"玉妆梳忽见，王惊愕悲喜，问曰：
"尔何缘生？"玉跪而言曰："昔诸生韩重来求玉，大王不许；今名毁
义绝，自致身亡。重从远还，闻玉以死，故赍牲币，诣冢吊唁，感其
笃终，辄与相见，因以珠遗之，不为发冢，愿勿推治。"夫人闻之，
出而抱之，正如烟然。《广记》三百十六。

　　伍子胥恨吴王，驱水为涛，今会稽钱塘丹徒，皆立子胥祠，欲
止其涛也。《事类赋注》六。

　　汉武帝时，苍梧贾雍为豫章太守，有神术。出界讨贼，为贼所
杀，失头。雍上马还营，营中咸走来视雍。雍胸中语曰："战不利，
为贼所伤。诸君视有头为佳，无头佳乎？"吏泣曰："有头佳。"雍
曰："不然，无头亦佳。"言毕遂死。《御览》三百六十四，又三百七十一。

　　汉时，大雪积地丈余。洛阳令身出案行，见人家皆除雪出，有
乞食者二句《初学记》《御览》引有。至袁安门，无有行路。谓安已死。令

人除雪入户，见安僵卧。问何以不出。安曰："大雪，人皆饿，不宜干人。"令以安为贤，举孝廉。《书钞》七十九。《类聚》二。《初学记》二。《御览》十二，又四百二十六。《事类赋注》三。

袁安葬其母，逢二书生，语其葬地，遂至四世五公《书钞》九十二，又九十四。其后公路年十八，骄豪，故常饭乳二家依《御览》八百五十引补，食蜜饭；诸女以绛为地道，游行其上：葬地所致也。《御览》五百五十六。

刘照，建安中为河间太守。妇亡，埋棺于府园中。遭黄巾贼，照委郡走。后太守至，夜梦见一妇人，往就之。后又遗一双锁，太守不能名。妇曰："此萎蕤锁也。以金缕相连，屈申在人，实珍物。吾方当去，故以相别。慎无告人！"后二十日，照遣儿迎丧，守乃悟，云云。儿见锁，感怆不能自胜。《广记》三百十六。

吴左中郎广陵相胡熙，字元光。女名中，许嫁当出，而歘有身。女亦不自觉。熙父信严而有法，乃遣熙妻丁氏杀之。歘有鬼语腹中，音声啧啧，曰："何故杀我母？我某月某日当出。"左右惊怪，以白信。信自往听，乃舍之。及产儿，遗地则不见形，止闻儿声，在于左右。及长大，言语亦如人。熙妻别为施帐，时自言当见形，使姥见。熙妻视之，在丹帷里，前后钉金钗，好手臂，善弹琴，时问姥及母所嗜，欲为得酒脯枣之属以还。母坐作衣，儿来抱膝缘背，数戏；中不耐之，意窃怒曰："人家岂与鬼子相随？"即于傍怒曰："就母戏耳，乃骂作鬼子。今当从母指中，入于母腹，使母知之。"中指即直而痛，渐渐上入臂髀，若有贯刺之者，须臾欲死。熙妻乃设馔祝请之，有顷而止。《广记》三百十七。

吴赤乌三年，句章民杨度至余姚。夜行，有一少年持琵琶，求寄载。度受之。鼓琵琶作数十曲；曲毕，乃吐舌擘目，以怖度而去。复行二十里许，又见一老父寄载，自云姓王名戒，因复载之。谓曰："鬼工鼓琵琶，甚哀。"戒曰："我亦能鼓。"即是向鬼，复擘眼吐舌，度怖几死。《御览》五百八十三。

吴时嘉兴倪彦思，忽有鬼魅在家，能为人语，饮食如人，惟不见形二句《御览》引有。思乃延道士逐之。酒肴既设，道士便击鼓二句《御览》引有，召请诸神；魅乃取伏虎，于神坐上，吹作角声，以乱鼓音。有顷，道士忽觉背中冷，惊起解衣，乃伏虎也。《书钞》一百三十五。《御览》七百十二。

吴人费季，客贾去家，与诸贾人语曰："吾临行就妇求金钗，妇与之，吾乃置户楣上，忘向妇说。"妻梦见季死，前金钗在户上。妻取得发哀。一年，季却还。《御览》七百十八。

隆安中，吴县张君林，忽有鬼来助其驱使。林家甀破，无可用，鬼乃撞盆底穿以当甀。《御览》七百五十七。

会稽山阴贺瑀，字彦琚，曾得疾，不知人，惟心下尚温。居三日乃苏，云：吏将上天见官府。府君居处甚严。使人将瑀入曲房。房中有层架，其上有印及剑；使瑀取之，惟意所好。瑀短，不及上层，取剑以出。问之："子何得也？"瑀曰："得剑。"吏曰："恨不得印，可以驱策百神。今得剑，惟使社公耳。"疾既愈，每行，即见社公拜谒道下《书钞》引作疾愈，果有鬼来白事，自称社公。瑀深恶之。《广记》三百八十三。《书钞》八十七。《初学记》十三。

乌程丘友《书钞》引作丘支，死经一日半，复得生。云将去上天。入大廨舍，见一人著紫帻而坐。已上亦见《书钞》一百二十七或告友，尔祖丘孝伯也，今作主录，告人言友不应死，使人遣之，友得还去。出门见其祖父母系一足，在门外树后。一月亡。《广记》三百八十三。

昔庐陵邑子欧明《御览》二十九引作区明者，从客过《类林》作从贾客。道经彭泽湖，辄以船中所有多少已上八字《类林》作每以珍宝投湖中，云以为礼。积数年，后《类林》作复过，见湖中有大道，道上多风尘，有数吏单衣乘车马来候，云是青洪君使要。明知是神，然不敢不往。

须臾遥见有府舍门下吏卒，明已上十二字据《类林》引补甚怖问吏，恐不得还。吏曰："无可怖！青洪君以君前后有礼，故要君；必有重送，君皆勿收，独求'如愿'尔！"去，果以缯帛送，明辞之。乃求"如愿"。《类林》作必有厚遗，然勿取，但求如愿耳，明既见青洪君，君问所须，明曰："欲求如愿。"神大怪，明知之，意甚惜；不得已，呼如愿使随去。如愿者，青洪君婢也，常使之取物。明将如愿归，所欲辄得之，数年大富。已上略见《初学记》十八引。《类林杂说》八意渐骄盈，不复爱如愿。岁朝，鸡一鸣，呼如愿。如愿不起。明大怒，欲捶之。如愿乃走。明逐之于粪上。粪上有昨日故岁扫除聚薪，如愿乃于此得去。明不知，谓逃在积薪粪中，乃以杖捶使出。久无出者，乃知不能。因曰："汝但使我富，不复捶汝。"今世人岁朝鸡鸣时，转往捶粪，云使人富也。《御览》四百七十二，又五百。《海录碎事》二略引云：有商人过清明湖，见清明君，末作今人正旦以细绳系偶人投于粪壤中，云令如愿。

文翁者，庐江人。为儿童时，乃有神异。及长，当起历下陂以作田，文翁尽日斫伐柴薪，以为陂塘。其夜，忽有数百头野猪，以鼻载土著柴中，比晓成塘。《御览》七十四。

有王更生者，为汉中太守。郡界有袁氏庙，灵响。更生过庙祭，去而遗其刀。遣小史李高还取刀。高见刀在庙床上。高进取去，仰见座上有一君，著大冠袍衣，头鬓半白，谓高曰："可取去。如言不道，后吾当祐汝。"高还，如言不道。后高仕为郡守，当复迁为郡。高时年已六十余，祖高者百余人。高乃道："昔为更生小吏，见遣至庙，取所遗刀；见庙神，使吾莫道，至今不敢道，然心常以欺君为惭。"言毕，此刀立刺高心下，须臾死。《御览》三百四十五。

隗炤者《御览》一引作阴，鸿寿亭民，善于《易》。临终，书板授其妻曰："吾亡后，当大荒穷，虽尔，而慎莫卖宅！到后五年春，当有诏使来，顿此亭，姓龚。此人负吾金，卿以此板往责之，勿违言也！"言讫而卒<small>四字《御览》引有</small>，后果大困，欲卖宅者数矣，忆夫言辄止。到期日，有龚使者果止亭中，妻遂赍板往责使者。使者执板，惘然不知所以，乃言曰："我平生不践此处，何缘尔耶？"妻曰："夫临亡手书板，见命如此，不敢妄也。"<small>已上四句《御览》引有</small>使者沉吟良久而寤，谓曰："贤夫何能？"妻曰："亡夫善于《易》，而未曾为人卜也。"使者曰："噫，可知矣！"乃顾命侍者，取蓍而筮之，卦成，抵掌叹曰："妙哉！魍炤生含明隐迹，而莫之闻，可谓镜穷达而洞吉凶者也。"于是告炤妻曰："吾不相负金也。贤夫自有金耳。乃知亡后当暂穷，故藏金以待泰平。所以不告儿妇者，恐金尽而困无已也。知吾善《易》，故书板以寄意耳。金有五百斤，盛以青甒<small>《御览》引作罂，一作罐</small>，覆以铜柈，埋在堂屋东头，去壁一丈，入地九尺。"妻还掘之，皆如卜焉。<small>《类聚》八十三。《御览》七百二十八，又八百十一。</small>

嘉兴令吴士季者，曾患疟，乘船经武昌庙过，遂遣人辞谢，乞断疟鬼焉。既而去庙二十余里，寝际，忽梦塘上有一骑追之，意甚疾速。见士季<small>《御览》引作梦见塘上有一人乘马追，呼行太急，来至季船</small>，乃下马与一吏共入船后。缚一小儿将去。既而疟疾遂愈。<small>《御览》引作梦觉，疟即断。</small><small>《广记》三百十八。《御览》七百四十三。</small>

宏老<small>一作宏公，《广记》引作邵公，下同</small>吴兴乌程人，患疟经年不差<small>二字《广记》引有</small>。宏后独至田舍，疟发，有数小儿，或骑公腹，或扶公手脚。公因阳瞑，忽起捉得一儿，遂化成黄鹤，余者皆走。公乃缚以还家。暮县窗上，云明日当杀食之。比晓，失鹤处。公疟遂断。于时有得疟者，但呼<small>《御览》引一作依宏公</small>，便疟断。<small>《御览》九百二十五，又七百四十三。《广记》三百十八。</small>

陈世母黄氏，亡后还家，但闻声。世忽亡斧。黄言，问家奴福盗之。<small>《御览》七百六十三。</small>

谢邈之为吴兴郡，帐下给使邹览，乘樵船在部伍后。至平望亭，夜雨，前部伍顿住。览露船无所庇宿，顾见塘下有人家灯火，便往投之。至，有一茅屋，中有一男子，年可五十，夜织薄。别床有小儿，年十岁。览求寄宿，此人欣然相许。小儿啼泣欷歔，此人喻止之，不住啼，遂至晓。览问何意。曰："是仆儿。其母当嫁，悲恋，故啼耳。"将晓，览去，顾视不见向屋，唯有两冢。草莽湛深。行逢一女子乘船，谓览曰："此中非人所行，君何故从中出？"览具以所见告之。女子曰："此是我儿。实欲改适，故来辞墓。"因哽咽至冢，号咷，不复嫁。《广记》三百十八。

江岩常到吴采药。及富春县清泉山南，遥见一美女，紫衣，独踞石而歌，声有碣石之音。岩往来及数十步，女辄去，惟见所踞石耳。如此数日，岩乃击破石。从石中得一紫玉，长一尺。后不复见女。《御览》八百五。《事类赋注》九。

邴浪者，安乐人，行到松兹县九田山，见一鸟，形如雉而色正赤，集山岩石上，鸣声如吹笙。浪即射中之，鸟仍入石穴中。浪遂凿石，将一赤玉，状如鸟形。《御览》八百五。

妇人带宜男草，生儿。《御览》九百九十六。

杂鬼神志怪

昔周时尹氏，贵盛，数代不绝，食口数千。常遭饥荒，罗鼎镬作糜；啜糜之声，闻数十里中。临食，失三十人：入镬中垦取镬底糜，镬深大，故人不见也。《御览》四百七十。

齐人田乃已酿千日酒，过饮一斗，醉卧千日，乃醒也。《书钞》一百四十八。

汉武帝凿昆明池，悉是灰墨。问东方朔。曰："非臣所知，可访西域胡人。"《玉烛宝典》四引《杂鬼怪志》。

弘农邓绍，尝八月旦入华山采药。见一童子，执五彩囊，盛柏叶上露。已上依《续齐谐记》补囊似莲花，内有青鸟《玉烛宝典》八引《志怪》。露皆如珠，满囊。绍问曰："用此何为？"答曰："赤松先生取以明目。"言终，便失所在。露皆如珠至此并见《续齐谐记》。

会稽人吴详，见一女子溪边洗脚，呼详共宿。明旦别去，女赠详以紫巾，详答以白布手巾。《御览》七百十六引《志怪》。案《书钞》引《神怪录》亦载之。

建康小吏曹著，为庐山府君所迎。见门有一大瓮，可受数百斛，但见风云出其中。《御览》七百五十八引《志怪》。案祖台之《志怪》亦记曹著见庐山君事。

昔有人与奴俱得心腹病，治不能愈。奴死，乃刳腹视之，得一白鳖，赤眼，甚鲜净。以诸药内鳖口中，终不死。后有人乘白马来者，马溺溅鳖，缩头藏脚。乃试取马溺灌之，豁然消成水。病者顿饮一升，即愈。《御览》九百三十二引《志怪》。

顾邵为豫章，崇学校，禁淫祀，风化大行。历毁诸庙，至庐山庙，一郡悉谏，不从。夜，忽闻有排大门声，怪之。忽有一人开阁径前，状若方相，自说是庐山君。邵独对之，要进上床。鬼即入坐。邵善《左传》，鬼遂与邵谈《春秋》，弥夜不能相屈。邵叹其精辩，谓曰：《传》载晋景公所梦大厉者，古今同有是物也？"鬼笑曰："今大则有之，厉则不然。"灯火尽，邵不命取，乃随烧《左传》以续之。鬼频请退，邵辄留之。鬼本欲凌邵，邵神气湛然，不可得乘。鬼反和逊求复庙，言旨恳至。邵笑而不答。已上略见《续谈助》四鬼发怒而退。顾谓邵曰："今夕不能仇君。三年之内，君必衰矣。当因此时相报。"邵曰："何事匆匆，且复留谈论。"鬼乃隐而不见。视门阁悉闭如故。如期，邵果笃疾，恒梦见此鬼来击之，并劝邵复庙。邵曰："邪岂胜正。"终不听。后遂卒。《广记》二百九十三引《志怪》。

古今相传，夜以火照水底，悉见鬼神。温峤平苏峻之难，及于溵口，乃试照焉。果见官寺赫奕，人从甚盛。又见群小儿两两为偶，乘辄车，驾以黄羊，睢盱可恶。温即梦见神怒曰："当令君知之。"乃得病也。《广记》二百九十四引《志怪》。

永嘉中，黄门将张禹曾行经大泽中。天阴晦，忽见一宅门大开。禹遂前至厅事；有一婢出问之，禹曰："行次遇雨，欲寄宿耳。"婢入报之。寻出呼禹前。见一女子，年三十许，坐帐中。有侍婢二人。余人衣服皆灿丽。问禹所欲。禹曰："自有饭，唯须饮耳。"女敕取铛与之。因然火作汤，虽闻沸声，探之尚冷。女曰："我亡人也。冢墓之间，无以相共，惭愧而已。"因歔欷告禹曰："我是任城县孙家女。父为中山太守。出适顿丘李氏，有一男一女：男年十一，女年七岁。亡后，幸我旧使婢承贵者。今我儿每被捶楚，不避头面，常痛极心髓。欲杀此婢，然亡人气弱，须有所凭。托君助济此事，当厚报君。"禹曰："虽念夫人言，缘杀人事大，不敢承命！"妇人曰："何缘令君手刃！唯欲因君为我语李氏家，说我告君事状。李氏念昔，承贵必禳除。君当语之，自言能为厌断之法。李氏闻此，必令承贵莅事，我因伺便杀之。"禹许诺。及明而出，遂语李氏，具以其言告之。李氏惊愕，以语承贵，大惧，遂求救于禹。既而禹见孙氏自外来，侍婢二十余人，悉持刀刺承贵；应手仆地而死。未几，禹复经过泽中，此人遣婢送五十匹杂彩以报禹。《广记》三百十八引《志怪》。

沙门竺僧瑶，得神咒，尤能治邪。广陵王家女病邪，召瑶治之。瑶入门，便瞋目大骂云："老魅不念守道，而干犯人。"女乃在内大哭《御览》引作唤，云："人杀我夫。"魅在其侧曰："吾命尽于今，可为痛心！"四字《御览》引有因歔欷悲啼。又曰："此神也，不可与争。"旁人悉闻四字《御览》引有，于是化为老鼍，走出庭中。瑶令扑杀之也。《广记》四百六十八引《志怪》。《御览》九百三十二引《许氏志怪》。

会稽王国吏谢宗，赴假。经吴皋桥，同船人至市，宗独在船。有一女子，姿性婉娩，来诣船，因相为戏。女即留宿欢宴，乃求寄载。宗许之。自尔船人夕夕闻言笑。后逾年，往来弥数。同房密伺，不见有人，知是邪魅，遂共掩被，良久得一物，大如枕。须臾，又获二物，并立如拳，视之，乃是三龟。宗悲思数日方悟，向说如是。云此女子一岁生二男：大者名道愍，小者名道兴。宗又云，此女子及二儿初被索之时，大怖，形并缩小，谓宗曰："可取我枕投之。"时叔道明为郎中令，笼三龟示之。《广记》四百六十八引《志怪》。案亦见《孔氏志怪》。

石季伦母丧，洛下豪俊赴殡者倾都。王戎亦入临殡，便见鬼攘臂打捶凿，甚惶惶。有一人当棺立，此鬼披胸陷之。此人即应凿而倒。人便去，得病半日死。故世间相传，不宜当棺，由戎所见。《御览》三百七十一引《志怪集》。

陶侃《书钞》引作太尉微时，遭大丧葬。家贫，亲自营砖。有斑特牛，专以载致，忽然失去。便自寻觅。道中逢一老公，便举手指云：
"向于冈上见一牛，眠山洿中《书钞》引作眠在墟中，必是君牛，眠处便
好，可作墓安坟，则致极贵。已上亦见《书钞》九十四引《志怪集》小位极人
臣，世为方岳。"侃指一山；云："此好，但不如下，当世有刺史。"言
讫便不复见。太尉之葬如其言。侃指别山与周访家，则并世刺史
矣。《御览》五百五十九引《志怪集》。案亦见《孔氏志怪》，无末二句。

　　杂国桓韩子诸盛十诗，群小儿共在后屋作粥。立成，盛以长盘
十碗。群儿还，忽有妇人出其间。《书钞》一百四十四引《志怪集》。案首句有
讹夺，字亦不全。

　　夏侯弘《御览》引作孙弘，今依《广记》常自云见鬼神，与其言语委曲。
众未之信。镇西将军谢尚，常所乘马忽暴死。会弘诣尚，尚忧恼甚
至《御览》引作常爱惜至甚，今依《广记》。谓尚曰："我为活马何如？"尚常
不信弘，答曰："卿若能令此马更生者，卿真实通神矣。"《广记》引作
卿真为见鬼也弘于是便下床去，良久还，语尚曰："庙神爱乐君马，故
取之耳。向我诣神请之，初殊不许，后乃见听，马即耳便活。"尚对
死马坐，意甚不信，怪其所言。须臾，其马忽从门外走还，众咸见
之，莫不惊愕。既至马尸间，便灭三字《广记》引有。应时能动。有顷，
奋迅呼鸣。尚于是叹息《御览》八百九十七引《志怪集》。《广记》三百二十二引
《志怪录》文甚简略。谢曰："我无嗣，是我一身之罚。"弘经时无所告，
曰："顷所见小鬼耳，必不能辨此源由。"后忽逢一鬼，乘新车，从
十许人，著青丝布袍。弘前捉牛鼻。车中人谓弘曰："何以见阻？"
弘曰："欲有所问。镇西将军谢尚无儿。此君风流令望，不可使之
绝祀。"车中人动容曰："君所道正是仆儿。年少时与家中婢通，誓
约不再婚，而违约。今此婢死，在天诉之，是故无儿。"弘具以告。
尚曰："少时诚有此事。"弘于江陵见一大鬼，提矛戟，有小鬼随从
数人；弘畏惧，下路避之。大鬼过后，捉得一小鬼，问："此何物。"

曰："广州大杀。"弘曰："以此矛戟何为？"十三字依《御览》引补曰："杀人以此矛戟，若中心腹者，无不辄死。中余处，不至于死。"七字依《御览》引补弘曰："治此病有方否？"鬼曰："以乌鸡薄之《御览》引作薄心即差。"弘又曰："今欲何行也？"鬼曰："当至荆扬二州。"尔时比日行心腹病，无有不死者。弘乃教人杀乌鸡以薄之，十不失八九。今有中恶，辄用乌鸡薄之，弘之由也。《广记》三百二十引《志怪录》。《御览》八百八十四引弘于江陵已下。

　　晋陈国袁无忌，寓居东平。永嘉初，得疫疠，家百余口，死亡垂尽。徙避大宅，权住田舍。有一小屋，兄弟共寝板床，荐席数重，夜眠失晓，床出在户外，宿昔如此。兄弟怪怖，皆不得眠。后见一妇人来在户前，知忌等不眠，前却户外。时未曙明，月朗，见之，彩衣白妆，头上有范锤《广记》引作花插，下同及银钗象牙梳。忌等便逐之。初绕屋走，四倒，头发及范锤之属皆堕。忌悉拾之。仍复出门南走。临道有井，遂入井中。忌还眠。天晓，视范锤及钗牙梳并是真物。掘坏井，得一楸棺，三分井水所渍《广记》引作俱已朽坏。忌便易棺器衣服，还其物，于高燥处葬之，遂断。《珠林》九十五。《广记》三百二十二引《志怪录》。

　　会稽郡常有大鬼，长数丈，腰大数十围，高冠玄服。郡将吉凶，跂于雷门，示忧喜之兆。谢氏一族，忧喜必告。谢弘道未遭母艰数月，鬼晨夕来临。及后将转吏部尚书，拊掌三节舞，自大门至中庭；寻而迁问至。已上亦见《御览》八百八十四引《志怪》谢道欣遭重艰，至离塘行墓地往，向夜，见离塘有双烜，须臾火急入水中，仍舒长数十丈，色白如练，稍稍渐还赤，散成数百炬，追逐车从而行。悉见火中有鬼，甚长大，头如五石箩，其状如大醉者。左右小鬼，共扶之。是年，孙恩作乱，会稽大小莫不翼戴。时以为欣之所见，乱之征也。禹会诸侯会稽，防风之鬼也。《广记》三百二十三引《志怪录》。

魏刘赤斧《广记》引作赤父，下同者，梦蒋侯召为主簿。期日促。乃
往庙陈情："母老子弱，情事果切，乞蒙放恕。会稽魏边《广记》引作
过，下同，多才艺，善事神，请举边自代。"因叩头流血。庙祝曰："特
愿相屈，魏边何人，而拟斯举。"赤斧固请，终不许。寻而赤斧死。
《珠林》六十七引《志怪传》。《广记》二百九十三引《志怪》。

宋咸宁中，太常卿韩伯子某，会稽内史王蕴子某，光禄大夫刘
耽子某，同游蒋山庙。有数妇人像，甚端正。某等醉，各指像以妻
匹配，戏弄之《广记》引作各指像以戏相匹配。即以其夕，三人同梦蒋侯遣
传教相闻曰："家子女并丑陋，而猥蒙荣顾，辄克某月某日悉相迎。"
某等以其梦指适异常，试往相问，而果各得其梦，符协如一。于是
大惧。备三牲，诣庙，谢罪乞哀。又俱梦蒋侯亲来降己曰："君等既
已顾之，实贪会对。克期垂及，岂容方更中悔。"经少时并亡。《珠林》
七十五引《志怪传》。《广记》二百九十三引《志怪》。

详异记

宋元稚宗者，河东人也。元嘉十六年，随钟离太守阮愔在郡。愔使稚宗行至远村，郡吏蓋苟边定随焉。行至民家，恍忽如眠，便不复寤。民以为死，舁出门外。方营殡具，经夕能言。说初有一百许人，缚稚宗去，数十里，至一佛图，僧众供养，不异于世。有一僧曰："汝好猎，今应受报。"便取稚宗，皮剥裔截，具如治诸牲兽之法。复纳于澡水，钓口出之，剖破解切，若为脍状。又镬煮炉炙，初悉糜烂，随以还复，痛恼苦毒，至三乃止。问："欲活否？"稚宗便叩头请命。道人令其蹲地，以水灌之，云："一灌除罪五百。"稚宗苦求事灌。沙门曰："唯三足矣。"见有蚁类数头，道人曰："此虽微物，亦不可杀，微复论巨此者也。鱼肉自□可啖耳。斋会之日，悉著新衣；无新，可浣也。"稚宗因问："我行旅有三，而独婴苦，何也？"道人曰："彼二人自知罪福，知而无犯。唯尔愚蒙，不识缘报，故以相戒。"因尔便苏。四日能起。由是遂断渔猎云。《广记》一百三十一。

前齐永明中，杨都高坐寺释慧进者，少雄勇游侠。年四十，忽悟非常，因出家，蔬食布衣，誓诵《法华》，用心劳苦，执卷便病。乃发愿造百部，以悔先障。始聚得一千六百文，贼来索物，进示经钱，贼惭而退。尔后遂成百部，故病亦愈。诵经既广，情愿又满，回此诵业，愿生安养。空中告曰："法愿已足，必得往生。"无病而卒，八十余矣。《广记》一百九。

宣验记

渤海张融，字眉嵋。晋咸宁中，子妇产男，初不觉有异。至七岁，聪慧过人。融曾将看射，令人拾箭还，恒苦迟。融孙云："自为公取也。"后射才发，便赴，遂与箭俱至棚；倏已捉矢而归。举坐怪愕。还经再宿，孙忽暴病而卒。呼诸沙门烧香。有一胡道人谓云："君速敛此孙；是罗刹鬼也，当啖害人家。"既见取箭之事，即狼狈阖棺。须臾，闻棺中有扑摆声；咸辍悲骇愕，遽送葬埋。后数形见。融作八关斋，于是便去。《广记》三百五十七。

晋义熙中，京师长年寺道人惠祥与法向连堂。夜四更时，惠遥唤向暂来。往视，祥仰眠，手交于胸上，足挺音鼎直，云："可解我手足绳。"曰："上并无绳也。"祥因得转动，云："向有人众，以我手足，鞭捶交下，问何故啮虱。"语祥："若更不止，当入两石间磕音盍之。"祥后惩戒于虱，余无精进。《御览》九百五十一。

安荀本姓路，吴郡人也。年十余，身婴重疾，良药必进，日增无损。时太玄台寺释法济语安荀曰："恐此疾由业，非医所消。贫道案佛经云，'若履危苦，能皈依三宝，忏悔求愿者，皆获甄济。'君能此下原有与女并三字捐弃邪俗，洗涤尘秽，专心一向，当得痊愈。"安荀然之。即于宅内设观世音斋，澡心洁意，倾诚载仰；扶疾稽颡，专念相续。经七日初夜，忽见金像，高尺许，三摩其身，从首至足；即觉沉疴豁然消愈。既灵验在躬，遂求出家；求住太玄台寺。精勤匪懈。诵《法华经》。菜食长斋。三十七载，常翘心注想，愿生兜率。宋元嘉十六年，出都造经，不测所终。《比丘尼传》二：玄藻本姓路，吴郡人也，安荀女也。注《宣验记》云：是即安荀也，今据改其名，以补斯记。

元嘉元年，建安郡山贼百余人，掩破郡治，抄掠百姓资产子女；遂入佛图，搜掠财宝。先是，诸供养具，别封贮一室。贼破户，忽有蜜蜂数万头，从衣籠出，同时噬螫群贼；身首肿痛，眼皆盲合。先诸所掠，皆弃而走。已上《事类赋注》三十亦引蜂飞邀逐，噬击弥路，贼遂惶惧从便道而去。是时腊日所缚子女，各还其家。《御览》九百五十。

宋元嘉中，吴兴郡内尝失火。烧数百家，荡尽；惟有经堂草舍，俨然不烧。时以为神。《广记》一百六十一。《辩正论》八注引无宋字，郡作郭，末有也字。

车母者，遭宋庐陵王青泥之难，为虏所得，在贼营中。其母先来奉佛，即然七灯于佛前，夜精心念《辩正论》八注引，虏上有佛佛二字，中下有为奴二字，夜上有昼字，念作咒观世音，愿子得脱。如是经年，其子忽叛还。七日七夜，独行自南走。常值天阴，不知东西，《论注》忽下有得字，独行二字到，天下有雨字，东西二字到遥见有七段火光；望火而走，似村欲投，终不可至；如是七夕，不觉到家，见其母犹在佛前伏地；又见七灯，因乃发悟。母子共谈，知是佛力。自后恳祷，专行慈悲。《广记》一百一十。《论注》祷作到，慈悲作檀恐，《广记》误。

吴郡人沈甲，被系处死。临刑市中，日诵观音《辩正论》八注引作沈英，观音并作观世音名号，心口不息。刀刃自断，因而被放。一云，吴人陆晖系狱，分死，乃令家人造观音像，冀得免死。临刑，三刀，其刀皆折。官问之故，答云："恐是观音慈力。"及看像，项上乃有三刀痕现；因奏获免。《广记》一百十一。

荥阳高荀，年已五十。为杀人被收。锁顿《论注》八引荀作苟，顿作项地牢，分意必死。同牢人云："努力共念观音。"荀云："我罪至重，甘心受诬《论注》念作诵，观下有世字，诬作死，何由可免。"同禁劝之，曰始发心，誓当舍恶行善，专念观音，不离《论注》曰作因，离作简造次。

若得免脱，愿起五层浮图，舍身作奴，供养众僧。旬日《论注》浮作佛，日作月用心，钳锁自解。监司惊惧。语荀云："若《论注》惧作怪，语下有高字，无若字佛神怜汝，斩应不死。"临刑之日，举刀刃断《论注》举刀句作举刀未下而折。奏得原免。同上。

史隽有学识，奉道而慢佛。常语人云："佛是小神，不足事也。"《辩正论》八注引也作平每见尊像，恒轻诮之。后因病脚挛，种种祈福，都无效验。其友人赵文谓曰："经道福中第一。可试造观音像。"隽以病急，如言铸像。像成，梦观音，果得差。同上，《论注》福中下有佛福二字，果得差作遂差。

吴唐，庐陵人也。少好驱媒猎射，发无不中；家以致富。后春日，将儿出射，正值麑鹿将麑。鹿母觉有人气，呼麑渐出。麑不知所畏，径前就媒。唐射麑，即死。鹿母惊怀，悲鸣不已二字《赋注》引有。唐乃自藏于草中，出麑致净地。鹿直来其地，俯仰顿伏，绝而复起。唐又射鹿母，应弦而倒。至前场，复逢一鹿，上弩将放，忽发箭反激，还中其子，唐掷弩抱儿，抚膺而哭。闻空中呼曰："吴唐，鹿之爱子，与汝何异？"唐惊听，不知所在。《御览》九百六。《事类赋注》二十三。

程德度，武昌人。昔在浔阳，夜见屋里自明。先有燕窠，忽有小儿，长尺余，洁白，从窠中出，至床前曰："却后三年，当得长生之道。"寻暗而灭。甚秘密之。《御览》九百二十二。

沛国周氏有三子，并暗不能言。一日二字《赋注》引有，有人来乞饮，闻其儿声，问之；具以实对。客曰："君有罪过三字《赋注》引有。可还内思之。"周异其言，知非常人。良久乃云："都不忆有罪过。"客曰："试更思幼时事。"入内，食顷，出曰："记小儿时，当床有燕窠，中有三子，母还哺之，辄出取食。屋下举手得及，指内窠中，燕子亦出口承受，乃取三蒺藜，各与之吞，既皆死。母还，不见子，悲鸣而去。恒自悔责。"客变为道人之容曰:"君即自知悔,罪今除矣!"便闻其儿言语周正,即不见道人。《御览》九百二十二。《事类赋注》十九。

王导,河内人也。兄弟三人,并得时疾,其宅有鹊巢,旦夕翔鸣,忽甚喧噪。俱恶之。念云:差,当治此鸟。既差,果张取鹊,断舌而杀之。兄弟悉得喑疾。《御览》七百四十引《灵验记》。

天竺有僧,养二牸牛。日得三升乳,有一人乞乳,牛曰:"我前身为奴,偷法食;今生以乳馈之。所给有限,不可分外得也。"《御览》九百。

有鹦鹉飞集他山,山中禽兽辄相爱重。鹦鹉自念,虽乐,不可久也;便去,后数月,山中大火。鹦鹉遥见,便入水沾羽,飞而洒之。天神言:"汝虽有志意,何足云也!"对曰:"虽知不能救,然尝侨居是山,禽兽行善,皆为兄弟,不忍见耳。"天神嘉感,即为《六帖》引作为雨灭火。《类聚》九十一。《初学记》三十。《六帖》九十四。《御览》九百二十四。

野火焚山。林中有一雉,入水渍羽,飞故灭火,往来疲乏,不以为苦。《御览》九百十七。《大唐西域记》六云拘尸那揭罗国大砖精舍侧不远有窣堵波,是如来修菩萨行时为群雉王救火之处。昔于此地有大茂林,毛群羽族,巢居穴处,惊风四起,猛焰飙逸。时有一雉,有怀伤愍,鼓濯清流,飞空奋洒。时天帝释俯而告曰:"汝何守愚?唐劳羽翮,大火方起,焚燎林野,岂汝微躯所能扑灭?"雉曰:"说者为谁?"曰:"我天帝释耳。"雉曰:"今天帝释有大福力,无欲不遂,救灾拯难,若指诸掌,反诘无功,其咎安在?猛火方炽,无得多言。"寻复奋飞,往趣流水。天帝遂以掬水泛洒其林,火灭烟消,生类全命,故今谓之救火窣堵坡也。

蟒死于吴末。梁释慧皎《高僧传》一。案传略云,安清字世高,穷理尽性,自识缘业。初,高自称先身已经出家,有一同学多嗔分卫,高屡诃谏,终不悛改。如此二十余年,乃与同学词诀云:"我当往广州毕宿世之对,卿明经精勤,不在吾后,而性多恚怒,命过当受恶形。我若得道,必当相度。"遂适广州。值寇贼大乱,行路逢一少年,唾手拔

刀,曰:"真得汝矣。"高笑曰:"我宿命负卿,故远来相偿。"伸颈受刃,贼遂杀之。既而神
识还为安息王太子,即今时世高身也。高游化中国,宣经事毕,值灵帝之末,关雒扰乱,
乃振锡江南,云:"我当过庐山,度昔同学。"行达郴亭湖庙,此庙旧有威灵,高同旅三十
余船奉牲请福,神乃降,祝曰:"舫有沙门,可便呼上。"客咸惊愕,请高入庙,神告高曰:
"吾昔外国与子俱出家学道,好行布施而性多嗔怒,今为郴亭庙神,周回千里并吾所治,
以布施故珍玩甚丰,以嗔恚故堕此神报,今见同学悲欣可言,寿尽旦夕而丑形长大,若于
此舍命秽污江湖,当度山西泽中,此身灭后,恐堕地狱,吾有绢千匹并杂宝物,可为立法
营塔,使生善处也。"高曰:"胡来相度,何不出形?"神曰:"形甚丑异,众人必惧。"高曰:
"但出,众不怪也。"神从床后出头,乃是大蟒,不知尾之长短,至高膝边,高向之梵语数
番,赞呗数契,蟒悲泪如雨,须臾还隐,高即取绢物,辞别而去,舟侣扬帆,蟒复出,身登
山而望众人举手,然后乃灭。倏忽之顷,便达豫章,即以庙物为造东寺。高去后,神即命
过。暮有一少年上船,长跪高前,受其咒愿,忽然不见,高谓船人曰:"向之少年,即郴亭
庙神,得离恶形矣。"后人于山西泽中见一死蟒头,尾数里,今浔阳郡蛇村是也,云云。后
更引《宣验记》言以备异说,盖唯蟒死时代记传有殊,其余事迹并相仿弗耳。

  吴主孙皓,性甚暴虐,作事不近人情。与婇女看治园地,土下
忽得一躯金像,形相丽严。皓令置像厕傍,使持屏筹。到四月八
日,皓乃尿像头上,笑而言曰:"今是八日,为尔灌顶。"对诸婇女,
以为戏乐。在后经时,阴囊忽肿。疼痛壮热,不可堪任。自夜达
晨,苦痛求死。名医上药,治而转增。太史占曰:"犯大神所为。"
敕令祈祷灵庙;一祷一剧。上下无计。中宫有一宫人,常敬信佛,
兼承帝之爱,凡所说事,往往甚中,奏云:"陛下求佛图未?"皓问:
"佛大神邪?"女曰:"天上天下,尊莫过佛。陛下前所得像,犹在厕
傍;请收供养,肿必立差。"皓以痛急,即具香汤,手自洗像,置之
殿上,叩头谢过,一心求哀。当夜痛止,肿即随消。即于康僧会受
五戒,起大市寺,供养众僧也。《辩正论》八注。

  孙皓时,有王正辩上事,言:"佛法宜灭,中国不利胡神。"皓便

下诏集诸沙门，陈兵围守，欲行诛废之事。谓僧会法师曰："佛若神也，宜崇之。若其无灵，黑衣一日同命。"僧或缢死，或逃于外。会乃请斋，期七日现神。以铜钵盛水，置庭中。中食毕，而曦光辉曜，忽闻庭钵枪然有声。忽见舍利，明照庭宇，浮于钵上。皓及大众前看，骇愕失措。离席改容而进。会曰："陛下使孟贲之力，击以百钧之槌；金刚之质，终不毁破。"皓如言。请先经呗礼拜，散华烧香。歌唱曰："诚运距慈氏，来津未绝，则法轮将转，彻于灵途；威神不少，宜现今日，不然则三宝永绝。"言毕，壮士运槌生风，观者颤栗。而气竭槌碎，舍利不损。光明挺出，辉采充盈。皓敬伏投诚，勤营斋讲。此塔在建康大市北，后犹光瑞。元嘉十九年秋，寺刹夜放光明，鲜红彩发，有大光从四层上，从西绕南。又见一物，如雉尾扇，随其进止不断。其夕观者，或值或不值。二十许日，都市中咸见刹上有大紫光也。《辩正论》八注云出《吴录》及《宣验记》。

孙祚，齐国沮阳人。位至太中大夫。少子稚，字法辉，小聪慧奉法。年十八，晋咸康元年，桂阳郡患亡。祚以任武昌，到三年四月八日，广置法场，请佛延僧，建斋行道。见稚在众中，翊从像后；往唤问之。稚跪拜，具说兴居，便随父母归家。父先有疾，稚云："无祸祟，到五月当差。"言辞委悉，云作福可以拔魂免苦。其事不虚。《辩正论》八注。

荥阳人毛德祖，初投江南，偷道而遁。逢虏骑所追，伏在道侧蓬蒿之内。草短蒿疏，半身犹露，分意受死。合家默然念观世音，俄然云起雨注，遂得免难也。同上。

队主李儒，后镇虎牢，为魏虏所围，危急欲降。夜逾城出，见贼纵横并卧。儒乃一心念观世音，便过贼处。趣一烧泽，贼即随来。儒便入草，未及藏伏。群马向草，儒大惊恐，一心专念观音；贼马忽然自惊走，因此得脱也。同上。

晋义熙十一年，太原郡郭宣与蜀郡文处茂，先与梁州刺史杨收敬为友。收敬以害人被幽。宣与处茂同被桎梏。念观世音十日已后，夜三更，梦一菩萨慰喻之，告以大命无忧。亦觉而锁械自脱，及晓还著。如是数遍。此二人相庆发愿，若得免罪，各出钱十万，与上明寺作功德。共立重誓。少日，俱免。宣依愿送钱向寺。处茂违誓不送。卢循起兵，茂在戎，于查浦为流矢所中。未死之间曰："我有大罪。"语讫而死也。同上。

宋吴兴太守琅琊王袭之，有学问，爱老庄，而不信佛，唯事宰杀为志。初为晋西省郎中，至好宾客。于内省所，养一双鹅，甚爱玩之，以为得性。夜忽梦鹅口衔一卷书，可十许纸，取看，皆说罪福之事。明旦果见，乃是佛经。因遂不杀。笃信过人。后更富贵也。同上。

益州刺史郭铨，亡已二十余年。以元嘉八年，乘舆导从如平生，见形于女婿刘凝之家，曰："仆谪事未了，努力为作四十九僧会法集斋，乃可得免。"言讫忽然不见。同上。

俞文载盐于南海，值黑风，默念观音，风停浪静，于是获安。同上。

程道慧，字文和，武昌人。旧不信佛，世奉道法。沙门乞者，辄诘难之。论云："若穷理尽性，无过老庄。"后因疾死，见阎罗王，始知佛法可崇，遂即奉佛。同上。

元嘉八年，河东蒲坂城大失火，不可救。唯精舍大小俨然，及白衣家经像，皆不损坠。百姓惊异，倍共发心。同上。

陈玄范妻张氏，精心奉佛。恒愿自作一金像，终身供养。有愿皆从。专心日久，忽有观音金像，连光五尺，见高座上。《辩正论》八注云出《宣验》《冥祥》等记。

张导母王氏，素笃信。四月八日，斋食，感得舍利，流光出口，辉映食盘。《辩正论》八注。

郑鲜，字道子，善相法。自知命短，念无可以延。梦见沙门问之："须延命也，可六斋日放生念善，持斋奉戒，可以延龄得福也。"因尔奉法，遂获长年。同上。

彭城刘式之，常供养一像，无故失去，不知所在。式之夙夜思愆自责，至念冥通。经百日后，其像忽然自现本座，神光照室。合家惊喜，倍复倾心。同上。

刘遗民，彭城人。少为儒生，丧亲，至孝以闻。家贫，卜室庐山西林中。体常多病，不以妻子为心，绝迹往来。精思禅业。半年之中，见眉间相，渐见佛一眼，及发际二色，又见全身。谓是图画。见一道人奉明珠，因遂病差。同上。

佛佛虏破冀州，境内道俗，咸被歼戮。凶虐暴乱。残杀无厌，爰及关中，死者过半，妇女婴稚，积骸成山。纵其害心，以为快乐。仍自言曰："佛佛是人中之佛，堪受礼拜。"便画作佛像，背上佩之，当殿而坐。令国内沙门："向背礼像，即为拜我。"后因出游，风雨暴至，四面暗塞，不知所归，雷电震吼，霹雳而死。既葬之后，就冢霹雳其棺，引尸出外，题背为"凶虐无道"等字。国人庆快，嫌其死晚。少时，为索头主涉圭所吞，妻子被刑戮。《辩正论》八注引《宣验记》，又云见萧子显《齐书》。

相州邺城中，有丈六铜立像一躯。贼丁零者，志性凶悖亦见《辩正论》八注引铜作真金，贼丁零者作逢丁零单于，悖作勃，无有信心。乃弯弓射像面，血下交流。虽加莹饰，血痕犹在。又选五百力士，令挽仆地，消铸为铜，拟充器用。乃口发大声，响烈雷震。力士亡魂丧胆，人皆仆地。迷闷宛转，怖不能起。由是贼侣惭惶，归信者众。丁零后时著疾，被诛乃死。《广记》一百十六。《论注》引零作芝，乃作而。

冥祥记

冥祥记自序

琰稚年在交阯。彼土有贤法师者，道德僧也。见授五戒，以观世音金像一躯，见与供养；形制异今，又非甚古，类元嘉中作。熔镌殊工，似有真好。琰奉以还都。时年在龆龀，与二弟常尽勤至，专精不倦。后治改弊庐，无屋安设，寄京师南涧寺中。于时百姓竞铸钱，亦有盗毁金像以充铸者。时像在寺，已经数月。琰昼寝，梦见立于座隅；意甚异之。时日已暮，即驰迎还。其夕，南涧十余躯像，悉遇盗亡。其后久之，像于曛暮间放光，显照三尺许地，金辉秀起，焕然夺目。琰兄弟及仆役同睹者十余人。于时幼小，不即题记；比加撰录，忘其日月；是宋大明七年秋也。至泰始末，琰移居乌衣，周旋僧以此像权寓多宝寺。琰时暂游江都，此僧仍适荆楚；不知像处，垂将十载。常恐神宝，与因俱绝。宋升明末，游跞峡表，经过江陵，见此沙门，乃知像所。其年，琰还京师，即造多宝寺访焉。寺主爱公，云无此寄像。琰退，虑此僧孟浪，将遂失此像，深以惆怅。其夜，梦人见语云："像在多宝，爱公忘耳，当为得之。"见将至寺，与人手自开殿，见像在殿之东众小像中，的的分明。诘旦造寺，具以所梦请爱公。爱公乃为开殿，果见此像在殿之东，如梦所睹。遂得像还。时建元元年七月十三日也。像今常自供养唐释道宣《三宝感通录》卷二引像今常自供养至末，庶必永作津梁。循复其事，有感深怀；沿此征规，缀成斯记。夫镜接近情，莫逾仪像；瑞验之发，多自此兴。经云，熔斫图缋，类形相者，爰能行动，及放光明。今西域释迦弥勒二像，晖用若冥一引作真，盖得相乎。今华夏景楷一引作今东夏景摸，《感通录》冥作真，楷作摸，神应昭著，亦或当年群生，因会所感，假冯木石，以见幽异，不必克由容好而能然也。故沉石浮深，实阐闽吴之化；尘金泻液，用舒彭宋之祸《感通录》作用绵彭宋之福。其余铨示繁方，虽难曲辨；率其大抵，允归自从《感通录》作允归日从。若夫经塔显效，旨证亦同；事非殊贯，故继其末。《法苑珠林》十七又十四引像今常自供养已下。

冥祥记

汉明帝梦见神人，形垂二丈，身黄金色，项佩日光。以问群臣。或对曰："西方有神，其号曰佛，形如陛下所梦，得无是乎？"于是发使天竺，写致经像，表之中夏。自天子王侯，咸敬事之。闻人死精神不灭，莫不惧然自失。初，使者蔡愔，将西域沙门迦叶摩腾等赍优填王画释迦佛像；帝重之，如梦所见也。乃遣画工图之数本，于南宫清凉台及高阳门显节寿陵上供养。又于白马寺壁，画千乘万骑绕塔三匝之像，如诸传备载。《法苑珠林》十三。《三宝感通录》二。

晋羊太傅祜，字叔子，泰山人也。西晋名臣，声冠区夏。年五岁时，尝令乳母取先所弄指环。乳母曰："汝本无此，于何取耶？"祜曰："昔于东垣边弄之，落桑树中。"乳母曰："汝可自觅。"祜曰："此非先宅，儿不知处。"后因出门游望，径而东行，乳母随之，至李氏家，乃入至东垣树下，探得小环。李氏惊怅曰："吾子昔有此环，常爱弄之。七岁暴亡。亡后不知环处。此亡儿之物也，云何持去？"祜持环走。李氏遂问之。乳母既说祜言，李氏悲喜，遂欲求祜，还为其儿。里中解喻，然后得止。祜年长，常患头风，医欲攻治。祜曰："吾生三日时，头首北户，觉风吹顶，意其患之，但不能语耳。病源既久，不可治也。"祜后为荆州都督，镇襄阳，经给武当寺，殊余精舍。或问其故，祜默然。后因忏悔，叙说因果，乃曰，前身承有诸罪，赖造此寺，故获申济，所以使供养之情偏殷勤重也。《法苑珠林》二十六。

晋沙门仕行慧皎《高僧传》作士行者，颍川人也。姓朱氏。气志方远，识宇沉正，循心直诣，荣辱不能动焉。时经典未备，唯有《小品》；而章句阙略，义致弗显。魏甘露五年，发迹雍州，西至于阗，寻求经藏。逾历诸国。西域僧徒，多小乘学，闻仕行求方等诸经，咸骇怪不与。曰："边人不识正法，将多惑乱。"仕行曰："经云，'千载将末，法当东流。'若疑非佛说，请以至诚验之。"乃焚柴灌油。烟炎方盛，仕行捧经涕泪，稽颡誓曰："若果出金口，应宣布汉地。诸佛菩萨，宜为证明。"于是投经火中，腾燎移景。既而一积煨尽，文字无毁，皮牒若故。举国欣敬。因留供养。遣弟子法饶，赍送梵本，还至陈留浚仪仓垣诗寺《高僧传》云陈留仓垣水南寺。出之，凡九十篇，二十万言。河南居士竺叔兰，练解方俗，深善法味，亲共传译，今放光首品是也。仕行八十乃亡，依阇维之。火灭经日，尸形犹全。国人惊异，皆曰："若真得道法，当毁坏。"应声碎散，乃敛骨起塔。慧志道人先师相传。释公亦具载其事也。《法苑珠林》二十八。

晋赵泰，字文和，清河贝丘人也。祖父京兆《广记》引作清河太守。泰，郡举孝廉；公府辟，不就。精思典籍，有誉乡里。当晚乃膺仕，终于中散大夫。泰年三十五时，尝卒心痛，须臾而死。下尸于地，心暖不已，屈伸随人。留尸十日。平旦，喉中有声如雨。俄而苏活。说初死之时，梦有一人，来近心下。复有二人，乘黄马。从者二人，夹扶泰腋，径将东行，不知可几里，至一大城，崔嵬高峻。城色青黑，状锡《广记》引作城邑青黑色，将泰向城门入。经两重门。有瓦屋可数千间；男女大小，亦数千人，行列而立。吏著皂衣，有五六人，条疏姓字，云当以科呈府君。泰名在三十。须臾，将泰与数千人男女一时俱进。府君西向坐，简视名簿讫，复遣泰南入黑门。有人著绛衣，坐大屋下，以次呼名，问生时所事："作何孽罪，孽字依《广记》引补行何福善？谛汝等辞，以实言也。此恒遣六部使者，常在人间，疏记善恶，具有条状。不可得虚。"泰答："父兄仕宦，皆二千石。我少在家，修学而已，无所事也，亦不犯恶。"乃遣泰为水官监作使，将二千余人，运沙裨岸。昼夜勤苦。后转泰水官都督，知诸狱事。给泰马兵，令案行地狱。所至诸狱，楚毒各殊。或针贯其舌，流血竟体。或被头露发，裸形徒跣，相牵而行。有持大杖，从后催促。铁床铜柱，烧之洞然；驱迫此人，抱卧其上。赴即焦烂，寻复还生。或炎炉巨镬，焚煮罪人。身首碎堕，随沸翻转。有鬼持叉，倚于其侧。有三四百人，立于一面，次当入镬，相抱悲泣。或剑树高广《广记》引有此字。不知限量。根茎枝叶，皆剑为之。人众相訾，自登自攀，若有欣意《广记》引作欣竞。而身首割截，尺寸离断。泰见祖父母及二弟，在此狱中，相见涕泣。泰出狱门，见有二人赍文书来，语狱吏，言有三人，其家为其于塔寺中县幡烧香，救解其罪，可出福舍。俄见三人，自狱而出；已有自然衣服，完整在身。南诣一门，云名"开光大舍"，有三重门，朱采照发。见此三人，即入舍中。泰亦随入。前有大殿，珍宝周饰，精光耀目。金玉为床。见一神人，姿容伟异，殊好非常，坐此座上。边有沙门立侍，甚众。见府君来，恭敬作礼。泰问："此是何人，府君致敬。"吏曰："号名世尊，度人之师，有愿，令恶道中人皆出听经。"时云有百万九千人，皆出地狱，入百里城。在此到者，奉法众生也。行虽亏殆，尚当得度，故开经法。七日之中，随本所作善恶多少，差次免脱。泰未出之顷，已见十人，升虚而去。出此舍，复见一城，方二百余里，名为"受变形城"。地狱考治已毕者，当于此城，更受变报。泰入其城，见有土瓦屋数千区，各有坊巷《广记》引作房舍。正中有瓦屋高壮，阑槛采饰。有数百局吏，对校文书，云杀生者当作蜉蝣，朝生暮死；

劫盗者当作猪羊，受人屠割；淫洗者作鹤鹜獐麋，两舌者作鸱枭鸺鹠；捍债者为驴骡牛马。泰案行毕，还水官处。主者语泰："卿是长者子，以何罪过，而来在此？"泰答："祖父兄弟，皆二千石。我举孝廉，公府辟，不行。修志念善，不染众恶。"主者曰："卿无罪过，故相使为水官都督。不尔，与地狱中人无以异也。"泰问主者曰："人有何行，死得乐报？"主者唯言："奉法弟子，精进持戒，得乐报，无有谪罚也。"泰复问曰："人未事法时，所行罪过，事法之后，得以除不？"答曰："皆除也。"语毕，主者开滕箧，检泰年纪，尚有余筹三十年在。乃遣泰还。临别，主者曰："已见地狱罪报如是，当告世人，皆令作善。善恶随人，其犹影响，可不慎乎？"时亲表内外候视泰者，五六十人，同闻泰说。泰自书记，以示时人。时晋太始五年七月十三日也。乃为祖父母二弟延请僧众，大设福会。皆命子孙改意奉法，课劝精进。时人闻泰死而复生，多见罪福，互来访问。时有太中大夫武城孙丰，关内侯常山郝伯平等十人，同集泰舍，款曲寻问，莫不惧然，皆即奉法也。《法苑珠林》七。《太平广记》三百七十七。

　　晋沙门支法衡，晋初人也。得病旬日亡。经三日而苏活。说死时，有人将去，见如官曹舍者数处，不肯受之。俄见有铁轮，轮上有铁爪，从西转来；无持引者，而转驶如风。有一吏呼罪人当轮立；轮转来轹之，翻还；如此，数人碎烂。吏呼衡道人来当轮立。衡恐怖自责："悔不精进，今当此轮乎？"语毕，谓衡曰："道人可去！"于是仰首，见天有孔，不觉倏尔上升。以头穿中，两手搏两边，四向顾视，见七宝宫殿，及诸天人。衡甚踊跃，不能得上。疲而复还下所。将衡去。人笑曰："见何等物，不能上乎？"乃以衡付船官。船官行船，使为柂工。衡曰："我不能持柂。"强之。有船数百，皆随衡后。衡不晓捉柂，跄沙洲上。吏司推衡："汝道而失，以法应斩。"引衡上岸，雷鼓将斩。忽有五色二龙，推船还浮。吏乃原衡罪，载衡北行。三十许里，见好村岸，有数万家，云是流人。衡窃上岸。村中饶狗，牙欲啮之。衡大恐惧。望见西北有讲堂，上有沙门甚众，闻经呗之声。衡遽走趣之。堂有十二阶。衡始蹑一阶，见亡师法柱踞胡床坐。见衡曰："我弟子也，何以而来？"因起临阶，以手巾打衡面，曰："莫来！"衡甚欲上，复举步登阶。柱复推令下。至三乃止。见平地有井一口，深三四丈，砖无隙际。衡心念言，此井自然。井边有人谓曰："不自然者，何得成井？"虽见法柱，故倚望之，谓衡："可复道还去，狗不啮汝！"衡还水边，亦不见向来船也。衡渴欲饮水，乃堕水中，因便得苏。于是出家，持戒菜食。昼夜精思，为至行沙门。比丘法桥，衡弟子也。《珠林》七。

晋安罗江县，有霍山，其高蔽日。上有石杵《高僧传》石杵作石盂，<small>疑杵是杅字之讹</small>，面径数丈。杵中泉水，深五六尺，经常流溢。古老传云，列仙之所游饵也。有沙门释僧群，隐居其山，常饮此水，遂以不饥，因而绝粒。晋安太守陶夏《高僧传》云陶夔，闻而求之，群以水遗陶，出山辄臭。陶于是越海造山。于时天景澄朗。陶践山足，便风雨晦暝。如此者三，竟不得至。群所栖营，与泉隔一涧。旦夕往还，以一木为梁。后旦将渡，辄见一折翅鸭，舒翼当梁头，逆唳；僧群永不得过。欲举锡拨之，恐其坠死。于此绝水，俄而饥卒。时传云，年百四十。群之将死，为众说云："年少时尝打折一鸭翅，将或此鸭因缘之报乎？"《珠林》六十三。

晋沙门耆域者，天竺人也。自西域浮海而来，将游关洛，达旧襄阳，欲寄载船北渡。船人见梵沙门衣服弊陋，轻而不载。比船达北岸，耆域亦上。举船皆惊。域前行，有两虎迎之，弭耳掉尾，域手摩其头，虎便入草。于是南北岸奔往请问，域日无所应答。及去，有数百人追之；见域徐行，而众走犹不及。惠帝末，域至洛阳。洛阳道士悉往礼焉。域不为起。译语讥其服章曰："汝曹分流佛法，不以真诚，但为浮华，求供养耳。"见洛阳宫，曰："忉利天宫，仿佛似此。当以道力成就，而生死力为之，不亦勤苦乎！"沙门支法渊、竺法兴，并年少，后至。域为起立。法渊作礼讫，域以手摩其头曰："好菩萨，羊中来。"见法兴入门，域大欣笑，往迎作礼。捉法兴手，举著头上曰："好菩萨，从天人中来。"尚方中有一人，废病数年，垂死。域往视之，谓曰："何以堕落，生此忧苦？"下病人于地，卧单席上，以应器置腹上，纟布覆之。梵呗三偈讫，为梵咒可数千语。寻有臭气满屋。病人曰："活矣。"域令人举布，见应器中如污泥者。病人遂瘥。长沙太守滕永文，先颇精进。时在洛阳，两脚风挛经年。域为咒，应时得申，数日起行，满水寺中有思惟树，先枯死，域向之咒，旬日，树还生茂。时寺中有竺法行善谈论，时以比乐令。见域，稽首曰："已见得道证，愿当秉法。"域曰："守口摄意身莫犯，如是行者，度世去。"法行曰："得道者当授所未闻。斯言，八岁沙弥亦以之诵，非所望于得道者。"域笑曰："如子之言，八岁而致诵，百岁不能行。人皆知敬得道者，不知行之即自得。以我观之易耳。妙当在君，岂愠未闻。"京师贵贱，赠遗衣物，以数千亿万，悉受之。临去，封而留之，唯作幡八百枚，以骆驼负之先遣。随估客西归天竺。又持法兴一纳袈裟随身。谓法兴曰："此地方大为造新之罪，可哀如何？"域发，送者数千人。于洛阳寺中，中食讫，取道。人有其日发长安来，见域在长安寺中。又域所遣估客及骆驼奴达燉煌河上，逢估客弟于天竺来，云近燉煌寺中见域。弟子漯登者，云于流沙北逢域，言语款曲，计其旬日，又域发洛阳时也。而其所行盖已万里矣。《珠林》二十八。《高僧传》载在耆域之前，当移正。

晋沙门佛调，不知何国人。往来常山，积年，业尚纯朴，不表辞饰；时咸以此重之。常山有奉法者兄弟二人，居去寺百里。兄妇病甚笃，载出寺侧，以近医药。兄既奉调为师，朝昼常在寺中，咨询行道。异日。调忽往其家，弟具问嫂所苦，并审兄安否。调曰："病者粗可，卿兄如常。"调去后，弟亦策马继往，言及调且来。兄惊曰："和尚旦初不出寺，汝何容相见？"兄弟争问调，调笑而不答，咸共异焉。调或独入深山，一年半岁，赍干饭数升，还恒有余。有人尝随调山行数十里。天暮大雪，调入石穴虎窟中宿。虎还横卧窟前。调语曰："我夺汝居处，有愧如何！"虎弭耳下山。随者骇惧。调自克亡期，远近悉至。乃与诀曰："天地长久，尚有崩坏；岂况人物，而欲永存？若能荡除三垢，专心真净；形数虽乖，而神会必同。"众咸涕流。调还房端坐，以衣蒙头，奄然而终。终后数年，调白衣弟子八人，入西山伐木，忽见调在高岩上，衣服鲜明，姿仪畅悦。皆惊喜作礼，问："和尚尚在此耶？"答曰："吾常自在耳。"具问知故消息，良久乃去。八人便舍事还家，向同法者说，众无以验之。共发冢开棺，不见其尸。《珠林》二十八。

晋犍陀勒，不知何国人也。尝游洛邑，周历数年。虽敬其风操，而莫能测焉。后语人曰："盘鸱《高僧传》鸱作鸥山中有古塔寺，若能修建，其福无量。"众人许之，与俱入山。既至，唯草木深芜，莫知基朕。勒指示曰："此是寺基也。"众试掘之，果得塔下石础。复示讲堂，僧房，井灶。开凿寻求，皆如其言。于是始疑其异。寺既修，勒为僧主。去洛百里。每朝至洛邑，赴会听讲竟，辄乞油一钵，擎之还寺。虽复去来早晚，未曾失中晡之期。有人日能行数百里者，欲随而验之，乃与俱。此人驰而不及；勒顾笑曰："汝执吾袈裟，可以不倦。"既持衣后，不及移晷，便已至寺。其人休息数日乃还。方悟神人。后不知终。《珠林》八十二。

晋抵世常，中山人也。家道殷富。太康中，禁晋人作沙门。世常奉法精进，潜于宅中起立精舍，供养沙门；于法兰亦在焉。僧众来者，无所辞却。有一比丘，姿形顽陋，衣服尘敝，跋涉涂泞，来造世常。常出为作礼，命奴取水，为其洗足。比丘曰："世常应自洗我足。"常曰："年老疲瘵，以奴自代。"比丘不听。世常窃骂而去。比丘便见神足，变身八尺，颜容瑰伟，飞行而去。世常抚膺悔叹，自扑泥中。时抵家僧尼及行路者五六十人，俱得望视，见在空中数十丈上，了了分明。奇芬异气，经月不歇。法兰即名理法师见宗者也，有记在后卷传。兰以语于弟子法阶，阶每说之，道俗多闻。《珠林》二十八。

晋沙门康法朗，学于中山。永嘉中，与四比丘西入天竺。行过流沙，千有余里。见道边败坏佛图，无复堂殿，蓬蒿没人。法朗等下拜瞻礼，见有二僧，各居其一：一人读经，一人患痢。秽污盈房。其读经者了不营视。朗等恻然兴念，留为煮粥，扫除浣濯。至六日，病者稍困，注痢如泉。朗等共料理之。其夜，朗等并谓病者必不移旦。至明晨往视，容色光悦，痛状休然。《广记》引作病状顿除屋中秽物，皆是华馨。朗等乃悟是得道冥士以试人也。病者曰："隔房比丘，是我和尚。久得道慧，可往礼觐。"法朗等先嫌读经沙门无慈爱心，闻已，乃作礼悔过。读经者曰："诸君诚契并至，同当入道。朗公宿学业浅，此世未得愿也。"谓朗伴云："慧此居植根深，当现世得愿。"因而留之。法朗后还中山，为大法师，道俗宗之。《珠林》九十五。《广记》八十九。

晋竺长舒者，其先西域人也。世有资货，为富人。竺居晋，元康中内徙洛阳。长舒奉法精至；尤好诵观世音经。其后邻比失火。长舒家悉草屋，又正下风，自计火已逼近，政复出物，所全无几，乃敕家人不得辇物，亦无灌救者。唯至心诵经。有顷，火烧其邻屋，与长舒隔篱，而风忽自回，火亦际屋而止。于时咸以为灵。里中有轻险少年四五人，共毁笑之，云："风偶自转，此复何神。伺时燥夕，当爇其屋；能令不然者，可也。"其后天甚早燥。风起亦驶，少年辈密共束炬，掷其屋上。三掷三灭，乃大惊惧，各走还家。明晨，相率诣长舒自说昨事，稽颡辞谢。长舒答曰："我了无神，政诵念观世音，当是威灵所祐。诸君但当洗心信向耳。"自是邻里乡党咸敬异焉。《珠林》二十三。

晋浔阳庐山西有龙泉精舍，即慧远沙门之所立也。远始南渡，爱其区丘。欲创寺宇，未知定方。遣诸弟子访履林涧，疲息此地。群僧并渴，率同立誓曰："若使此处，宜立精舍，当愿神力，即出佳泉。"乃以杖掘地，清泉涌出。遂畜为池。因构堂于其后。天尝亢旱，远率诸僧转海龙王经，为民祈雨。转读未毕，泉中有物，形如巨蛇，腾空而去。俄尔洪雨四澍，高下普沾。以有龙瑞，故名焉。《珠林》三十三。

晋沙门于法兰，高阳人也。十五而出家。器识沉秀，业操贞整。寺于深岩。尝夜坐禅，虎入其室；因蹲床前。兰以手摩其头。虎奋耳而伏。数日乃去。竺护，燉煌人也。风神情宇，亦兰之次。于时经典新译，梵语数多，辞句烦芜，章偈不整；乃领其旨要，刊其游文。亦养徒山中。山有清涧，汲漱所资。有采薪者，尝秽其水；水即竭涸，俄而绝流。护临涧徘徊，叹曰："水若遂竭，吾将何资！"言终而清流洋溢，寻复盈涧。并武惠时人也。支道林为之像赞曰："于氏超世，综体玄旨。嘉遁山泽，仁感虎兕。护公澄寂，道德渊美。微吟空涧，枯泉还水。"《法苑珠林》六十三。

晋司空庐江何充，字次道，弱而信法，心业甚精。常于斋堂，置一空座，筵帐精华，络以珠宝；设之积年，庶降神异。后大会，道俗甚盛。坐次一僧，容服粗垢，神情低陋，出自众中，径升其座，拱默而已，无所言说。一堂怪骇，谓其谬僻。充亦不平，嫌于颜色。及行中食，此僧饭于高座；饭毕，提钵出堂，顾谓充曰："何侯徒劳精进！"因掷钵空中，陵空而去。充及道俗驰遽观之：光仪伟丽，极目乃没。追共愧恨，稽忏累日。《法苑珠林》四十二。

晋尼竺道容，不知何许人。居于乌江寺。戒行精峻，屡有征感。晋明帝时，甚见敬事。以华藉席，验其所得；果不萎焉。时简

文帝事清水道；所奉之师，即京师所谓王濮阳也。第内其道舍，容
亟开化，帝未之从。其后帝每入道屋，辄见神人为沙门形，盈满室
内，帝疑容所为，因事为师，遂奉正法。晋氏显尚佛道，此尼力也。
当时崇异，号为圣人。新林寺即帝为容所造也。孝武初，忽而绝
迹，不知所在。乃葬其衣钵。故寺边有冢在焉。《珠林》四十二。

晋阙公则，赵人也。恬放萧然，唯勤法事_{法事《感通录》引作法华}。
晋武之世，死于洛阳。道俗同志，为设会于白马寺中。其夕转经，
宵分，闻空中有唱赞声。仰见一人，形器壮伟，仪服整丽，乃言曰：
"我是阙公则，今生西方安乐世界，与诸菩萨共来听经。"合堂惊跃，
皆得睹见。时复有汲郡卫士度，亦苦行居士也。师于公则。其母又
甚信尚，诵经长斋，家常饭僧。时日将中，母出斋堂，与诸尼僧，逍
遥眺望。忽见空中有一物下，正落母前，乃则钵也；有饭盈焉，馨
气充教。阖堂肃然，一时礼敬。母自分行斋人食之。皆七日不饥。
此钵犹云尚存此土。度善有文辞，作《八关忏》文，晋末斋者尚用
之，晋永昌中死，亦见灵异。有浩像者作《圣贤传》，具载其事，云
度亦生西方。吴兴王该《日烛》曰："阙复登霄，卫度继轨。咸恬泊
以无生，俱蜕骸以不死"者也。《珠林》四十二。《三宝感通录》四。

晋南阳滕普，累世敬信。妻吴郡全氏，尤能精苦。每设斋会，
不逆招请；随有来者，因留供之。后会僧数阙少，使人衢路要寻。
见一沙门，荫柳而坐，因请与归。净人行食，翻饭于地；倾箪都尽，
罔然无计。此沙门云："贫道钵中有饭，足供一众。"使普分行，既
而道俗内外，皆得充饱。清净既毕，掷钵空中，翻然上升。极目乃
灭。普即刻木作其形像，朝夕拜礼。普家将有凶祸，则此像必先倒
蹈云。普子含，以苏峻之功封东兴者也。《珠林》四十二。

沙门竺法进者，开度浮图主也。聪达多知，能解殊俗之言。京
洛将乱，欲处山泽。众人请留，进皆不听。大会烧香，与众告别。

临当布香，忽有一僧来，处上座；衣服尘垢，面目黄肿。法进怪贱，牵就下次；辄复来上。牵之至三，乃不复见。众坐既定，方就下食，忽暴风扬沙，桦案倾倒。法进忏悔自责；乃止不入山。时论以为：世将大乱，法进不宜入山；又道俗至意，苦相留慕，故见此神异，止其行意也。《珠林》四十二。

晋周闵，汝南人也。晋护军将军。家世奉法。苏峻之乱，都邑人士，皆东西波迁《广记》引作播迁。闵家有《大品》一部，以半幅八丈素，反复书之。又有余经数台，《大品》亦杂在其中。既当避难单行，不能得尽持去；尤惜《大品》，不知在何台中。仓卒应去，不展寻搜《广记》引无此句，徘徊叹咤。不觉《大品》忽自出外，闵惊喜持去。周氏遂世宝之，今云尚在。一说云：周嵩妇胡母氏，有素书《大品》。素广五寸，而《大品》一部尽在焉。又并有舍利，银罂贮之。并缄于深箧。永嘉之乱，胡母将避兵南奔，经及舍利，自出箧外。因取怀之，以渡江东。又尝遇火，不暇取经；及屋尽火灭，得之于灰尽之下，俨然如故。会稽王道子就嵩曾云求以供养。后尝暂在新渚寺。刘敬叔云，曾亲见此经：字如麻大，巧密分明。新渚寺，今天安是也。此经盖得道僧释慧则所写也。或云，尝在简靖寺，靖首尼读。《珠林》十八。《广记》一百十三。

晋史世光者，襄阳人也。咸和八年，于武昌死。七日，沙门支法山转《小品》，疲而微卧。闻灵座上，如有人声。史家有婢，字张信，见世光在灵上，著衣帩，具如平生。语信云："我本应堕龙中《广记》引作狱中，支和尚为我转经，昙护，昙坚迎我上第七梵天快乐处矣。"护，坚并是山之沙弥，已亡者也。后支法山复为转《大品》，又来在坐。世光生时，以二幡供养。时在寺中，乃呼张信："持幡送我。"信曰："诺。"便绝死。将信持幡，俱西北飞上一青山，上如琉璃色。到山顶，望见天门，世光乃自提幡，遣信令还；与一青香，如巴豆，曰："以上支和尚。"信未还，便遥见世光直入天门。信复道而还，倏忽醒活；亦不复见手中香也；幡亦故在寺中。世光与信，于家去时，其六岁儿见之，指语祖母曰："阿爷飞上天，婆为见不？"见光后复与天人十余，俱还其家，徘徊而去。每来必见簪帢，去必露髻。信问之，答曰："天上有冠，不著此也。"后乃著天冠与群天神，鼓琴行歌，经上母堂。信问："何用屡来？"曰："我来，欲使汝辈知罪福也；亦兼娱乐阿母。"琴音清妙，不类世声；家人大小，悉得闻之。然闻其声，如隔壁障，不得亲察也。唯信闻之，独分明焉。有顷去，信自送《广记》引有送字。见世光入一黑门，有顷来出《广记》引作寻即出来，谓信曰："舅在此，日见榜挞，楚痛难胜。省视还也。舅生犯杀罪，故受此报。可告舅母：会僧转经，当稍免脱。"舅即轻车将军报终也。《珠林》五。《广记》一百十二。

晋张应者，历阳人。本事俗神，鼓舞淫祀。咸和八年，移居芜湖。妻得病。应请祷备至，财产略尽。妻，法家弟子也，谓曰："今病日困，求鬼无益，乞作佛事。"应许之。往精舍中，见竺昙铠。昙铠曰："佛如愈病之药。见药不服，虽视无益。"应许当事佛。昙铠与期明日往斋。应归，夜梦见一人，长丈余，从南来。入门曰："汝家狼藉，乃尔不净。"见昙铠随后，曰："始欲发意，未可责之。"应先巧，眠觉，便炳火作高座，及鬼子母座。昙铠明往，应具说梦。遂受五戒。斥除神影，大设福供。妻病即间，寻都除愈。咸康二年，应至马沟籴盐。还泊芜湖浦宿。梦见三人，以铿钩钩之。应曰："我佛弟子。"牵终不置，曰："奴叛走多时。"应怖谓曰："放我，当与君一升酒调。"乃放之。谓应："但畏后人复取汝耳。"眠觉，腹痛泄痢，达家大困。应与昙铠，问绝已久。病甚，遣呼之。适值不在。应寻气绝。经日而苏活。说有数人以铿钩钩将北去，下一坂岸，岸下见有镬汤刀剑楚毒之具。应时悟是地狱。欲呼师名，忘昙铠字，但唤："和上[1]救我！"亦时唤佛。有顷，一人从西面来，形长

1　现代汉语常用"和尚"。——编者注

丈余，执金杵，欲撞此钩人，曰："佛弟子也，何入此中？"钩人怖散。长人引应去，谓曰："汝命已尽，不复久生。可暂还家。颂呗三偈，并取和上名字，三日当复命过，即生天矣。"应既苏，即复怅然。既而三日，持斋颂呗，遣人疏取昙铠名。至日中，食毕，礼佛读呗，遍与家人辞别。澡洗著衣，如眠便尽。《珠林》六十二。

晋董吉者，于潜人也。奉法三世，至吉尤精进。恒斋戒诵《首楞严经》。村中有病，辄请吉读经，所救多愈。同县何晃者，亦奉法士也。咸和中，卒得山毒之病，守困。晃兄惶遽，驰往请吉。董、何两舍，相去六七十里。复隔大溪，五月中，大雨。晃兄初渡时，水尚未至；吉与期设中食后此字《广记》引有。比往而山水暴涨，不复可涉，吉不能泅，迟回叹息；坐岸良久，欲下不敢渡。吉既信直，必欲赴期。乃恻然发心，自誓曰："吾救人苦急，不计躯命。克冀如来大士，当照乃诚。"便脱衣，以囊经戴置头上，径入水中，量其深浅，乃应至颈。及吉渡，正著膝耳。既得上岸，失囊经，甚惋恨。进至晃家，三礼忏悔，流涕自责。俯仰之间，便见经囊在高座上。吉悲喜取看，浥浥如有湿气。开囊视经，尚燥如故。于是村人，一时奉法。吉所居西北，有一山，高峻，中多妖魅，犯害居民。吉以经戒之力，欲伐降之。于山际四五亩地，手伐林木，构造小屋，安设高座，转《首楞严经》。百余日中，寂然无闻。民害稍止。后有数人至吉所，语言良久。吉思惟此客言者，非于潜人；穿山幽绝，何因而来，疑是鬼神，乃谓之曰："诸君得无是此中鬼耶？"答曰："是也。闻君德行清肃，故来相观。并请一事，想必见听。吾世有此山，游居所托。君既来止，虑相逆冒，恒怀不安，今欲更作界分，当杀树为断。"吉曰："仆贪此静寂。读诵经典，不相干犯。方为卿比《广记》引作方喜为此，愿见祐助。"鬼答："亦复凭君，不见侵克也。"言毕而去，经一宿，前所芟地，四际之外，树皆枯死，如火烧状。吉年八十七亡。《珠林》十八。《广记》一百十二。

晋周珰者,会稽剡人也。家世奉法。珰年十六,便菜食持斋,讽诵成具。及顷转经。正月长斋,竟延僧设受八关斋。至乡市寺,请其师竺僧密及支法阶,竺佛密。令持《小品》,斋日转读。至日,三僧赴斋,忘持《小品》。至中食毕,欲读经,方忆。意甚惆怅。珰家在坂怡村,去寺三十里,无人遣取。至人定烧香讫,举家恨不得经。密益踟蹰。有顷,闻有叩门者,言送《小品》。珰愕然心喜。开门,见一年少,著单衣帢,先所不识,又非人行。时疑其神异,便长跪受经,要使前坐。年少不进,期夜当来听经。比道人出,忽不复见。香气遍一宅中。既而视之,乃密经也。道俗惊喜。密经先在厨中,缄钥甚谨。还视其钥,俨然如故。于是村中十余家,咸皆奉佛。益敬爱珰。珰遂出家,字昙嶷。讽诵众经,至二十万言。《珠林》十八。《广记》一百十。

晋孙稚,字法晖,齐国般阳县人也。父祚,晋太中大夫。稚幼而奉法,年十八,以咸康元年八月病亡。祚后移居武昌,至三年四月八日,沙门于法阶行尊像,经家门,夫妻大小出观,见稚亦在人众之中,随侍像行。见父母,拜跪问讯。随共还家。祚先病,稚云:"无他祸祟,不自将护所致耳。五月当差。"言毕辞去。其年七月十五日,复归,跪拜问讯,悉如生时。说其外祖父为太山府君,见稚,说稚母字曰:"汝是某甲儿耶?未应便来,那得至此。"稚答:"伯父将来,欲以代遣。"有教推问,欲鞭罚之;稚救解得原。稚兄容,字思渊,时在其侧。稚谓曰:"虽离故形,在优乐处,但读书无他作,愿兄勿复忧也。但勤精进,系念修善,福自随人矣。我二年学成,当生国王家。同辈有五百人,今在福堂,学成,皆当上生第六天上。我本亦应上生,但以解救先人,因缘缠缚,故独生王家耳!"到五年七月七日,复归。说郏城当有寇难。事例甚多,悉皆如言。家人秘之,故无传者。又云:"先人多有罪谪,宜为作福。我今受身人中,不须复营,但救先人也。愿父兄勤为功德。作福食时,务使鲜洁。一一如法者，受上福；次者，次福；若不能然，然后费设耳。当使平等，心无彼我，其福乃多。"祚时有婢，稚未还时，忽病殆死，周身皆痛。稚云："此婢欲叛，我前与鞭，不复得去耳。"推问婢，云："前实欲叛，与人为期；日垂至而便住。"云云。《珠林》九十一。

晋李恒，字元文，谯国人。少时，有一沙门造恒，谓曰："君福报将至，而复对来随之。君能守贫修道，不仕宦者，福增对灭。君其勉之！"恒性躁，又寒门，但问仕当何所至，了不寻究修道意也。与一卷经，恒不肯取。又固问："荣途贵贱何如？"沙门曰："当带金紫，极于三郡。若能于一郡止者，亦为善也。"恒曰："且当富贵，何顾后患？"因留宿。恒夜起，见沙门身满一床，入呼家人，大小窥视，复变为大鸟，跱屋梁上。天晓，复形而去。恒送出门，忽不复见。知是神人。因此事佛，而亦不能精至。后为西阳、江夏、庐江太守，加龙骧将军。大兴中，预钱凤之乱，被诛。《珠林》五十六。

晋窦传者，河内人也。永和中，并州刺史高昌，冀州刺史吕护，各权部曲，相与不和。传为昌所用，作官长。护遣骑抄击，为所俘执。同伴六七人，共系入一狱。锁械甚严，克日当煞之。沙门支道山，时在护营中。先与传相识，闻其执厄，出至狱所候视之。隔户共语。传谓山曰："今日困厄，命在漏刻，何方相救？"山曰："若能至心归请，必有感应。"传先亦颇闻观世音，及得山语，遂专心属念。昼夜三日，至诚自归。观其锁械如觉缓解，有异于常。聊试推荡，忽然离体，传乃复至心曰："今蒙哀祐，已令桎梏自解。而同伴尚多，无心独去。观世音神力普济，当令俱免。"言毕，复牵挽余人，皆以次解落，若有割剔之者。遂开门走出，于警徼之间，莫有觉者。便逾城径去。时夜向晓，行四五里。天明不复进。共逃隐一榛中。须臾，觉失囚，人马络绎，四出寻捕。焚草践林，无不至遍。唯传所隐一亩许地，终无至者。遂得免还。乡里敬信异常，咸皆奉法。道山后过江，为谢居士敷具说其事。《珠林》十七。

晋大司马桓温，末年颇奉佛法，饭馔僧尼。有一比丘尼，失其名，来自远方，投温为檀越。尼才行不恒，温甚敬待，居之门内。尼每浴，必至移时。温疑而窥之：见尼裸身挥刀，破腹出脏，断截身首，支分脔切。温怪骇而还。及至尼出浴室，身形如常。温以实问。尼答云："若遂凌君上，刑当如之。"时温方谋问鼎，闻之怅然。故以戒惧，终守臣节。尼后辞去，不知所在。《珠林》三十三。

宋案当作晋，《广记》引无李清者，吴兴于潜人也。仕桓温大司马府参军督护。于府得病，还家而死。经久苏活。说云：初见传教持信幡唤之，云公欲相见。清谓是温召，即起束带而去。出门，见一竹舆，便令入中。二人推之，疾速如驰。至一朱门，见阮敬；时敬死已三十年矣。敬问清曰："卿何时来？知我家何似？"清云："卿家异恶。"敬便雨泪，言："知吾子孙如何？"答云："具可。"敬云二字《广记》引有："我今令卿得脱，汝能料理吾家否？"清云："若能如此，不负大恩。"敬言："僧达道人，是官师，甚被礼，敬当苦告之。"还内良久，遣人出云："门前四层寺，官所起也。僧达常以平旦入寺礼拜，宜就求哀。"清往其寺，见一沙门，语曰："汝是我前七生时弟子。已经七世受福，迷著世乐，忘失本业。背正就邪，当受大罪，今可改悔。和尚明出，当相佐助。"清还先舆中。夜寒噤冻。至晓门开，僧达果出至寺。清便随逐稽颡。僧达云："汝当革心为善，归命佛法，归命比丘僧：受此三归，可得不横死。受持勤者，亦不经苦难。"清便奉受。又见昨所遇沙门长跪请曰："此人僧乎宿世弟子案乎字有讹，《广记》引作达，亦非。忘正失法，方将受苦。先缘所追。今得归命，愿垂慈愍。"答曰："先是福人，当易拔济耳。"便还向朱门。俄遣人出云："李参军可去。"敬时亦出，与清一青竹枝《广记》引作杖，令闭眼骑之。清如其语，忽然至家。家中啼哭，及乡亲塞堂，欲入不得。会买材还，家人及客赴监视之。唯尸在地。清人至尸前，闻其尸臭，自念悔还。但外人逼突，不觉入尸时，于是而活。即营理敬家，分宅以居。于是归心三宝，勤信佛教，遂作佳流弟子。《珠林》九十五。《广记》三百七十九。

晋吕竦，字茂高，兖州人也。寓居始丰。其县南溪，流急岸峭，回曲如萦。又多大石，白日行者，犹怀危惧。竦自说，其父尝行溪中，去家十许里。日向暮，天忽风雨，晦冥如漆，不复知东西。自分覆溺。唯归心观世音，且诵且念。须臾，有火光来岸，如人捉炬者，照见溪中了了。遥得归家，火常在前导，去船十余步。竦复与郗嘉宾周旋，郗所传说。《珠林》六十五。

晋徐荣者，琅琊人。尝至东阳，还经定山，舟人不惯，误堕洄澓中。游舞涛波，垂欲沉没。荣无复计。唯至心呼观世音。斯须间，如有数十人齐力引船者，踊出澓中，还得平流。沿江还下。日已向暮，天大阴暗，风雨甚驶，不知所向。而涛波转盛。荣诵经不辍口。有顷，望见山头有火光赫然，回柂趣之，径得还浦。举船安隐。既至，亦不复见光。同旅异之，疑非人火。明旦问浦中人："昨夜山上是何火光？"众皆愕然曰："昨风雨如此，岂如有火理，吾等并不见。"然后了其为神光矣。荣后为会稽府督护，谢敷闻其自说如此。时与荣同船者，有沙门支道蕴，谨笃士也，具见其事。后为傅亮言之，与荣所说同。《珠林》六十五。

晋兴宁中，沙门竺法义，山居好学。住在始宁保山，游刃众典，尤善《法华》。受业弟子，常有百余。至咸安二年，忽感心气疾病。已上六句依《珠林》十七引补积时，攻治备至，而了不损，日就绵笃。遂不复自治。唯归诚观世音。如此数日。昼眠，梦见一道人，来候其病，因为治之：刳出肠胃，湔洗腑脏；见有结聚不净物甚多。洗濯毕，还内之。语义曰："汝病已除。"眠觉，众患豁然。寻得复常。案其经云，或现沙门梵志之像；意者义公所梦其是乎。义以太元七年亡。

自竺长舒至义六事，并宋尚书令傅亮所撰二句《广记》引作宋尚书令傅亮撰其事迹。亮自云，其先君与义游处。义每说其事，辄憷然增肃焉。《珠林》九十五，又十七。《广记》一百十。案傅亮所撰六事，竺长舒已见前卷，余不可考。

晋杜愿，字永平，梓潼涪人也。家巨富。有一男，名天保，愿爱念。年十岁，泰元三年，暴病而死。经数月日，家所养猪，生五子；一子最肥。后官长新到，愿将以作礼，捉就杀之。有一比丘，忽至愿前，谓曰："此独是君儿也。如前百余日中，而相忘乎？"言竟，忽然不见。四顾寻视，见西天腾空而去。香气充布，弥日乃歇。《珠林》五十二。

晋唐遵，字保道，上虞人也。晋太元八年，暴病而死。经夕得苏。云有人呼将去，至一城府，未进。顷见其从叔，自城中出，惊问遵："汝何故来？"遵答："违离姑姊，并历年载，欲往问讯，本明当发，夜见数人，急呼来此。即时可得归去，而不知还路。"从叔云："汝姑丧已二年。汝大姊儿道文，近被录来。既蒙恩放，仍留看戏，不即还去；积日方归，家已殡殓。乃入棺中，又摇动棺器，冀望其家觉悟开棺。棺遂至路，落檀车下。其家或欲开之。乃问卜者。卜云不吉，遂不敢开。不得复生。今为把沙之役，辛勤极苦。汝宜速去，勿复住此。且汝小姊，又已丧亡。今与汝姑，共在地狱，日夕忧苦。不知何时，可得免脱。汝今还去，可语其儿：勤修功德，庶得免之。"于此示遵归路。将别，又属遵曰："汝得还生，良为殊庆。在世无几，倏如风尘。天堂地狱，苦乐报应；吾昔闻其语，今睹其实。汝宜深勤善业，务为孝敬。受法持戒，慎不可犯。一去人身，入此罪地。幽穷苦酷，自悔何及。勤以在心，不可忽也。我家亲属，生时不信罪福，今并遭涂炭，长受楚毒，焦烂伤痛，无时暂休。欲求一日改恶为善，当何得耶？悉我所具，故以嘱汝。劝化家内，共加勉励。"言已，涕泣，因此而别。遵随路而归，俄而至家。家治棺将竟，方营殡殓。遵既附尸，尸寻气通，移日稍差。劝示亲

识，并奉大法。初遵姑适南郡徐汉，长姊适江夏乐瑜于，小姊适吴
兴严晚。途路县远，久断音息。遵既差，遂至三郡，寻访姑及小姊。
姊子果并丧亡。长姊亦说儿道文殒后，棺动堕车，皆如叔言。既闻
遵说道文横死之意，姊追加痛恨，重为制服。《珠林》九十七。

晋谢敷，字庆绪，会稽山阴人也，镇军将军辖之兄子也。少有
高操，隐于东山，笃信大法，精勤不倦。手写《首楞严经》，当在都
白马寺中，寺为灾火所延，什物余经，并成煨尽，而此经止烧纸头
界外而已。文字悉存，无所毁失。敷死时，友人疑其得道。及闻此
经，弥复惊异。至元嘉八年，河东蒲坂城中大灾火，火自隔河飞至，
不可救灭，处戍民居，无不荡尽。唯精舍塔寺，并得不焚。里中小
屋，有经像者，亦多不烧。或屋虽焚毁，而于煨尽之中，时得全经，
纸素如故。一城叹异，相率敬信。《珠林》十八。

晋济阴丁承，字德慎。建安中案晋纪元无建安，疑当作建元也，为凝
阴令。时北界居民妇，诣外井汲水。有胡人长鼻深目，左过井上，
从妇人乞饮。饮讫，忽然不见。妇则腹痛，遂加转剧。啼呼有顷，
卒然起坐，胡语指麾。邑中有数十家，悉共观视。妇呼索纸笔来，
欲作书。得笔，便作胡书：横行，或如乙，或如己。满五纸，投著
地，教人读此书。邑中无能读者。有一小儿，十余岁，妇即指此小
儿能读。小儿得书，便胡语读之。观者惊愕，不知何谓。妇叫小儿
起舞，小儿既起，翘足，以手弄相和，须臾各休。即以白德慎。德
慎召见妇及儿，问之，云：当时忽忽，不自觉知。德慎欲验其事，即
遣吏赍书诣许下寺，以示旧胡。胡大惊，言佛经中间亡失，道远忧
不能得。虽口诵，不具足。此乃本书，遂留写之。《珠林》十八。

晋琅琊王凝之妻，晋左将军夫人谢氏奕之女也。尝频亡二男，
悼惜过甚，哭泣累年，若居至艰。后忽见二儿俱还，皆著锁械，慰
勉其母，宜自宽割。儿并有罪，若垂哀怜，可为作福。于是哀痛稍

止，而勤功德。《珠林》三十三。

晋沙门支遁，字道林，陈留人也。神宇隽发，为老释风流之宗。常与其师，辨论物类。谓鸡卵生用未足，杀之，与诸蜎动，不得同罚。师寻亡。忽见形来至遁前，手执鸡卵投地，破之，见有鸡雏，出壳而行。遁即惟悟，悔其本言。俄而师及鸡雏，并灭不见。《珠林》七十二。

晋庐山七岭，同会于东，共成峰崿。其崖穷绝，莫有升者。晋太元中，豫章太守范宁，将起学馆，遣人伐材其山。见人著沙门服，凌虚直上。既至，则回身踞其峰；良久，乃兴云气俱灭。时有采药数人，皆共瞻睹。能文之士，咸为之兴。沙门释昙谛《庐山赋》曰"应真凌云以踞峰，眇嶷景而入冥"者也。《珠林》十九。

晋沙门释僧朗者，戒行明严，华戎敬异。尝与数人俱受法请；行至中途，忽告同辈曰："君等留寺衣物，似有窃者。"同旅即返，果及盗焉。晋太元中，于奉高县金舆山谷，起立塔寺，造制形像。苻坚之末，降斥道人，惟敬朗一众，不敢毁焉。于时道俗信奉，每有来者，人数多少，未至一日，辄已逆知。使弟子为具，必如言果到。其谷旧多虎，常为暴害。立寺之后，皆如家畜。鲜卑慕容德，以二县租课，充其朝中。至今号其谷为朗公谷也。《珠林》十九。

晋沙门释法相，河东人也。常独山居。精苦为业。鸟兽集其左右，驯若家兽。太山祠大石函，以盛财宝。相时山行，宿于其庙。见一人玄衣武冠，令相开函，言终不见。其函石盖，重过千钧，相试提之，飘然而开。于是取其财宝，以施贫民。后渡江南，住越城寺，忽敖游放荡，优俳滑稽，或时裸袒，干冒朝贵。镇北将军司马恬恶其不节，招而鸩之。频倾三钟，神气清怡，恬然自若。年八十九，元兴末卒。《珠林》十九。

晋张崇，京兆杜陵人也。少奉法。晋太元中，苻坚既败，长安百姓有千余家，南走归晋。为镇戍所拘，谓为游寇。杀其男丁，虏其子女。崇与同等五人,手脚共械,衔身掘坑,埋筑至腰,各相去二十步。明日将驰马射之,以为娱乐。崇虑望穷尽,唯洁心专念观世音。夜中,械忽自破,上得离身,因是便走,遂得免脱。崇既脚痛,同寻路,经一寺,乃复称观世音名,至心礼拜。以一石置前,发誓愿,言今欲过江东,诉乱晋帝,理此冤魂,救其妻息。若心愿获果,此石当分为二。崇礼拜已,石即破焉。崇遂至京师,发白虎搏,具列冤氏。帝乃悉加宥。已为人所略卖者,皆为编户。智生道人目所亲见。《法苑珠林》六十五。

晋王懿,字仲德,太原人也。守车骑将军。世信奉法。父苗,苻坚时为中山太守,为丁零所害。仲德与兄元德,携母南归。登陟峭崄,饥疲绝粮。无复余计,惟归心三宝。忽见一童子,牵青牛,见懿等饥,各乞一饭。因忽不见。时积雨大水,懿前望浩然,不知何处为浅,可得揭躐。俄有一白狼,旋绕其前,过水而反,似若引导。如此者三。于是逐狼而渡,水才至膝。俄得陆路,南归晋帝。后自五兵尚书,为徐州刺史。尝欲设斋:宿昔洒扫,敷陈香华,盛列经像。忽闻法堂有经呗声,清婉流畅。懿遽往观:见有五沙门在佛坐前,威容伟异,神仪秀出。懿知非凡僧,心甚欢敬。沙门回相瞻眄,意若依然。音旨未交,忽而竦身飞空而去。亲表宾僚,见者甚众。咸悉欣跃,倍增信悟。《珠林》六十五。

晋程道惠,字文和,武昌人也。世奉五升米道,不信有佛。常云:“古来正道,莫逾李老。何乃信惑胡言,以为胜教。”太元十五年,病死。心下尚暖,家不殡殓。数日得苏。说初死时,见十许人缚录将去。逢一比丘,云此人宿福,未可缚也。乃解其缚,散驱而去。道路修平,而两边棘刺森然,略不容足。驱诸罪人,驰走其中。肉随著刺,号呻聒耳。见惠行在平路,皆叹羡曰:“佛弟子行路,复胜人也!”惠曰:“我不奉法。”其人笑曰:“君忘之耳。”惠因自忆先身奉佛，已经五生五死。忘失本志。今生在世，幼遇恶人，未达邪正，乃惑邪道。既至大城，径进听事。见一人，年可四五十，南面而坐。见惠，惊问曰："君不应来。"有一人，著单衣帻，持簿书对曰："此人伐社，杀人，罪应来此。"向所逢比丘亦随惠入，申理其至，云："伐社非罪也。此人宿福甚多，杀人虽重，报未至也。"南面坐者曰："可罚所录人。"命惠就坐，谢曰："小鬼谬滥，枉相录来。亦由君忘失宿命，不知奉大正法教也。"将遣惠还，乃使暂兼复校将军，历观地狱。惠欣然辞出，导从而行。行至诸城，城城皆是地狱。人众巨亿，悉受罪报。见有掣狗，啮人百节，肌肉散落，流血蔽地。又有群鸟，其喙如锋，飞来甚速，鹪然血至，入人口中，表里贯洞；其人宛转呼叫，筋骨碎落。其余经见，与赵泰、屑荷，大抵粗同，不复具载。唯此二条为异，故详记之。观历既遍，乃遣惠还。复见向所逢比丘，与惠一铜物，形如小铃，曰："君还至家，可弃此门外，勿以入室。某年月日，君当有厄。诚慎过此，寿延九十。"时道惠家于京师大街南，自见来还。达皂荚桥，见亲表三人，住车共语，悼惠之亡。至门，见婢行哭而市。彼人及婢，咸弗见也。惠将入门，置向铜物门外树上，光明舒散，流飞属天。良久还小，奄尔而灭。至户，闻尸臭，惘怅恶之。时宾亲奔吊，突惠者多，不得徘徊。因进入尸，忽然而苏。说所逢车人及市婢，咸皆符同。惠后为廷尉，预西堂听讼，未及就列，欻然烦闷，不识人，半日乃愈。计其时日，即道人所戒之期。顷之，迁为广州刺史。元嘉六年卒，六十九矣。《珠林》五十五。

晋沙门慧达，姓刘名萨荷，西河离石人也。未出家时，长于军旅，不闻佛法；尚气武，好畋猎。年三十一，暴病而死。体尚温柔，家未殓。至七日而苏。说云：将尽之时，见有两人执缚将去，向西北行。行路转高，稍得平衢，两边列树。见有一人，执弓带剑，当衢而立。指语两人，将荷西行，见屋舍甚多，白壁赤柱。荷入一家，有女子美容服，荷就乞食。空中声言，勿与之也。有人从地踊出，执铁杵，将欲击之。荷遽走，历入十许家皆然，遂无所得。复西北行，见一妪乘车，与荷一卷书，荷受之。西至一家，馆宇华整。有妪坐于户外，口中虎牙。屋内床帐光丽，竹席青几，复有女子处之，问荷："得书来不？"荷以书卷与之。女取余书比之。俄见两沙门，谓荷："汝识我不？"荷答："不识。"沙门曰："今宜归命释迦文佛。"荷如言发念，因随沙门俱行。遥见一城，类长安城，而色甚黑，盖铁城也。见人身甚长大，肤黑如漆，头发曳地。沙门曰："此狱中鬼也。"其处甚寒，有冰如席，飞散著人，著头，头断；著脚，脚断。二沙门云："此寒冰狱也。"荷便识宿命，知两沙门，往维卫佛时，并其师也。作沙弥时，以犯俗罪，不得受戒。世虽有佛，竟不得见从。再得人身，一生羌中，今生晋中。又见从伯，在此狱里。谓荷曰："昔在邺时，不知事佛。见人灌像，聊试学之；而不肯还直，今故受罪。犹有灌福，幸得生天。"次见刀山地狱。次第经历，观见甚多。狱狱异城，不相杂厕。人数如沙，不可称计。楚毒科法，略与经说相符。自荷履践地狱，示有光景。俄而忽见金色，晖明皎然。见人长二丈许，相好严华，体黄金色。左右并曰："观世大士也。"皆起迎礼。有二沙门，形质相类，并行而东。荷作礼毕。菩萨具为说法，可千余言，末云："凡为亡人设福，若父母兄弟，爱至七世姻媾亲戚，朋友路人，或在精舍，或在家中，亡者受苦，即得免脱。七月望日，沙门受腊；此时设供，弥为胜也。若制器物，以充供养，器器摽题，言为某人亲奉上三宝，福施弥多，其庆逾速。沙门白衣，见身为过，及宿世之罪，种种恶业，能于众中尽自发露，不失事条，勤诚忏悔者，罪即消灭。如其弱颜羞惭，耻于大众露其过者，可在屏处，默自记说，不失事者，罪亦除灭。若有所遗漏，非故隐蔽，虽不获免，受报稍轻。若不能悔，无惭愧心，此名执过不反，命终之后，克坠地狱。又他造塔及与堂殿，虽复一土一木，若染若碧，率诚供助，获福甚多。若见塔殿，或有草秽，不加耘除，蹈之而行，礼拜功德，功随即尽矣。"
又曰："经者尊典化导之津。《波罗密经》功德最胜，《首楞严》亦其次
也。若有善人，读诵经处，其地皆为金刚，但肉眼众生，不能见耳。能
勤讽持，不坠地狱。《般若》定本，及如来钵，后当东至汉地。能立一
善，于此经钵，受报生天，倍得功德。"所说甚广，略要载之。荷临辞
去，谓曰："汝应历劫，备受罪报。以尝闻经法，生欢喜心，今当见受
轻报。一过便免。汝得济活，可作沙门。洛阳、临淄、建业、郧阴、成
都五处并有阿育王塔。又吴中两石像，育王所使鬼神造也，颇得真相。
能往礼拜者，不堕地狱。"语已东行。荷作礼而别。出南大道，广百余
步。道上行者，不可称计。道边有高座，高数十丈，有沙门坐之。左
右僧众，列倚甚多。有人执笔，北面而立，谓荷曰："在襄阳时，何故
杀鹿？"跪答云："他人射鹿，我加创耳。又不啖肉，何缘受报？"时即
见襄阳杀鹿之地，草树山涧，忽然满目。所乘黑马，并皆能言。悉证
荷杀鹿年月时日。荷惧然无对。须臾，有人以叉叉之，投镬汤中。自
视四体，溃然烂碎。有风吹身，聚小岸边，忽然不觉还复全形。执笔
者复问："汝又射雉，亦尝杀雁。"言已，又投镬汤，如前烂法。受此报
已，乃遣荷去。入一大城，有人居焉。谓荷曰："汝受轻罪，又得还生，
是福力所扶。而今以后，复作罪不？"乃遣人送荷。遥见故身，意不欲
还。送人推引，久久乃附形，而得苏活。奉法精勤，遂即出家。字曰
慧达。太元末，尚在京师。后往许昌，不知所终。《珠林》八十六。

晋沙门竺法纯，山阴显义寺主也。晋元兴中，起寺行墙，至兰
上买材，路经湖道。材主是妇人，而应共至材所，准许价直。遂与
同船俱行。既入大湖，日暮暴风，波浪如山。纯船小水入，命在瞬
息。念值行无福，忽遇斯灾。又与妇人俱行，其以罔惧。乃一心诵
《观世音经》。俄有大舟，泛流趣纯。适时既入夜，行旅已绝。纯自
惟念，不应有此流船，疑是神力。既而共渡乘之。而此小船，应时

即没。大舟随波鼓荡，俄得达其岸耳。《珠林》十七。

晋沙门释开达，隆安二年，登垄采甘草，为羌所执。时年大饥，羌胡相啖。乃至达栅中，将食之。先在栅者，有十余人；羌日夕享俎，唯达尚存。自达被执，便潜诵《观世音经》，不懈乎心。及明日当见啖，其晨始曙，忽有大虎，遥逼群羌，奋怒号吼。羌各骇怖迸走。虎乃前啮栅木，得成小阕，可容人过。已而徐去。达初见虎啮栅，必谓见害。既栅穿而不入，心疑其异，将是观音力。计度诸羌未应便反，即穿栅逃走；夜行昼伏，遂得免脱。《珠林》十七。

晋潘道秀，吴郡人。年二十余，为军纠主，北为征固案此句有讹，《广记》引作尝随军北征。既而军小失利，秀窜逸被掠。经数处作奴。俘虏异域，欲归无因。少信佛法，恒志心念观世音。每梦寐，辄见像《广记》引有像字。后既南奔，迷不知道；于穷山中，忽睹真形，如今行像。因作礼。礼竟，豁然不觉失之二句《广记》引作怡然不觉安行。乃得还路，遂归本土。后精进弥笃。年垂六十而亡。《珠林》十七。《广记》一百十。

晋栾苟《广记》引并作苟，不知何许人也。少奉法，尝作福富平令。先从征卢循，值小失利，船舫遭火垂尽，贼亦交逼。正在中江，风浪骇目，苟恐怖分尽，犹诵念观世音。俄见江中有一人，挺然孤立，腰与水齐。苟心知祈念有感，火贼已切《广记》引无此句，便投水就之。身既浮涌，脚以履地。寻而大军遣船迎接败者，遂得免济。《珠林》十七。《广记》一百十。

晋沙门释法智为白衣时，常独行，至大泽中，忽遇猛火，四方俱起，走路已绝，便至心礼诵观世音；俄然火过，一泽之草，无有遗茎者，唯智所处容身不烧。于是始乃敬奉大法。后为姚兴将，从征索虏，军退，失马，落在围里；乃隐沟边荆棘丛中，得蔽头，复念观世音，心甚勤至。隔沟人遥唤后军，指令煞之，而军过搜觅，辄无见者，遥得免济。后遂出家。《珠林》十七。《广记》一百十。

晋南宫子敖，始平人也，戍新平城，为佛佛虏儿长乐公所破，合城数千人皆被诛害。子敖虽分必死，而犹至心念观世音。既而次至子敖，群刃交下，或高或僻，持刀之人，或疲懈，四支不随。尔时长乐公亲自临刑，惊问之，子敖聊尔答云："能作马鞍。"乃令原释。子敖亦不知所作此言。时后遂得遁逸。造小形像《广记》引作乃造一观音小像，贮以香函，行则顶戴也。《珠林》十七。《广记》一百十。

晋刘度，平原辽城人也，乡里有一千余家，并奉大法，造立形像，供养僧尼。值虏主木未时，此县尝有逋逃，末大怒，欲尽灭一城。众并凶惧，分必殄尽。度乃洁诚率众归命观世音。顷之，末见物从空中下，绕其所住屋柱；惊视，乃《观世音经》。使人读之《广记》引无此句，末大欢喜，用省刑戮。于是此城即得免害。《珠林》十七。《广记》一百十。

晋郭宣之，太原人也，义熙四年，为杨思平梁州府司。杨以辄害范元之等被法，宣亦同执在狱，唯一心归向观世音菩萨。后夕将眠之际，忽亲睹菩萨光明照狱，宣瞻觌礼拜，祈请誓愿，久之乃没。俄而宣之独被恩赦。既释，依所见形，制造图像，又立精舍焉。后历零陵，衡阳，卒官。《珠林》十七。

晋新野庾绍之，小字道覆，晋湘东太守，与南阳宋协中表昆弟，情好绸缪。绍元兴末病卒，义熙中，忽见形诣协，形貌衣服，具如平生，而两脚著械。既至，脱械置地而坐。协问："何由得顾？"答云："暂蒙假归，与卿亲好，故相过也。"协问鬼神之事，绍辄漫略，不甚谐对。唯云："宜勤精进，不可杀生；若不能都断，可勿宰牛，食肉之时，无啖物心。"协云："五脏与肉，乃复异耶？"答曰："心者，善神之宅也，其罪尤重。"具问亲戚，因谈世事，末复求酒。协时时饵茱萸酒，因为设之。酒至，对杯不饮，云有茱萸气。协曰："为恶之耶？"答云："下官皆畏之，非独我也。"绍为人语声高壮，此言论时不异恒日。有顷，协儿邃之来，绍闻屦声，极有惧色，谓协曰:"生气见陵,不复得住;与卿三年别耳!"因贯械而起,出户便灭。协后为正员郎,果三年而卒。《珠林》九十四。《广记》三百二十一。

晋沙门释法安者,庐山之僧远法师弟子也,义熙末,阳新县虎暴甚盛,县有大社树,下有筑神庙,左右民居以百数。遭虎死者,夕必一两。法安尝游其县,暮投此村,民以惧虎,早闭门闾,且不识法安,不肯受之。法安遥之树下,坐禅通夜。向晓,有虎负人而至,投树之北,见安,如喜如跳,伏安前,安为说法授戒,虎据[2]地不动,有顷而去。至旦,村人追死者至树下,见安大惊,谓其神人,故虎不害。自兹以后,而虎患遂息。众益敬异,一县士庶,略皆奉法。后欲画像山壁,不能得空青,欲用铜青,而又无铜。夜梦人径其床前云:"此中有两铜钟,便可取之。"安明即掘得,遂以成像。后远法师铸像,安送一劝助;余一,武昌太守熊无患借观之,遂留不改。《法苑珠林》十九。

汉案当作晋,《珠林》误题沙门竺昙盖,秦郡人也,真确有苦行,持钵振锡,取给四辈。居于蒋山,常行般舟,尤善神咒,多有应验。司马元显甚敬奉之,卫将军刘毅闻其精苦,招来姑孰,深相爱遇。义兴案当作义熙五年,大旱,陂湖竭涸,苗稼焦枯,祈祭山川,累旬无应;毅乃请僧设斋,盖亦在焉。斋毕,躬乘露桁,浮泛川溪,文武士庶,倾州悉行。盖于中流,焚香礼拜,至诚慷慨,乃读《海龙王经》;造卷发音,云气便起,转读将半,沛泽四合,才及释轴,洪雨滂注,畦湖毕满,其年以登。刘敬叔时为毅国郎中令,亲豫此集,自所睹见。《珠林》六十三。

晋向靖,字奉仁,河内人也,在吴兴郡,丧数岁女四字《广记》引,作有一女数岁而亡。女始病时,弄小刀子,母夺取不与,伤母手。丧后一年,母又产一女,女年四岁,谓母曰:"前时刀子何在?"母曰:"无也。"女曰:"昔争刀子,故伤母手,云何无耶?"母甚惊怪,具以告靖,靖曰:"先刀子犹在不?"母曰:"痛念前女,故不录之。"靖曰:"可更觅数个

---

2 现代汉语常用"踞"。——编者注

刀子，合置一处，令女自择。"女见大喜，即取先者曰："此是儿许。"父母大小乃知前女审其先身。《珠林》二十六。《广记》三百八十七引至即取先者。

赵石长和者，赵国高邑人也，年十九时，病一月余日亡。家贫，未能及时得殡敛，经四日而苏。说初死时，东南行，见二人治道，在和前五十步，和行有迟疾，二人治道亦随缓速，常五十步。而道之两边，棘刺森然，皆如鹰爪，见人甚众，群走棘中，身体伤裂，地皆流血。见和独行平道，俱叹息曰："佛子独行大道中。"前至，见瓦屋采楼，可数千间，有屋其高，上有一人，形面壮大，著皂袍四缝，临窗而坐。和拜之《广记》引作升之，阁上人曰："石君来耶？一别二千余年。"长和尔时意中，便若忆此别时也。和相识有马牧孟丞夫妻，先死已积年岁，阁上人曰："君识孟丞不？"长和曰："识。"阁上人曰："孟丞生时不能精进，今恒为我司扫除之役；孟丞妻精进，居处其乐。"举手指西南一房曰："孟妻在此也。"孟妻开窗见和，厚相慰问，遍访其家中大小安不消息，曰："石君还时，可更见过，当因附书也。"俄见孟丞执帚提箕，自阁西来，亦问家消息。阁上人曰："闻鱼龙超精进为信，尔何所修行？"长和曰："不食鱼肉，酒不经口，恒转尊经，救诸疾痛。"阁上人曰："所传不妄也。"语久之间，阁上人问都录主者："审案石君名录，勿谬滥也。"主者案录云："余三十年命在。"阁上人曰："君欲归不？"和对曰："愿归。"乃敕主者，以车骑两吏送之。长和拜辞，上车而归。前所行道，更有传馆吏民饮食储跱之具。倏忽至家，恶其尸臭，不欲附之，于尸头立；见其家亡妹于后推之，蹹尸面上，因得苏活。道人支法山时未出家，闻和所说，遂定入道之志。法山者，咸和时人也。《珠林》七。《广记》三百八十三。

赵沙门单，或作善，字道开，不知何许人也。《别传》《高僧传》在弗调之止舟云，燉煌人，本姓孟，少出家，欲穷栖岩谷，故先断谷食。初进面，三年后，服练松脂，三十年后，唯时吞小石子，石子下，辄复断酒脯杂果。体畏风寒，唯啖椒姜，气力微弱，而肤色润泽，行步如飞。山神数试，未曾倾动，仙人恒来，意亦不耐，忽啖蒜以却之。端坐静念，昼夜不眠。久住枹罕，石虎建武二年，自西平迎来，至邺下，不乘舟车，日行七百余里。过南安，度一童子为沙弥，年十三四，行亦及开。既至，居于昭德佛图，服缕粗弊，背胛恒袒。于屋内作棚阁，高八九尺，上织菅为帐，禅于其中。绝谷七载，常御杂药，药有松脂茯苓之气。善能治目疾，常周行墟野，救疗百姓，王公远近，赠遗累积，皆受而施散，一毫无余。石虎之末，逆知其乱，乃与弟子南之许昌。升平三年，来至建业，复适番禺，住罗浮山，荫卧林薄，邈然自怡。以其年七月卒，遗言露尸林里，弟子从之。陈郡袁彦伯，兴宁元年，为南海太守，与弟颖叔登游此岳，致敬其骸，烧香作礼。《珠林》二十七。

秦徐义者，高陆人也，少奉法，为苻坚尚书。坚末，兵革蜂起，贼获义，将加戮害，乃埋其两足，编发于树。夜中专念观世音，有顷得眠，梦人谓之曰："今事亟矣，何暇眠乎？"义便惊起，见守防之士，并疲而寝；乃试自奋动，手发既解，足亦得脱，因而遁去。百余步，隐小丛草，便闻追者交驰，火炬星陈，互绕此丛，而竟无见者。天明，贼散，归投邺寺，遂得免之。《珠林》十七。《广记》一百十。

秦毕览，东平人也，少奉法，随慕容垂北征，没虏，单马逃窜。虏追骑将及，览至心诵念观世音；既得免脱，因入深山，迷惑失道，又专心归念，中夜，见一道人，法服持锡，示以途径，遂得还路，安隐至家。《珠林》十七。《广记》一百十。

宋沙门法称，临终曰："有松山人告我，江东刘将军应受天命。并以三十二璧一饼金为信。"宋祖闻之，命僧惠义往松山，七日七夜行道，梦有一长须翁指示；及觉，分明忆所在，掘而得之。《广记》二百七十六。

宋仇那跋摩者，此言功德《高僧传》云此言功德铠，案跋摩是铠记误也种，罽宾王子也。幼而出家，号三藏法师。宋初，来游中国，宣译至典甚众。律行精高，莫与为比。惠《高僧传》惠作慧观沙门钦其风德，要来京师，居于祇洹寺。当时来诣者，疑非凡人，而神味深密，莫能测焉。尝赴请于钟山定林寺，时诸道俗多采众华，布僧席下，验求真人；诸僧所坐，华同萎悴，而跋摩席华，鲜荣若初，于是京师歙然增加敬意。至元嘉八年九月十八日卒，都无疴患，但结跏趺坐，敛衽叉手，乃经信宿，容色不变。于时或谓深禅，既而得遗书于筵下，云获沙门二果，乃知其终。弟子侍侧，普闻磬烟。京师赴会二百余人，其夕转经，户外集听盈阶。将晓，而西南上有云气勃然，俄有一物，长将一匹，绕尸而去，同集咸睹云。跋未亡时，作三十偈，以付弟子曰："可送示天竺僧也。"《法苑珠林》四十二。

宋陈安居者，襄阳县人也，伯父少事巫俗，鼓舞祭祀，神影庙宇，充满其宅；父独敬信释法，旦夕斋戒。后伯父亡，无子，父以安居绍焉。安居虽即伯舍，而理行精求，淫飨之事，废不复设。于是遂得笃病，而发则为歌神之曲，迷闷悕僻，如此者弥岁，而执心愈固。常誓曰："若我不杀之志，遂当亏夺者，必先自脔截四体，乃就其事。"家人并谏之，安居不听。经积二年，永初元年，病发，遂绝，但心下微暖，家人不敛；至七日夜，守视之者，觉尸足间如有风来飘衣动衾，于是而苏有声，家人初惧尸蹶，并走避之，既而稍能转动，末求饮浆，家人喜之，问从何来？安居乃具说所经见云：初有人若使者，将刀数十，呼将去。从者欲缚之，使者曰："此人有福，未可缚也。"行三百许里，至一城府，楼宇甚整，使者将至数处，如局司所居，末有人授纸笔与安居曰："可疏二十四通死名。"安居即如言疏名成数通，有一侍从内出，扬声大呼曰："安居可入。"既入，称有教，付剌奸狱。吏两人，一云："与大械。"一云："此人颇有福，可止三尺械。"疑论不判，乃共视文书，久之，遂与三尺械。有顷，见有贵人，翼从数十，形貌都雅，谓安居曰："汝那得来？"安居具陈所由，贵人曰："汝伯有罪，但宜录治，以先植小福，故暂得游散，乃敢告诉。吾与汝父，幼少有旧，见汝依然，可随我共游观也。"狱吏不肯释械，曰："府君无教，不敢专辄。"贵人曰："但付我，不使走逸也。"乃释之。贵人将安居遍至诸地狱，备观众苦，略与经文相符。游历未竟，有传教来云："府君唤安居。"安居茫惧然，求救于贵人，贵人曰："汝自无罪，但以实对，必无忧也。"安居至阁，见有钳梏者数百，一时俱进，安居在第三，既至阶下，一人服冠冕，立于囚前，读诸罪簿：其第一者云，昔娶妻之始，夫妇为誓，有子无子，终不相弃，而其人本是祭酒，妻亦奉道，共化异徒众，得士女弟子，因而奸之，遂弃本妻，妻常冤诉。府君曰："汝夫妇违誓，大义不罪二终，罪一也；师资义著在三，而奸之，是父子相淫，无以异也。付法局详刑！"次读第二女人辞牒，忘其姓名，云家在南阳冠军县黄水里，家安爨器于福灶口，而此妇眠重，婴儿于灶上匍匐走行，粪污爨器中，此妇寤，已即请谢神祇，盥洗精熟；而其舅乃骂詈此妇，言无有天道鬼神，置此女人，得行污秽，司命闻知此，录送之。府君曰："眠重非过，小儿无知，又已请谢神明，是无罪也；舅骂詈言无道，诬谤幽灵，可录之来。"须臾而到，赤索捉至。安居，阶下人具读名牒，为伯所诉云云，府君曰："此人事佛，大德人也。其伯杀害无辜，訾诳百姓，罪宜穷治；以昔有小福，故未加罪，伯今复谤诉无辜！"教催录取，未及至，而府君遣安居还，云："若可还去，善成胜业，可寿九十三，努力勉之！忽复更来也。"安居出至阁，局司云："君可拔却死名。"于是安居以次抽名既毕，而欲向游贵人所，贵人亦至，云："知汝无他，得还甚善，努力修功德；吾身福微，不办生天受报，于此辅佐府君，亦优游富乐，神道之美。吾家在宛，姓某名某，还为吾致意：深尽奉法，勿犯佛禁，可具以所见示语之也。"乃以三人送安居出门，数步，有专使送符与安居，谓曰："君可持此符，经过戍逻以示之。勿辄偷过，偷过有徒谪也。若有水碍，可以此符投水中，即得过也。"安居受符而归，行久之，阻大江，不得渡，安居依言投符，蒙然如眩，乃是其家屋前中方地也。正闻家中号恸哭泣，所送之人，劝还就身，安居云："身已臭秽，吾不复能归。"此人乃强排之，踣于尸脚上。安居既愈，欲验黄水妇人，故往冠军县寻问；果有此妇，相见依然，如有曩旧，云已死得生，舅即以某日而亡，说所闻见，与安居悉同。受五戒师字僧昊，襄阳人也，末居长少，本与安居同里，闻其口说。安居之终，亦亲睹，果九十三焉。《珠林》六十二。

宋沙门僧规者，武当寺僧也，时京兆张瑜于此县，常请僧规在家供养。永初元年十二月五日，无疴忽暴死，二日而苏愈。自说云：五日夜五更中，闻门巷间哓哓有声，须臾，见有五人，炳炬火，执信旛，径来，入屋叱咀，僧规因顿卧恍然，五人便以赤绳缚将去。行至一山，都无草木，土色坚黑，有类石铁；山侧左右，白骨填积，山数十里，至三岐路，有一人，甚长壮，被铠执仗，问五人："有几人来？"答曰："政一人耳！"五人又将规入一道中，俄至一城外，有屋数十，筑壤为之，屋前有立木长十余丈，上有铁梁，形如桔槔，左右有匮，贮土，土有品数，或有十斛形，亦如五升大者。有一人，衣帻并赤，语规曰："汝生世时，有何罪福？依实说之，勿妄言也。"规惶怖未答，赤衣人如局吏云："可开簿检其罪福也。"有顷，吏至长木下，提一匮土，县铁梁上称之，如觉低昂，吏谓规曰："此称量罪福之秤也。汝福少罪多，应先受罚。"俄有一人，衣冠长者，谓规曰："汝沙门也，何不念佛？我闻悔过，可度八难。"规于是一心称佛，衣冠人谓吏曰："可更为此人称之，既是佛弟子，幸可度脱。"吏乃复上匮称之，称乃正平。既而将规至监官前辩之，监执笔观簿，迟疑久之；又有一人，朱衣玄冠，佩印绶，执玉板，来，曰："筭簿上未有此人名也。"监官愕然，命左右收录去，须臾，见反缚向五人来，监官曰："杀鬼，何以滥将人来？"乃鞭之。少顷，有使者称："天帝唤道人来。"既至帝宫，经见践历，略皆金宝，精光晃昱，不得凝视。帝左右朱衣宝冠，饰以华珍，帝曰："汝是沙门，何不勤业，而为小鬼，横收捕也？"规稽首诸佛，祈恩请福，帝曰："汝命未尽，今当还生；宜勤精进，勿屡游白衣家。杀鬼取人，亦多枉滥，如汝比也。"规曰："横滥之厄，当以何方而济免之？"帝曰："广设福业，最为善也；若不办，尔可作八关斋；生免横祸，死离地狱，亦其次也。"语毕，遣规去。行还未久，见一精舍，大有沙门，见武当寺主白法师，弟子慧进，皆在焉，居宇宏整，资待自然，规请欲居之，有一沙门曰："此是福地，非君所得处也。"使者将规还，至瑜家而去。《珠林》八十三。

何澹之，东海人，宋大司农，不信经法，多行残害。永初中，得病，见一鬼，形甚长壮，牛头人身，手执铁叉，昼夜守之。忧怖屏营，使道家作章符印录，备诸禳绝，而犹见如故。相识沙门慧义，闻其病往候；澹之为说所见，慧义曰："此是牛头阿旁也，罪福不昧，唯人所招；君能转心向法，则此鬼自消。"澹之迷很不革，顷之遂死。《珠林》八十三。

宋沙门竺慧炽，新野人，住在江陵四层寺。永初二年，卒，弟子为设七日会。其日将夕，烧香竟，道贤沙门因往视炽弟子，至房前，忽暧暧若人形，详视，乃慧炽也，容貌衣服，不异生时。谓贤："君旦食肉，美不？"贤曰："美。"炽曰："我坐食肉，今生饿狗地狱。"道贤惧耆，未及得答，炽复言："汝若不信，试看我背后。"乃回背示贤，见三黄狗，形半似驴，眼甚赤，光照户内，状欲啮炽而复止。贤骇怖闷绝，良久乃苏。具说其事。《珠林》九十四。

晋王练，字玄明，琅琊人也，宋侍中。父珉，字季琰，晋中书令；相识有一梵沙门，每瞻珉风采，甚敬悦之，辄语同学云："若我后生得为此人作子，于近愿亦足矣。"珉闻而戏之曰："法师才行，正可为弟子耳[3]！"顷之，沙门病亡，亡后岁余，而练生焉。始能言，便解外国语及绝国之奇珍银器珠贝，生所不见，未闻其名，即而名之，识其产出；又自然亲爱诸梵，过于汉人。咸谓沙门审其先身，故珉字之曰阿练，遂为大名云云。《珠林》二十六。《广记》三百八十七。《辩正论》八陈子良注引《冥祥记》云：琅琊王珉，其妻无子，常祈观音乞儿。珉后行，路逢一胡僧，其意极甚悦之，其胡僧曰："我死当为君子。"少时，道人果亡。三月间，珉妻有妊，及生，能语，即解西域十六国音。大聪明有器度，即晋尚书王淮明身也，故小名阿练，前生时事有验。

宋《珠林》引作晋，今依《广记》孙道德，益州人也，奉道祭酒，年过五十，未有子息。居近精舍。景平中，沙门谓德："必愿有儿，当至心礼诵《观世音经》，此可翼也。"德遂罢不事道，单心投诚，归观世音；少日之中而有梦应，妇即有孕，遂以产男也。《法苑珠林》十七。《太平广记》一百十。

宋齐僧钦者，江陵人也，家门奉法，年十许岁时，善相占云："年不过三六。"父母兄弟甚为忧惧，僧钦亦增加勤敬，斋戒精苦。至年十七，宋景平末，得病危笃，家斋祈弥励，亦淫祀求福，疾终不愈。时有一女巫云："此郎福力猛盛，魔魍所不能亲，自有善神护之；然病久不差，运命或将有限。世有探命之术，少事天神，颇晓其数，当为君试效之。"于野中设酒脯之馈，烧钱，经七日七夕，云："始有感见，见诸善神方为此郎祈祷，蒙益两筹矣，病必得愈，无所忧也。"僧钦于是遂差，弥加精至，其后二十四年而终，如巫所言，则一筹十二年矣。《珠林》六十二。

宋魏世子者，梁郡人也。奉法精进，儿子遵修；唯妇迷闭，不信释教。元嘉初，女年十四，病死，七日而苏。云可安施高座，并《无量寿经》。世子即为具设经座，女先虽斋戒礼拜，而未尝看经，今《广记》引有今字即升座转读，声句清利，下启父言："儿死便往无量

寿国,见父兄及己三人,池中已有芙蓉大华,后当化生其中;唯母独无,不胜此苦乃心,故归启报。"语绝,复绝,母于是乃敬信法教。

信字、教字据《广记》引补。《珠林》十五。《太平广记》一百十四。

宋张兴者,新兴人也。颇信佛法,尝从沙门僧融、昙翼时受八戒。兴常为劫所引,夫得走逃,妻坐系狱,掠笞积日。时县失火,出囚路侧,会融翼同行,经过囚边,妻惊呼:"阇梨何以赐救?"融曰:"贫道力弱,无救如何?唯宜勤念观世音,庶获免耳。"妻便昼夜祈念,经十许日,于夜,梦一沙门,以脚蹈之《广记》引作以足蹑之曰:"咄,咄,可起!"妻即惊起,钳锁桎梏,忽然俱解。便走趣户,户时犹闭,警防殊严;既无由出,虑有觉者,乃复著械《广记》引作乃却自械。寻复得眠,又梦向沙门曰:"户已开矣!"妻觉而驰出,守备者并已惛睡,妻安步而去。时夜甚暗,行可数里,卒值一人;妻惧蹲地,已而相讯,乃其夫也。相扶悲喜。夜投僧翼,翼藏匿之,遂得免。时元嘉初也。《珠林》十七。《广记》一百十。

宋元嘉初,中有黄龙沙弥昙无竭者,诵《观世音经》,净修苦行。与诸徒属五十二人,往寻佛国,备经荒险,贞志弥坚。既达天竺舍卫,路逢山象一群,竭赍经诵念,称名归命,有师子从林中出,象惊奔走。后有野牛一群,鸣吼而来,将欲加害,竭又如初归命,有大鹫飞来,牛便惊散。遂得克免。《法苑珠林》六十五。

宋唐文伯,东海懜榆人也。弟好蒲博,家资都尽;村中有寺,经过人或以钱上佛,弟屡窃取。久后病癞,卜者云:"祟由盗佛钱。"父怒曰:"佛是何神,乃令我儿致此?吾当试更虏夺,若复能病,可也。"前县令何欣之妇上织成宝盖带四枚,乃盗取之,以为腰带。不盈百日,复得恶病,发疮之始,起腰带处。世时在元嘉年初尔。《珠林》七十九。《广记》一百十六。

宋沙门释道同,扶风好畤人也,本姓马氏,学业淳粹,弱龄有声。元嘉二年九月，在洛阳为人作普贤斋，道俗四十许人，已经七日，正就中食，忽有一人，裤褶乘马，入至堂前，下马礼佛；阇谓常人，不加礼异，此人登马挥鞭，忽失所在，便见赤光，赫然竟天，良久而灭。后三年十二月，在白衣家复作普贤斋，将竟之日，有二沙门，容服如凡，直来礼佛；众中谓是庸僧，不甚尊仰，聊问何居，答曰："住在前村。"时众白衣有张道，觉其有异，至心礼拜，沙门出门，行可数十步，忽有飞尘，直上冲天，追目此僧，不复知所。阇以七年与同学来游京师，时司空何尚之始构南涧精舍，阇寓居焉。夜中忽见四人乘一新车，从四人，传教来在屋内，呼与共载，道阇惊其夜至，疑而未言，因眼闭，不觉升车。俄而至郡后沈桥，见一贵人，著帻，被笺布单衣，坐床焘伞，形似华盖，卤簿从卫可数百人，悉服黄衣，见阇惊曰："行般舟道人，精心远诣，旨欲知其处耳！何故将来？"即遣人引送阇还。至精舍门外，失所送人，门闭如故，扣唤久之，寺内诸僧咸惊相报告，开门内之。视所住房户，犹故关之。《珠林》十七。

宋李旦，字世则，广陵人也，以孝谨质素，著称乡里。元嘉三年正月十四日，暴病，心下不冷，七日而苏，含以饮粥，宿昔复常。云有一人，持信幡来至床头，称府君教唤，旦便随去。直北向行，道甚平净。既至，城阁高丽，似今宫阙，遣传教慰劳，问呼："旦可前。"至大厅事上，见有三十人，单衣青帻，列坐森然；一人东坐，披袍隐几，左右侍卫，可有百余，视旦而语坐人云："当示以诸狱，令世知也。"旦闻言已，举头四视，都失向处，乃是地狱中。见群罪人，受诸苦报，呻吟号呼，不可忍视。寻有传教，称府君信："君可还去，当更相迎。"因此而还。至六年正月复死，七日又活，述所见事，较略如先。或有罪囚寄语报家，道生时犯罪，使为作福，称说姓字，亲识乡伍，旦依言寻求，皆得之，又云："甲申年当行疾疠，杀诸恶人，佛家弟子，作八关斋，心修善行，可得免也。"且本作道家祭酒，即欲弃箓本法，道民谏制，故遂两事，而常劝化，作八关斋。《法苑珠林》六。

宋尚书仆射荥阳郑鲜之，元嘉四年，从大驾巡京至都，夕暴亡，乃灵语著人曰："吾寿命久尽，早应过世，赖比岁来敬信佛法，放生布施，以此功德，延驰数年耳。夫幽显报应，有若影响，宜放落俗务，崇心大教。"于时胜贵多皆闻云。《珠林》六。

宋周宗者，广陵肥如人也，元嘉七年，随到彦之北伐，王师失利，与同邑六人逃窜间行，于彭城北遇一空寺，无有僧徒，中有形像，以水精为相，因共窃取，出村贸食。其一人羸病，等辈轻之，独不得分。既各还家，三四年中，宗等五人，相继病癫而死；不得分者，独获全免。《珠林》七十九。《广记》一百十六。

宋案当作晋，《广记》引无顺阳郭诠，字仲衡，晋益州刺史，义熙初，以党附桓玄被诛二句依《广记》引补。亡后三十余载，元嘉八年，忽见形诣女婿南阳刘凝之家，车卫甚盛。谓凝之曰："仆有谪事，可见为作四十僧会，当得免也。"言终不见。刘谓是魍魉，不以在意。复夕，诠又与女梦言："吾有谪罚，已告汝婿，令为设会；何以至今四字《广记》引有不能见矜耶？"女晨起，见诠从户过，怒言："竟不能相救？今便就罪。"女号踊留之，问："当何处设斋？"答云："可归吾舍。"倏然复没。凝之即狼狈供办，会毕，有人称诠信，与凝之相闻，言："感君厚惠，事始获宥。"言已失去，于是而绝。《珠林》九十一。《广记》三百二十四。

宋司马文宣，河内人也，颇信佛法。元嘉九年，丁母难，弟丧，月望旦，忽见其弟身形于灵座上，不异平日，回遑叹嗟，讽求饮食。文乃试与言曰："汝平生时，修行十善，若如经言，应得生天，若在人道，何故乃生此鬼中耶？"沉吟俯仰，默然无对。文即夕梦见其弟云："生所修善，蒙报生天；且灵床之鬼，是魔魅耳，非其身也。恐兄疑怪，故诣以白兄。"文宣明旦请僧转《首楞严经》，令人扑系之，鬼乃逃入床下，又走户外，形稍丑恶。举家骇惧，叱詈遣之，鬼云："饿乞食耳！"积日乃去。顷之，母灵床头有一鬼，肤体赤色，身甚长壮，文宣长息孝祖与言，往反答对周悉；初虽恐惧，末稍安习之，鬼亦转相附狎，居处出入，殆同家人。于时京师传相报告，往来观者门巷叠迹。时南林寺有僧与灵味寺僧含沙门，与鬼言论，亦甚款曲。鬼云："昔世尝为尊贵，以犯众恶，受报未竟，果此鬼身。去寅年有四百部鬼，大行疾疠，所应钟灾者，不忤道人耳；而犯横极众，多滥福善，故使我来监察之也。"僧以食与之，鬼曰："我自有粮，不得进此食也。"含曰："鬼多知我生何来？何因作道人？"答曰："人中来，出家因缘，本誓愿也。"问诸存亡生死所趣，略皆答对，具有灵验；条次繁多，故不曲载。含曰："人鬼道殊，汝既不求食，何为久留？"鬼曰："此间有一女子，应在收捕，而奉戒精勤，故难可得，比日稽留，用此故也。藉乱主人，有愧不少。"自此已后，不甚见形，后往视者，但闻语耳。时元嘉十年也。至三月二十八日，语文宣云："暂来寄住，而汝倾家营福，见畏如此，那得久留。"孝祖云："听汝寄住，何故据人先亡灵筵耶？"答曰："汝家亡者，各有所属；此座空设，故权寄耳。"于是辞去。《珠林》六。

宋沙门二字《广记》引作何昙远，庐江人也，父万寿，御史中丞。远奉法精至，持菩萨戒。年十八，元嘉九年，丁父艰，哀毁致招疾，殆将灭性，号踊之外，便归心净土，庶祈感应。远时请僧，常有数人，师僧含亦在焉。远常向含悔忏宿业，恐有烦缘，终无感彻；僧含每奖厉，劝以莫怠。至十年二月十六日夜，转经竟，众僧已眠，四更中，忽自唱言歌诵，僧含惊而问之，远曰："见佛身黄金色，形状大小，如今行像，金光周身，浮焰丈余，幡华翼从，充牣虚空，瑰妙丽极，事绝言称。"远时住西厢中，云佛自西来，转身西向，当宁而立，呼其速去。昙远常日羸喘，示有气息，此夕壮厉，悦乐动容，便起净手。含布香手中，并取园华，遥以散佛。母谓远曰："汝今若去，不念吾耶？"远无所言，俄而顿卧；家既宿信，闻此灵异，既皆欣肃，不甚悲惧。远至五更，忽然而终，中宅芬馨，数日乃歇。《珠林》十五。《广记》一百十四。

宋尼释智通，京师简静尼也，年貌姝少，信道不笃。元嘉九年，师死罢道，嫁为魏郡梁群甫妻；生一男，年大七岁，家甚贫，无以为衣。通为尼时，有数卷素《无量寿》《法华》等经，悉练捣之，以衣其儿。居一年，而得病，恍忽惊悸，竟体剥烂，状若火疮，有细白虫，日去升余，燥痛烦毒，昼夜号叫。常闻空中语云："坏经为衣，得此剧报。"旬余而死。《珠林》十八。《广记》一百十六。

宋仑氏二女，东官曾城人也，是时祖姊妹。元嘉九年一引作元年，姊年十岁，妹年九岁，里越愚蒙，未知经法。忽以二月八日并失所在，三日而归，粗说见佛。九月十五又失，一旬还，作外国语，诵经及梵书，见西域沙门，便相开解。明年正月十五日，忽复失之，田间作人云：见其从风径飘上天。父母号惧，祀神求福一引作父母哀哭，求祷神鬼。既而经月乃返，剃头为尼，被服法衣，持发而归。自说见佛及比丘尼，曰："汝宿世因缘，应为我弟子。"举手摩头，发因堕落，与其法名：大曰法缘，小曰法彩。临遣还，曰："可作精舍，当与汝经法也。"女既归家，即毁除鬼座，缮立精庐，夜齐诵经，夕中，每有五色光明，流泛峰岭，若灯烛。二女自此后，容止华雅，音制诠正，上京风调，不能过也。刺史韦朗，孔默等三字一引作就里并迎供养，闻其谈说，甚敬异焉。于是溪里皆知奉法。《珠林》五又二十二。

宋玉球，字叔达，太原人也，为涪陵太守，以元嘉九年于郡失守，系在刑狱，著一重锁，钉镍坚固。球先精进，既在囹圄，用心尤至。狱中百余人，并多饥饿，球每食，皆分施之。日自持斋，至心念观世音。夜梦升高座，见一沙门，以一卷经与之，题云《光明安行品并诸菩萨名》，球得而披读，忘第一菩萨名，第二观世音，第三大势至，又见一车轮，沙门曰："此五道轮也。"既觉，锁皆断脱，球心知神力，弥增专到[4]，因自钉治其锁，经三日而被原宥。《珠林》二十三。

宋刘龄者，不知何许人也，居晋陵东路城村，颇奉法，于宅中立精舍一间，时设斋集。元嘉九年三月二十七日，父暴病亡。巫祝并云："家当更有三人丧亡。"邻家有道士祭酒，姓魏名叵，常为章符，诳化村里，语龄曰："君家衰祸未已，由奉胡神故也。若事大道，必蒙福祐，不改意者，将来灭门。"龄遂揭延祭酒，罢不奉法。叵云："宜焚去经像，灾乃当除耳。"遂闭精舍户，放火焚烧，炎炽移日，而所烧者，唯屋而已，经像幡幰，俨然如故，像于中夜，又放光赫然。时诸祭酒有二十许人，亦有惧畏灵验，密委去者。叵等师徒，犹盛意不止；被发偶步，执持刀索，云斥佛还胡国，不得留中夏，为民害也。龄于其夕，如有人殴打之者，顿仆于地，家人扶起，示余气息，遂委挛躄，不能行动，道士魏叵，其时体内发疽，日出二升，不过一月，受苦便死。自外同伴，并皆著癞。其邻人东安太守水丘和传于东阳无疑，时亦多有见者。《珠林》六十二。

宋马虔伯，巴西阆中人也，少信佛法，尝作宣汉县宰。以元嘉十二年七月夜，于县得梦：见天际有三人，长二丈余，姿容严丽，临云下观，诸天妓乐盈仞空中，告曰："汝厄在荆楚，戊寅之年，八月四日，若处山泽，其祸克消；人中斋戒，亦可获免。若过此期，当悟道也。"时俯见相识杨遥等八人，并著锁械，又见道士胡辽，半身土中。天中天际神人皆记八人命尽年月，唯语辽曰："若能修立功德，犹可延长也。"遥等皆如期终亡，辽益惧，奉法山居，勤励弥至。虔伯后为梁州西曹掾《广记》引有掾字，州将萧思话也。萧转南蛮，复命为行参军。虔伯耳荆楚之言，心甚惧然，求萧解职，将适衡山，萧苦不许。十五年即戊寅岁也，六月末，得病，至八月四日，危笃守命。其日黄昏后，忽

___
4 《太平广记》中作"弥增专志"。——编者注

朗然彻视，遥见西面有三人，形长可二丈，前一人衣帻垂鬓，顶头圆明，后二人姿质金曜，仪相端备，列于空中，去地数仞。虔伯委悉详视，犹是前所梦者也。顷之不见，余芳移时方歇，同居小大，皆闻香气，因而流汗，病即小瘥。虔伯所居宇卑陋，于时自觉处在殿堂，廊壁环曜，皆是珍宝。于是所患悉以平复。《珠林》三十二。《广记》一百十三。

宋沙门竺惠庆，广陵人也，经行修明。元嘉十二年，荆扬大水，川陵如一。惠庆将入庐山，船至小，而暴风忽起，同旅已得依浦，唯惠庆船未及得泊；飘扬中江，风疾浪涌，静待沦覆。庆正心端念，诵《观世音经》，洲际之人，望见其船迎飙截流，如有数十人牵挽之者，径到上岸，一舫全济。《珠林》六十五。

宋葛济之，句容人，稚川后也。妻同郡纪氏，体貌闲雅，甚有妇德。济之世事仙学，纪氏亦同，而心乐佛法，常存诚不替。元嘉十三年，方在机织，忽觉云日开朗，空中清明，因投释筐梭，仰望四表；见西方有如来真形，及宝盖旛幢，蔽映天汉。心独喜曰："经说无量寿佛，即此者耶？"便头面作礼。济之敬其如此，仍起就之，纪授济手，指示佛所，济亦登见半身及诸旛盖，俄而隐没。于是云日鲜彩，五色烛耀，乡比亲族，颇亦睹见。两三食顷，方稍除歇。自是村间多归法者。《珠林》十五。《广记》一百十四。

宋尼慧木者，姓傅氏。十一出家，受持小戒，居梁郡筑弋村寺，始读大品，日诵两卷。师慧超，尝建经堂，木往礼拜，辄见屋内东北隅有一沙门，金色黑衣，足不履地。木又于夜中卧而诵习，梦到西方，见一浴池，有芙蓉花，诸化生人，列坐其中；有一大花，独空无人，木欲登花，攀牵用力，不觉诵经，音响高大。木母谓其魇，惊起唤之。木母笃老，口无复齿，木恒嚼哺饴母，为以过中，不得净漱，故年将立，不受大戒。母终亡后，木自除草开坛，请师受戒。忽于坛所，见天地晃然，悉黄金色，仰望西南，见一天人，著缤衣，衣色赤黄，去木或近或远，寻没不见。凡见灵异，秘不语人。木兄出家，闻而欲知，乃诳诱之曰："汝为道积年，竟无所招，比可养发，当访出门。"木闻甚惧，谓当实然，乃粗言所见。唯静称尼闻其道德，称往为狎，方便请问，乃为具说。木后与同等共礼无量寿佛，因伏地不起，咸谓得眠，蹴而问之，木竟不答，静称复独苦求问，木云："当伏地之时，梦往安养国见佛，为说小品，已得四卷，因被蹴即觉，甚追恨之。"木元嘉十四年时，已六十九。《珠林》十五。

宋释僧瑜，吴兴余杭人。本姓周氏，弱冠出家，号为神理，精修苦业，始终不渝。元嘉十五年，游憩庐山，同侣有昙温，慧光等，皆厉操贞洁，俱尚幽栖。乃共筑架其山之阳，今招隐精舍是也。瑜常以为：结溺三途，情形故也，情将尽矣，形亦宜损；药王之踪，独何云远？于是屡发言誓，始契烧身。四十有四，孝建二年六月三日，将就本志，道俗赴观，车骑填接。瑜率众行道，训授典戒。尔日密云将雨，瑜乃慨然发誓曰："若我所志克明，天当清朗；如期诚无感，便宜滂澍。使此四辈知神应之无昧也。"言已，顷之，云景明霁。及焚燎交至，合掌端一，有紫气腾空，别表烟外，移晷乃歇。后旬有四日，瑜所住房里，双桐生焉，根枝丰茂，巨细如一，贯榱直竦，遂成鸿树。理识者以为娑罗宝树，克炳泥洹，瑜之庶几，故见斯证。因号曰"双桐沙门"。吴郡张辩，时为平南长史，亲睹其事，具为传赞云。《珠林》六十三。

宋阮稚宗者，河东人也。元嘉十六年，随钟离太守阮愔在郡。愔便与稚宗行至远村，郡吏盖芋，边定随焉。行达民家，恍忽如眠，便不复寤；民以为死，举出门外，方营殡具，经夕能言。说初有一百许人，缚稚宗去，行数十里，至一佛图，僧众供养，不异于世。有一僧曰："汝好渔猎，今应受报。"便取稚宗，皮剥脔截，具如治诸牲兽之法。复纳于深水，钩口出之，剖破解切，若为脍状，又镬煮炉炙，初悉糜烂，随以还复，痛恼苦毒，至三乃止。问："欲活不？"稚宗便叩头请命。道人令其蹲地，以水灌之，云："一灌除罪五百。"稚宗苦求多灌，沙门曰："唯三足矣。"见有蚁数头，道人指曰："此虽微物，亦不可杀，无论复巨此者也。鱼肉自死，此可啖耳。斋会之日，悉著新衣，无新，可浣也。"稚宗因问："我行旅有三，而独婴苦，何也？"道人曰："彼二人自知罪福，知而故犯；唯尔愚蒙，不识缘报，故以相诫。"因尔便苏，数日能起。由是遂断渔猎耳。《珠林》六十四。

宋邢怀明，河间人。宋大将军参军，尝随南郡太守朱修之北伐，俱见陷没。于是伺候间巢，俱得遁归，夜行昼伏，已经三日；犹惧追捕，乃遣人前觇房候，即数日不还。一夕，将雨阴暗，所遣人将晓忽至。至乃惊曰："向遥见火光甚明，故来投之，那得至而反暗？"修等怪愕。怀明先奉法，自征后，头上恒载《观世音经》，转读不废；尔夕亦暗诵，咸疑是经神力。于是常共祈心，遂以得免，居于京师。元嘉十七年，有沙门诣怀明云："贫道见此巷中及君家，殊有血气，宜移避之。"语毕便去。怀明追而目之，出门便没，意甚恶之。经二旬，邻人张景秀伤父，及杀父妾，怀明以为血气之征，庶得无事。时与刘斌，刘景文比门连接，同在一巷；其年，并以刘湛之党，同被诛夷云。《珠林》二十三。

宋程德度，武昌人，父道惠，广州刺史，度为卫军临川王行参军。时在寻阳，屋有燕窠，夜见屋里，忽然自明，有一小儿，从窠而出，长可尺余，洁净分明，至度床前曰："君却后二年，当得长生之道。"倏然而灭。德度甚秘异之。元嘉十七年，随王镇广陵，遇禅师释道恭，因就学禅，甚有解分。到十九年春，其家武昌空斋，忽有殊香芬馥，达于衢路。阖境往观，三日乃歇。《珠林》二十八。

宋刘琎之，沛郡人也，曾在广陵逢一沙门，谓琎之曰："君有病气，然当不死，可作一二百钱食，饭饴众僧，则免欺患。"琎之素不信法，心起忿慢，沙门曰："当加祇信，勿用为怒。"相去二十步，忽不复见。琛之经七日，便病时气，危顿殆死；至九日，方昼，如梦非梦，见有五层佛图在其心上，有二十许僧绕塔作礼，因此而寤，即得大利，病乃稍愈。后在京师住，忽有沙门，先不相识，直来入户，曰："君有法缘，何不精进？"琛之因说先所逢遇，答曰："此宾头卢也。"语已，便去，不知所向。琛之以元嘉十七年夏，于广陵遥见惠汪精舍前，旛盖甚众，而无形像；驰往观之，比及到门，奄然都灭。《珠林》三十六。

宋伏万寿，平昌人也。元嘉十九年，在广陵为卫府行参军，假讫返舟，四更初过江。初济之时，长波安流，中江而风起如箭，时又极暗，莫知所向。万寿先奉法勤至，唯一心归命观世音，念无间息。俄尔与船中数人同睹北岸有光，状如村火，相与喜曰："此必是欧阳火也。"回舳趣之，未旦而至。问彼人，皆云："昨夜无然火者。"方悟神力，至设斋会。《珠林》二十七。

宋顾迈，吴郡人也，奉法甚谨，为卫府行参军。元嘉十九年，亦自都还广陵，发石头城，便逆湖，朔风至，横决，风势未弭，而舟人务进，既至中江，波浪方壮，迈单船孤征，忧危无计，诵《观世音经》，得十许遍，风势渐歇，浪亦稍小。既而中流屡闻奇香芬馥不歇，迈心独嘉，故归诵不辍，遂以安济。《珠林》二十七。

秦沙门释道冏，乡里氏族，已载前记，秦姚弘始十八年，师道懿遣至河南霍山采钟乳，与同学道朗等四人共行。持炬探穴，入且三里，遇一深流，横木而过。冏最先济，后辈坠木而死，时火又灭，冥然昏暗。冏生念已尽，恸哭而已。犹故一心呼观世音，誓愿若蒙出路，供百人会，表报威神。经一宿而见小光炯然，状若荧火[5]，倏忽之间，穴中尽明。于是见路，得出岩下。由此信悟弥深，屡睹灵异。元嘉十九年，临川康王作镇广陵，请冏供养。其年九月，于西斋中作十日观世音斋，

---

5 《太平广记》中作"状若萤火"。——编者注

已得九日,夜四更尽,众僧皆眠,同起礼拜,还欲坐禅,忽见四壁有无数沙门,悉半身出,见一佛,螺髻分明了了;有一长人,著平上帻,笺布裤褶,手把长刀,貌极雄异,捻香授道冏,道冏时不肯受,壁中沙门语云:"冏公可为受香,以覆护主人。"俄而霍然,无所复见。当尔之时,都不见众会诸僧,唯睹所置释迦文行像而已。《珠林》六十五。

宋尼释昙辉,蜀郡成都人也,本姓青阳,名白玉。年七岁,便乐坐禅。每坐,辄得境界,竟未自了,亦谓是梦耳。曾与姊共寝,夜中入定,姊于屏风角得之,身如木石,亦无气息;姊大惊怪,唤告家人,互共抱扶,至晓不觉。奔问巫觋,皆言鬼神所凭。至年十一,有外国禅师置良耶舍者来入蜀,辉请咨所见,耶舍者以辉禅既有分,欲劝化令出家。时辉将嫁,已有定日,法育未展,闻说其家,潜迎还寺。家既知,将逼嫁之;辉遂不肯行,深立言誓:"若我道心不果,遂被限逼者,便当投火饲虎,弃除秽形,愿十方诸佛证见至心。"刺史甄法崇,信尚正法,闻辉志业,迎与相见。并召纲佐及有怀沙门,互加难问,辉敷演无屈,坐者叹之。崇乃许离夫家,听其入道。元嘉十九年,临川康王延致广陵。《珠林》二十二。

时宋淮南赵习,元嘉二十年为卫军府佐,疾病经时,忧必不济,恒至心归佛。夜梦一人,形貌秀异,若神人者,自屋梁上,以小裹物及剃刀授习,云:"服此药,用此刀,病必即愈。"习既惊觉,果得刀药焉。登即服药,疾除出家,名僧秀,年逾八十乃亡。《珠林》二十二。

宋沙门释慧全,凉州禅师也,开训教授,门徒五百。有一弟子,性颇粗暴,全常不齿。后忽自云得三道果,全以其无行,永不信许。全后有疾,此弟子夜来问讯时,户犹闭如故,全颇惊异,欲复验之。乃语明夕更来。因密塞窗户,加以重关。弟子中宵而至,径到床前,谓全曰:"阇黎可见信来。"因曰:"阇黎过世,当生婆罗门家。"全曰:"我坐禅积业,岂方生彼?"弟子云:"阇黎信道不笃,兼外学未绝，虽有福业，不能超诣；若作一胜会，得饭一圣人，可成道果耳。"全于是设会。弟子又曰："可以僧伽黎布施，若有须者，勿择长幼。"及会讫施衣，有一沙弥，就全求衣，全谓是其弟子，全云："吾欲拟奉圣僧，那得与汝？"回忆前言不得择人，便以欢施。他日见此沙弥，问云："先与汝衣，著不大耶？"沙弥曰："非徒不得衣，亦有缘事，愧不预会。"全方悟先沙弥者，圣所化也。弟子久乃过世，过世之时，无复余异，唯冢四边，时有白光。全元嘉二十年犹存，居在酒泉。《珠林》十九。

宋王胡者，长安人也。叔死数载，元嘉二十三年，忽见形还家，责胡以修谨有阙，家事不理，罚胡五杖。傍人及邻里，并闻其语及杖声，又见杖瘢迹，而不睹其形；唯胡犹得亲接。叔谓胡曰："吾不应死，神道须吾筹诸鬼录。今大从吏兵，恐惊损墟里，故不将进耳。"胡亦大见众鬼纷闹若村外。俄然叔辞去，曰："吾来年七月七日，当复暂还，欲将汝行，游历幽途，使知罪福之报也。不须费设，若意不已，止可茶来耳。"至期果还，语胡家人云："吾今将胡游观，毕，当使还，不足忧也。"胡即顿卧床上，泯然如尽。叔于是将胡遍观群山，备睹鬼怪，末至嵩高山。诸鬼遇胡，并有馔设，余族味不异世中，唯姜甚脆美。胡欲怀将还，左右人笑胡云："止可此食，不得将还也。"胡末见一处，屋宇华旷，帐筵精整，有二少僧居焉。胡造之，二僧为设杂果槟榔等。胡游历久之，备见罪福苦乐之报，乃辞归。叔谓胡曰："汝既已知善之可修，何宜在家？白足阿练，戒行精高，可师事也。"长安道人足白，故时人谓为白足阿练也，其为魏虏所敬，虏主主事为师。胡既奉此谏，于是寺中，遂见嵩山上年少僧者，游学众中。胡大惊，与叙乖阔，问何时来，二僧答云："贫道本住此寺，往日不忆，与君相识。"胡复说嵩高之遇，此僧云："君谬耳，岂有此耶？"至明日，二僧无何而去。胡乃具告诸沙门，叙说往日嵩山所见；众咸惊怪，即追求二僧，不知所在，乃悟其神人焉。元嘉末，有长安僧释昙爽来游江南，具说如此也。《珠林》六。

宋居士二字《广记》引有下悦之，济阴人也。作朝请，居在潮沟。行年五十，未有子息，妇为娶妾，复积载不孕。将祈求继嗣，千遍转《观世音经》《广记》引作发愿诵《观世音经》千遍；其数垂竟，妾便有娠，遂生一男。时《广记》引有时字元嘉二十八年原夺二字，今补，己丑岁也云云。《珠林》五十二。《广记》一百十一。

宋沙门释昙典，白衣时，年三十，忽暴疾而亡，经七日方活。说初亡时，见二人驱将去，使辇米。伴辇可有数千人，昼夜无休息。见二道人云："我是汝五戒本师。"来慰问之。师将往诣官主，云："是贫道弟子，且无大罪，历箓未穷。"即见放遣。二道人送典至家，住其屋上，具约示典：可作沙门，勤修道业。言讫下屋，道人推典著尸腋下，于是而苏。后出家，经二十年，以元嘉十四年亡。《珠林》九十。

宋王淮之字元曾，琅琊人也，世以儒专，不信佛法。常谓："身神俱灭，宁有三世？"元嘉中，为丹阳令，十年，得病气绝，少时还复暂苏。时建康令贺道力省疾，下床会，淮之语力曰："始知释教不虚，人死神存，信有征矣。"道力曰："明府生平置论不尔，今何见而乃异之耶？"上二字及乃字并依《广记》引补淮之敛眉答云："神实不尽，佛教不得不信。"语卒而终。《珠林》七十九。《广记》九十九。

宋沙门慧和者，京师众造寺僧也。宋义嘉难，和犹为白衣，隶刘胡部下。胡尝遣将士数十人，值谍东下，和亦预行。行至雀渚而值台军西上，谍众离散，各逃草泽，和得窜下，至新林外，会见野老衣服缕弊，和乃以完整裤褶易其衣，提篮负担，若类田人。时诸游军捕此散谍，视和形色，疑而问之；和答对谬略，因被笞掠，登将见斩。和自散走，但恒诵念《观世音经》，至将斩时，祈恳弥至。既而军人挥刃屡跌，三举三折，并惊而释之。和于是出家，遂成精业。《珠林》二十七。

宋慧远沙门者，江陵长沙寺僧也，师慧印，善禅法，号曰禅师。远本印苍头，名黄迁，年二十时，印每入定，辄见迁先世乃是其师，故遂度为弟子。常寄江陵市西杨道产家，行般舟勤苦，岁余，因尔遂颇有感变；或一日之中，赴十余处斋，虽复终日竟夜，行道转经，而家家悉见黄迁在焉。众稍敬异之，以为得道。孝建二年，一日，自言死期，谓道产曰："明夕，吾当于君家过世。"至日，道产设八关，然灯通夕。初夜中夜，迁犹豫众行道，休然不异；四更之后，乃称疲而卧，颜色稍变，有顷而尽。阖境为设三七斋，起塔，塔今犹存。死后久之，现形多宝寺，谓昙珣道人云："明年二月二十三日，当与诸天共相迎也。"言已而去。昙珣即于长沙禅房设斋九十日，舍身布施，至其日，苦乏气，自知必终，大延道俗，盛设法会。三更中，呼问众僧："有闻见不？"众自不觉异也，珣曰："空中有奏乐声，馨烟甚异，黄迁之契，今其至矣。"众僧始还堂就席，而珣已尽。《珠林》九十七，又十九。

宋路昭太后，大明四年，造普贤菩萨乘宝舆白象，安于中兴禅房，因设讲于寺。其年十月八日，斋毕解座，会僧二百人。于时寺宇始构，帝甚留心，辇跸临幸，旬必数四，僧徒勤整，禁卫严肃。尔日僧名有定，就席久之，忽有一僧，预于座次，风貌秀举，阖堂惊瞩，斋主与语，往还百余言，忽不复见。列筵同睹，识其神人矣。《珠林》十七。

宋大明年中，有寺统法师名道温，居在秣陵县。既见皇太后睿鉴冲明，圣符幽洽，涤思净场，研襟至境；固以声藻震中，事灵梵表，乃创思熔研，抽写神华，模造普贤彩仪盛像，宝倾宙珍，妙尽天饰。所设讲斋，迄今月八日，嚫会有限，名簿索定[6]，引次就席，数无盈减。转经将半，景及昆吾，忽睹异僧，预于座内，容止端严，气貌秀发，举僧瞩目，莫有识者。斋主问曰："上人何名？"答曰："名慧

6　《法苑珠林》中作"名簿素定"。——编者注

明。"问:"住何寺?"答云:"来自天安。"言对之间,倏然不见。阖堂惊魂,遍筵肃虑,以为明祥所赉,幽应攸阐,紫山可睹,华台不远。盖闻至诚所感,还景移纬,澄心所殉,发石开泉;况帝德涵运,皇功懋洽,仁洞乾遐,理畅冥外,故上王盛士,克表大明之朝,劝发妙身,躬见龙飞之室。意若曰:陛下慧烛海县,明华日月,故以慧明为人名;继天兴祚,式垂无疆,故以天安为寺称。神基弥远,道政方凝,九服识泰,万寓齐悦。谨列言属县,以诠天休。《珠林》十七。

宋蒋小德,江陵人也,为兵州。刺史朱循时为听事监师,少而信向,勤谨过人,循大喜之。每有法事,辄令典知其务。大明末年,得病而死,夜三更,将殓便苏活。言有使者,称王命召之,小德随去。既至,王曰:"君精勤小心,虔奉大法,帝敕精旨,以君专至,宜速生善地;而君筭犹长,故令吾特相召也。君今日将受天中快乐欣然。"小德嘉诺。王曰:"君可且还家,所欲属寄及作功德,可速之,七日复来也。"小德受言而归。路由一处,有小屋殊陋弊,逢新寺难公于此屋前。既素识,具相问讯,难云:"贫道自出家来,未尝饮酒,且就兰公,兰公苦见劝逼,饮一升许,被王召,用此故也。贫道若不坐此,当得生天,今乃居此弊宇,三年之后,方得上耳。"小德至家,欲验其言,即夕,遽遣人参讯难公,果以此日于兰公处睡卧,至夕而亡。小德既愈,七日内大设福供,至其奄然而卒。朱循即免家兵户。兰难二僧并居新寺,难道行大精,不同余僧。《珠林》九十四。

宋吴兴沈僧覆,大明末,本土饥荒,逐食至山阳;昼入村野乞食,夜还寄寓寺舍左右。时山阳诸寺,小形铜像甚众,僧覆与其乡里数人,积渐窃取,遂囊箧数四悉满焉。因将还家,共铸为钱。事既发觉,执送出都,入船便云:见人以火烧之。昼夜叫呼,自称楚毒不可堪忍,未及刑坐而死;举体皆炘裂,状如火烧。吴郡朱亨亲识僧覆,具见其事。《珠林》七十九。《广记》一百十六。

宋尼释慧玉，长安人也，行业勤修，经戒通备。尝于长安薛尚书寺见红白光，十余日中，至四月八日，六重寺沙门来游此寺，于光处得弥勒金像，高一尺余。慧玉后南渡樊郢，住江陵灵收寺。元嘉十四年十月夜，见寺东树有紫光烂起，晖映一林，以告同学妙光等，而悉弗之见也。二十余日，玉常见焉。后寺主释法弘将于树下营筑禅基，仰首条间，得金坐像，亦高尺许也。《珠林》十六。

宋费崇先者，吴兴人也，少颇信法，至三十际，精勤弥至。泰始三年，受菩萨戒，寄斋于谢惠远家，二十四日，昼夜不懈。每听经，常以鹊尾香炉置膝前《初学记》二十五引云：费崇先少信佛，常以鹊尾香炉置膝前。初斋三夕，见一人容服不凡，径来举炉将去；崇先视膝前，炉犹在其处，更详视此人，见提去甚分明，崇先方悟是神异。自惟衣裳新濯，了无不净，唯坐侧有唾壶；既使去壶[7]，即复见此人还炉坐前，未至席顷，犹见两炉，既即合为一；然则此神人所提者，盖炉影乎。崇先又尝闻人说：福远寺有僧钦尼精勤得道，欣然愿见，未及得往，属意甚至。尝斋于他家，夜三更中，忽见一尼，容仪端严，著赭布袈裟，正立斋席之前，食顷而灭。及崇先后觐此尼，色貌被服，即窗前所睹者也。《珠林》二十四。

东海何敬叔，少而奉佛，至泰始中，随湘州刺史刘韬《珠林》十四作刘愠监营浦县。敬叔时遇有旃檀，制以为像，像将就而未有光材；敬叔意愿甚勤，而营索无处，凭几微睡，见一沙门，纳衣杖锡来，上五字依《广记》引补语敬叔云："县后何家有一桐盾，甚堪像光，其人极惜之，苦求可得也。"敬叔寤，问县后，果有何家。因求买盾，何氏云："实有此盾，甚爱惜之，明府何以得知？"敬叔具说所梦，何氏惊嘉，奉以制光。《御览》三百五十七。《广记》二百七十六。《珠林》十四云：后为相府直省中，夜梦像云，鼠啮吾足，清旦疾归，视像，果然矣。

---

7 《太平广记》中作"既撤去壶"。——编者注

　　宋袁炳，字叔焕，陈郡人也。泰始末为临湘令。亡后积年，友人司马逊于将晓间，如梦，见炳来，陈叙阔别，讯问安否，既而谓逊曰："吾等平生立意置论，常言生为驰役，死为休息，今日始知《广记》引有知字，定不然矣。恒患在世有人，务驰求金币，共相赠遗，幽途此事，亦复如之。"逊问："罪福应报，定实如何？"炳曰："如我旧见，与经教所说，不尽符同，将是圣人抑引之谈耳！如今所见，善恶大科，略不异也。然杀生故最为重禁，慎不可犯也。"逊曰："卿此征相示，良不可言，当以语白尚书也。"炳曰："甚善，亦请卿敬情尚书。"时司空简穆王公《广记》引作时司空王僧虔为吏部尚书，炳，逊并其游宾，故及之。往返可数百语，辞去，逊曰："阔别之久，恒思叙集，相值甚难，何不小住？"炳曰："止暂来耳！不可得久留。且此辈语亦不容得委悉。"于是而去。初炳来暗夜，逊亦了不觉所以，而明得睹见，炳既去，逊下床送之，始蹑屐而还暗，见炳脚间有光可尺许，示得照其两足，余地犹皆暗云。《珠林》二十一。《广记》三百二十六。

　　宋沙门道志者，北多宝僧也，尝为众僧为众二字依《广记》引补，令知殿塔，自窃帐盖等宝饰，所取甚众。后遂偷像眉间珠相，既而开穿垣壁，若外盗者，故僧众不能觉也。积旬余而得病，便见异人以戈矛刺之，时来时去，来辄惊噭，应声流血。初犹日中一两如此，其后疾甚，刺者稍数，伤痍遍体，呻呼不能绝声。同寺僧众，颇疑其有罪，欲为忏谢，始问犹讳而不言，将尽二三日，乃具自陈列，泣涕请救，曰："吾愚悖不通，谓无幽途，失意作罪，招此殃酷。生受楚拷，死萦刀镬，已糜之身，唯垂哀恕。今无复余物，唯衣被毡履，或足充一会，并烦请愿具为忏悔。昔偷像相珠有二枚，一枚已属妪人，不可复得，一以质钱，在陈照家，今可赎取。"道志既死，诸僧合集赎得相珠，并设斋忏。初，工人复相珠时，展转迴趣，终不安合，众僧复为礼拜烧香，乃得著焉。年余而同学等于昏夜间，闻空中有语，详听即道志声也。

自说云：自死以来，备萦痛毒，方累年劫，未有出期；赖蒙众僧，哀怜救护，赎像相珠，故于苦酷之中，时有间息。感恩罔已，故暂来称谢，言此而已。闻其语时，腥腐臭气，苦痛难过，言终久久，臭乃稍歇。此事在泰始末年，其寺好事者，已具条记。《珠林》七十九。《广记》一百十六。

宋陈秀远者，颍川人也。尝为湘州西曹，客居临湘县。少信奉三宝，年过耳顺，笃业不衰。宋元徽二年七月中，于昏夕间，闲卧未寝，叹念万品死生，流转无定，自惟己身，将从何来，一心祈念，冀通感梦。时夕结阴，室无灯烛；有顷，见枕边如萤火者，冏然明照，流飞而去。俄而一室尽明，爰至空中，有如朝昼。秀远遽起坐，合掌端念。顷，见中宁四五丈上，有一桥阁焉，又阑槛朱彩，立于空中。秀远了不觉，升动之时，而已自见平坐桥侧。见桥上士女，往返填衢，衣服妆束，不异世人。末有一姬，年可三十许，上著青袄，下服白布裳，行至秀远左边而立；有顷，复有一妇人，通体衣白布，为偏环髻，手持花香，当前而立。语秀远曰："汝欲睹前身，即我是也，以此花供养佛故，故得转身作汝。"回指白姬曰："此即复是我先身也。"言毕而去，去后桥亦渐隐。秀远忽然不觉。还下之时，光亦寻灭也。《珠林》三十二。《广记》一百十四。

宋沙门智达者，益州索寺僧也。行颇流俗，而善经呗。年二十三，宋元徽三年六月病死，身暖不殁，遂经二日，稍还，至三日旦，而能言视，自说言：始困之时，见两人皆著黄布裤褶，一人立于户外，一人径造床前，曰："上人应去，可下地也。"达曰："贫道体羸，不堪涉道。"此人复曰："可乘舆也。"言卒而舆至，达既升之，意识恍然，不复见家人屋及所乘舆。四望极目，但睹荒野，途径艰危，示道登蹑之，不得休息。至于朱门，墙阆甚华，达入至堂下。堂上有一贵人，朱衣冠帻，据床傲坐，姿貌严远，甚有威容，左右兵卫百许人，皆朱拄刀，列直森然。贵人见达，乃敛颜正色谓曰：

"出家之人，何宜多过？"达曰："有识以来，不忆作罪。"问曰："诵戒废不？"达曰："初受具足之时，实常习诵，比逐斋讲，恒事转经，故于诵戒，时有亏废。"复曰："沙门时不诵戒，此非罪何为？可且诵经！"达即诵《法华》，三契而止。贵人敕所录达使人曰："可送置恶地，勿令太苦。"二人引达将去，行数十里，稍闻轰磕，闹声沸火，而前路转暗。次至一门，高数十丈，色甚坚黑，盖铁门也，墙亦如之。达心自念：经说地狱，此其是矣。乃大恐怖。悔在世时，不修业行。及大门里，闹声转壮，久之靖听，方知是人叫呼之响，门里转暗，无所复见。时火光乍灭乍扬，见有数人，反缚前行，后有数人，执叉叉之，血流如泉；其一人乃达从伯母，彼此相见，意欲共语，有人曳之殊疾，不遑得言。入门二百许步，见有一物，形如米囤，可高丈余，二人执达，掷置囤上，囤里有火，焰烧达身，半体皆烂，痛不可忍，自囤坠地，闷绝良久。二人复将达去。见有铁镬十余，皆煮罪人，人在镬中，随沸出没，镬侧有人，以叉刺之，或有攀镬出者，两目沸凸，舌出尺余，肉尽炘烂，而犹不死。诸镬皆满，唯有一镬尚空，二人谓达曰："上人即时应入此中。"达闻其言，肝胆涂地，乃请之曰："君听贫道，一得礼佛。"便至心稽首，愿免此苦。伏地食顷，祈悔特至。既而四望，无所复见，唯睹平原茂树，风景清明。而二人犹导达行，至一楼下，楼形高小，上有人，裁得容坐，谓达曰："沙门现受轻报，殊可欣也。"达于楼下，忽然不觉还就身时。达今犹存，在索寺也。斋戒愈坚，禅诵弥固。《珠林》九十。

宋袁廓，字思度，陈郡人也。元徽中，为吴郡丞，病经少日，奄然如死，但余息未尽，棺含之具并备，待毕而殓，三日而能转动视瞬。自说云：有使者称教唤，廓随去，既至，有大城池，楼堞高整，阶闼崇丽。既命廓进，主人南面，阶陛森然，威饰冠首。执刀者点廓坐，坐定，温凉毕，设酒炙果粽菹肴等，廓皆尝进，种族形味，不异世中。酒数行，主人谓廓曰："身主簿，不幸阁任有阙，以君才颖，故欲相屈，当能顾怀不？"廓意亦知是幽途，乃固辞："凡簿非所克堪，家少穷弧，兄弟零落，公私二三，乞蒙恩放。"主人曰："君当以幽显异方，故有辞耳。此间荣禄资待，身口服御，乃当胜君世中。勤勤之怀，甚贪共事。想必降意，副所期也。"廓复固请曰："男女藐然，并在龆乱，仆一旦恭任，养视无托，父子之恋，理有可矜。"廓因流涕稽颡。主人曰："君辞让乃尔，何容相逼？愿言不获，深为叹恨。"就案上取一卷文书，拘黯之。既而廓谢恩辞归，主人曰："君不欲定省先亡乎？"乃遣人将廓行，经历寺署甚众，末得一垣，城门楣并，盖囹圄也。将廓入中，斜趣一隅，有诸屋宇，骈填衔接，而甚陋弊。次有一屋，见其所生母羊氏在此屋中，容服不佳，甚异平生，见廓惊喜。户边有一人，身面伤痍，形类甚异，呼廓语，廓惊问其谁，羊氏谓廓曰："此王夫人，汝不识耶？"王夫人曰："吾在世时，不信报应，虽复无甚余罪，正坐鞭挞婢仆过苦，故受此罚。亡来楚毒，殆无暂休，今特少时宽隙耳。前唤汝姊来，望以自代，竟无所益，徒为忧聚。"言毕涕泗，王夫人即廓嫡母也。廓姊时亦在其侧。有顷，使人复将廓去，经涉巷陌，闾里整顿，似是民居。末有一宅，竹篱茅屋，见父披被著巾，凭案而坐。廓入门，父扬手遣廓曰："汝即蒙罢，可速归去，不须来也。"廓跪辞而归，使人送廓至家而去。廓今太子洗马是也。《珠林》五十二。

宋韩徽者，未详何许人也。居于支江，其叔幼宗，宋末为湘州府中兵。升明元年，荆州刺史沈攸之举兵东下，湘府长史庾佩玉阻甲自守，未知所赴；以幼宗猜贰，杀之，戮及妻孥，徽以兄子，系于郡狱，铁木竟体，钳梏甚严，须考毕情党，将悉诛灭。徽惶迫无计，待斯而已。徽本尝事佛，颇讽读《观世音经》，于是昼夜诵经，至数百遍。方昼，而锁忽自鸣，若烧炮石瓦爆咤之声，已而视其锁，锥然自解。徽惧狱司谓其解械，遽呼告之，吏虽惊异，而犹更钉鍱。徽如常讽诵，又经一日，锁复鸣解，状如初时。吏乃具告佩玉，玉取锁详视，服其通感，即免释之。徽今尚在，勤业殊至。《珠林》二十七。

宋释慧严，京师东安寺僧也。理思该畅，见器道俗。尝嫌《大涅槃经》文字繁多，遂加刊削，就成数卷，写两三通，以示同好。因寝瘵之际，忽见一人，身长二丈余，形气伟壮，谓之曰："《涅槃》尊经，众藏之宗，何得以君璩思，轻加斟酌？"严怅然不释，犹以发意，苟觅多知。明夕将卧，复见昨人，甚有怒色，谓曰："过而知改，是谓非过；昨故相告，犹不已乎？此经既无行理，且君祸亦将及。"严惊觉失措，未及申旦，便驰信求还，悉烧除之。尘外精舍释道俨具所谙闻也。《珠林》十八。

宋罗玙妻费氏者，宁蜀人，父悦，宋宁州刺史。费少而敬信，诵《法华经》，数年勤至不倦，后忽得病，苦心痛，守命，阖门遑惧，属纩待时。费氏心念：我诵经勤苦，宜有善佑，庶不于此，遂致死也。既而睡卧，食顷，如痦如梦，见佛于窗中，授手以摩其心，应时都愈。一堂男女婢仆，悉睹金光，亦闻香气。玙从妹即琰外族曾祖尚书中兵郎费憕之夫人也，于时省疾床前，亦具闻见。于是大兴信悟，虔戒至终，每以此瑞进化子侄焉。《珠林》九十五。《广记》一百九。

宋彭子乔者，益阳县人也。任本郡主簿，事太守沈文龙。建元元年，以罪被系，子乔少年尝经出家，末虽还俗，犹常诵习《观世音经》。时文龙盛怒，防械稍急，必欲杀之。子乔忧惧，无复余计，唯至诚诵经，至百余遍。疲而昼寝，时同系者有十许人，亦俱睡卧。有湘西县吏杜道策亦系在狱，乍寐乍痦，不甚得熟。忽有双白鹤集子乔屏风上，有顷，一鹤下至子乔边，时复觉如美丽人形而已。道策起，见子乔双械脱在脚外，而械雍犹在焉。道策惊视始毕，子乔亦痦，共视械咨嗟。问子乔："有所梦不？"乔曰："不梦。"道策如向所见说之。子乔虽知必已，尚虑狱家疑其欲叛，乃解脱械雍更著。经四五日而蒙释放。琰族兄璿，亲识子乔及道策，闻二人说皆同如此。《珠林》二十七。

宋董青建者，不知何许人，父字贤明，建元初为越骑校尉。初，建母宗氏孕建时，梦有人语云："尔必生男，体上当有青志，可名为青建。"及生如言，即名焉。有容止，美言笑，性理宽和，家人未尝睹其愠色，见者咸异之。至年十四，而州迎主簿。建元初，皇储镇樊汉，为水曹参军。二年七月十六日，寝疾，自云必不振济。至十八日临尽，起坐谓母曰："罪尽福至，缘累永绝；愿母自割，不须忧念。"因七声大哭，声尽而绝。将殡丧斋前，其夜灵语云："生死道乖，勿安斋前，自当有造像道人来迎丧者。"明日，果有道人来，名昙顺，即依灵语，向昙顺说之。昙顺曰："贫道住在南林寺，造丈八像垂成，贤子乃有此感应。寺西有少空地，可得安葬也。"遂葬寺边。三日，其母将亲表十许人，墓所致祭，于墓东见建如生，云："愿母割哀还去，建今还在寺住。"母即止哭而还，举家菜食长斋。至闰月十一日，贤明梦见建云："愿父暂出东斋。"贤明便香汤自浴斋，出东斋。至十四夜，于眠中闻建唤声，惊起，建在斋前，如生时。父问："汝住在何处？"建云："从亡来，住在练神宫中，满百日，当得生忉利天。建不忍见父母兄弟哭泣伤恸，三七日礼诸佛菩萨，请四天王，故得暂还。愿父母从今以后，勿复啼哭祭祀。阿母已发愿求见建，母不久当命终，即共建同生一处。父寿可得七十三，命终之后，当三年受罪报，勤苦行道，可得免脱。"问曰："汝从夜中来，那得有光明？"建曰："今与菩萨诸天共下，此其身光耳！"又问云："汝天上识谁？"建曰："见王车骑张吴兴，外祖宗西河。"建曰："非但此一门中生，从四十七年以来，至今七死七生，已得四道果。先发七愿，愿生人间，故历生死，从今永毕，得离七苦。建临尽时，见七处生死，所以大哭者，与七家分别也。"问云："汝昔生谁家？"建曰："生江吏部，羊广州，张吴兴，王车骑，萧吴兴，梁给事，董越骑等家。唯此间生十七年，余处止五三年耳。目今以后，毒疠岁多，宜勤修功德。建见世人死，多堕三涂，生天者少；勤精进，可得免度，发愿生天，亦得相见，行脱差异，无相值期。"又问云："汝母忧忆汝，垂死，可令见汝不？"建曰："不须相见，益怀煎苦耳！耶但依向言说之。诸天已去，不容久住。"惨有悲色，忽然不见。去后竹林左右，犹有香气，家人亦并闻余香焉。建云所生七家：江湛，羊希，张永，王玄谟，萧惠明，梁季文也。贤明遂以出家，名法藏也。《珠林》五十二。

齐王氏，名四娘，永明三年病死，下尸在地，为庄饰者，觉其心暖，故未殡殓。经二宿，肌体稍温，气息渐还，俄而能言。自说：有二人录其将去，至一大门有一沙门，踞胡床坐。见之甚惊，问："何故来？"乃骂此二人云："汝误录人来，各鞭四十。"语此四娘："女郎可去。"答曰："向来恍恍，不知道路，请人示津。"沙门即命一人力送之，行少地，见其先死奴子倚高楼上，惊问："四娘那忽至此？欲见新妇不？"答："不知处。"唤奴自送，奴云："不得奉送，四娘但去，前路应相值也。"投一马鞭与之，曰："谨执此鞭，自知行路。"可行数里，便见新妇，即四娘之婢也，正被苦谪，四体磹缚，如装鹅鸭法，县于路侧，相见悲号。新妇自说，生时作罪，今贻此楚毒。欲屈手搏颊，求乞哀助，而手被挛格，不得至颊。又闻左右受苦之声，而不睹形。四娘问："此为何声？"答曰："此是无行众僧，破斋犯戒，获此苦报，呼叫声也。"于是沿路而归，须臾至家。见其尸骸，意甚憎恶，不复愿还；不觉有人排其踣著，乃得就身而稍苏活。其人今休然尚存。《珠林》九十一。

前齐永明中，扬都高座寺释慧进者，少雄勇游侠，年四十，忽悟非常，因出家，蔬食布衣，誓诵《法华》，用心劳苦，执卷便病。乃发愿造百部，以悔先障。始聚得一千六百文，贼来索物，进示经钱，贼惭而退。尔后遂成百部，故病亦愈。诵经既度，情愿又满，回此诵业，愿生安养。闻空中告曰："汝愿已足，必得往生。"无病而卒，八十余矣。《珠林》九十五。

沙门安法开者，北人也，尝见吴公，长三尺，自屋堕地，旋回而去。《御览》九百四十六。

元嘉八年，蒲坂城中大灾火，里中小屋虽焚，而于煨烬下得金经，纸素如故。苏易简《文房四谱》四。

晋世有竺长舒者，本天竺人，专心诵《观世音经》为业，后居吴中。于时邑内遭火，屋宇连栋，甍檐相接，火至皆焚，无能为救。长舒家正在下风，分意烧毁，一心唤观世音。欲至舒家，风回火灭，竟家获免。合县惊异，叹其有神。时有凶恶少年，怪其老胡，有何灵应，火烧不然？到后夜风急，少年以火投屋，四投皆灭，少年嗟感，至明，乃叩头首过。舒云："我无神力，常以观世音为业，每有事恒得免脱也。"《辩正论》八注。

晋世沙门僧洪住京师瓦官寺，当义熙十二年时，官禁镕铸，洪既发心铸丈六金像："像若圆满，我死无恨。"便即偷铸，铸竟，像犹在模，所司收洪，禁在相府，锁械甚严。心念观世音，日诵百遍，便梦所铸金像往狱，手摩头曰："无虑。"其像胸前一尺许铜色焦沸。当洪禁日，感得国家牛马，不肯入栏，时以为怪。旬日敕至彭城，洪因放免，像即破模自现。同上。

史隽有学识，奉道而慢佛，常语人云："佛是小神，不足事耳。"每见尊像，恒轻消之，后因病脚挛，种种祈福，都无效验，其友人赵文谓曰："经道福中，佛福第一，可试造观音像。"隽以病急，如言灌像，像成梦观音，遂差。《辩正论》八注云出《宣验》《冥祥》等记。

陈玄范妻张氏，精心奉佛，恒愿自作一金像，终身供养，有愿皆从。专心日久，忽有观音金像，连光五尺，见高座上。《辩正论》八注云出《宣验》《冥祥》等记。

旌异记

吴时，于建业后园平地获金像一躯，讨其本缘，即是周初育王所造，镇于江府也。何以知然？自秦汉魏未有佛法南达，何得有像埋瘗于地？孙皓得之，素未有信，不甚尊重，置于厕处，令执屏筹。至四月八日，皓如厕，戏曰："今是八日浴佛时！"遂尿头上。寻即通肿，阴处尤剧，痛楚号叫，忍不可禁。太史占曰："犯大神圣所致。"便遍祀神祇，并无效应。宫内伎女，素有信佛者，曰："佛为大神，陛下前秽之，今急，可请耶？"皓信之，伏枕归依，忏谢尤恳，有顷便愈。遂以马车迎沙门僧会入宫，以香汤洗像，惭悔殷重，广修功德于建安寺，隐痛渐愈也。《法苑珠林》十三。

西晋愍帝建兴元年，吴郡吴县松江沪渎口，渔者萃焉。遥见海中有二人现，浮游水上，渔人疑为海神，延巫祝备牲牢以迎之，风涛弥盛，骇惧而返。复有奉五斗米道黄老之徒曰："斯天师也。"复共往接，风浪如初。有奉佛居士吴县朱膺闻之，叹曰："将非大觉之垂降乎？"乃洁斋，共东灵寺帛尼及信佛者数人至渎口，稽首迎之，风波遂静。浮江二人，随潮入浦，渐近渐明，乃知石像。将欲捧接，人力未展，聊试擎之，飘然而起。便舆还通玄寺。看像背铭，一名维卫，二名迦叶，莫测帝代，而书迹分明。举高七尺，施设法座，欲安二像，人虽数十，而了不动；复重启请，翻然得起。以事表闻朝廷，士庶归心者十室而九。沙门释法开，来自西域，称经说：东方有二石像，及阿育王塔，有供养礼觐者，除积罪云。又别传云：天竺沙门一十二人，送像至郡；像乃水上，不没不行。以状奏闻，下敕，听留吴郡。《珠林》十三。

晋扬州江畔有亭湖神，严峻甚恶。于时有一客僧婆罗门，名曰法藏，善能持咒，辟诸邪毒，并皆有验。别有小僧，就藏学咒经，于数年学业成就，亦能降伏诸邪毒恶。故诣亭湖神庙止宿，诵咒伏神，其夜见神，遂致殒命。藏师闻弟子诵咒致死，怀忿自来；夜到神庙，嗔意诵咒，神来出见，自亦致死。同寺有僧，每恒受持《般若》，闻师徒并亡，遂来神所，于庙夜诵《金刚般若》。至夜半中，闻有风声极大，迅速之间，见有一物，其形伟大，壅耸惊人，奇特可畏，口齿长利，眼光如电，种种神变，不可具述。经师端坐，正念诵经，刹那匿懈，情无怯怕，都不忧惧。神见形泰，摄诸威势，来至师前，右膝著地，合掌恭敬听经讫。师问神曰："檀越是何神灵？初来猛峻，后乃容豫。"神答云："弟子恶业，报得如是，是此湖神，然甚敬信。"经师又问："若神敬信，何意前二师并皆打死？"答云："前二师死者，为不能受持大乘经典，嗔心诵咒，见弟子来，逆前放骂，专诵恶语，欲降弟子；弟子不伏，于时二僧，见弟子形恶，自然怖死，亦非弟子故杀二僧。"左近道俗，见前二僧被杀，谓经师亦死，相率往看。且见平安，容仪欢泰，时人甚怪；竞共问由，具答前意。实因《般若》威力，圣教不虚。诸人因此发心，受持《般若》者众。《珠林》八十五。

魏泰岳人头山衔草寺僧释志湛，齐州山荏县人，是朗公曾孙之弟子也。立行纯厚，省事少言。住衔草寺，寺即宋求那跋摩之所立也。游诸禽兽，而不惊乱，常诵《法华》，用为恒业。将终之日。沙门宝志奏梁武曰："北方山荏县僧住衔草寺，是须陀洹圣人，今日入涅槃。"扬都道俗，闻志此告此告二字据《续高僧传》引补，皆遣遥礼。端坐气绝，两手各舒一指。有西天竺僧解云："若是二果圣人，各舒两指；湛舒一指，定是初果。"收葬人头山，造塔安之。鸟兽不污，今犹在焉。又雍州有僧亦诵《法华》，隐于白鹿山。感一童子，常来供给。至终，置尸岩下，余骸枯朽，唯舌多年不坏。《珠林》八十五。《续高僧传》三十八。

魏高祖一引有此二字，亦见《续高僧传》三十八次秉禅师后太和初年，北代京阉官，自慨形残，不逮余人，旋奏乞入山修道，出敕许之。乃赍一部《华严》，昼夜读诵，礼悔匪懈。夏首归山二句一引作忏悔不息，一夏不满，至六月末。髭须尽生，阴相复现，丈夫相状，宛然复旧。具状奏闻，高祖增信，内宫惊讶。于是北代之国，《华严》转盛。一引作帝大敬重之，于是国中普敬《华严》，厚尊恒日《珠林》八十五，又十八。《感通录》三。

高齐初，沙门实公《广记》引作宝公者，嵩山高栖士也。且从林虑向白鹿山，因迷失道。日将过中，忽闻钟声，寻响而进，岩岫重阻，登陟而趋，乃见一寺；独据深林，山门正南，赫奕辉焕，前至门所看额，云"灵芝寺"《广记》引作灵隐寺。门外五六犬，其大如牛，白毛黑喙，或踊或卧，以眼眄实，实怖将返。须臾见胡僧外来，实唤不应，亦不回顾，直入门内，犬亦随入。良久实见无人，渐入次门，屋宇四周，门房并闭，进至讲堂，唯见床榻，高座俨然。实入西南隅床上坐，久之，忽闻栋间有声，仰视，见开孔如井大，比丘前后从孔飞下，遂至五六十人。依位坐讫，自相借问："今日斋时，何处食来？"或言豫章、成都、长安、陇右、蓟北、岭南、五天竺等，无处不至，动即千万余里。末后一僧，从空而下，诸人竞问："来何太迟？"答曰："今日相州城东彼岸寺鉴禅师讲会，各各竖义，有一后生，聪俊难问，词音锋起，殊为可观，不觉遂晚。"实本事鉴为和上，既闻此语，望得参话，希展上流，整衣将起，咨诸僧司："鉴是实和上。"诸僧直视，忽隐寺所在，独坐磐石柞木之下。向之寺宇，一无所见《广记》引作诸僧直视宝，顷之，已失灵隐寺所在矣，宝但独坐于柞木之上，一无所见。唯睹岩谷禽鸟，翔集喧乱。及出，以问尚统法师，尚曰："此寺石赵时佛图澄法师所造，年岁久远，贤圣居之，非凡所住，或泛或隐，迁徙无定。"今山行者，犹闻钟声。《珠林》九十一。《广记》九十九。

齐武成世，并州东看山侧，有人掘地，见一处土，其色黄白，与傍有异。寻见一物，状人《续传》作如两唇，其内有舌，鲜红赤色。以事奏闻，问诸道人，无能知者。沙门大统法师上奏曰："此持《法华》者，令六根不坏，毁诵千遍，定感此征。"乃敕中书舍人高珍曰："卿是信向之人，自往看之，必有灵异。宜迁置净所，设斋供养。"珍奉敕至彼，集诸持《法华》沙门，各执香炉，洁斋旋绕而祝曰："菩萨涅槃，年代已远，像法流行，奉无谬者，请现灵感。"才始发声，唇舌一时鼓动，虽无响及《续传》作声，而似读诵。诸同见者，莫不毛竖。珍以状闻，诏遣藏之石函，迁于山室。《珠林》八十五。《三宝感通录》三。亦见《续高僧传》三十八次志湛后。

元魏天平中，定州募士孙敬德防于北陲，造观音金像，年满将还，常加礼事。后为劫贼横引，禁于京狱，不胜拷掠，遂妄承罪。并断死刑。明旦行决。其夜，礼拜忏悔，泪下如雨。启曰："今身被枉，当是过去枉他，愿偿债毕，誓不重作。"又发大愿云云《续高僧传》三十九作又愿一切众生所有横祸，弟子代受，亦本《旌异记》当据补。言已，少时，依稀如梦：见一沙门，教诵《观世音救生经》。经有佛名，令诵千遍，得度苦难。敬德欻觉，起坐缘之，了无参错，比至平明，已满一百遍。有司执缚向市，且行且诵，临欲加刑，诵满千遍。执刀下斫，折为三段，不损皮肉，易刀又折。凡经三换，刀折如初。监当官人，莫不惊异，具状闻奏。承相高欢表请其事，遂得免死。敕写此经传之，今所谓《高王观世音》是也。敬德放还，设斋报愿，出在防像，乃见项上有三刀痕，乡郭同睹，叹其通感。《三宝感通录》二。

范阳五侯寺僧，失其名，常诵《法华》。初死之时，权殡堤下，后迁改葬，骸骨并枯，唯舌不坏。《续高僧传》三十八。《续传》载此在志湛与雍州僧之间。

元魏北代乘禅师者，受持《法华》，精勤匪懈。命终，托河东薛氏为第五子，生而能言，自陈宿世，不愿处俗。其父任北泗州刺史，随任便住中山七帝寺，寻得本时弟子，语曰："汝颇忆从我渡水往狼山不？乘禅师者，我身是也。房中灵几，可送除之。"父母恐其出家，便与纳室。尔后便忘宿命之事，而常兴厌离，端拱静居。《续高僧传》三十八。《续传》次并州东看山不坏舌后。